テリ文庫

さよなら、愛しい人

レイモンド・チャンドラー
村上春樹訳

早川書房
6885

FAREWELL, MY LOVELY
by
Raymond Chandler

Translated by
Haruki Murakami
Published 2023 in Japan by
HAYAKAWA PUBLISHING, INC.
This book is published in Japan by
arrangement with
RAYMOND CHANDLER LTD.
c/o ROGERS, COLERIDGE AND WHITE LTD.
through TIMO ASSOCIATES, INC.

さよなら、愛しい人

登場人物

フィリップ・マーロウ………………私立探偵
ムース（へら鹿）・マロイ …………前科者
ヴェルマ・ヴァレント………………行方不明のマロイの恋人
ジェシー・フロリアン………………〈フロリアンズ〉の元経営者の妻
リンゼイ・マリオット………………ジゴロ
アン・リオーダン……………………元ベイ・シティー警察署長の娘
グレイル夫人…………………………富豪の妻
ジュールズ・アムサー………………霊能力者
セカンド・プランティング…………アムサーの用心棒
ソンダボーグ…………………………医師
レアード・ブルーネット……………暗黒街のボス
ナルティー……………………………七十七番通り警察署の警部
ランドール……………………………ロサンジェルス中央警察署殺人課の警部補
ジョン・ワックス……………………ベイ・シティー警察署長

1

そこはセントラル・アヴェニューの混合ブロックのひとつだった。つまり黒人以外の人間も、まだ少しは住んでいるということだ。私は椅子が三つしかない床屋から出てきたところだった。ディミトリオス・アレイディスという理髪職人がその店で臨時雇いとして働いているかもしれないという情報を、調査エージェンシーから得ていたのだ。たいした仕事ではない。その男を連れ戻してくれるなら多少の金を払ってもいいと、女房は考えたわけだ。

結局その男は見つからなかった。でもそんなことを言えばミセス・アレイディスにしたって、一銭の報酬も払ってくれなかった。

三月も終わりに近い暖かな日だった。私は床屋を出ると、その二階にある〈フロリアンズ〉というレストランを兼ねた賭博場の、張り出したネオンサインを見上げた。一人の男が同じようにそのネオンサインを見上げていた。彼はうっとりした表情を顔に貼りつけ、頭上の汚れた窓を熱心に見つめていた。自由の女神像をはじめて目にしたヨーロッパからの移民みたいに。大男だが、身長は二メートルより高くはないし、肩幅もビールの配達トラックほど大きくはない。彼は私から三メートルくらい離れたところに立っていた。両腕はだらんと脇に垂れ、その大きな指の背後で、葉巻が忘れられたまま煙を上げていた。

ひょろりとした寡黙な黒人たちが通りを行き来し、横目でちらりちらりとその男を見やった。目を向けるだけの価値のある男だった。けばだったボルサリーノ帽をかぶり、粗い布地のグレーのジャケットを着ていた。ジャケットにはボタンのかわりに白いゴルフボールがついている。茶色のシャツに、黄色のネクタイ、プリーツのついたグレーのフランネルのズボンに、ワニ革の靴、つま先は目映いばかりに真っ白だ。上着の胸ポケットからは、ネクタイと揃いの、鮮やかな黄色の飾りハンカチが咲きこぼれるように顔を出している。帽子のバンドには色のついた羽根が二本挟まれていたが、そんな装飾はまったく余分だった。セントラル・アヴェニューは決して穏やかな服装で知られた場所ではないが、それでも彼はエンジェル・ケーキに乗ったタランチュラみたいに人目をひいた。

肌は青白く、無精髭がのびていた。いついかなるときにも髭剃りが必要に見えるタイプなのだろう。髪は黒い巻き毛で、眉毛は濃く、いかつい鼻の上で、今にもひとつに繋がってしまいそうに見えた。身体の大きなわりに、耳は小ぶりで端正だった。目には涙が潤んだような輝きがあったが、それは灰色の瞳にしばしば見受けられるものだ。彫像のように男はそこに立ちすくんでいた。ずいぶん経ってから、微笑みが顔に浮かんだ。

男はゆっくりと歩道を横切り、二階に通じる階段の手前の、両開きのスイング・ドアに向かった。ドアを押し開け、表情を欠いた冷ややかな視線で通りをじろりと眺めまわしてから、中に入った。もしこの男がもっと小柄で、もっとおとなしい服装をしていたなら、これから武装強盗でもやろうとしているのかと思ったかもしれない。しかしその服装と、その帽子と、その図体では考えられない話だ。

ドアが外に向かってはねかえり、それからぱたぱたと静止に向かった。しかしその動きがすっかり止まる前に、ドアがもう一度外に向かって荒々しく開き何かが歩道の上を飛び越して、道路脇に駐車している二台の車のあいだにどすんと落下した。それは地面に四つんばいになり、隅に追い詰められたネズミのような鋭い声を上げた。それからゆっくりと身を起こし、帽子を拾い上げ、歩道に上がってきた。褐色の肌の瘠せた撫で肩の若者だった。ライラック色のスーツにカーネーションを差し、髪はべったりと撫でつけられている。男は口をぽかんと開けたまま、しばらく哀れっぽい声を出していた。人々はいったいなんだろうという顔で、その姿を眺めていた。男はやがて粋《いき》に帽子をかぶり直し、横向けに歩いて壁ににじり寄り、扁平足みたいな足取りで、一言も発することなくそこから立ち去っていった。

沈黙。人々は再び動き出した。私は両開きのドアまで歩いていって、その前に立った。ドアは今ではぴたりと静止していた。私には何の関わり合いもないことだ。なのに私はその扉を押し開け、中をのぞき込んだ。そういう性分なのだ。

薄暗い中から、腰掛けられそうなほど広々とした手が伸びてきて、私の肩をつかみ、粉々に握りつぶそうとした。それから同じ手が私をドアの内側に引っ張り込み、苦もなく階段を一段ぶん持ち上げた。大きな顔が私を見た。深いソフトな声が私に語りかけた。とても物静かに。

「黒人どもがここにいるってのは、いったいどういうわけだね、なあ、あんた」

中は暗かった。そしてしんとしていた。階上には人がいるらしく、なにかの物音が聞こえてきた。しかし階段には我々しかいなかった。大男は真剣そのものという目でじろりと私を睨み、とてつもない力で肩を摑んでいた。

「黒んぼだ」と彼は言った。「放り出してやった。そいつが投げ飛ばされるところを、あんた見てただろ」

彼は私の肩から手を離した。骨は折れていないようだが、しびれて腕に力が入らなかった。

「ここは黒人のための店だ」と私は肩をさすりながら言った。「仕方ないじゃないか?」

「おい、言葉に気をつけろや」と大男は、まるで夕食のあとの四匹の虎みたいに喉を鳴らした。「ヴェルマが昔ここで働いていたんだぞ。かわいいヴェルマが」

彼は私の肩に手を伸ばした。よけようとしたが、相手は猫のように敏速だった。鋼鉄みたいな指が、私の筋肉を更にぐいぐいと締めあげた。

「ああ」と彼は言った、「かわいいヴェルマ。俺はもう八年もあいつに会ってないんだ。あんた、ここは黒んぼどもの店になったっていうのかね」

そうだ、と私はしゃがれ声で答えた。

彼は私をあと階段二段ぶん持ち上げた。私は身をねじって自由になり、なんとか肘を動かせるように努めた。拳銃は携行していなかった。ディミトリオス・アレイディスを探し出すのに拳銃が入り用になるとは思えなかったからだ。しかし銃を持っていたところで役には立たなかっただろう。この大男はおそらくそんなもの簡単に取り上げて、むさぼり食ってしまったはずだ。

「二階に行って自分の目で確かめればいい」、声に苦痛がにじまないように努めながら私は言った。

彼は再び私を解放してくれた。灰色の瞳に哀しみの色を浮かべながら、男は私を見た。「俺は今機嫌がいいんだ」と彼は言った、「つまらん面倒を起こしたくない。二人で上に行って、一杯やろうじゃないか」

「何も飲ませちゃくれないさ。黒人専用の店に変わったんだ。そう言っただろう」

「ヴェルマにはもう八年も会ってない」と彼は切なげな深い声音で言った。「別れの言葉を口にしてから、八年もたっちまった。手紙も六年前に途絶えている。でもあいつにもそれなりのわけがあったんだろう。昔ここで働いていてね、かわいい女だった。二人で上に行こう」

「わかったよ」と私は叫んだ。「つきあってもいい。だから持ち上げて運ぶのはよしてくれ。自分の足で歩ける。どこも悪くない。もう大人だし、一人で便所にだっていける。だから下ろしてくれないか」

「かわいいヴェルマはここで働いていた」と彼は優しく言った。私の言うことなんかなんにも聞いていなかった。

我々は階段を上った。彼は私を歩かせてくれた。肩が痛んだ。首の後ろがじっとり湿っていた。

2

階段を上ったところに、また両開きのスイング・ドアの仕切りがあった。その奥に何があるのかはわからない。大男は指先でそれを軽く押して開け、我々は中に入った。狭くて細長い部屋だ。とくに清潔でもなく、とくに明るくもなく、とくに陽気でもない。隅には一群の黒人が集まって、クラップ・ゲームのテーブルを照らす円錐形の明かりの下で、歓声を上げたり、おしゃべりをしたりしていた。右手の壁にはバーがあった。それ以外には小さな丸テーブルがいくつか並べられているだけだ。店内には男女数人の客がいたが、一人残らず黒人だった。

クラップ・テーブルの歓声はぴたりと止み、頭上の明かりがもぎとるように消された。突然訪れた沈黙は水浸しになったボートのように重かった。いくつもの目が我々を見つめた。それらの栗色の目は、ねずみ色から漆黒のあいだのどこかにあてはまる色合いの顔面におさまっていた。首がゆっくりと曲げられ、瞳がきらりと光り、こちらを凝視した。異なった人種に対する反感がもたらす、痛いほどの沈黙がそこにはあった。

首の太い大柄の黒人が、バーの端にもたれかかっていた。シャツの両方の袖にはピンクのガーターをつけ、ピンクと白のサスペンダーが広い背中でクロスしていた。どこからどう見ても店の用心棒だ。彼は上げていた足を下におろし、そろりと振り向いて我々を見た。両脚をのそっと開き、幅の広い舌を唇に這わせた。その顔は、これまで掘削機のバケット以外のあらゆるもので殴られてきたみたいに、ひどい有様になっていた。傷だらけで、あるところはぺしゃんこになり、あるところは分厚くなり、斑《まだら》になり、みみず腫れになっていた。恐れるべきものなど何ひとつないという顔だ。人が考え得る限りのことが、その顔に対して仮借なくなされてきたのだ。

短いくしゃくしゃになった髪には、白いものが混じっていた。片方の耳には耳たぶがなかった。

その黒人は体重もあり、横幅もあった。大きながっしりとした両脚はがにまた気味だったが、それは黒人には珍しいことだ。彼はもう少し唇を舐め、微笑を浮かべ、身体を動かした。そしてボクサーがだらんと身を屈めるような格好で、我々の方にやってきた。大男は何も言わず、相手が近寄るのを待っていた。

ピンクのガーターを両腕につけた黒人は、その巨大な褐色の手を大男の胸にあてた。それはずいぶん大きな手だったが、飾りボタンのようにしか見えなかった。大男はぴくりとも動かなかった。用心棒は優しく微笑んだ。

「こちとら、白人の客はお断りなんだよ、ブラザー。黒人っきりの店になってる。すまねえな」

大男はその哀しげな灰色の小さな目を動かして、店内を見回した。頬が僅かに赤みを帯びた。「黒んぼの巣か」と彼は腹立たしそうに、はき捨てるように言った。それから声を大きくした。「ヴェルマは今どこにいる?」と彼は用心棒に尋ねた。

用心棒はあからさまに笑ったわけではなかった。彼は大男の着ている服を仔細に検分した。茶色のシャツと黄色のネクタイ、粗い布地のグレーの上着、ボタン代わりの白のゴルフボール。彼はずんぐりした頭を微妙に傾《かし》げながら、いろんな角度からそれらを点検していった。ワニ革の靴を見下ろした。そしてくすっと忍び笑いした。おもしろがっているみたいだった。私は彼に同情の念を覚えた。用心棒は再び穏やかな声で言った。

「ヴェルマって言ったかね? ここにはヴェルマなんていねえよ、ブラザー。酒もねえ、女もいねえ、なんにもねえ。さあ、とっとと帰んな、ホワイト・ボーイ。消えちまいな」

「ヴェルマはここで働いていた」と大男は言った。夢でも見ているようなしゃべり方だった。一人きりで、森の奥ですみれを摘んでいるのだ。私はハンカチを出して、もう一度首の後ろを拭いた。

用心棒は唐突に声を上げて笑った。「そうかね」と彼は言った。肩越しにちらっと後ろを振り向き、仲間を見た。「ヴェルマはここで働いていた。でも今はもう、ヴェルマはここじゃ働いてねえ。引退したんだな、ホウ、ホウ」

「その小汚ねえ手を俺のシャツからどけろ」と大男は言った。

用心棒は眉をひそめた。そういうしゃべり方をされることに慣れていないのだ。彼はシャツから手をどかせ、拳を握りしめた。大きなナスのようなサイズと色の拳だ。それは彼の仕事だったし、タフさが売り物だった。しめしをつけないことにはやっていけない。彼はそんなことをちらりと考え、そして過ちを犯した。用心棒は肘を素早く外側に引き、拳を短く激しくスイングして、大男の顎の脇に一発を食らわせた。ほうっというため息が店内に漏れた。

文句のつけようのないパンチだった。肩が落ち、その背後で身体が小気味よく揺れた。パンチには体重がしっかり乗っていたし、そのパンチを送り込んだ男は豊富な体験を積んでいた。ところが大男は頭を数センチも動かさなかった。パンチをブロックしようともしなかった。彼はただそれを受け、身体を小さく震わせた。そして喉の奥で静かな音を立てると、用心棒の喉を手でわしづかみにした。

用心棒は膝で相手の股間を蹴り上げようとした。大男は用心棒の身体をひねってひょいと持ちあげた。そしてうろこのように剝げたリノリウムの床で、派手な靴を滑らせて、仁王立ちになった。それから用心棒を後ろ向けに弓なりにし、右手をそのベルトに移した。ベルトはまるで肉屋の使う糸みたいにはじけて切れた。大男は広大な両手を用心棒の背骨にぴたりとあてて、宙に持ち上げた。そして身体をくるりと回転させ、よろめきながらも、両腕を大きく振って、部屋の向こうまで相手を放り投げた。行く手にいた三人があわてて飛び退いた。用心棒はテーブルをひとつ倒し、ごつんという大きな音を立てて床の幅木に激突した。その音はきっとデンヴァーまで聞こえたに違いない。両脚がぴくぴくと引きつっていたが、やがておとなしくなった。

「相手かまわずタフになりたがるやつがいる」と大男は言った。そして私を見た。「アホだ」と彼は言った。「なあ、一杯やろうじゃないか」

我々はバーに行った。客たちは一人で、二人連れで、あるいは三人連れで、静かな影となって音もなくフロアを横切り、音もなく階段の上がり口のドアから出ていった。彼らは芝生の上におちた影みたいにひそやかだった。スイング・ドアをスイングさせようともしなかった。

我々はバーにもたれかかった。「ウィスキー・サワー」と大男は言った。「あんたは何にするね」

「ウィスキー・サワー」と私は言った。

我々はウィスキー・サワーを飲んだ。

大男はずんぐりとした分厚いグラスを傾け、面白くもなさそうにウィスキー・サワーをちびちびと飲んだ。そしてバーテンダーを陰気な目でじろりと睨んだ。白い上着を着た瘦せた黒人は、不安そうな表情を顔に浮かべ、まるで脚の痛みをかばうような身体の動かし方をした。

「ヴェルマがどこにいるか、お前は知ってるか?」

「ヴェルマって言いましたか」とバーテンダーは情けない声を出した。「最近はあの人、この辺じゃとんと見かけません。最近はほんとに見かけんです、旦那」

「お前、どれくらいここで働いている?」

「そうですなあ」とバーテンダーは言って、持っていたタオルを下に置き、額にしわを寄せ、指折って数え始めた。「たしか、十カ月です。一年くらいかな。それとも、はあ……」

「はっきりしろや」と大男は言った。

バーテンダーがごくりと唾を飲むと、彼の喉仏は首を切られた鶏みたいに盛大にはね回った。

「ここが黒んぼの店に変わってどれくらいになるんだよ?」と大男は荒々しい声で尋ねた。

「なんておっしゃいました?」

大男が拳を固めると、ウィスキー・サワーのグラスは一瞬のうちにそこに呑み込まれて消えた。

「五年ほどになる」と私は言った。「この男はヴェルマっていう白人女のことなんて何も知らない。ここの人間は誰もその女を知らないよ」

大男は、まるでついさっき卵を割って出てきたものを見るみたいに、私を見た。ウィスキー・サワーを飲んでも、気分はさして向上しなかったようだ。

「誰がお前に余計な口をきいていいと言った？」と彼は私に問いただした。

私は微笑んだ。とてもフレンドリーで広々とした、温かみのある微笑みだ。「一緒にこの店に入ってきたんじゃないか。忘れたのかい？」

彼はにやりと笑みを返した。白い歯をむき出しにした、奥行きのない、意味を欠いた笑みだ。「ウィスキー・サワーだ」と彼はバーテンダーに言った。「もたもたするんじゃねえ。さっさと作れ」

バーテンダーは白目をむき、慌てて飛んでいった。私はバーに背中をもたせかけて、店内を見回した。店内にいるのはバーテンダーと、大男と、私と、壁に投げつけられた用心棒だけだった。用心棒はもぞもぞと動いていた。ひどい痛みをこらえながら、やっとの思いで身体を動かしているようだった。まるで片方の羽をなくしたハエみたいに、床の幅木をつたいながらちびちびと移動していた。それからよろめく足でテーブルの後ろにまわった。その男は唐突に年老いて、唐突に活力を失ったみたいに見えた。私は彼の動きを目で追っていた。バーテンダーはウィスキー・サワーのお代わりを二つ持ってきた。私はバーの方を向いた。大男は這っている用心棒にちらりと一度目をやっただけで、それ以上彼に注意を向けなかった。

「ここにはもう昔の面影がない」と彼は不満そうに言った。「小さなステージがあって、バンドが出ていて、女といちゃつける洒落た小部屋もあったんだ。ヴェルマはそこで歌っていた。赤毛でなあ。レースのついた下着みたいに可愛らしかったぜ。俺たちは夫婦になろうって話してたんだが、そこで俺はハメられちまった」

私は二杯目のウィスキー・サワーを手に取った。冒険もこれくらいでたくさんだと私は思い始めていた。「ハメられたというと？」と私は尋ねた。

「なああんた、俺がいったいどこで八年も潰していたと思うんだ？」

「蝶々でもとっていたのかな」

彼はバナナみたいな親指で自分の胸を突いた。「ムショさ。名前はマロイっていうんだ。図体がでかいせいで、みんなにはへら鹿《ムース》（ムースは漫画『アーチー』に出てくる大男。いささか頭が弱い）・マロイって呼ばれている。グレート・ベンド銀行をやったんだ。四万ドル、俺ひとりでやった。大したもんだろう」

「その金を今から使おうってわけかい」

彼は私に鋭い視線を向けた。背後で物音が聞こえた。用心棒が再び立ち上がって、少しよろめいていた。クラップ・テーブルの奥にある黒っぽいドアのノブに、彼は手をかけていた。ドアを開け、半ば倒れ込むようにその奥に入った。ドアががたがたと閉まり、鍵がかけられる音がした。

「あの奥に何があるんだ？」とムース・マロイは尋ねた。

バーテンダーの目は顔の中でふらふらしていた。用心棒がよろめきながら消えたドアに焦点を合わせるのが一苦労みたいだった。

「あれは――あれは、そのミスタ・モンゴメリのオフィスに通じとります、旦那。うちのボスです。あっちにそのオフィスがあるです」

「そいつに訊けばわかるかもな」と大男は言った。そして酒をぐいと飲み干した。「洒落た真似をしないでくれると助かるんだが。同じものを二つ作っておけ」

彼はゆっくりと部屋を横切っていった。軽い足取りで、世の中には怖いものなんか何ひとつないという風に。その巨大な背中がドアの前に立ちはだかった。ドアには鍵がかかっていた。彼がそれを揺さぶると、化粧板が片方にはじけ飛んだ。彼は中に入り、ドアを閉めた。

沈黙があった。私はバーテンダーを見た。バーテンダーも私を見た。その目は何かを考えているように見えた。彼はカウンターを拭いていたが、やがてため息をつき、身を屈めて右腕を下にやった。

私はカウンター越しに手を伸ばし、その腕をつかまえた。痩せた頼りない腕だ。私はそれを摑んだまま微笑みかけた。

「おいおい、そこに何があるんだ？」

彼は唇を舐めた。こちらに身を屈めたまま、何も言わなかった。紅潮した顔に灰色の影が混じった。

「あの男はタフだ」と私は言った。「手加減を知らない。酒が入るといっそうひどくなる。彼は昔馴染みの女を捜している。この店は以前は白人専用の店だった。おおよその事情はわかったか？」

バーテンダーは唇を舐めた。

「あの男はしばらく遠くにいたんだ」と私は言った。「八年だ。それがどれくらい長い歳月か、本人にはまだわかっちゃいないらしい。それが人の一生に値する長さだとわかってくれるとありがたいんだがな。なじみの女を彼は捜している。ここの店の人間なら彼女の行方を知っていると思っている。話の筋は摑めたか？」

バーテンダーは言葉を選んで言った。「旦那、あの男の連れじゃないんで」

「来たくてここに来たんじゃない。あの男にものを尋ねられ、そのまま力ずくでここに連れてこられた。今日そこで初めて会ったばかりだ。しかし逆らってそこらの屋根の上まで投げ飛ばされるのは、もうひとつ気が進まなかった。で、そこに何を隠してる？」

「ソウドオフ（銃身を切った《ショットガン》）でさ」とバーテンダーは言った。

「おいおい、そいつは違法だぞ」と私は小声で言った。「いいか、我々二人がことを構える必要はないんだ。ほかに何がある？」

「拳銃があります」とバーテンダーは言った。「葉巻の箱に入れてあるんで。腕を放してくれませんかね」

「よかろう」と私は言った。「ちょっと動いてもらおう。ゆっくりとだ。横に行け。ここで飛び道具を持ち出すことはない」

「そうおっしゃいますがね」とバーテンダーはにやりと薄ら笑いを浮かべて言った。そしてそのくたびれた体重を私の腕にもたせかけた。「そうおっしゃい――」

彼はそこで口をつぐんだ。そして目をむいた。頭がぎくっとひきつった。

奥行きのない鈍い音が響いた。店の奥から、クラップ・テーブルの先にある閉じられたドアの向こうから、それは聞こえた。ドアが勢いよく閉められた音かもしれない。でも私にはそうは思えなかった。バーテンダーも同じ考えのようだ。

バーテンダーは凍りついた。彼は口からよだれを垂らしていた。私は耳を澄ませた。音はそれっきりだった。私は急ぎ足でカウンターの端っこに向かった。しかしいささか長く耳を澄ませ過ぎたようだ。

背後のドアがばたんと開き、ムース・マロイが重い身を屈めるように、素早く飛び出してきた。そしてそこで凍りついたように立ち止まった。足をしっかりと床に据え、顔には幅広い微笑みが青白く浮かんでいた。

四五口径のコルト軍用拳銃は、彼の手の中では玩具の銃のように見えた。

「洒落た真似をするんじゃないぜ」と彼は抜け目なく言った。「手をカウンターの上に置いといてもらおう」

ムース・マロイは部屋をくまなく眺め渡した。その笑みはこわばって、釘で顔に打ち付けられたみたいに見えた。彼は脚の重心を移動し、何も言わずに部屋を横切った。たった一人で銀行強盗をやりかねない男に見えた。たとえこんな目立つ格好をしていても。

彼はバーまでやってきた。「両手を上げろや、黒んぼ」と彼はソフトな声で言った。バーテンダーは両手を高く宙に上げた。大男は私の背後にまわって、左手で注意深く私が武器を持っていないことを確かめた。彼の吐く息が私の首筋に熱く感じられた。それから遠のいた。

「ミスタ・モンゴメリもヴェルマの行方は知らなかった」と彼は言った。「おまけにこんなものを持ち出しやがった」、彼のがっしりとした手が拳銃をぱたぱたと叩いた。私は振り向いて彼を見た。「ああ、あんたはこの先俺の話をちょくちょく耳にするだろう」と彼は言った。「俺のことは忘れられねえさ。お巡りには身を大事にしろって言っておきな」、彼は銃身を上下に振った。「じゃあな。俺は市電に乗らなくちゃならんのだ」

彼は階段の踊り場に向かいかけた。

「酒の代金を払ってないぜ」と私は言った。

彼は立ち止まり、用心深く私を見た。

「そこに何があるのかは知らんが」と彼は言った。「俺なら余計な真似はしねえな」

彼はそのまま前に進み、両開きのドアをすり抜けるように出ていった。階段を降りていく彼の足音が遠くに聞こえた。

バーテンダーが身を屈めた。私はすかさずカウンターの後ろに回って、彼をそこから追い出した。バーの下の棚に、銃身を短く切ったショットガンがあった。タオルが上に掛かっている。その横には葉巻の箱があった。箱の中には三八口径のオートマチックが入っていた。私はその両方を取り上げた。バーテンダーはカウンターの背後のグラス棚に背中をぴたりと押しつけた。

私はもう一度カウンターの端を回り込んで、部屋を横切り、クラップ・テーブルの奥の大きく開いているドアの前に行った。ドアの向こうには廊下があった。L字型になっていて明かりはほとんど見えない。用心棒が床の上に意識を失ってのびていた。その手にはナイフが握られていた。私は屈んでナイフを取り上げ、裏階段に捨てた。用心棒の呼吸はぜいぜいと荒く、手はぐにゃりとしていた。

私は彼の身体をまたぎ、黒いペンキで「オフィス」と書いてあるドアを開けた。その字はすでに剝がれかけている。

部分的に板張りをされた窓があり、近くに疵《きず》だらけの小さな机があった。一人の男が、椅子の上に身体を直立させて座っていた。椅子の背もたれは高く、男の首筋あたりまで達していた。彼の頭はその背もたれの後ろにぐいと折れ曲がり、おかげで鼻は板張りの窓の方を向いていた。鋭い角度に折り曲げられている。まるでハンカチか蝶番《ちょうつがい》を折り畳むみたいに。

男の右側の机の抽斗《ひきだし》が開いていた。中には新聞紙が入っており、その真ん中にはオイルの匂いがした。そこから拳銃が取り出されたのかもしれない。そのときにはそれが正しい行為に思えたのだろう。しかしモンゴメリ氏の頭の格好を見れば、誤った選択であったことがわかる。

机の上には電話機があった。私はショットガンを下に置き、警察に電話をかける前にドアをロックした。そうした方が何かと安心だったし、モンゴメリ氏は私が何をしたところで今更とくに気にはするまい。

警官が到着し、足音も高く階段を上ってきたとき、用心棒とバーテンダーはとっくに姿を消していた。店内にいたのは私一人きりだった。

3

事件を担当したのはナルティーという警官だった。顎の尖った、むっつりとした男で、両手は長くて黄色く、その手は私と話をしている間ずっと膝がしらの上で組まれていた。彼は刑事部長として七十七番通りの分署に所属しており、我々はいかにも殺風景な部屋の中で話をした。二つの小さな机が向かい合った壁に面して置かれ、もし二人が同時にその机に向かっていなければ、そのあいだを人が通れるくらいの余地があった。床は汚れた茶色のリノリウム貼りで、葉巻の古い吸い殻の匂いが空中に漂っていた。ナルティーのシャツはすり切れ、上着の袖はカフのところで内側に折り曲げられていた。その貧しげななりを見れば、彼が正直な警官であることはわかる。しかしムース・マロイと渡り合えそうな人物とも見えなかった。

彼は半分になった葉巻に火をつけ、マッチ棒を床に投げ捨てた。たくさんの仲間が床の上で新参者を待ち受けていた。彼は苦々しそうな声で言った。

「黒人だ。毎度おなじみの黒人殺し。ここに十八年も勤めてるから、事件がどんな扱いを受けるかはわかってる。写真も載らず、スペースももらえず、求人広告ページの端っこに四行の埋め草記事が載ることすらない」

私は何も言わなかった。彼は私の名刺を手に取り、もう一度目を通し、ひょいと放り出した。

「フィリップ・マーロウ。私立探偵ときたね。麗しい御職業だ。でもおたく、見るからにタフそうじゃないか。そのあいだいったい何をしてたんだ?」

「そのあいだって?」

「マロイがこの黒ちゃんの首をひねっているあいだだよ」

「それが起こったのは奥の部屋だ」と私は言った。「今からあっちに行って誰かの首を折ってくるから、なんてことはマロイは教えちゃくれなかった」

「言ってくれるじゃないか」とナルティーは苦々しげに言った。「いいとも、好きなだけ俺をおちょくればいい。みんなそうしてる。人数がひとり増えたからってなんのことはない。気の毒なナルティー。ちょっと行って、ナルティーのやつになんか気の利いたことを言ってやろうぜ。ナルティーを笑いものにするのって、いつだって楽しいよなあ」

「誰のこともおちょくってなんかいない」と私は言った。「事実を述べているだけだ。殺しは別の部屋で起こった」

「ああ、そのとおりだ」、ナルティーは嫌な匂いのする葉巻の帳《とばり》の向こうから言った。

「俺は現場に行って自分の目でしっかり見てきたもんな。おたく、武器は携行していなかったのか？」

「そういう荒っぽい仕事じゃなかった」

「どんな仕事だ？」

「かみさんのところから逃げ出した床屋を探していた。説得すれば連れ戻せると、女房は考えたんだ」

「黒んぼか？」

「いや、ギリシャ人だ」

「オーケー」と言ってナルティーはゴミ箱に向けてぺっと唾を吐いた。「わかった。それでこの大男とはどうやって出会ったんだ？」

「その話はもうしただろう。私はたまたまそこに居合わせたんだ。あの男は〈フロリアンズ〉の戸口から黒人を一人ひょいと投げ出した。そして私は愚かにも、何があったんだろうと思って、中をのぞいてみた。そうしたら、あの男は私をひっつかんで二階まで連れて行った」

「武器を突きつけられたのか？」

「そうじゃない。そのときにはまだ銃を持っていなかった。少なくとも私には見せなかった。たぶん銃はモンゴメリから取り上げたものだろう。あいつは私をひょいとつまみあげたんだよ。私だってときには可愛らしくもなれるのさ」

「そいつはどうだろう」とナルティーは言った。「おたくは簡単につまみ上げられそうには見えないぜ」

「参ったな」と私は言った。「言い合いをしていてもらちがあかない。私はその男を見ているし、あんたは見てない。我々なんか時計の飾りにしてしまえそうなくらい、巨大なやつなんだ。彼がいなくなるまで、人が殺されたことは私にもわからなかった。銃声は聞こえたよ。でもこう思った。誰かが震え上がってマロイを撃ち、それからマロイがとびかかって、誰かは知らないがその相手から銃を取り上げたんだろうって」

「どうしてまたそんなことを思ったんだ？」とナルティーはどちらかというとにこやかに言った。「銃を使って銀行を襲った男なんだぜ」

「なにしろど派手な身なりをしていたんだ。最初から人を殺すつもりで来てたら、そんな格好するものか。やつはヴェルマっていう娘を捜してそこにやってきた。銀行強盗で捕まる前に、その娘と良い仲になっていた。彼女は〈フロリアンズ〉で、あるいはどんな名前かは知らんが、その店がまだ白人専用の店だった時代にそこで働いていた。そのときにやつは逮捕された。あの男なら簡単にしょっぴけるさ」

「おそらくな」とナルティーは言った。「そのでかさと、そのど派手な服装ならな。簡単至極だ」

「別の背広を持っているかもしれないぜ」と私は言った。「自動車や隠れ家や金や仲間もな。でもあんたなら大丈夫、きっと捕まえられるだろう」

ナルティーはまたゴミ箱にぺっと唾を吐いた。「捕まえるとも」と彼は言った。「総入れ歯を三回作り直すまでにはな。この事件に何人がとりついていると思う？　俺一人だけだ。なんでだかわかるか？　新聞記事にならないからさ。前に五人の黒人が、東八十四番通りで、ナイフを使って派手な斬り合いをしたことがある。一人はすでに冷たくなっていた。家具に血が飛び散っていた。壁にも血が飛び散っていた。天井にまで血が飛び散っていたよ。俺が現場にかけつけると、『クロニクル』に記事を書いているブンヤが、その家のポーチから降りてきて、自分の車に乗り込もうとしていた。そいつは俺たちに向かってしかめっ面をして抜かしやがった。『ちっ、黒ちゃんでやんの』ってな。そしてそのまま車で行ってしまった。家の中に入ろうともしなかった」

「やつは仮釈放中かもしれない」と私は言った。「それなら、そっち方面の協力を得ることができるだろう。しかし逮捕のときにはよほどうまくやらないと、パトカーの窓の支柱を叩き折られるぞ。そうなれば新聞記事にはなるかもしれないが」

「そして俺はどっかに飛ばされる」。ナルティーは鼻で笑った。

彼の机の上の電話が鳴った。彼は耳を澄ませ、それから哀しげな笑みを浮かべた。電話を切り、メモ用紙に何かを書き付けた。彼の目には淡い輝きが見えた。ほこりっぽい廊下の遠くから差してくるような微かな光だ。

「さてと、やつの身元が判明した。記録課からの電話だ。指紋やら、顔写真やら、何もかも揃っている。やれやれ、これで少しは楽になる」、彼はメモを読み上げた。「まったく、なんてやつだ。身長百九十七センチ、ネクタイを外して体重百二十キロときたね。ジーザス、とてつもない野郎だぜ。勘弁してもらいたいね。無線で手配しているところだ。おおかた盗難車リストの終わりの方に突っ込まれることだろうよ。あとはじっと待機しているしかない」、彼はそう言って葉巻を痰壺に放った。

「女を捜したらどうだ」と私は言った。「ヴェルマ。マロイは彼女を捜すだろう。そこから話が始まったわけだからな。ヴェルマをあたってみればいい」

「おたくがあたったらどうだ」とナルティーは言った。「俺はもう二十年くらい曖昧宿に足を踏み入れてないからな」

私は立ち上がった。「それでは」と私は言った。そしてドアに向かった。

「おい、ちょっと待て」とナルティーは言った。「ただのつまらん軽口じゃないか。ところでおたく、今それほど忙しくないんだろう」

私は指のあいだで煙草をぐるぐると回し、彼の方を見ながら、ドアのわきに立っていた。

「つまりさ、ちょいとその女を捜してみちゃくれまいか。その思いつきはなかなか悪くない。何か手がかりが得られるかもしれん。当局のために一肌脱ぐってことになるわけだが」

「私にとって何か得るところはあるのかな?」

彼は黄色くなった両手を哀しげに広げた。その微笑みは壊れたねずみ取りみたいに狡猾だった。「おたく、警察と面倒を起こしたことがあるだろう。そんなことはないとは言わせないぜ。話を耳にしたからな。次に何かもめ事があったときに、味方がいるってのは心強いもんだぞ」

「どんな素敵なことを、私のためにしてくれるんだろう」

「なあ、いいか」とナルティーは身を乗り出して言った。「俺はどっちかといえば口数の少ない人間だ。しかし警察の中にあてにできる人間が一人いるだけで、ずいぶん話は違ってくるぜ」

「そいつは無料奉仕なのか。それともいくらか支払ってもらえるのか?」

「金は出ない」とナルティーは言って、黄色くなった鼻にしわを寄せた。「俺はね、今のところ手柄をたてる必要に迫られているんだ。この前の部内の異動があって以来、ケツをつつかれどおしだ。役に立ってくれたら、俺としてもそれなりに恩に着る。借りは返す」

私は腕時計に目をやった。「オーケー。何か思いついたらあんたに知らせよう。顔写真が届いたら、本人に間違いないことを確認する。あんたのお役に立とう。昼食を済ませてからな」。我々は握手をして別れた。私は泥みたいな色をした廊下を歩き、階段を下りて、建物の玄関に出た。そして自分の車に乗り込んだ。

ムース・マロイが軍用コルトを手に〈フロリアンズ〉をあとにしてから、二時間が経過していた。ドラッグストアで昼食をとり、バーボンのパイント瓶を買った。そしてセントラル・アヴェニューに向けて東に車を走らせ、その通りを再び北に向かった。手にした心当たりといえば、路面でゆらゆらと揺れる熱気に劣らず淡くはかないものでしかない。

私の商売を成り立たせているのは、まずは好奇心である。打ち明けた話、この一カ月ばかり仕事らしい仕事は一件も入っていなかった。収入が見込めなくても、気晴らしにはなるかもしれない。

4

〈フロリアンズ〉は、当然ながら閉鎖されていた。私服警官としか見えない男が店の前に駐車した車の中で、片目で新聞を読んでいた。どうしてわざわざ見張りなんか立てるのか、理由がわからなかった。このあたりの誰もムース・マロイのことは知らない。用心棒とバーテンダーの行方はわからないままだ。このあたりの誰も二人のことは知らない。少なくとも知っていると申し出るような人間はいない。

私はその前をゆっくり通り過ぎて角を曲がり、そこに車を停め、〈フロリアンズ〉のある通りの斜向かい側、いちばん近い交差点の先にある黒人専用ホテルを眺めた。名前は〈ホテル・サンスーシ〉。私は車を降り、後戻りして交差点を渡り、そのホテルの中に入った。人が座っていない硬い椅子が二列、黄褐色のちっぽけなカーペットをひとつはさんで睨み合っていた。暗がりの奥にデスクがあり、デスクの向こうには頭の禿げた男がいた。その両目は閉じられ、柔らかな茶色の両手はデスクの上で、平和そうに組まれている。彼はうとうとと居眠りをしていた。あるいは居眠りをしているように見えた。アスコット・タイを締めていたが、それは一八八〇年以来締めっぱなしになっているみたいだった。タイピンについた緑色の石は、リンゴよりは少し小さいかもしれない。大きなたるんだ顎は、そのアスコット・タイの上に穏やかに垂れかかっていた。折り重ねられた両手は安らかで清潔だった。爪にはマニキュアが施され、紫色の爪に灰色の半月がついていた。浮き彫り細工の金属札が彼の肘の脇に置かれていた。そこには「当ホテルはインターナショナル・コンソリデイティッド保安会社の警護下にあります」と記されている。

茶色の肌の穏やかな人物は片目を開けて、考え深げに私を見た。私はその金属板を指さした。

「HPDの人間だ。何かトラブルは？」

HPDというのはホテル警護部門（Hotel Protective Department）を意味する。大きな保安会社にはそういう部門があって、不払い小切手を切ったり、勘定書と煉瓦を詰めた安物のスーツケースを後に残して裏階段から出て行くような人々を扱うことを専門にしている。

「トラブルねえ、ブラザー」とその受付係は高い朗々とした声で言った、「そいつは今ちょうど切らしていてね」。それから四段か四段半ばかり声を落として付け足した。「ところであんたの名前はなんていったっけね？」

「マーロウ。フィリップ・マーロウ――」

「素敵な名前だ、ブラザー。クリーンで愉しげだ。見かけもなかなか元気そうでよろしい」、彼はまた一段声を下げた。「ただしあんたはHPDの人間なんかじゃない。そんなもの、もう何年も姿を見ていないよ」、彼は組んでいた両手をほどき、金属板を物憂く指さした。「こいつは古道具屋で買ってきたんだよ、ブラザー。ただの見せかけだよ」

「なるほど」と私は言った。そしてカウンターの上に身を屈め、そのむき出しの疵だらけの表面で五十セント硬貨をくるくると回した。

「〈フロリアンズ〉で今朝がた起こった事件のことを耳にしたかね？」

「覚えてないね、ブラザー」、彼の両目は今ではしっかり開いて、回転する硬貨の作り出すちらちらする光をじっと見つめていた。

「ボスが殺された」と私は言った。「モンゴメリという男だよ。誰かが彼の首をへし折った」

「彼の魂が安らかに天に召されんことを、ブラザー」、声がまた下がった。「警官かね？」

「私立探偵だよ。口の堅さが売り物の仕事だ。そして口の堅そうな人間は、一目見ればわかる」

彼は私を検分した。それから両目を閉じて考えた。用心深そうにもう一度目を開け、回転する硬貨をじっと見た。彼はそこから目を離すことができなかった。

「誰がやった？」と彼はソフトな声で尋ねた。「誰がサムをやったんだね？」

「刑務所つとめを終えたばかりのタフな男だ。そこが白人の店でなくなっていたもので、頭に来たんだ。昔は白人専用の店だったということだ。あんたは覚えているかもしれないが」

彼は何も言わなかった。硬貨はちりんちりんという軽い音を立てながら倒れ、やがて静かに横たわった。

「好きな方を選んでくれ」と私は言った。「聖書を一章読んであげてもいいし、酒をいっぱいおごってもいい。どっちがいいね？」

「ブラザー、私はできれば家族と共に自分の聖書を読みたい」、そのきらりとした目は、ひきがえるのようにじっと動かなかった。

「昼食はもう済ませたのだろうね」

「昼食というのは」と彼は言った。「私のような体格と気質を持った人間は、できれば抜かした方がいいみたいでね」、声が一段落とされた。「デスクのこっち側に来ないかね？」

私はそちら側に行って、平たいパイント瓶に入った、正規の封がついたバーボンをポケットから取り出し、棚に置いた。それからデスクの正面に戻った。彼は身を屈めてそれを点検した。満足がいったようだった。

「ブラザー、これで私を買収したということにはならないよ」と彼は言った。「しかしそれはそれとして、あんたと一緒に軽く一杯やるというのは悪くなさそうだ」

彼はボトルを開け、小さなグラスを二つデスクの上に置き、グラスの縁のところまで酒を静かに注いだ。ひとつを手に取り、注意深く匂いを嗅ぎ、小指を上げてごくりとのどの奥に送り込んだ。

彼は味わい、それについて考え、肯き、そして言った。「こいつは氏素性のまっとうな酒だ、ブラザー。それで私がどんな役に立てるだろう？　このあたりのことなら、歩道の割れ目ひとつに至るまで、私はファースト・ネームで知っている。イエッサー、こいつは正しきものの手を渡ってきた酒だ」

私は彼にフロリアンの店で起こったことを話し、その理由についても話した。彼は生真面目な顔つきでしばし私を見つめ、それから禿げた頭を振った。

「品の良い、物静かな店をサムは経営していた」と彼は言った。「この一カ月ばかり、誰もナイフで刺されてはいない」

「六年だか八年だか前、〈フロリアンズ〉がまだ白人専用だった頃、どういう名前だったんだね？」

「ネオンサインを付け替えるにはけっこうな金がかかるんだよ、ブラザー」

私は肯いた。「おそらく同じ名前だったんじゃないかとは思ったよ。もし名前が変わっていたら、マロイはそれについて何か言っていたはずだからな。しかしそのときは誰が経営していたんだろう？」

「あんたは私を驚かせてくれるね、ブラザー。その哀れな罪人の名前はフロリアンっていうんだ。マイク・フロリアン――」

「それでマイク・フロリアンの身に何が起こったんだ？」

黒人は柔和な茶色の両手を広げた。彼の声は朗々として、悲しげだった。「死んだよ、ブラザー。神に召されたんだ。一九三四年だったか、あるいは三五年だったか。細かい数字までは覚えてない。荒廃した人生だった。腎臓がピックルス漬けみたいになっていたということだった。その神を敬わぬ男は、角を切られた雄牛のごとくがっくりと膝をついたんだよ、ブラザー。しかしあの世では慈悲の心が彼を待っている」彼の口調は仕事のモードにまで落とされた。「その理由《わけ》は不明だが」

「あとには残された家族はいるのか？　もう一杯どうだね」

彼はコルクをしっかりとはめて、カウンター越しに瓶をこちらに押して寄越した。「二杯で十分だよ、ブラザー。日が落ちる前としてはな。ありがとうさん。人を尊重しつつ心を開かせる方法を、あんたは心得ておる。……ああ、奥さんがあとに残された。名前はジェシー」

「彼女は今何をしている？」

「知識を追求するということはだな、ブラザー、たくさんの質問をするってことだ。そこまではあたしも知らんね。電話帳をあたってみたらどうだね」

ロビーの暗くなった片隅に電話ボックスがあった。私はそこに行って、照明がつくところまでドアを閉めた。そしてほとんどばらばらになりかけた鎖つきの電話帳を調べてみた。フロリアンという名前はひとつもなかった。

「駄目だった」と私は言った。

その黒人はやれやれというように身を屈め、市の人名簿を持ち上げてデスクの上にどすんと置き、それをこちらに差し出した。そして両目を閉じた。退屈し始めているみたいに見えた。人名簿にはジェシー・フロリアンの名前があった。寡婦、とある。住所は西五十四番プレイスの一六四四だ。これまで自分はいったい、頭脳のかわりに何を用いて生きてきたのだろうかと、私はふと考えてしまった。

私はその住所を紙片に書き留め、人名簿を押して返した。黒人はそれをもとあった場所に戻し、私と握手をした。そして私がやってきたときと寸分違《たが》わぬかっこうで、デスクの上に両手を重ねた。まぶたがそろりと降りた。眠り込んだらしい。

彼にとってのその一件はすでに終了したのだ。入り口に向かう途中で、私はそちらをちらりと振り返ってみた。男の目は閉じられたままで、呼吸は規則的で安らかだった。呼吸のたびに、そのおしまいのところで、唇のあいだからすうっという微かな音が聞こえた。禿げた頭が光っていた。

私は〈ホテル・サンスーシ〉を出て、通りを渡り、停めた車のところまで行った。いささか簡単すぎるように思えた。こんなに簡単でいいものか。

5

西五十四番プレイスの一六四四番地にはひからびた茶色の家が建っていた。前庭の芝生もやはり茶色にひからびていた。強情そうな椰子《やし》の木のまわりでは、広い地面が禿げてむき出しになり、ポーチには木の揺り椅子がひとつぽつんと置かれていた。見捨てられた去年のポインセチアが、昼下がりの微風を受けて、ひびの入った化粧しっくいの壁にぱたぱたと茎を打ち付けていた。家の横手の庭では、洗われたのか洗われていないのかよくわからないくらい黄ばんだごわごわとした衣服が、錆の浮いた針金に一列に干され、風に細かくはためいていた。

私は四分の一ブロックばかりそのまま車を進め、通りの反対側に駐車し、そこから歩いて戻った。

ベルは壊れていたので、網戸の木枠をとんとんと叩いた。のっそりとひきずるような足音が聞こえ、ドアが開き、むさ苦しい女の顔がそこにぬっと浮かんだ。彼女は鼻をかみながらドアを開けた。その顔は灰色にむくんでいた。髪は薄くぼさぼさで、茶色とも金髪ともつかぬ曖昧な色合いだ。ショウガ色というには活気に欠け、白髪というには清潔さに欠けている。たっぷり肉のついた身体は、毛羽の短いフランネルのバスローブに包まれていたが、色もデザインもずいぶん歳月を経た代物だった。それはただ彼女の身体をとりあえず覆っている何かに過ぎなかった。男物とわかるすり切れた茶色の革のスリッパを履き、足の指は大きくて目立った。

「ミセス・フロリアンですか？　ジェシー・フロリアン？」と私は言った。

「ああ」、その声はのどの奥からもったりと漏れてきた。まるで病人がベッドから出てくるみたいに。

「ミセス・フロリアン、ご主人は以前セントラル・アヴェニューで店を経営しておられたマイク・フロリアンですか？」

女は髪を一筋つまんで、大きな耳の後ろにやった。目が驚いたようにきらりと光った。喉に何かがつっかえているようなもっそりした声で彼女は言った。

「な、なんだって？　よくわけがわからないね。マイクなら五年も前に死んじまった。あんた誰だって言ったっけね？」

網戸はまだ閉じられたまま、掛けがねもかかっていた。

「私は捜査をしているものです」と私は言った。「ちょっとうかがいたいことがありまして」

彼女はげっそりするくらい長い時間をかけて私を見ていた。それからいかにも大儀そうに掛けがねをはずし、背中を向けてそこから離れた。

「じゃあ中に入ればいい。忙しくて掃除もできてないけどね」、やれやれという声でそう言った。「おまわりかい」

私は中に入り、網戸の掛けがねをかけ直した。大きくて高価そうなキャビネット・ラジオが、戸口の左手の隅の方で単調な音を出していた。そこにある家具のうちではそれが唯一まともに見えるものだった。まだ新品に近いようだ。あとはどれもこれも、ほとんどがらくたみたいなものだ。やたら詰め物の多い汚らしい家具、ポーチに置かれているものと揃いらしい木の揺り椅子、方形のアーチの先に食堂があり、しみだらけのテーブルがひとつ置かれていた。その奥の、キッチンに通じているスイング・ドアには指のあとがべたべたついている。一対のうらぶれたライト・スタンドについた、かつてはけばけばしかったシェードは、今では年を経た街角娼婦なみの陽気さしか持ち合わせていなかった。

女は揺り椅子に座り、スリッパをぺたぺたさせながら、私を見た。私はラジオに目をやり、それからソファの端っこに腰を下ろした。彼女は私がラジオを見ているのを目にした。作り物の陽気さが彼女の表情と声に混じったが、それは中国人の飲むお茶みたいに薄い代物だった。「それが私のただ一人のお友だちだよ」と彼女は言った。それからくすくすと笑った。「まさかマイクがまた何か悪さをしでかしたんじゃないだろうね。うちに警察がお越しになるなんて、もうとんとご無沙汰でね」

彼女のくすくす笑いには、アルコールの入っただらしのない響きがうかがえた。私が背中をもたせかけると、何か硬いものに触れた。手を伸ばして取り出してみると、空になったジンのクォート瓶だった。女はまたくすくす笑った。

「それは冗談として」と彼女は言った。「でもさ、あたしとしてはあいつの送り込まれたところに、安っぽい金髪女がうようよいることを祈っているよ。なにしろこの世にいるあいだは、そういうのにからきし目のない男だったからねえ」

「私としては赤毛の女のことを考えていたのですが」と私は言った。

「赤毛だからといって、苦情は申し立てないだろうよ」、彼女の目は前よりも少しはっきりしてきたように見えた。「でも、とくに心当たりはないね。だれか特別な赤毛のことを言ってるのかい？」

「そうです。ヴェルマという名前の赤毛女。どんなラストネームを使っていたかは知らないが、いずれにせよ本名じゃあるまい。私は彼女の行方を探しています。親戚に頼まれたのです。あなたがかつてセントラル・アヴェニューに持っていた店は、今では黒人専用の店になっている。名前だけは前と同じだが、今その店をやっている連中は、言うまでもなく彼女のことなんか何ひとつ知らない。それであなたに話をうかがえればと思ったわけです」

「ふうん、あの子の親戚が今頃になってわざわざ彼女の行方を探していると――」と彼女は考え込むように言った。「ちょっとした金が絡んでいる。それほど大した額ではないが。たぶんその金に手を付けるために彼女が必要になったのでしょう。金というのは人の記憶力を鋭くするものだから」

「酒もそうだよ」と女は言った。「今日はなんだか暑いねえ。だけどあんたさっき、警官だって言わなかったかい?」、狡猾な目つき、いかにも抜け目のない顔。男物のスリッパを履いた足はもう動いていない。

私は空になった酒瓶を持ち上げ、振った。そしてそれを脇に投げ捨て、尻のポケットに手を伸ばして、バーボンのパイント瓶を取り出した。黒人のフロント係と私が先刻そこから飲んだぶんはしれたものだった。私はそれを膝の上に置いた。女は信じられないというようにまじまじとそれを見つめた。やがて疑惑の表情が、まるで子猫のように、しかしそれほど愉しげなところはなく、彼女の顔全体を這い上がっていった。

「ちょいと、あんた警官じゃないね」と彼女はソフトな声で言った。「警官はそんな上等な酒は買わないよ。どういう魂胆なんだね、ミスタ?」

彼女はハンカチを使ってまた鼻をかんだ。そこまで汚いハンカチにはなかなかお目にかかれるものではない。彼女の目は酒瓶に注がれていた。疑念が喉の渇きと闘っていたが、喉の渇きが勝ちを収めた。勝負は最初から見えている。

「ヴェルマは店に出ていた。歌手だった。あの子のことは知らないだろう。あんたがうちの店の常連だったとは思えないからね」

海藻のような色合いの目が酒瓶に釘付けになっていた。苔の生えた舌が、唇の上でとぐろを巻いていた。

「そういうのが本物の酒だ」と彼女はため息をついた。「あんたがどこの誰かなんてどうでもいいやね。後生大事にそれを抱えてなよ。落っことしたりしたら承知しないからね」

彼女は立ち上がって、ふらつく足取りで部屋を出て行き、分厚い汚れたグラスを二つ手にして戻ってきた。

「割るものはなし。生《き》のままでいこう」と彼女は言った。

私は彼女のグラスになみなみと注いだ。私なら意識朦朧としてしまいそうなほどの量だ。彼女は待ちかねたようにグラスに手を伸ばし、それを一口でぐいと飲み干した。まるでアスピリンを一錠飲むみたいに。そして酒瓶に目をやった。私は彼女のグラスにお代わりを注ぎ、それから自分のグラスにちょこっと注いだ。彼女はグラスを持って揺り椅子のところに行った。彼女の瞳はすでに二段階ぶんの茶色を取り戻していた。

「あんた、この酒は私の中で安らかに成仏したよ」と彼女は言って、そこに腰を下ろした。

「自分が何にぶつかったのかもわからないままね。さて、私らは何を話していたんだっけね？」

「セントラル・アヴェニューにあったあなたの店で働いていた、ヴェルマという名前の赤毛の女の子について」

「ああ、そうだった」、彼女は二杯目の酒を飲み干した。私はそちらに行って、彼女の隣にある側卓に酒瓶を置いた。彼女はその瓶に手を伸ばした。「ああ、そうだったね。ところであんたはどこの誰だって言ってたっけ」

私は名刺を一枚取りだして手渡した。彼女は唇と舌を動かしながらそれを読み、そばにあるテーブルの上に落とし、空になったグラスをその上に置いた。

「ふうん、私立探偵なんだ。でもさっきそうは言わなかったね、ミスタ」、彼女は私に指を向け、からかい半分の非難を込めて、ひょいひょいと振った。「しかしあんたの持ってきた酒は、あんたがまともな人間だってことを示している。犯罪に乾杯」。彼女は自分で三杯目を注ぎ、それを飲み干した。

私は腰を下ろし、指の間で煙草を回しながら話の続きを待った。彼女は何かを知っているかもしれないし、何も知らないかもしれない。もし知っていることがあったとして、私にそれを教えるかもしれないし、教えないかもしれない。実にわかりやすい話だ。

「かわいらしい赤毛の娘だった」と彼女はだみ声でゆっくりと言った。「ああ、あの子のことは覚えている。歌を歌い、踊った。きれいな脚をしていて、そいつを惜しみなく見せた。そしてある日ふいとどっかに行っちまったよ。ああいう手合いは、風の吹くまま気の向くままって人生を送っているからね」

「なにも、あなたが彼女の行方を知っているだろうと考えたわけじゃない」と私は言った。「しかしここに来て質問するというのが、いちばん筋の通ったやり方だったのです、ミセス・フロリアン。そのウィスキーは好きに飲んでもらっていい。必要ならもう一本買いに行こう」

「あんたはちっとも飲んでいないじゃないか」と彼女は出し抜けに言った。

私はグラスを手でしっかりと握り、そこに残っているものをゆっくりと飲み干した。実際以上にたくさん飲んでいるように見せかけて。

「ところで、彼女の親戚ってのはどこに住んでいるんだい？」と彼女は藪から棒に尋ねた。

「それが何か問題になるのだろうか？」

「わかったよ」と彼女は鼻で笑った。「警官ってのはみんな同じような口を利く。わかったよ、ハンサムさん。いいとも、酒をごちそうしてくれる人間なら、誰だってお友だちさ」、彼女は手を伸ばして四杯目を注いだ。「余計なおしゃべりは災難のもとってのが相場だ。そいつはわかってる。しかし良い男を前にするとさ、なんだってよくなっちまうたちなんだ」、彼女は作り笑いをした。まったく洗濯桶みたいにキュートな女だ。「おとなしくその椅子に座っておいでよ。藪を探って蛇を踏んづけたりしないようにね」と彼女は言った。「いいことを思いついた」

彼女は揺り椅子から立ち上がった。くしゃみをしたせいで、バスローブがほどけそうになって、慌てて前を合わせた。そして冷ややかな目で私を睨んだ。

「ちらちら見るんじゃないよ」と彼女は言って、部屋をまた出て行った。ドアの枠にどすんと肩をぶっつけながら。

ポインセチアが正面の壁に、とんとんという気怠《けだる》い音を立てて茎を打ち当てていた。家の横手の庭では、洗濯物を干す針金が微かな軋みを立てていた。アイスクリーム売りがベルを鳴らしながら表を通り過ぎていった。美しい新品の大型ラジオが部屋の片隅で、ダンスと愛について囁いていた。トーチ・シンガーの、声がつっかえているような深くソフトな疼《うず》きを聴き取ることができた。

そのとき家の奥の方から、ものがぶつかり合う様々な種類の音が聞こえてきた。椅子が背中からひっくり返る音、机の抽斗《ひきだし》が誤ってそっくり引き抜かれ、床に落ちる音、何かをごそごそと探しまわる音、どすんとぶち当たる音、何ごとかがだみ声で呟かれる。かちんという鍵の回る音がして、それからトランクの蓋が持ち上げられる軋みが聞こえた。更にまた何かを探しまわる音、ばたんという音。トレイが床に落ちた音も聞こえた。私はソファから立ち上がり、こっそりと食堂に入り、そこから短い廊下に向かった。そして開かれたドアの縁から中をそっとのぞいた。

彼女はトランクの前で身体を前後にゆすりながら、その中にあるものをひっつかんでいた。そして腹立たしそうに、額にかかった髪をばさっと振って後ろにやった。自分で思っているよりずっと酔っぱらっている。彼女は身を屈め、トランクの上で身体を固定させ、咳をし、ため息をついた。それから太い膝をついて、両手をトランクの中に勢いよくつっこみ、手探りで何かを探した。

持ちあげられた両手は、何かをおぼつかなく摑んでいた。色褪せたピンクのテープで結ばれた分厚い包みだ。そろそろと覚束ない手つきで彼女はテープをほどいた。包みの中から封筒をひとつ取り出すと、もう一度身を屈め、それをトランクの右手の、こちらからは見えないあたりに突っ込んだ。そしてふらつく指でテープを結びなおした。

私はもと来た道をたどって居間に戻り、ソファに腰をかけた。軽くいびきをかいていると、女が居間に戻ってきて、身体を前後に揺すりながら戸口に立った。その手にはテープで結ばれた包みがあった。

彼女は勝ち誇ったような笑みを浮かべて私を見ると、その包みを放った。それは私の足下近くに落ちた。彼女はよろよろと揺り椅子に戻り、腰を下ろし、ウィスキーに手を伸ばした。

私は床から包みを拾い上げ、色褪せたピンクのテープをほどいた。

「そいつを見るといい」と女は面白くもなさそうに言った。「写真。新聞用のスティル写真。もっともこいつら渡り歩きの芸人連中が新聞に載っけてもらうには、警察のご厄介になるくらいしかないけどね。うちの店に出ていた連中だよ。あのろくでもない亭主があとに残してったのはそれだけさ。あとは古い服くらいだ」

私はその写真の束をぱらぱらと眺めてみた。職業的なポーズをとった男女の、光沢のある宣伝写真。男たちはみんな狐のような鋭い顔つきをしていた。そして競馬の騎手みたいな派手な服装をしたり、あるいはエキセントリックな道化師の扮装をしたりしていた。田舎町を巡回して生計を立てているタップダンサーやコメディアンたちだ。そのうちでメイン・ストリートより西側に来たことのあるものは数少ないだろう。彼らの仕事の場は、しょぼくれた町のヴォードヴィル・ショーや、露店の市や、あるいは場末のストリップ小屋だ。法律が許すすれすれにいかがわしい小屋で、ときにはやり過ぎて手入れをくらうこともある。警察でこづき回され、裁判にかけられる。でもそのうちにまたショーに戻ってくる。笑みを浮かべ、顔を背けたくなるほど不潔で、饐《す》えた汗のようなひどい匂いを放つ連中だ。女たちはきれいな脚をしており、その内側のカーブを惜しげもなく見せている。風紀委員会がいきりたちそうなほど。しかし彼女たちの顔は、事務員のうわっぱり並みにくたびれ、すり切れている。ブロンドやブルネット、雌牛を思わせる大きな目には百姓女の鈍重さがうかがえる。小さな鋭い目には、ハリネズミ顔負けの強欲さが宿っている。中にひとつか二つ、見るからに性悪そうなご面相も混じっている。赤毛のように見える女たちもいる。しかし白黒の写真からは正確な色まではわからない。私はとくに関心もなく、それらにざっと目を通した。そしてまたテープを結んだ。

「知っている顔はひとつもないね」と私は言った。「見るだけ時間の無駄だ」

女は右手でおぼつかなく握っている酒瓶越しに、流し目で私を見た。「あんた、ヴェルマを探しているんじゃないのかい？」

「彼女がこの中にいるのか？」

食いつくような狡猾さが彼女の顔に浮かんだ。しかし食い応えがなかったのか、そのままどこかに去っていった。「あんた、彼女の写真をもらわなかったのかい？　つまりその親戚からさ」

「もらわなかった」

その答えは彼女の気に入らなかったようだ。どんな娘だって、写真の一枚くらいは家に残っているものだ。たとえそれが短いスカートをはいて、髪にリボンをつけたものであってもだ。それに思い至るべきだった。

「なんだかまた、あんたのことが好きじゃなくなり始めたみたいだね」と女は妙に静かな口調で言った。

私は自分のグラスを持って立ち上がり、女のところに行って、そばの小さなテーブルに置かれた彼女のグラスの隣に、それを置いた。

「瓶を空ける前に、一杯注いでもらえるかな」

彼女がグラスに手を伸ばしたところで、私は振り向いて、早足で方形のアーチをくぐり、食堂に入り、廊下を抜けて、散らかった寝室に入った。トランクが開けっ放しになり、トレイに載っていたものが飛び散っていた。背後から怒鳴り声が聞こえた。素早くトランクの右の方を手で探った。封筒の手応えがあり、私はそれを拾い上げた。

居間に戻ったとき、彼女は椅子から立ち上がっていた、しかしせいぜい二歩か三歩くらいしか進んでいなかった。目には妙にどろんとしたよどみがあった。人を殺しかねないようなよどみだ。

「座れよ」、私はいかつい声をつくって言った。「あんたが今ここで相手にしている男は、ムース・マロイのような単細胞の愚か者じゃないんだぜ」

それは盲撃ちだったが、結局何にも当たらなかった。彼女は二度瞬きをし、鼻と上唇を引っ張り上げようと試みた。根性の悪いウサギのような目つきになり、汚い歯が何本か見えた。

「ムースって、あのムースかい？　あいつがどうしたっていうんだ?」、彼女は酒をあおった。

「やつは刑務所から出てきた」と私は言った。「四五口径を手にそのへんをうろついている。今朝セントラル・アヴェニューで黒人《ニガー》を一人殺した。ヴェルマの行方を教えようとしなかったというだけでな。そして今ごろは、八年前に自分を刑務所に送り込んだ密告屋を探しているよ」

女の顔がさっと青ざめた。酒瓶をとってそのまま口につけ、ぐいと飲んだ。いくらか顎をつたってこぼれた。

「そしておまわりがあいつを捜しまわっているときた」、彼女はそう言って笑った。「おまわりがね。面白いねえ！」

まったく可愛らしいばあさんだ。彼女と話しているとつくづく心が和む。私はけちな目的のためにその女を酔っぱらわせた。大した男じゃないか。誇りで胸がいっぱいになる。私のような商売をしていると、ほとんどどんなことだって平気でやってのけられるようになる。しかしその私をしても、さすがにいくらか胸くそが悪くなってきた。

私は手に握っていた封筒を開け、艶のあるスティル写真を一枚取りだした。ほかの連中の写真と似たような代物だが、人目を惹いた。なかなか良い女だ。娘は腰から上はピエロの衣装を着ていた。てっぺんに黒い飾り玉のついた白い円錐形の帽子の下からのぞいているふわりとした髪には、暗い色がうっすらかかっていた。あるいは赤毛かもしれない。写っているのは横顔だったが、見える限りでは、その目には愉しげな色が浮かんでいた。愛らしい顔立ちで、そこには汚れは窺えない、とまでは言わない。写真の顔からそこまでは読み取れない。でも可愛らしい顔だった。人々はそのような顔に対して優しく振る舞ってきただろう。少なくとも彼らの小社会《サークル》の基準からすれば、十分優しく接してきたはずだ。とはいえそこにある美しさは飛び抜けたものではない。大量生産のラインから生み出される類《たぐい》のものだ。昼休みどきに街の中心地に行けば、その程度の顔にはいくらでもお目にかかれる。

腰から下に見えるのは、おおむね二本の脚だけだ。それもとびっきり上等な脚だ。右手の下にサインがある。「心を込めて――ヴェルマ・ヴァレント」

私はフロリアンという女の前にその写真をかざした。距離を置いて。彼女はそれに飛びかかったが、届かなかった。

「なんでこれを隠した？」と私は尋ねた。

ぜいぜいと呼吸する以外に、彼女は音を立てなかった。私は写真を封筒に戻し、封筒をポケットに突っ込んだ。

「なんでこれを隠した？」と私はもう一度尋ねた。「これだけがなぜ見せられなかったんだ？　彼女は今どこにいる？」

「その子は死んだ」と女は言った。「いい子だったよ。でも死んじまった。だからもう行っておくれ、おまわり《コッパー》。消えちまいな」

黄褐色のくしゃくしゃの眉毛が上下した。手が開き、ウィスキーの瓶がカーペットの上に落ちて、ごぼごぼと中身がこぼれた。私は身を屈めてそれを拾った。女は私の顔を蹴ろうとしたが、こちらはその前に身をよけた。「彼女はいつ死んだのだね？　どんな風にして？」

「この写真を隠そうとしたことの意味が、まだわからないね」と私は言った。「だからもう放っておいてくれ。このろくでなしが」

「あたしは歳取って、くたびれているんだ」と女は情けない声で言った。

私はただそこに立って女を眺めていた。何も言わず、口にすべきことをひとつとして思いつけず。少しあとで私は彼女のそばに行って、もうほとんど空に近い平らな酒瓶を、わきのテーブルの上に載せた。

彼女はじっとカーペットを見下ろした。部屋の隅ではラジオが愉しげに低い音で囁いていた。外を車が通りすぎた。窓際でハエが羽音を立てていた。長い時間が経過してから、女は上唇をもう一方の唇の上に置き、床に向かってなにごとか語りかけた。彼女が口にしたのは、意味もなさない言葉の羅列だった。それから声を上げて笑い、頭をぐっと後ろにそらせ、よだれを垂らした。右手が酒瓶を求めた。瓶の口が彼女の歯にかちんと当たり、最後の一滴まで飲み干された。彼女は空になった瓶を宙にかざして振り、私に向かって投げつけた。それは部屋の隅に飛んでいって、カーペットの上を滑り、壁の腰板に当たってごつんという音を立てた。

彼女はもう一度いやな目つきで私を睨んだ。それから両目が閉じられ、いびきが聞こえてきた。

演技だったかもしれない。しかしそんなことはもうどちらでもよかった。突然この場の光景に嫌気が差した。私はつくづくうんざりしていた。もうごめんだ。

ソファの上の帽子を手に取り、戸口に行ってドアを開けた。網戸を開けて外に出た。ラジオは部屋の隅で相変わらず低く囁き続け、女は椅子の中で相変わらず気楽にいびきをかいていた。ドアを閉める前にちらりと女を眺めた。ドアを閉めた。それからまたそっとドアを開け、女をもう一度見た。

女の目は閉じられていたが、まぶたの下に何かが光っているようでもあった。私は階段を降り、ひびの入った通路を歩いて通りに出た。

隣家の窓のカーテンが引かれ、老女の細長い顔がガラスにぴたりと押し当てられているのが見えた。真剣なまなざしだ。白髪と尖った鼻。その女は外の様子をじっとうかがっていた。

暇を持てあましたばあさんが近所を監視しているのだ。どんなブロックにもこの類が必ず一人はいる。私が手を振ると、カーテンが閉まった。

停めていた車に乗り込み、七十七番通りの分署に行った。嫌な匂いのしみついたナルティーの汚らしく狭いオフィスは、その二階にある。

6

ナルティーはこの前見たときから寸分も動いていないみたいに見えた。前と同じような、面白くもくそもないという顔をして、辛抱強く椅子に座っていた。しかし灰皿の中の葉巻の吸い殻は二つ増えていた。床に積まれたマッチの燃えかすは高さが僅かに増したようだった。

私は何ものっていない机に腰掛けた。ナルティーは机の上に伏せて置かれていた写真をひっくり返し、それを私に手渡した。警察の人相写真だった。正面からの写真と、横顔の写真。指紋の記録が下に添えられている。そこに映っている人物はたしかにマロイだ。強い光線をあてられているせいで、眉毛がまったくないように見える。まるでかりかりのフランス・パンだ。

「この男だよ」、私は写真を返した。

「オレゴン州立刑務所からそいつの記録が電報で送られてきた」とナルティーは言った。「おつとめはちゃんと果たしたようだ。減刑つきだがね。ものごとは順調に進んでいる。

もう追い詰めたも同然だ。パトロール警官が七番通りを走る市電の運転手から話を聞いた。そういうでかい図体の男を乗せたことを覚えていた。三番通りとアレクサンドリア通りの角で電車を降りたそうだ。たぶん空き家になっている大きな屋敷に潜り込むつもりだろう。あそこらへんにはそういう家がたくさんあるんだ。古くからの住宅街だが、ダウンタウンから遠くなったために、借り手を見つけるのがむずかしい。どこかの家に押し入ったとすれば、袋のネズミも同然だよ。おたくは何をしていた？」

「その男は派手な目立つ帽子をかぶって、白いゴルフボールがついた上着を着ていたかね？」

ナルティーはむずかしい顔をして、膝がしらの上で両手をねじ曲げた。「いいや、青の背広だ。あるいは茶色だったかな」

「腰巻き《サロング》じゃないことはたしかだね？」

「なんだって？　ああ、面白い冗談だ。非番のときに笑うから、思い出させてくれ」

私は言った。「それはムースじゃない。あいつが市電になんぞ乗るもんか。金を持っているからね。やつが着ていた服を見ろ。あの男には吊しの服なんて着られない。どこかで服を仕立てたんだよ」

「ああ、そうかい」とナルティーは顔をしかめた。「それで、おたくは何をしていたんだ？」

「本来はあんたがしなくちゃならないことをやっていた。この〈フロリアンズ〉という店は、白人専用のナイトクラブだったときも、同じ名前を使っていた。その近辺に詳しい黒人のホテルマンと話をした。看板を書き換えるのは金がかかるから、経営が黒人に変わってからも前の名前を使い続けたんだよ。もともとの持ち主はマイク・フロリアンという男だった。こいつは何年か前に死んだが、かみさんはまだ生きていて、西五十四番プレイスの一六四四番地に住んでいる。名前はジェシー・フロリアン。電話帳には載っていないが、市内人名簿には掲載されている」

「で、俺に何をしてほしいんだ。デートに誘えってのか?」とナルティーが尋ねた。

「そいつは私がかわりにやっておいた。バーボンのパイント瓶を持参したのさ。なかなかチャーミングな中年のご婦人だよ。泥の詰まったバケツみたいなご面相でね。彼女がクーリッジ大統領の二期目以来、髪を一度でも洗ったことがあるとしたら、うちの車のスペアタイヤをひとつ丸ごと食べて見せよう。リムなんかもみんなつけたまんまね」

「洒落た表現は省いてくれていいぜ」とナルティーは言った。

「私はフロリアン夫人にヴェルマについて質問した。ヴェルマのことは覚えているだろう、ナルティーさん。ムース・マロイが探し求めていた赤毛の娘だ。私はあんたを退屈させているんじゃないかな、どうだろう、ナルティーさん?」

「おいおい、何をそんなにかりかりしているんだ?」

「理由《わけ》はあるが、あんたにはおそらく理解できまい。フロリアン夫人はヴェルマのことを覚えていないと言った。住んでる家はおんぼろだが、ラジオだけがいやにぴかぴかだった。七十か八十ドルはする高級品だ」

「それがどうして飛び上がって驚くべきことなのか、俺にわかるように説明してくれないかな」

「フロリアン夫人は——ジェシーと言った方が話しやすいんだが——亭主はほとんど何も残さずに死んだと言った。古い服と、店に出入りしていた芸人たちの写真の束のほかにはね。私は酒を勧めた。なにしろ相手を殴り倒して、酒瓶をもぎとってでも一杯やりたいというタイプの女だ。三杯目か四杯目を空けたあとで、彼女は慎ましいベッドルームに行って、あちこちひっかきまわし、古いトランクの底から写真の束を持ち出してきた。私はその様子を相手に気づかれないようにこっそりとうかがっていた。そして彼女が封筒をひとつそこから抜き取って隠すのを目にした。あとでそこに行って、そいつをひっつかんできた」

私はポケットからピエロのかっこうをした娘の写真を取りだし、机の上に置いた。彼はそれを手に取り、じっと眺めた。唇の端の方がよじれた。

「なかなかキュートだ」と彼は言った。「そそるじゃないか。何かの役に立つかもな、ほう、ほう。ヴェルマ・ヴァレントねえ。で、このべっぴんさんに何が起こったんだ？」

「フロリアン夫人はヴェルマは死んだと言った。しかしそれでは、彼女がこの写真をわざわざ隠した理由が説明されない」

「たしかにそのとおりだ。どうしてこの写真を隠したんだろう？」

「理由は教えてくれなかった。最後に、私がムース・マロイが刑務所を出てきたことを教えると、彼女は私に対して不快感を抱いたみたいだった。この私が不快感を抱かれるなんてな、そんなこと信じられるかね？」

「話を続けろ」とナルティーは言った。

「話はそれだけさ。私はあんたに事実を教え、証拠物件をそっくり渡した。これだけ揃っていてどこにもたどり着けないようなら、これ以上何を話したところで役には立つまい」

「おいおい、いったいどこにたどりつけっていうんだ。ただの黒んぼ殺しじゃないか。まあ俺たちがムースをひっつかまえるのを楽しみにしてろよ。その娘をやつが最後に見てから八年も経つんだ。もし刑務所に面会に来ていないとすればだが」

「わかったよ」と私は言った。「ただこれだけは覚えておいてくれよ。やつはその娘を捜し求めているし、ちょっとやそっとでは引き下がらない男だ。ところでやつは銀行強盗をやったって言ってたな。だとすれば賞金が出ていたはずだ。誰がそれを受け取った？」

「知らんね」とナルティーは言った。「調べてみてもいいが、どうしてそんなことが知りたい？」

「誰かがたれ込んだんだ。そしてたぶんやつはそれが誰かを知っている。そっちの方も始末をつけようとするはずだ」、私は立ち上がった。「そろそろ失礼する。幸運を祈るよ」

「おいおい、それはちっとつれないんじゃないか？」

私は戸口に向かった。「うちに帰って、風呂に入って、うがいをして、爪にマニキュアを塗らなくちゃならなくてね」

「どこか具合が悪い訳じゃないよな？」

「ただ汚れているだけだ」と私は言った。「我慢できないほど汚れている」

「なあ、そんなに慌てて帰ることもないだろう。もう少しそこに座っていけよ」、彼は身体を後ろにそらせ、両手の親指をヴェストにかけた。そうすると前よりはいくらか警官らしく見えた。しかしそれで威厳が増したわけではない。

「急いではいない」と私は言った。「まったく急いではいない。ただこれ以上そちらの役には立てそうにないというだけさ。どうやらこのヴェルマは死んでしまったようだ。フロリアン夫人の言い分を信じるならね。そして今の時点では、フロリアン夫人がそのことで嘘をつかなくてはならない理由が、どこにも見当たらない。私に興味があったのはそれくらいだ」

「そうだな」とナルティーは疑わしそうな声で言った。疑り深くなるのが癖になってしまっているのだ。

「あんたたちはムース・マロイを追い詰めているようだし、それは何よりだ。だからうちに帰って、生活費稼ぎに精を出すことにする」

「あるいは俺たちはムースを取り逃すことになるかもしれない」とナルティーは言った。「中には運良く逃げおおせるやつもいるからな。たとえ図体が馬鹿でかくてもだ」、彼の目はあらゆる表情を欠いていたが、それでも疑いの色だけはしっかり浮かべていた。「で、いったいいくら女につかまされたんだ？」

「なんだって？」

「あんたに手を引かせるために、そのばあさんはいくらあんたにつかませたんだ？」

「何から手を引くために？」

「よくわからんが、あんたがこれ以上鼻を突っ込まないことにした何か
からさ」、彼は服の袖ぐりから両手の親指をはずし、ヴェストの前でくっつけ、押し合わせた。そして微笑んだ。

「つまらんことを言うね」、私はそう言ってオフィスを出て行った。ぽかんと口を開けている彼をそのままにして。

ドアから数歩行きかけたところで逆戻りし、もう一度静かにドアを開け、中をのぞきこんだ。彼は同じ姿勢で座り、左右の親指を押し合わせていた。しかしもう微笑んではいなかった。むずかしい顔をしていた。口はまだ開いたままだ。

ナルティーは身動きもせず、顔も上げなかった。私がドアを開けた音を耳にしたのかどうかもわからない。私はまたドアを閉め、その場を去った。

7

その年のカレンダーの絵はレンブラントだった。図版の色の配合があまり良くなくて、おかげでその自画像はどことなく薄汚れて見えた。そこにいるレンブラントはしみったれたパレットを汚い親指で持ち、どのような観点からも清潔とは言い難い房付きのベレー帽をかぶっていた。もう一方の手は筆を宙に掲げていた。もし誰かが前払い金をくれたなら、そろそろ仕事にかかってもよかろうという顔つきで。彼の顔は年老いてたわみ、人生に対する嫌悪感に満ち、酒の弊害を滲ませていた。しかしそこには苦々しさと背中合わせになった快活さがあり、私はそこが気に入っていた。なにより彼の目は朝露のように明るかった。

午後の四時半頃、オフィスの机越しにそのレンブラントを眺めているときに、電話のベルが鳴った。冷ややかで、取り澄ました声が聞こえた。きっと本人はそういうのが上等なしゃべり方だと考えているのだろう。私が電話に出ると、相手は母音をもったりと引き伸ばして言った。

「私立探偵のフィリップ・マーロウさんかな」

「あたり《チェック》」

「ああ、つまり——イエスということだね。私はある筋から君を紹介されたんだ。信頼するに足る、口の堅い人物ということで。今日の夜の七時に、うちにお越しいただけないだろうか。ある件について話し合いたいんだ。私の名前はリンゼイ・マリオット、モンテマー・ヴィスタのキャブリロ・ストリート、四二一二番地に住んでいる。場所はおわかりかな？」

「モンテマー・ヴィスタがどこにあるかは知っています、ミスタ・マリオット」

「けっこう。しかしキャブリロ・ストリートはいささか見つけにくいかもしれないな。このへんの道路は興味深くはあるが、かなり込み入ったカーブを描いて設計されている。私としてはサイドウォーク・カフェから歩いて階段を上ってくることをお勧めする。もしそういう来かたをするなら、キャブリロ・ストリートは三つ目に出てくる通りで、うちはそのブロックに建っているただ一軒の家だ。七時でかまわないだろうか？」

「どのような性質の仕事なのですか、ミスタ・マリオット」

「それについてはできれば電話で話したくない」

「だいたいのところだけでも教えていただけるとありがたいのですが。モンテマー・ヴィスタまではなにしろ距離がありますからね」

「もし話がまとまらなくても、出向いていただいたぶんの謝礼は払う。仕事の性質がそれほど気になるかね？」

「もしそれが合法的なものであるのなら、こちらとしてはそれほど気にはなりません」

声がつららのように冷たくなった。「もしそれが合法的なものでなければ、君のところに電話をかけたりはしなかったはずだ」

ハーヴァードの卒業生だろう。仮定法の使い方が見事だ。足の先っぽがどうにもむずむずした。しかし私の預金残高は、水面下で必死にあひるの水かきのようなことをしている。私は声を甘く和らげた。「電話をいただいて感謝しています、ミスタ・マリオット。よろしい。そちらにうかがいましょう」

彼はそれで電話を切った。レンブラント氏がうっすらと冷笑を浮かべたように思えた。私はデスクの深い抽斗からオフィス用の酒瓶を取りだし、くいと一口飲んだ。それでレンブラント氏の顔からあっという間に冷笑が消えた。

くさびのかたちをした陽光がデスクの上を滑るように移動し、縁を越え、音もなくカーペットの上に落ちた。外の大きな通りでは信号がかたん、かたんと音を立て、都市の間を往き来するバスがタイヤ音を響かせ、薄い壁の向こう側にある弁護士事務所からはタイプを叩く単調な音が聞こえてきた。パイプに煙草を詰めて火をつけたところでまた電話のベルが鳴った。

今度はナルティーだった。口の中がベイクド・ポテトでいっぱいになったようなしゃべり方だった。「なあ、俺はどうやらどじを踏んだみたいだ」、相手が私だとわかると、彼はすぐにそう切り出した。「みっともない話だ。マロイはフロリアンのかみさんに会いに行った」

　私は砕けてしまいそうなほど受話器を強く握った。上唇に突然ひやりとしたものを感じた。「続けてくれ。あんたはやつを追い詰めているって言ってたじゃないか」

「人違いだった。マロイはそのあたりにはいなかった。西五十二番プレイスに住む、近所の様子をうかがうのが趣味の、未亡人のばあさんから俺たちは電話を受けた。二人の男がフロリアン夫人のところにやってきた。一人は通りの反対側に車を停めて、いかにも用心深く行動した。そのぼろ家に入る前に、あたりの様子を念入りにチェックした。中には一時間ばかりいた。身長は百八十センチ、髪は黒、体つきは適度にがっちりしている。静かに出てきた」

「そして酒の匂いをさせていた」と私は言った。

「そのとおり。それはきっとおたくだよな。二人目はムースだ。派手な服を着た、家屋のように大きな男だ。車で乗り付けたが、ばあさんにはナンバープレートまでは見えなかった。遠すぎたんだ。彼はあんたの一時間くらいあとで来たということだ。さっと中に入っていって、五分くらいで出てきた。自分の車に乗り込む前に、でかい拳銃を取りだして、弾倉をぐるぐると回した。ばあさんが目にしたのはそれくらいのものだ。それで警察に電話をかけてきたんだ。銃声は聞いていない。家の中からは聞こえなかった」

「そいつはがっかりだったね」と私は言った。

「ああ。気の利いたことを言うね。非番の日に笑うから、思い出させてくれよ。ばあさんもがっかりしたみたいだ。パトカーで警官がかけつけたが、ノックをしても返事はなかった。だから中に入った。玄関のドアに鍵はかかっていなかった。床に死体は転がっていなかった。家には誰もいなかった。フロリアン夫人は出かけていたんだな。それで警官たちは隣家に行ってばあさんの話を聞いた。ばあさんはフロリアン夫人が家から出て行くところは絶対に目にしていないと、それこそ頭から湯気を立てて言い張った。彼らは署に報告をし、それから別の仕事にかかった。そのだいたい一時間後に、一時間半くらいあとになるかな、またばあさんが電話をかけてきて、フロリアン夫人が家に戻っているって言うんだ。俺のところに電話がまわってきたんで、俺はばあさんに聞いたよ。それで何が問題なんですかって。そしたらばあさんは何も言わずにがちゃんと電話を切りやがった」

ナルティーはそこで一息ついて、私の一言を待った。私には言うべきことはなかった。少し間をおいてから、彼はもそもそと話を続けた。

「それであんたはどう思うね？」

「とくになんとも思わないな。ムースがそこに立ち寄るのは当たり前すぎるくらい当たり前のことだ。彼はフロリアン夫人のことをかなりよく知っていたはずだから。長居をしなかったのも当然だ。警察にもし知恵があれば、フロリアン夫人にあたりをつけているだろうから」

「思うに」とナルティーは静かに言った。「俺はそこに行ってフロリアン夫人に会うべきなんだろうね。彼女が出かけたさきを調べるために」

「上等な考えだ」と私は言った。「もしあんたの尻をその椅子から持ち上げてくれる誰かさんを、うまく見つけることができたらね」

「なんだって？ ああ、また気の利いた台詞か。でもな、今となってはそんなことはもうどうでもよくなった。わざわざ出向くまでもないのさ」

「もったいをつけるじゃないか」と私は言った。「なんだか知らないが、話を聞かせてくれ」

彼はくすくす笑った。「俺たちはマロイの身柄を押さえた。今度こそ抜かりはない。ジラードでやつを見つけた。レンタカーで北に向かっていた。やつはそこでガソリンを入れ、給油所の若いのが警察に連絡した。我々はそのちょっと前にラジオで容疑者の特徴を放送していたんだ。その若いのが言うには、すべての特徴はラジオで聞いたことに一致していた。ただしマロイは洋服をダークスーツに着替えていた。我々は地元の警察と州警察にすぐに情報を流した。もしやつがそのまま北に向かえば、ヴェンチュラ街道で捕まえられる。

リッジ・ルートにそれたら、キャスタイックで停車して通行券を受け取らなくてはならない。もし停車しなかったら、電話連絡ひとつで道路は即刻封鎖される。できることなら、警官が撃たれたなんて事態は避けたい。うまくやっただろう？」

「悪くない」と私は言った。「もしその男が本当にマロイで、相手があんたの予想通りに行動したら、ということだがな」

ナルティーは用心深く咳払いをした。「そういうことだ。ところで、念のためにうかがいたいんだが、おたくは今どんなことをしている？」

「何もしてないね。どうして何かしなくちゃならない？」

「あんたはフロリアンのかみさんとうまく調子をあわせた。彼女はほかに何かを知ってるかもしれんぜ」

「たっぷり中身の入った酒瓶があれば、私じゃなくても事足りるさ」

「あんたはその女をなかなか上手に扱った。もう少し時間をかけて彼女に探りを入れてもいいんじゃないか」

「それは警察の仕事だろう」

「そりゃそうさ。でもその娘の線をたぐってみるってのは、おたくが持ち出したことじゃないか」

「しかしその線は消えた――フロリアンのかみさんの言ったことを信じればだがな」

「女ってのはな、あらゆることで嘘をつくんだ。嘘をつかなくちゃ損みたいに嘘をつく」とナルティーは陰鬱な声で言った。「おたく、今のところそんなに忙しくないんだろう。違うか？」

「私には仕事がある。そちらから帰ったあとで飛び込んできた。金の入る仕事だよ。悪いな」

「だからこの件からは抜けるってか？」

「そんな風に言われても困るね。私だって生活費を稼がなくちゃならない。それだけのことだ」

「わかったよ。おたくがそういう考え方なら、そりゃしかたないさ」

「考え方も何もない」、私はあやうく怒鳴りつけそうになった。「あんたのためにせよ、ほかの警官のためにせよ、手先になってただ働きしているような暇は持ち合わせていない」

「わかった。好きにしろや」とナルティーは言って電話を一方的に切った。

私は切れてしまった受話器を握って、それに向かって怒鳴った。「いいか、この街には千七百五十人もの警官がいる。なんでこの私が、そいつらのお手伝いをしなくちゃならんのだ」

私は受話器を叩きつけるように置き、オフィス用の酒瓶からまた一口飲んだ。

少しあとで私はビルのロビーに行って、夕刊を買い求めた。ナルティーは少なくともひとつの件については正しかった。モンゴメリ殺しの記事は今のところ、求人広告ページにさえ載っていなかった。

私は早めの夕食に間に合うように再びオフィスを出た。

8

モンテマー・ヴィスタに着いたときにはすでに日が薄れかけていたが、海面にはまだ細かな煌《きら》めきが残っていた。波ははるか沖合で、長い滑らかな曲線を描きながら砕けていた。ペリカンの群れが爆撃機のように編隊を組んで、泡立つ波頭のすぐ下を飛んでいた。孤独なヨットがベイ・シティーのヨット・ハーバーを目指していた。その先にはパープル・グレーの太平洋が、遮るものもなく、広大な虚無として広がっていた。

モンテマー・ヴィスタには数十軒の家が建っている。サイズもかたちも様々だが、それらはみんな山の張り出しに、実に危くぶら下がっているみたいに見える。大きなくしゃみをひとつしたら、ビーチで広げられている箱弁当《ボックス・ランチ》のあいだに落っこちてしまいそうだ。

ビーチの上方にはコンクリートの広いアーチがあり、その下をハイウェイが抜けている。そのアーチは歩行者用の橋になっており、橋のいちばん内側のたもとから、まるで定規で引いたみたいにまっすぐに、階段が山の斜面をあがっている。階段の片側には亜鉛メッキされた太い手すりがついている。アーチの向こうには、私の依頼主が電話で話したサイドウォーク・カフェがあった。店の内部は明るくて楽しそうだったが、外のストライプの日よけの下に並んだテーブルには、スラックス姿の黒髪の女が一人座っているだけだった。タイルのトップに鉄製の脚がついたテーブルだ。彼女は煙草を吸いながら、憂鬱そうな目で海を眺めていた。ビールの瓶が前に置かれている。一匹のフォックステリアが鉄製の椅子を電柱代わりにしていた。私が車で通りかかると、彼女はおざなりに犬を叱った。こちらにしても、カフェの駐車場を勝手に使わせてもらっているだけなのだが。

私はアーチを抜けて後戻りし、階段を上り始めた。思い切り息を切らせるのが好きなら、それはなかなか楽しい道のりである。キャブリロ・ストリートまで全部で二百八十段の階段を登らなくてはならなかった。階段には吹き寄せられた砂がかぶり、手すりはまるでヒキガエルの腹みたいにひんやり湿っていた。

てっぺんにたどり着いたときには、海面のきらめきはもう消えていた。折れた片脚をたなびかせた一羽のかもめが、陸から吹く風に向かって身体をねじるようにして飛んでいた。私は湿った冷たい階段の、一番上のステップに腰を下ろし、靴の中に入った砂を振って落とし、脈拍が落ち着いて百に近づくのを待った。なんとか人並みに呼吸ができるようになると、汗で背中にへばりついたシャツを振ってはがし、明かりのついた家に向かって歩いた。階段から叫び声を上げれば届く距離にあるのは、その家だけだった。

感じの良いこぢんまりとした家だった。海風で変色したらせん階段が玄関に続き、馬車のカンテラに似せたものがポーチの照明になっていた。ガレージはその下の一方の端にあった。ガレージのドアは持ち上げられ、後方にやられ、ポーチの照明がそこにあるものをぼんやりと照らしていた。車は戦艦のように巨大で、黒い車体にクロームのトリミングが施されている。ラジエーターキャップの上に鎮座するニケの像には、コヨーテの尻尾が巻き付けられ、紋章があるべき場所にはイニシャルが彫り込まれていた。ハンドルは右側についている。車の価格はひょっとして家の価格より高いかもしれない。

私はらせん階段を上り、呼び鈴を探した。そして虎の頭のかたちをしたノッカーを使った。そのかたんかたんという音は薄暮の霧に呑み込まれていった。家の中には足音が聞こえなかった。汗で湿ったシャツが氷嚢のように背中に張り付いていた。音もなくドアが開いた。私の前には背の高い金髪の男がいた。白いフランネルのスーツを着て、首のまわりに紫色のサテンのスカーフを巻いている。

白い上着のラペルにはヤグルマソウが差され、それが彼の淡いブルーの瞳をいっそう薄く見せていた。紫色のスカーフはゆったりと巻かれていたので、彼がネクタイを締めておらず、太い、柔らかな茶色の首をしていることがわかった。それはどちらかというと力強い女性の首のように見える。顔立ちはいくぶんごついが、それでもハンサムな部類だった。背丈は私より二センチばかり高い。つまり身長は百八十二センチあたりということだ。人為的にか自然にかはわからないが、その金髪はきっちりと三段階の色合いに分かれており、それは私に階段を思い出させた。とても好意の持てない代物だ。色分け髪なんてものが好きになれるわけはない。しかしそれを別にすれば、彼はさもありなんという見かけの人物だった。つまりいかにも、白いフランネルのスーツを着て、紫色のスカーフを首に巻いて、ラペルにヤグルマソウをつけそうな人物だった。

男は軽く咳払いをして、暗さを増していく海を私の肩越しに見やった。冷ややかで横柄な声が言った。「何のご用でしょう?」

「七時」と私は言った。「ぴったりです」

「ああ、そうだ。ええと、なんだっけ、君の名前は――」、彼は口を閉ざし、記憶の底をまさぐるふりをしたが、そこには中古車の履歴ほどの説得力もなかった。私は一分ばかり彼に演技を続けさせた。それから言った。

「フィリップ・マーロウ。今日の午後から変わっていません」

彼は素早く私に向かって眉を寄せた。そんな真似は赦しがたいぞと言わんばかりに。それから後ずさりし、ひややかに言った。

「ああ、そうだった。そのとおりだ。入ってくれ、マーロウ。ハウスボーイは今夜非番でね」

彼は指先を使ってドアを広く開けた。ドアを自分で開けたりしたら身体が汚れるとでも言わんばかりに。

私は彼の前を通って中に入った。香水の匂いがした。彼はドアを閉めた。中にはいると、そこは金属の手すりがついた低いバルコニーだった。大きな開放型の居間の三方を、そのバルコニーが取り囲むかっこうになっている。残りの壁には大きな暖炉があり、ドアが二つついていた。暖炉では薪がぱちぱちという音を立てて燃えていた。バルコニーには書棚が並び、艶やかな金属製の彫刻らしきものがいくつか、それぞれ台座の上に載っていた。

我々は階段を三段下りて、居間の中心の部分に行った。カーペットは私の足首のあたりまで達して、ちくちくした。ふたを閉じられたコンサート・グランド・ピアノがあった。ピアノの隅には黄色いバラを一本だけ差した花瓶が置かれていた。花瓶の下にはピーチ・カラーのヴェルヴェットの布が敷かれている。品の良い華奢な家具がたくさん揃っていた。びっくりするほど多くのフロア・クッションがあった。金色の房がついたものもあり、何もついていないものもあった。荒っぽい暮らしには向かないが、それなりに感じの良い部屋だ。隅の少し仄暗くなったあたりに、大きなダマスク織りの長椅子が置かれていた。ハリウッドの配役担当重役の部屋に、曰くありげに置いてありそうな寝椅子だ。人々があぐらをかいて座り、砂糖のかたまりにアブサンを染ませながら飲み、感極まった高い声で何かを語り、あるいはただ単に金切り声を上げているような種類の部屋だった。どんなことが起こっても不思議のなさそうな場所だった。まっとうな仕事以外のものならなんでも。

リンゼイ・マリオット氏はグランド・ピアノのカーブに身をもたせかけ、身を屈めて黄色いバラの匂いを嗅いだ。それからフランス製のエナメルの煙草ケースを開け、金の先端のついた長い茶色のシガレットに火をつけた。私はあとが残らなければいいのだがと案じつつ、ピンク色の椅子に腰を下ろした。そしてキャメルに火をつけ、鼻から煙を出し、台座の上に載っている黒いぴかぴかした金属の塊を眺めた。それは長い滑らかなカーブを描き、浅いひだが一本ついていた。カーブの上に二つの突起がある。私はその金属の塊をじっと見ていた。私がそれを見ているのをマリオットは目にとめた。

「なかなか興味深い作品だ」と彼はぞんざいな口調で言った。「このあいだ手に入れた。アスタ・ディアルの『暁の精神』だ」

「私はまた、クロプステインの『尻の上の二つのイボ』かと思いましたよ」と私は言った。

リンゼイ・マリオット氏の顔は蜂を一匹呑み込んだような表情を浮かべた。それから苦労をして平常の顔を取り戻した。

「君は一風変わったユーモアのセンスを持っているようだ」と彼は言った。

「とくに変わってはいません」と私は言った。「遠慮がないだけです」

「そう」と彼はひどく冷ややかな声で言った。「ああ――もちろんだ。言うまでもなく……君にこうしてここまで来ていただいた用向きというのは、正直なところ、きわめて些細なことなのだ。わざわざ足を運んでもらうほどのことではなかったかもしれない。今夜私は二人ばかりの人間と会って、現金を渡すことになっている。それで、誰か一緒に来てもらった方がいいような気がした。銃は携行しているかね？」

「ときには携行します」と私は言った。彼の肉付きの良い広い顎のくぼみを、私は見ていた。おはじきがそこにすっぽり呑み込まれそうだ。

「銃は持たないでもらいたい。その必要はない。純粋な商業上の受け渡しなんだ」

「人を撃った経験はほとんどありません」と私は言った。「恐喝とかその手のことですか？」

彼は眉をひそめた。「まさか。私は恐喝のネタを提供するような人間ではない」

「立派な人たちだってそういう目に遭います。立派な人だからこそそういう目に遭うという言い方もできるかもしれない」

彼はシガレットをゆらゆらと振った。淡いアクアマリン色の瞳は何かを考えるような色を僅かに漂わせた。しかしその唇は微笑を浮かべていた。シルクの首つり縄に似合いそうな微笑だ。

彼はまた少し煙を吐き、首を後ろにそらせた。そして喉の柔らかな、しかししっかりとした線を目立たせた。その目はゆっくり下に降りて、私を検分した。

「私はその連中におそらく、あまり人気《ひとけ》のない場所で会うことになるだろう。具体的な場所はまだわからない。詳しい指定をする電話がやがてかかってくる。すぐに出かけられるように準備をしていなくてはならない。ここからそれほど遠くないところになるはずだ。

そういう段取りになっている」

「前から決まっていた話なのですか？」

「たしか、三日か四日前だ」

「護衛のことはずいぶんぎりぎりになって決めたんですね」

彼はそれについて少し考えた。暗い色をした灰を煙草から落とした。

「そのとおりだ。

心を決めるのに時間がかかった。一人で行った方がいいのかもしれない。しかし一人だけで来いと指示されたわけでもない。そしてまた、私は勇猛で鳴らしている人間ではないからね」

「相手はもちろんあなたの顔を知っている」

「ああ——そいつはどうかな。私は巨額の金を持って行くわけだが、それは自分の金ではない。友だちの代理として行くんだ。もちろん自分の懐から出す金であれば、それで気が楽になるというものでもないが」

私は煙草をもみ消し、ピンク色の椅子に背をもたせかけ、両手の親指をこねあわせた。

「どれほどの金額なのですか？ そして何のための金なのです？」

「ああ、それは——」、微笑は感じの良いものに変わっていたが、それでもまだ私には気に入らなかった。

「それは教えられない」

「私はただ付き添って、あなたの帽子を掲げ持っていればいいのですね」

彼の手はまたぴくりと震え、灰が彼の白い袖の上に落ちた。彼はその灰をふるい落とし、それがあった場所をまじまじと見つめた。

「君の態度はどうも気に入らんな」と彼は言った。その声には険があった。

「そういう苦情はしばしば耳にしました」と私は言った。「でも変えようがないもので。いいですか、今回の仕事についてちょっと考えてみましょう。あなたはボディーガードを必要としている。しかし銃を携行してもらっては困るという。あなたは手伝いを求めている。しかし何をどう手伝えばいいのか教えてはくれない。あなたは私にリスクを冒すことを求めている。しかし何故そこにリスクがあるのか、それは何のためなのか、どんなリスクなのか、説明してはもらえない。だいたいそれだけのことをして、いくら報酬をいただけるんですか?」

「実を言うと、そこまで考えが及ばなかった」、彼の頰骨には浅黒い赤みが差していた。

「今なら、考えは及びますか?」

彼は優雅に前屈みになり、歯と歯のあいだに笑みを浮かべた。「鼻に素早いパンチを食らうってのはいかがかな」

私はにやりと笑い、立ち上がって帽子をかぶった。そしてカーペットを踏みしめて玄関に向かった。とはいえ、それほど足早に歩いたわけではない。

私の背中にかけられた彼の声は鋭いものだった。「二、三時間を私のために割いてくれたら、百ドルを払おう。それでは足りないというのであれば、そう言ってくれ。危険な仕事じゃない。私の友人の所有するいくつかの宝石が武装強盗団によって奪われた。それを買い戻そうとしているんだ。気分を直して腰を下ろしたらどうだ」

私はピンク色の椅子に戻って腰を下ろした。

「いいでしょう」と私は言った。「事情を話してください」

我々はたっぷり十秒間じっと互いを見つめ合った。「フェイ・ツイ翡翠については聞いたことがあるかね?」と彼はゆっくりと尋ねた。そして黒みがかった煙草にまた火をつけた。

「ありませんね」

「それは本当の意味で値打ちのある唯一の翡翠なんだ。ほかの翡翠はある程度材料に価値はあるにせよ、主要な価値はその宝飾細工にある。ところがフェイ・ツイは材料そのものに価値がある。判明している限りでは、何百年も前にすべて採り尽くされてしまったからだ。私のその友人は、そいつが六十個連なったネックレスを所有していた。どれもおおよそ六カラットで、精緻な彫り物が施してある。八万ドルから九万ドルの値打ちはあるだろう。中国政府はそれよりほんの微かに大粒のものを所有しているが、その値打ちは十二万五千ドルと算定されている。数日前の夜に、私の友人はそれをホールドアップで奪われた。

私もその場に居合わせたが、なすすべはなかった。私はその友人を車でイブニング・パーティーに連れて行って、そのあと〈トロカデロ〉に寄り、そこから帰宅する途中だった。一台の車がこちらの車のフロントの左側のフェンダーにかすって、それから急停車した。たぶん謝るためだろうと私は思った。ところが何あろう、それは巧妙に計画された手際の良いホールドアップだった。三人か四人組だったが、私が目にしたのは二人だけだ。一人はハンドルの前に座って待機していた。そしてあと一人が、後部席の窓の中にちらりと見えたような気がする。私の友人は翡翠のネックレスを首にかけていた。連中はそのネックレスをとり、指輪を二つと、ブレスレットをひとつ奪った。一味の首領とおぼしき人物が小さな懐中電灯の光で、とくに慌てるでもなく時間をかけて品物を検分した。それから指輪のひとつを返して言った。あんたが相手にしているのがどのような種類の人間か、これでだいたいわかったはずだ。近いうちに連絡をするから、警察にも保険会社にも通報せずに待っているように、と。我々はその指示に従った。そういうのは珍しいことじゃない。事件のことは表に出さず、いわば身代金を払うんだ。そうしないと宝石は二度と手元に戻らない。フルに保険がかかっているのなら、そんなことをする必要はない。しかしもし希少なものであれば、金を払って取り戻すのが得策だ」

私は肯いた。「そしてこの翡翠のネックレスは、そんじょそこらに転がっているものではない」

彼は夢見るような表情を顔に浮かべて、ピアノの磨かれた面に指を滑らせた。滑らかなものに手を触れると心が慰められるとでも言いたげに。

「まさにそのとおり。代わりのものはどこにもない。彼女はそんな貴重なものを身につけて外出するべきではなかった。しかし怖いもの知らずの女なのだ。ネックレス以外のものは悪くはないが、まあありふれたものだ」

「ははあ。ところでどれくらいの金額を払うことになるのですか？」

「八千ドル、安いものだよ。しかし私の友人が代わりを見つけることができないのと同じように、そのやくざものたちにとっても、そいつを処分するのは簡単じゃない。アメリカ全土、この商売に関わっているものなら、出所はすぐにわかるからね」

「そのあなたのお友だちは――名前を持っておられるのでしょうかね？」

「今の段階では名前を明かすわけにはいかない」

「どのような手はずになっているのですか？」

彼は淡いブルーの目で私をじっと見ていた。そこには怯えらしきものが僅かにうかがえた。しかし彼がどういう人間なのかまだよくわからない。それはただの二日酔いによるものかもしれない。黒っぽい煙草を持った手は、そわそわしつづけていた。

「我々はこの何日か、電話で交渉を続けた。私がその窓口になった。会う場所と時刻以外は、すべて了解がついている。今夜のうちに取り引きはおこなわれる。今にも電話がかかってきて、私に手順を知らせてくれるはずだ。場所はそれほど遠くではないと彼らは言っている。すぐに出発できるように準備を整えておかなくてはならない。こちらが罠をしかけるのを防ぐためだろう。警察に届けるとか、その手のことを向こうは用心しているんだ」

「ははあ。それで、紙幣にはしるしがついていますか？　それが本物の金だとすればですが」

「今の時点ではもちろん本物だ。二十ドル札で揃えた。しるしはついていない。どうしてそんなものをつけなくちゃならないんだ？」

「しるしをつけることも可能なんです。黒い光をあてれば、くっきりと浮き出すようなしるしをね。どうしてそんなものをつけるのか？　大した理由はありません。警察はギャングたちを絶滅させたいと望んでいる、ただそれだけのことです。もちろん当事者の協力を得ることができるとすればですが。そんな金の一部が、前科のある連中の手からひょっこり現れるかもしれない」

彼は考え深げに眉間にしわを寄せた。「よくわからないんだが、その黒い光というのは何のことだね？」

「紫外線ですよ。特殊な金属製のインクでしるしをつけておくと、暗闇の中で光るようになっているんです、私がやってあげることもできます」

「もうそんな時間は残されていないと思う」と彼はきっぱりと言った。

「そのことが私にはどうも気にかかるんです」

「というと？」

「なんで今日の午後になって、やっと私に電話をかける気になったのか。それにどうして私でなくてはならなかったのか。私のことを誰から聞いたのですか？」

彼は笑った。どちらかといえば少年の面影を残した笑いだった。しかしそこにはなぜか若々しさはない。「ああ、正直に打ち明けるなら、私は君の名前を電話帳から無作為に選んだ。そもそも誰かを同行させようというつもりはまったくなかった。でも今日の午後になって、連れがいるのも悪くはないとふと思いついたわけさ」

私はくしゃくしゃになった煙草を一本取り出し、火をつけた。そして彼の喉の筋肉が動くのを眺めた。「どういう段取りになっているんですか？」

彼は両手を開いた。「単純な話だよ。指定された場所に行く。金の包みを相手に渡し、そのかわりに翡翠のネックレスを受け取る」

「はいはあ」

「君はどうやらその表現がお好みのようだな」

「どんな表現ですか？」

「はいはあ」

「それで私はどこにいればいいんです？　車の後部席ですか？」

「そういうことになると思う。大きな車なんだ。後部席に身を隠すのはむずかしくない」

「いいですか」と私はゆっくり言った。「あなたは私を車の中に隠して、今夜これから電話で指示される場所に向かおうとしている。あなたは八千ドルを現金で持っていて、それでもって実勢価格がその十倍か十二倍はする翡翠のネックレスを買い戻そうとしている。あなたが受け取ろうとしている包みは、開くことをおそらく禁じられるでしょう。何かを受け取ると仮定しての話ですが。連中は金だけを受け取って、どこか別の場所でそれを数えて、もし気前がよければ後日ネックレスを郵送してくれるかもしれない。そういう成り行きだって十分考えられます。連中が約束を破ることを誰も阻止できません。私には少なくともそれを防ぐことはできない。相手はプロの強盗です。性根の座ったやつらです。あなたの頭に一発くらわせたりするかもしれない。そんなに強くは殴らないでしょう。意識を失わせ、逃亡する時間が稼げるくらいの殴り方しかしないはずだ」

「ああ、実のところ、私としてもそういう成り行きを少々心配しているわけだよ」と彼は静かな声で言った。目がぴくぴく震えた。「だからこそ誰かに一緒に来てもらおうという気になったんだ」

「そいつらは拳銃強盗をしているあいだ、あなたに懐中電灯をずっと当てていましたか？」

彼は首を振った。ノーということだ。

「それはたいしたことじゃない。そのあとだってあなたを観察する機会はやまほどあったはずだ。そして事前に彼らはあなたのことを徹底的に調べ上げている。その手の仕事は前もって念入りに下見されているんです。歯医者が金の詰め物をする前に、歯を細かく調べ上げるみたいにね。ところであなたは、その女性とよく一緒に外出するのですか?」

「ああ――たまにしか会わないというと嘘になるだろう」、そう言う彼の声はこわばっていた。

「人妻ですか?」

「なあ、いいか」と彼はぴしゃりと言った。「今回の件から、その女性ははっきり除外しておきたいんだ」

「いいでしょう」と私は言った。「しかし不明な事情が多ければ多いほど、手違いは起こりやすいものです。私はこの事件から手を引くべきだという気がするんですよ、マリオットさん。実に気が進まない。もし連中があなたと正直に取り引きするつもりなら、私はいなくてもいい。もし連中が正直に取り引きをする気がないとしたら、私がいても役には立たない」

「とにかく君が一緒に来てくれれば、それでいいんだ」と彼は早口で言った。

私は肩をすくめ、両手を広げた。「よろしい。しかし私が車を運転し、金を運びます。

あなたが車の後部席に隠れている。我々は背丈がほぼ同じだ。もし相手が何かを質問してきたら、あるがままを話せばいい。それによって失われるものは何もない」

「そいつは困る」と言って、彼は唇を噛んだ。

「私は何もしないことで百ドルを受け取る。もし誰かが一発食らわされるとしたら、それは私の役目じゃないかな」

彼は眉をひそめ、首を振った。しかし長い時間をかけて、ゆっくりと顔が晴れていった。やがて微笑みが浮かんだ。

「よろしい」と彼はのんびりした声で言った。「それで話がこわれるということもあるまい。とにかく我々は一緒にいるわけだしな。どうだい、ブランディーでも少しやらないか？」

「悪くありませんね。それから百ドルを拝ませてもらえませんか。紙幣の手触りはいいものです」

マリオットはダンサーのような身振りで場を離れた。腰から上の身体がほとんど揺れない。

彼が部屋を出て行きかけたところで電話のベルが鳴った。電話は居間ではなく、バルコニーを向いた小さなくぼみの中にあった。しかしそれは我々が待ち受けていた電話ではなかった。彼のしゃべり方は過剰なほどに愛情に溢れていた。

ややあって、彼は再び踊るような身振りで歩いて戻ってきた。手には五つ星のマーテルのボトルと、手の切れそうな五枚の二十ドル札があった。それで話のわかる夜になった――その時点まではということだが。

9

家の中はことのほか静かだった。ずっと遠くに音が聞こえた。波が砕ける音のようでもあったし、車がハイウェイを疾走する音のようでもあったし、風が松の木のあいだを吹き抜ける音のようでもあった。でもそれは言うまでもなく海の音だった。遙か眼下に波が打ち寄せているのだ。私はそこに腰を下ろし、耳を澄ませ、時間をかけて注意深く考えを巡らせた。

それから一時間半ほどのあいだに電話のベルは四回鳴った。肝心の電話がかかってきたのは十時八分過ぎだった。マリオットはおそろしく低い声で手短かに話した。受話器を音を立てずに電話機に戻し、気配を殺して立ち上がった。顔がひきつっていた。彼は今では黒っぽい服に着替えていた。足音もなく居間に戻ると、ブランディー・グラスに気付けの酒を注いだ。得体の知れない薄暗い笑みを浮かべ、酒をひとしきり明かりにかざし、グラスの中でくるりと一度まわした。それから後ろに頭をそらせ、喉の奥に一息に送り込んだ。

「ああ——手はずは整ったよ、マーロウ。君の方の用意はできているか？」

「そのために私はここにいる。それで、どこに行くのですか？」

「プリシマ・キャニオンと呼ばれているところだ」

「聞いたことがありませんね」

「地図をとってこよう」、マリオットは地図を持ってくると、素早く広げた。その上に屈み込むと、彼の真鍮のような色合いの髪が明かりを受けて輝いた。彼はその地点を指で示した。ベイ・シティーの北、沿岸高速道路《コーストハイウェイ》を降りると麓の通り沿いに町ができていて、その通りの先は数多くの峡谷《キャニオン》に吸い込まれている。おおよその位置の見当はついたが、それ以上はわからない。カミノ・デラ・コスタという通りの終点あたりに目的地はあるらしかった。

「ここからはせいぜい十二分くらいだろう」とマリオットは早口で言った。「そろそろ出た方がよさそうだ。約束の時刻まで二十分しか余裕はない」

彼は私に明るい色合いのコートを渡した。狙撃の標的としてはうってつけの代物だ。サイズは私の身体にぴったりだった。帽子は自分のものをかぶった。脇の下には拳銃をつけていたが、それは黙っていた。

私がコートを着ている間、マリオットは重みのない、そわそわした声でしゃべり続けていた。両手は八千ドルの入った分厚いマニラ封筒の上でずっと踊っていた。

「プリシマ・キャニオンの突き当たりには、水平な岩棚のようなものがあるらしい。そこにはフォー・バイ・フォーの木材で塀が巡らされ、道路から隔てられている。しかしそれをすり抜けて、車で中に入ることはできる。未舗装道路が曲がりながら下って、ちょっとした窪みに通じている。そこで我々は明かりを消して待つ。近くには人家はない」

「我々？」

「私ということだ。建前からいえば」

「なるほど」

彼はマニラ封筒を私に渡した。開けてみると、中には現金が詰まっていた。ずしりとした札束だ。数えることはしなかった。もう一度それにぱちんと輪ゴムをかけ、オーバーコートのポケットに突っ込んだ。あばら骨のあいだにすっぽりと収まる感じがあった。

我々は戸口に行き、マリオットは家中の明かりを消した。彼は用心深く玄関のドアを開け、霧のかかった周辺をじっと見渡した。それから我々は家の外に出て、潮風にさびたらせん階段を降り、ガレージのある地面に立った。

うっすらと霧が出ていた。このあたりでは夜になるといつも霧が出る。しばらくフロント・グラスのワイパーを動かさなくてはならなかった。

大きな外国製の車は、何をせずとも勝手に前に進んでくれたが、私はかっこうをつけるためにも、いちおうハンドルを握っていた。

山の斜面についた、8の字を描くようにくねくねした道を二分ばかり下ったところで、突然サイドウォーク・カフェの隣に出た。マリオットがどうして階段を上ってきた方がいいと言ったかが、私にも理解できた。こんなややこしく曲がりくねった道を何時間運転したところで、えさ箱の中のミミズほども前進できなかっただろう。

ハイウェイでは車が途切れなく両方向に移動していて、ヘッドライトはほとんど一筋に繋がっているみたいに見えた。大きなポップコーン・マシーンたちは、うなり声をあげながら北へと向かい、緑と黄色の頭上の灯火で花綱のように切れ目なく飾られていた。三分ほどハイウェイを進み、それから内陸側に降りた。大きなガソリン・スタンドがあり、山の麓の側面に沿ってくねくねとした道が続いていた。あたりは静かになった。寂しさが漂い、海藻の匂いがした。山の方からはサルビアの葉の匂いが運ばれてきた。黄色い明かりのともった窓がまばらに見えたが、どれもまるで摘み残されたオレンジのように、ぽつんぽつんと孤立していた。何台かの車とすれちがった。車は冷ややかな白いライトを路面に振りまきながらやってきて、轟音を立てて再び暗闇の中に吸い込まれていった。筋になった霧が、星を追うように空を流れていた。

マリオットは暗い後部席から身を乗り出して言った。

「右手に見える明かりはベルヴェディア・ビーチクラブの建物だ。次のキャニオンがラス・ブルガスになる。その次がプリシマ・キャニオンだ。二番目の坂の高くなったところで右折する」、彼の声は緊張し、押し殺されていた。

私はうなるように返事をして、運転を続けた。「頭をひっこめたほうがいい」と私は肩越しに彼に言った。「どこからか見られているかもしれない。この車はなにしろアイオワのピクニック場のスパッツみたいに目立つからね。突然双子の兄弟が出現したら、向こうだって面白くなかろう」

我々はキャニオンの奥の懐になった窪地に降りた。それから高くなったところまで上がり、少し後でまた下りになり、また上りになった。マリオットのこわばった声が耳元で聞こえた。

「次の通りを右に曲がるんだ。四角い小塔《タレット》のついた屋敷がある。その脇を曲がる」

「あんたが連中にこの場所を選ばせたんじゃあるまいね」

「まさか」と彼は言って、暗い声で笑った。「ここらあたりのことはたまたまよく知っているんだ」

てっぺんに丸いタイルがあしらわれた四角い白い小塔のついた大きな屋敷があり、私はその先を右に曲がった。車のヘッドライトが「カミノ・デラ・コスタ」という道路標示を一瞬照らし出した。我々は未完成のシャンデリア型の街灯と、雑草の茂ったままの歩道を備えた広い通りを進んでいった。どこかの不動産業者の夢が見果てぬままに朽ちかけているらしい。草だらけの歩道の向こうの暗闇でコオロギが鳴き、ウシガエルが声を響かせている。マリオットの車はそこまで聞き取れるほど静かだった。

ひとつのブロックあたり家が一軒あった。やがて二つのブロックあたり一軒になった。その先にはまったく家はなかった。一つか二つの窓には仄かに明かりが灯っていたが、このあたりの人々はどうやらニワトリたちと同じ時刻に眠りにつくらしい。それから唐突に舗装道路が終わった。しかしこの乾燥した気候の地では、未舗装道路もコンクリート並みにかちかちに硬くなっている。未舗装道路はやがて細くなり、灌木の壁に挟まれたなだらかな下り道になった。ベルヴェディア・ビーチクラブの明かりが右手にあり、その向こうには海のうねりが煌めいて見えた。サルビアの葉のつんとする匂いが夜の大気を満たしていた。やがて白く塗られた塀が、道路を塞ぐようなかっこうで、ライトの中に仄かに浮かび上がった。マリオットが再び肩越しに声をかけた。

「あそこのあいだを通り抜けるのはむずかしそうだな」と彼は言った。「隙間はそこまで広くないみたいだ」

静かなエンジンを切り、ライトを弱くし、そこに座ったまま耳を澄ませた。何も聞こえない。ライトをすっかり消して、車の外に出た。コオロギは鳴きやんだ。しばしのあいだ沈黙はあまりに深く、断崖の遥か下のハイウェイを行く車のタイヤ音まで聞き取れるほどだった。そこまで二キロ近くあるはずだが。やがて一匹また一匹とコオロギたちが鳴き始め、ほどなく夜は再び彼らの声で満たされた。

「そこにじっとしていてくれ。先に行って様子を見てくる」と私は車の後部席に向けて囁いた。

上着の中にある拳銃の銃把に手で触れてから、前に向かって歩き出した。白い塀の端と、灌木の茂みとのあいだには、車の中から見た印象よりは、より広い空間があった。誰かが灌木を刈りとったらしく、地面には車のタイヤのあとが残っていた。たぶん若者たちが暖かい夜にいちゃつきにやってくるのだろう。塀の隙間を抜けて中に入った。先にはカーブを描く下り坂があった。下の方は真っ暗で、遠い海鳴りがくぐもって聞こえた。ハイウェイを行く車の灯火も見えた。私は前に進んだ。道路のつきあたりには、まわりをぐるりと茂みに囲まれた浅い窪地があった。人影らしきものは見えない。私がやってきた道以外に、そこに通じている道はないようだ。黙ってそこに立ち、耳を澄ませた。

一分、また一分とゆっくり時が流れた。耳慣れぬ音が聞こえないかと、油断なく待ち構えた。物音ひとつしない。窪地には私の他に誰もいないようだった。

向こうに見えるビーチクラブの明かりを眺めた。その上階の窓から、高性能の夜間望遠鏡を使えば、こちらの様子をかなり詳しく見て取れるかもしれない。行き来する車の姿、誰がそこから降りてきたか、複数の人間かあるいは単独か。暗い部屋に腰を据え高性能の夜間望遠鏡でのぞけば、多くの細かいことが手に取るように見える。

私は振り向いて、もと来た坂を上って引き返した。足もとの茂みでとんでもなく大きな声でコオロギが鳴いて、思わず心臓が縮み上がった。カーブを曲がり、白い塀の隙間を抜けた。まだ何も聞こえない。黒い車は、真っ暗でもないがそれほど明るくもない灰色を背景に、鈍く輝いていた。車に戻ると、運転席の横についているステップに片足をかけた。「どうやらこちらの出方をうかがうだけだったらしい」、そっと、しかし後部席に隠れているマリオットに聞こえる程度の声で私は言った。「約束を守る気があるかどうかを確かめたかったんだ」

後部席で定かではない動きがあった。しかし返事はなかった。私は茂みのわきに何かがあるのを目にとめ、そちらに行って確かめようとした。

そのとき誰かが、私の首の後ろに手際の良い一撃を食らわせた。どこかの誰かだ。ブラックジャックがさっと空気を切る音を耳にしたような気が、あとになってした。人はいつもあとになって思うものなのかもしれない。そういえばと。

10

「四分」とその声は言った。「五分か、せいぜい六分。連中はずいぶんこっそり迅速に行動したに違いない。マリオットは叫び声ひとつあげなかったものな」

私は目を開け、冷ややかな星を見上げた。ぼやけている。私は仰向けに倒れていた。気分が悪かった。

その声は言った。「もう少し長かったかもしれないぞ。全部で八分くらいかもな。連中はちょうど、車を停めたあたりの茂みの中に潜んでいたに違いない。あの男はちょっとしたことで動転するだろう。小さな懐中電灯で顔を照らされただけで、パニックを起こして気を失ってしまうかもしれない。なよなよしたやつだから」

沈黙があった。私は片方の膝をついて立ち上がった。後頭部から両方のくるぶしまで激痛が走った。

「そのあと一人が車に乗り込んだ」と声は言った。「そしてお前が戻ってくるのを待っていたんだ。ほかの連中は元の場所に隠れていた。マリオットには一人で来るほどの度胸はないと、連中は初めから踏んでいたんだろう。あるいは電話で話をしたときの声の調子で、あやしいと思ったのかもしれない」

私は両方の手のひらを地面につき、ふらふらしながら身体のバランスをとった。そして耳を澄ませた。

「だいたいそんなところだろう」とその声は言った。

それは私の声だった。私はどうやら自分自身に向けて話しかけていたらしい。無意識下に状況を分析していたのだ。

「もういい加減に黙るんだ」と私は言った。そして自らに向かって語りかけるのをやめた。

遠くには車のエンジンのうなりがきこえた。近くにはコオロギの鳴き声が聞こえた。そしてアマガエル独特の「イーイーイー」という長く引き延ばされた声。これらの音を好んで耳にすることはこの先二度とあるまい。

私は地面についていた片手を上げ、そこについたべたべたするサルビアの汁を振り払おうとした。それから上着の脇で手をぬぐった。やれやれ、百ドルの報酬では割が合わない。そこではっと思い出して、オーバーコートの内ポケットに手をやった。マニラ封筒は消えていた。当然のことだ。スーツの内ポケットに手をやった。財布はあった。中に百ドルは残っているだろうか？　たぶんそこまでは望みすぎだろう。左のあばらに重いものが触れた。ショルダー・ホルスターに拳銃が収まっていた。

気前の良い連中だ。銃を残しておいてくれた。ある種の気前良さと言うべきか。人をナイフで刺し殺しておいてから、両目を閉じてやるのと似たようなものだ。

私は首の後ろをそろそろとさすってみた。帽子はまだ頭の上に載っていた。帽子を取ったが、それは少なからぬ痛みを伴った。それからその下の頭を撫でた。昔なじみの頭だ。長い間それひとつでやっている。今ではいくらかソフトになり、いくらかぐずぐずになり、かなり大幅に脆くなっていた。しかし完膚なきまでに殴られたわけではない。帽子が衝撃を和らげてくれた。今しばらくこの頭でやっていくことはできそうだ。少なくともあと一年くらいは。

私は右手を地面に戻し、今度は左手を上げ、腕時計の針が見えるところまで手首をまわした。目の焦点がまだうまく合わなかったが、針はどうやら十時五十六分を指しているらしかった。

電話がかかってきたのが十時八分だ。マリオットが電話で話をしていたのはせいぜい二分間だ。家を出るまでに四分かかった。実際に何かをやっているときには、時間がとてもゆっくりと経過する。つまりほんの僅かの時間に、ひとはいろんな行為をやってのけることができる。それが私の言わんとすることなのか？　いや、私の言っていることが何を意味しようが、私の知ったことではない。私より優れた人々だって、意味をなさないことをしょっちゅう口にするではないか。よろしい、要するに私の言い分の趣旨は、家を出たのは十時十五分くらいだったということだ。それからここに来るまでにだいたい十二分を要した。これで、そう、十時二十七分だ。私は車を降りて、窪地まで歩いていく。そこで意味もなく時間を費す。最長で八分。それから頭をどやされるために車に戻ってきた。それが十時三十五分だ。ぐらりとよろめいて、地面に顔を打ちつけるまでに一分はみてもらいたい。どうして顔を打ち付けたとわかるかというと、顎を擦り剥いていたからだ。そこが痛んだ。擦り剥いているという感覚があった。だから擦り剥いているとわかった。いや、もちろん私には自分の顎を直接見ることはできない。でもいちいち見て確かめるまでもない。なにしろ私の顎なのだから、それを擦り剥いたときには、擦り剥いたというくらいはわかる。あなたはそれについてひとことあるかもしれない。わかった。でもいいから何も言うな。私に考えさせてくれ。それで、ええと……

時計は十時五十六分を指している。つまり二十分間意識を失っていたということだ。二十分間の眠り。ただすやすやと寝込んでいた。そのあいだに私は仕事をしくじって八千ドルをなくしてしまった。まあ、それもしょうがないか。二十分あれば戦艦を一隻沈め、飛行機を三、四機撃墜し、二人ぶんの死刑を執行することもできる。そのあいだに死ぬこともできるし、結婚することもできるし、仕事を首になり、次の仕事を見つけることだってできる。歯を一本抜き、扁桃腺を切り取ることもできる。二十分あれば朝に寝床から起き上がることだってできる。ナイトクラブでグラス一杯の水を所望することもできる——

こいつはうまくいけばだが。

二十分間の眠り。けっこう長い眠りだ。とりわけそれが冷え込んだ夜の、戸外での眠りであれば。私はがたがた震え始めていた。

私はまだ両膝をついたままの格好だった。サルビアの葉の匂いが次第に不快なものになってきた。そのべたべたする液体から、野生の蜂は蜜を作る。蜜は甘かった。甘すぎた。胃がむかむかした。私は歯を食いしばり、吐き気をなんとか喉の奥に押し返した。冷たい汗が塊になって額に浮かんだが、それでも身体はがたがた震えていた。私はまず片足で立ち上がり、やがて両足で立った。身体をまっすぐにしようとして、少しよろけた。切断された脚になったような気がした。

ゆっくりと振り向いた。車は消えていた。未舗装道路は無人のまま、緩やかな丘をまっすぐ上って延び、そこで舗装に変わっている。カミノ・デラ・コスタ通りの先端だ。左手にはフォー・バイ・フォーでできた白塗りの塀が、暗闇の中にぬっと浮かんでいた。丈の低い茂みの向こうの空が、仄かに白んでいるのは、おそらくベイ・シティーの光だろう。更に右手に目をやると、ベルヴェディア・ビーチクラブの明かりが近く見えた。

車が停まっていた場所まで行って、ペンシル・ライトをポケットから取りだし、その小さな光を地面に当ててみた。赤いローム質の土だ。乾燥した気候ではかちかちに硬くなる。しかしこのあたりはそこまで乾ききってはいない。空中には少しばかり霧が漂っていたし、車の停まっていた位置がわかるくらいには、地面は適度の湿り気を含んでいた。うっすらとではあるが、ヴォーグ社製の十層重ねの重量級タイヤのあとを認めることができた。そこに光をあてて屈み込むと、殴打された部分がずきずき痛み、目まいを感じた。私はタイヤのあとをたどっていった。三メートルばかりまっすぐ進んでから、左に大きくハンドルが切られていた。Uターンはしていない。そのまま白い板塀の左端の隙間を抜けて進んでいた。タイヤのあとはそこで終わっている。

塀のところに行って、小さな光で茂みを照らしてみた。折れたばかりの小枝が見えた。私は隙間を抜け、曲がった坂道を下りていった。あたりの地面はより柔らかくなって、重いタイヤのあとが更にくっきりついていた。そのまま下りてカーブを曲がり、茂みに近い窪地の端に立った。

車はそこにあった。クロームと艶のある塗装は、暗闇の中にあってもそこそこ輝いていた。テールライトの赤い反射ガラスは、ペンシル・ライトの明かりをきらりと跳ね返した。車は明かりを消され、すべてのドアを閉められたまま、音もなくうずくまっていた。私は一歩ごとに歯を噛みしめながら、ゆっくりとそちらに歩いていった。後部席のドアをひとつ開け、懐中電灯の光を中に注いだ。空っぽだ。運転席も無人だった。イグニションは切られ、細い鎖のついたキーは差しっぱなしになっている。座席が裂かれているわけでもなく、窓が割られているわけでもなく、血痕もなければ、死体もない。異変らしきものは何も見当たらなかった。私はドアを閉め、手がかりを求めて、車のまわりを一周した。しかし何も目につかなかった。

物音が私を縮み上がらせた。

車のエンジン音が、茂みの縁の上あたりに聞こえた。飛び上がったとしても、せいぜい三十センチ程度のものだ。すかさずペンシル・ライトを消した。拳銃がほとんど自動的に手の中に滑り込んだ。ヘッドライトがぐっと上を向いて空を照らし、それからまた下を向いた。エンジン音からすると小型車らしい。はきはきとした音が湿気を含んだ大気を叩いていた。

光線が更に下を向き、より明るくなった。一台の車が未舗装道路のカーブを曲がり、やってきた。その道を三分の二ばかり進んだところで停止した。車のスポットライトがかちんと音を立てて点けられ、ぐるりと脇の方に向けられた。長い間そこを照らしてから、消された。それから車は坂を下りてきた。私は拳銃をポケットから素早く出し、マリオットの車のエンジンの背後にしゃがみ込んだ。

形にも色にもこれという特徴のない小さなクーペが、窪地の中に滑るように入り込んできて、くるりと向きを変えた。おかげで私が身を隠しているセダンの先端から最後尾までが、ヘッドライトに明るく照らし出された。私はあわてて頭をひっこめた。ライトがまるで剣のように私の頭の上を払った。クーペは停止した。エンジンが止まった。ヘッドライトが消えた。沈黙。それからドアが開き、足が地面に触れる軽い音が聞こえた。更なる沈黙。コオロギたちでさえ息をひそめた。それから一本の光線が暗闇の低いあたりを引き裂いた。地面と平行に、その数センチ上のあたりを。光線は素早くあたりをなめたので、私にはその明かりから自分の足首を隠す余裕はなかった。光線は私の両足のあるところで止まった。沈黙。光線は上に持ちあがり、ボンネットの上を再び丹念に照らした。

それから笑い声。若い娘の笑い声だ。マンドリンの弦のように固く張り詰めている。この場所にはまるで似つかわしくない。白みを帯びた光線はまた車体の下に降りて、私の足を照らし出した。

その声が言った。ほとんど甲高いと言ってもいい声だ。「こちらに出てきてちょうだい。両手を上にあげて。妙なものは持たないでね。しっかり狙いはつけられているんだから」

私は動かなかった。

光線が少しゆらりと揺れた。まるでそれを持っている手が何かで揺れたみたいに。光はもう一度ボンネットをゆっくりと舐めた。声が再び鋭く私に投げかけられた。

「誰だかは知らないけど、よく聞いてちょうだいね。私は十連発の自動拳銃を持っている。狙いは確かよ。そしてあなたの両足は無防備なの。どう、試してみたい？」

「銃を下ろせ。さもないとそいつを手から撃ち落としてやるからな」と私は怒鳴った。私の声には、誰かがニワトリ小屋から板をはがしているような響きがあった。

「あらあら、ハードボイルドな方のようね」、その声には小さな震えが混じっていた。素敵なかわいい震えだ。それから再び声がこわばった。「さあ、出てきなさい。三つ数えるから。どっちが得かよく考えてみて。そのエンジンはたっぷりと十二気筒あるかもしれない。あるいは十六気筒かもね。でもあなたの足は傷つく。くるぶしの骨が治るには何年もかかる。それとも一生治らないままかもしれない」

私はゆっくりと立ち上がって背筋を伸ばし、懐中電灯の光を見やった。

「怯えているときにいささかしゃべりすぎる傾向は、私にもある」と私は言った。

「動かないで。そのままじっとしていて！　あなたは何者なの？」

私は車のフロントを回り込んで、彼女の方に近づいた。懐中電灯の奥の、そのほっそりとした暗いシルエットから二メートルばかりに近づいたところで、私は止まった。その光は私をじっとまぶしく照らしていた。

「そこから動かないで」と娘は腹立たしげにきつい声で言った。しかしそう言ったのは私が自ら止まったあとのことだ。「あなたは誰なの？」

「銃を見せてくれないか」

彼女はそれを光の中に差し出した。銃口は私の腹に向けられていた。小さな拳銃だ。コルトの懐中オートマチックのようだった。

「これはこれは」と私は言った。「オモチャじゃないか。そいつには弾丸は十発も入らないよ。六発だけだ。あまりに小さいんで、バタフライ・ガンって呼ばれている。せいぜい蝶々くらいしか撃てないからさ。そんなひどい嘘をつくなんて、恥知らずもいいところだ」

「あなたは頭がどうかしてるの？」

「私が？　ああ、さっきホールドアップ強盗に頭をどやされたんだ。いささか脳みそがゆるんでいるかもしれない」

「それは――それはあなたの自動車なの？」

「違う」

「あなたは何者なの？」

「さっきそこで、車のスポットライトを使っていったい何を見ていたんだ？」

「なるほど。質問をするのは俺だってわけね。タフぶってればいいわよ。私はある男の人を見ていたの」

「ウェーブのついた金髪の男か？」

「どうでしょう」と彼女は静かな声で言った。「以前はそういう髪だったかもね。少し前までは」

それは私に動揺を与えた。どういうわけか、そのような成り行きを予期していなかったのだ。「見落としたらしい」と私は力なく言った。「懐中電灯で照らして、下り坂のタイヤのあとをたどっていたから。怪我はひどいのか？」、私は彼女の方に更に一歩踏み出した。小さな拳銃がぴくりと上を向いた。懐中電灯の光はそのまま私に当てられていた。

「動かないで」、彼女は落ち着いた声で言った。「そのまま。あなたのお友達はもう死んでいる」

しばらくのあいだ私は無言だった。それから言った。「わかった。彼の様子を見に行こう」

「そこにじっとして、ぴくりとも動かないで。あなたが何者なのか教えてちょうだい。そしてここで何が起こったかを」、きっぱりした声だった。怖がってはいない。相手は本気なのだ。

「マーロウ。フィリップ・マーロウ。私立探偵だ」

「あなたはそう言う。でも証明できる？」

「財布をとり出す必要があるが」

「それは困るわね。両手はそのまま動かさないでちょうだい。とりあえず証明の部分はあとまわしにしましょう。それでいったい何があったの？」

「その男はまだ死んでないかもしれない」

「疑問の余地なく、しっかりと死んでいる。顔に脳味噌が飛び散っている。だから事情を話してちょうだい、ミスタ。できるだけ手短かに」

「今も言ったように、まだ息があるかもしれない。まず様子を見たい」、私は足を一歩前に踏み出した。

「動いたら、身体に風穴を開けてやるから!」と彼女は鋭い声で言った。

私はかまわずもう片方の足を前に出した。懐中電灯の明かりがぴくりと跳ねた。おそらく相手は一歩後ろに下がったのだろう。

「まったく度しがたい人ね」と彼女は静かに言った。「わかったわ。前を行ってちょうだい。私はあとをついていく。あなたはずいぶんひどい顔をしている。もしそうじゃなかったら——」

「君は私を撃っていただろう。さっきブラックジャックでどやされたんだ。頭を殴られると目の下にくまができるたちだ」

「素敵なユーモアのセンス。死体安置所の係員程度のね」、今にも悲鳴になりそうな声だった。

私がその光から顔を背けると、それはすぐに私の前の地面を照らし出した。小さなクーペのわきを通り過ぎた。ごく当たり前の小型車だった。靄のかかった星明かりの下で、それはクリーンに眩しく光っていた。そのまま進んで未舗装道路を上がり、カーブを曲がった。すぐ背後を足音がついてきた。懐中電灯の明かりが私の足下を導くように照らしてくれた。二人の足音と、娘の息づかいのほかには聞こえるものもなかった。自分の息づかいまでは聞こえなかった。

11

坂道の半ばあたりで、右手に人の片足が見えた。女は明かりを横にずらした。それで全身が見えた。坂を下りてくるときにいやでも目に入ったはずだ。だが私はそのとき前屈みになって、小さなペンシル・ライトに照らされた路面を見つめていたのだ。見逃しても仕方ない。なにしろ二十五セント硬貨ほどの大きさの明かりで、タイヤのあとをたどっていたのだから。

「懐中電灯を貸してくれ」と私は言って、背後に手を差し出した。

彼女は無言でそれを私の手に渡した。片膝をつくと、布地を通して地面の湿気と冷たさが伝わってきた。

彼は茂みの切れ目あたりの地面に、仰向けに倒れていた。そのぐにゃっとした姿勢が意味するものはひとつしかない。顔はすっかり様変わりしていた。髪は血まみれだった。ひさしのように突き出た美しい金髪は、血と、太古の粘着物のような灰色がかった液体とで、べっとり絡み合っていた。

私の背後で、娘が荒い呼吸をしていた。しかし口は利かなかった。私は明かりを彼の顔に当てた。顔は殴打されて無惨に潰れている。片手は凍りついたようなかっこうで外に投げ出され、指は内側に折り曲げられていた。オーバーコートは体の下で半分ねじれている。倒れてから転がったみたいに。両脚は交差している。口の端には廃油のような黒いしたたりがついていた。

「この男に明かりを当てておいてくれ」、私は懐中電灯を娘に渡した。「気分が悪くならなければ」

彼女は何も言わずにそれを受け取り、まるで年季を積んだ殺人課の警官みたいに、落ちついた手でかざした。私はペンシル・ライトをもう一度取りだし、死体を動かさないように気をつけながら、ポケットの中身を調べていった。

「そんなことしちゃいけない」と彼女は厳しい声で言った。「警察が来るまで死体には手を触れてはならないはずよ」

「そのとおりだ」と私は言った。「そしてパトカーの警官たちは刑事たちが来るまでは死体に手を触れちゃいけないし、刑事たちも検死官が来て死体を検分して、カメラマンが来て現場写真を撮って、指紋係が来て指紋を採取するまでは死体に手を触れちゃいけないことになっている。それがひととおり終わるまでにどれくらいかかると思う？　二時間ばかりさ」

「わかったわ」と彼女は言った。「いつだって自分は正しい。間違っているのは他の人ってわけね。でもこんなひどい殺し方をされるなんて、この人よほど憎まれていたのでしょうね」

「好き嫌いの問題ではあるまい」と私はうなるように言った。「世間には人の頭をかち割るのが何よりの趣味という連中もいるからね」

「何も知らない素人は何か考えるだけ無駄だってことね」と彼女は腹立たしそうに言った。

私は彼の着衣をひとつひとつ調べていった。ズボンのひとつのポケットにはばらの小銭と紙幣が入っていた。反対側のポケットには装飾を施された革製のキーケースがあり、小さなナイフがあった。左のヒップ・ポケットからはもっとたくさんの金を挟んだ紙入れが出てきた。そこには保険カードや運転免許証や数枚のレシートも入っていた。コートには中身のばらけたマッチ箱があり、クリップでポケットにとめられた金色のペンシルがあり、降りたての粉雪のように真っ白でさらりとしたキャンブリック地のハンカチーフが二枚あった。エナメルの煙草ケースもあった。彼はそこから、先端が金色の茶色の煙草を取りだして吸っていた。煙草は南米のもので、モンテビデオ製と記してあった。もう片方の内ポケットからは、見たことのない別の煙草ケースが出てきた。刺繍入りのシルクでできており、両側に一匹ずつ龍がついている。縁はイミテーションの鼈甲《べっこう》だったが、とても薄くて、あるのかないのかわからないくらいだった。蓋の留め金をはずすと、中に大きなサイズの三本のロシア煙草が入っていた。輪ゴムでとめてある。私は一本をつまんだ。古いものらしくからからになって、中身が緩んでいた。空洞になったマウスピースがついている。

「彼はこっちじゃない方の煙草を吸っていた」と私は肩越しに後ろに向かっていった。

「こいつは女性の友だちのためのものだろう。どうやらたくさんの女性の友だちを持つ男だったようだ」

娘は前屈みになっていた。私は首筋に彼女の息づかいを感じることができた。「あなたはこの人の知り合いじゃなかったの？」

「今夜会ったばかりさ。ボディーガードとして雇われたんだ」

「たいしたボディーガードさんね」

それに対して私は何も言わなかった。

「ごめんなさい」、彼女の声はほとんど囁きに近かった。「どういう成り行きなのか、もちろん私にはわからない。ねえ、それってひょっとしてマリファナ煙草じゃないかしら。見せてもらっていい？」

私は刺繍入りの煙草ケースを彼女に渡した。

「マリファナ煙草を吸っている人を前に知っていた」と彼女は言った。「ハイボール三杯とマリファナ煙草三本をやったあと、彼をシャンデリアから外すのにパイプレンチが必要だった」

「明かりをしっかり持っていてくれないか」

ちょっと間があって、かさかさという衣擦れが聞こえた。それから彼女はまた口を開いた。

「ごめんなさい」と彼女は言って、煙草ケースを差し出し、私はそれを男のポケットに戻した。持ち物はそれだけだった。判明したのは、彼は身ぐるみはがれたわけではないということくらいだ。

私は立ち上がって自分の財布の中身を調べてみた。五枚の二十ドル札はしっかり残っていた。

「ハイクラスの物盗りだ」と私は言った。「はした金ははなから相手にしない」

明かりが地面を向いた。私は財布を戻し、ペンシル・ライトをポケットにクリップでとめ、それからさっと手を伸ばして、娘が懐中電灯と同じ手に持っていた小型拳銃を取ろうとした。彼女は懐中電灯を下に落としたが、私は拳銃を奪い取った。彼女は素早く後ろに下がり、私はしゃがみこんで懐中電灯を拾った。ひとしきり相手の顔に光をあててからスイッチを切った。

「何もそんな手荒なことをしなくてもよかったのに」と娘は言った。彼女は両手を粗い布地の、肩にフレアがついたロングコートのポケットに突っ込んでいた。「あなたがその男を殺したと思っているわけじゃないんだから」

彼女の声のクールな落ち着きが私は気に入った。神経の太さもなかなかのものだ。我々は暗がりの中で、しばし無言のまま向かい合っていた。見えるのは茂みと、空の明かりだけだった。

女の顔にライトをあてると、彼女は目をしばたたかせた。生気の感じられる、小振りで整った顔だった。目が大きい。骨格のきっちりとした顔立ちで、優美な輪郭はクレモナのバイオリンを思わせる。悪くない。

「赤毛だね」と私は言った。「アイルランド系かな」

「そして私の名前はリオーダン。だから何だっていうの？　ライトを消してちょうだい、赤毛じゃないわ。鳶《とび》色と言ってちょうだい」

私は明かりを消した。「ファースト・ネームは？」

「アン。アニーって呼んだら承知しない」

「こんなところでいったい何をしているんだ？」

「ときどき夜に車を乗り回すの。暇つぶしに。一人暮らしで、両親はもういない。このへんのことなら自分の庭のように知っている。近くを運転していたら、窪地のところで光がちかちか瞬いているのが見えた。恋人たちがいちゃつきに来るにはいささか寒すぎるし、それにその手のカップルは明かりなんかつけない。そうでしょう？」

「そうかもしれないが、しかしずいぶん向こう見ずなことをする人だね、ミス・リオーダン」

「あなたについてもさっき同じ指摘をしたと思う。私には銃があるし、怖くはなかった。それにここに来ちゃいけないという法律《ロウ》もない」

「そうだな。ただ自己保存の法則《ロウ》ってのがあるだけだ。ほら、返すよ。今夜はどうも、私の頭はまともに働かないようだ。拳銃の許可証は持っているんだろうね」、私は銃把を前にして拳銃を差し出した。

彼女はそれを受け取り、ポケットに入れた。「好奇心というのは人を動かすものよ。私は少しものを書いている。読みもの記事だけど」

「金になるのか？」

「お話にならないくらい僅かだけど。ところであなたは、あの人のポケットの中に何を見つけようとしていたの？」

「特に何か目当てがあったわけじゃない。こそこそ嗅ぎ回ることが習い性になっているのさ。我々は八千ドルの現金を持っていた。あるご婦人が盗まれた宝石を買い戻すための金だ。それを分捕られたわけさ。なんで連中がこの男を殺さなくちゃならなかったのか、納得がいかない。腕にものを言わせるようなタイプには全然見えなかったからね。それにもみ合う物音も聞こえなかった。彼がのされたとき、私は坂道を下った窪地にいた。彼は上の方の車の中にいた。我々は車に乗ったまま窪地まで行くように指示されていた、しかしあの車が無傷で抜けられるだけの隙間はなかった。だから私が一人で窪地まで歩いていった。そのあいだに連中はこの男を始末したに違いない。そして一人が車の中に残って、私を待ち伏せしたんだ。彼は当然まだ車の中に隠れているものと私は思っていた」

「筋は通っている」と彼女は言った。

「この仕事は最初からどうも胡散臭かった。そういう直感があったんだ。しかし私は金を必要としていた。おかげでこれから警察に出向いて、こってり絞り上げられることになる。モンテマー・ヴィスタまで送ってくれないか。そこに自分の車を置いてきた。彼の住まいがあるところだ」

「それはいいけれど、でも誰かが現場に残った方がいいんじゃないかしら。あなたは私の車を運転していけばいい。それとも私が警官を呼びに行きましょうか」

腕時計の針を見た。夜光針の微かな光は、時刻が真夜中に近いことを告げていた。

「君はこの件に関わらない方がいい」

「どうして？」

「どうしてかな。ただそう感じるんだ。あとは私が一人でやる」

女は何も言わなかった。我々は坂を下りて戻り、小型車に乗り込んだ。彼女はエンジンをかけ、ライトをつけずに方向転換し、坂道を上り、塀の隙間を抜けた。一ブロック進んだところでライトをつけた。

頭がずきずきした。舗装された道路が始まり、最初の家が現れるところまで、我々は一言も口を利かなかった。それから彼女が言った。

「気付けの一杯をやりたいでしょう。うちに寄って飲んでいけば。うちから警察に電話することもできる。いずれにせよ、彼らは西ロサンジェルスから来るのよ。ここらへんにあるのは消防署だけだから」

「このまま海岸沿いの道路まで行ってくれ。あとは私一人でやる」

「どうして？　私は警察なんて怖くないわよ。話を裏付けてあげられるかもしれない」

「そんな必要はない。考えをまとめなくちゃならない。しばらく一人きりになりたいんだ」

「私はただ――いいわ、わかった」と彼女は言った。

彼女は喉の奥で小さくうなり、大通りに出た。コーストハイウェイのガソリン・スタンドの前を通り、北に折れてモンテマー・ヴィスタに向かう道に入った。サイドウォーク・カフェがそこに、まるで豪華客船みたいに煌々と輝いていた。娘は路肩に車を停め、私は車を降りた。そしてドアに手を置いて、そこに立っていた。

財布から震える指で名刺を取りだし、娘に渡した。「いつか背後に確かな支えを必要とすることがあるかもしれない」と私は言った。「そのときには連絡をくれ。ただし頭を使う仕事には向かない」

彼女はその名刺でハンドルをとんとんと叩いた。それからゆっくりと言った。「私の名前はベイ・シティーの電話帳に載っている。二十五番通りの八一九番地。近くに来たら立ち寄って、余計なことに首をつっこまなかったことで、おもちゃの勲章でもちょうだい。でもあなたの殴られた頭、まだまともに働いていないみたいよ」

娘はハイウェイに出て素早くUターンした。その一対のテールライトが闇に吸い込まれていくのを、私は見送った。

歩いてアーチを越え、サイドウォーク・カフェを過ぎて、駐車場に入った。そして自分の車に乗り込んだ。バーはすぐ目の前にあり、私の身体は再びぶるぶると震え始めていた。しかし私はなんとか理性を働かせた。そしてその二十分後には蛙みたいに冷え切った身体と、ドルの新札なみの緑色の顔を抱え、西ロサンジェルス警察署に足を踏み入れた。

12

一時間半が経過した。死体は運び去られ、あたりの地面は念入りに捜索され、私は同じ話を三回か四回繰り返ししゃべらされた。西ロサンジェルス署の当直警部の部屋に、我々は腰を下ろしていた。四人の人間が部屋の中にいた。オーストラリアの奥地の雄叫びのような声をあげている酔っぱらいを別にすれば、署の中は静まりかえっていた。この男はダウンタウンに連行されて早朝の簡易裁判にかけられるのを、留置場で待っているのだ。

ガラスの反射板に囲まれた白熱灯が、その下にある平らなテーブルをぎらぎらと照らしていた。そのテーブルには、リンゼイ・マリオットのポケットの中身が広げられていた。それらは今ではかつての持ち主と同様、ぬくもりと居場所を失っていた。テーブルを挟んで私の向かい側に座っているのは、ロサンジェルス中央警察署殺人課から来たランドールという刑事だった。五十がらみの痩せた物静かな男で、滑らかでふわりとした白髪と、冷たい目を持ち、物腰はどことなくよそよそしい。黒い水玉のついた暗っぽい赤のネクタイを締めており、その水玉が私の目の前でふらふらと踊っていた。彼の背後、円錐形の明かりの向こうには、二人の肉付きの良い男たちが、ボディーガードのようにどしりと構えていた。彼らはそれぞれ、私の耳の片方ずつを睨みつけていた。

私は指で煙草をごそごそといじりまわし、それに火をつけたが、味はひどいものだった。私はそこに座り、指のあいだで煙草が燃えて短くなっていくのを見ていた。自分がもう八十歳になり、更にとめどなく衰えつつあるような気がした。

ランドールは冷たい声で言った。「君がこの話を繰り返せば繰り返すほど、話はますますあほらしく聞こえてくるな。マリオットという男が、この取り引きについて何日もかけて相手と交渉をしてきたことには疑いの余地はない。ところが最終的な受け渡しの数時間前になって、突然素性も知れぬ男に電話をかけて、ボディーガードとして雇いたい。自分に同行してくれないかと頼む」

「正確にはボディーガードというのではない」と私は言った。「拳銃を持っていることも彼には言わなかった。ただ一緒に来てほしいと言われた」

「どこで君の名前を聞きつけたんだ？」

「最初、共通の知り合いがいると彼は言った。それからあとになって、電話帳でたまたまみつけたんだと言った」

ランドールはテーブルの上に並べられた所持品をごそごそとかき回し、一枚の白いカードを取りあげた。清潔とは言い難いものを取り扱うときの手つきで。そして私の方に押して寄越した。

「彼は君の名刺を持っていた。営業用の名刺だ」

私はその名刺をちらりと見た。それはほかの多くの名刺と一緒に、彼の札入れに入っていた。プリシマ・キャニオンの現場で彼の札入れをあらためたとき、入っている名刺までいちいち調べなかったが、たしかにそれは私の名刺だった。そしてマリオットのような人物が持つには、不似合いに薄汚い名刺だった。ひとつの角に丸い形をしたしみのようなものがついていた。

「ああ、そうだね」と私は言った。「当たり前のことだが、機会があるごとに私はこれをばらまいている」

「マリオットはあんたに金を運ばせた」とランドールは言った。「八千ドルだぞ。なんとまあ、簡単に人を信用する男だろう」

私は煙草の煙を吸い込み、天井に向けて吐いた。照明が私の目を刺した。後頭部がずきずき痛んだ。

「その八千ドルはもう手元にない」と私は言った。「悪いね」

「もし君がその金を手にしていたら、こんなところでうろうろしちゃいるまい。そうじゃないかね？」、彼の顔には今では冷ややかな嘲笑が浮かんでいた。それは作りもののように薄っぺらかった。

「八千ドルのためなら、たいていのことはやる」と私は言った。「しかしもし私がブラックジャックで相手を殺そうと思ったら、殴るのはせいぜい二回だ。それも頭の後ろをね」

彼は微かに肯いた。背後にいる刑事の一人が、ゴミ箱にぺっと唾を吐いた。

「そいつがひとつ解せないところだ。アマチュアの仕事のように見える。しかしもちろんわざとアマチュアの仕事に見せかけているのかもしれない。金はマリオットのものではなかった。そういうことだな？」

「真相はわからない。そういう印象は受けたが、あくまで印象に過ぎない。件《くだん》の女性が誰なのか、教えてはくれなかった」

「マリオットがどういう手合いなのか不明だ――まだ今のところは」とランドールはゆっくりと言った。「彼がその八千ドルを盗むつもりでいたとも、少なくとも可能性としては考えられる」

「なんだって？」、私はそう言われて驚いた。おそらく驚いたように見えたはずだ。ランドールののっぺりとした表情は揺らがない。

「金を勘定したか？」

「もちろんしていない。包みごと渡された。中には現金が入っていて、それは多額の金に見えた。八千入っていると、彼が言った。私が登場する以前から用意されていた金だ。なんでわざわざ私にいったん渡して、あとで盗み直さなくちゃならない？」

ランドールは天井の片隅を見上げ、口の両端をぎゅっと下げた。それから肩をすぼめた。

「少し話をもとに戻そう」と彼は言った。「誰かがマリオットとご婦人をホールドアップして、翡翠のネックレスやらその他の宝石を奪い、あとになって実勢価格よりはかなり安い値段で買い戻させようとした。マリオットがその交渉にあたった。彼は自分一人でことを済ませようとした。相手側がそう要求したのか、あるいはそういうことが話し合われたのかどうか、我々にはわからん。普通こういう場合、相手側はあれこれ細かいところまで指定してくるものなんだがね。しかしマリオットは、君を同行しても不具合はないと考えたらしい。君たち二人とも、相手は組織的なギャング団であり、それなりの仁義をまもって取り引きするだろうと踏んでいた。マリオットは怯えていた。それはまあ自然なことだ。彼は一緒に行ってくれる誰かを求め、その誰かが君だった。しかし彼は君のことをまるで知らない。誰かから渡された名刺に印刷されている名前に過ぎない。その誰かは、君たちの共通の友人であるということだが。それからぎりぎりになって、マリオットは君が金の受け渡しを担当し、相手との会話を引き受けることに同意する。そのあいだ車の中に隠れていることにする。君は自分でそれを提案したという。しかし君がそう言い出すのをマリオットは待っていたのかもしれない。もし君が言い出さなかったら、自分から持ちかけていたかもしれない」

「最初はその提案が気に入らないみたいだった」と私は言った。

ランドールはまた肩をすくめた。「きっと気に入らないようなふりをしたのさ。しかしやがて折れた。というところでやっと電話がかかってきて、君は彼の案内に従ってその場所に行った。すべてはマリオットの口から聞かされたことだ。君が自力で得た情報は何もない。そこに到着したとき、あたりに人の気配はなかった。そもそもは車を窪地に乗り入れることになっていた。しかし車が大きすぎて、塀の隙間を抜けることができそうになかった。そして実際にそのとおりだった。車の左側にはかなりひどいひっかき傷ができていたよ。だから君は車を降り、徒歩で窪地に向かった。何も見えなかったし、何も聞こえなかった。そのまま数分間待った。車まで戻って、そこでどすんと一発後頭部にかまされた。さて、ここでこう仮定してみようじゃないか。マリオットは始めから金を奪うつもりでいて、そのために君をカモに仕立てたんだと。それで話のつじつまは合うだろう」

「見事な推理だ」と私は言った。「マリオットが私を気絶させて、金を奪った。それから悪いことをしたと反省して、自分の頭に自分で一発かました。どこかそのへんに金を埋めたあとでね」

ランドールはにこりともせず私を見た。「もちろん共犯者がいたのさ。君たちは二人とも気絶させられ、共犯者が金を持って逃げる手はずになっていた。ところがその共犯者はマリオットの裏をかいて、あっさり殺してしまった。君まで殺す必要はない。君には顔を見られていないからね」

　私はなるほどという顔で彼を見て、それから木製の灰皿で煙草をもみ消した。灰皿の内側にはかつてガラスが張られていたようだった。しかし今ではそれはない。

「この説が事実と符合する。今のところ我々にわかっている事実とな」とランドールは静かな声で言った。「ほかに思いつくいくつかの筋書きに比べて、そいつが比較的あほらしくない」

「ひとつだけ筋が通らないところがある。私は車の中から頭を殴られた。とすると、ほかに付帯条件がなければということだが、当然のなりゆきとして、マリオットがやったんじゃないかと私はあとで疑うだろう。もっともマリオットが殺された今では、そんな疑いは抱かないが」

「君の殴られたことが、いちばん話の筋書きに合致している」とランドールは言った。「君は銃を持っていないとマリオットに言った。しかし彼は君の脇の下の膨らみを目にとめたかもしれない。あるいはただ単に君が銃を持っているかもしれないと疑ったかもしれない。となれば、話の流れにまだ疑念を抱かれないうちに、君を気絶させておきたかっただろう。そして君は、車の後部席から攻撃を受けるとは考えもしない」

「オーケー」と私は言った。「お説のとおりだ。話の筋は通っている。ただし、その金がマリオットのものではなく、彼がそれを盗もうと考え、なおかつ共犯者が存在したらという条件が満たされればだがね。つまりマリオットの計画は、我々がそれぞれに頭に瘤を作って目を覚まし、金がなくなっていることを知り、お互いひどい目にあったなと言いながら家に帰り、すべてを忘れてしまうということだった。話はそこで終わるのか？　というか、そんなことですんなり話が収まるとマリオットは考えていたのか？　会心の筋書きだと本人も思ったことだろうよ」

ランドールは苦い微笑みを浮かべた。「俺にも気に入らないところはあるさ。ただ知恵を絞っているってだけだよ。少なくともこれで、わかっている限りの事実は合致する。それほど多くの事実がわかっていないという事情はあるにせよだ」

「この時点で仮説を立てるにはまだ無理がありそうだよ」と私は言った。「マリオットが口にしたのはすべて真実で、ホールドアップした犯人の一人がたまたま彼の知っている人間だった、ということだってあり得るだろう」

「もみあうような音や、叫び声は耳にしなかったと言ったぜ」

「聞かなかったさ。しかし叫ぶ隙も与えずに叩きのめすことはできる。それとも襲われたとき肝を潰して、声も出なかったのかもしれない。連中が茂みの中に隠れていて、私が坂を下りていくのを見ていたとしよう。けっこう長く歩いたからね。三十メートルくらいは離れただろう。連中は車に寄って、中にマリオットが隠れているのを見つける。誰かが彼の鼻先に銃をつきつけて降りろと言う。とても静かに。それから頭の後ろをがつんとやられる。しかし彼のひと言から、あるいは何か目つきのようなものから、彼が自分たちの一人の顔を見知っていたと連中は察する」

「暗闇の中でか？」

「そうだ」と私は言った。「そういうことがきっと何かあったんだよ。声に聞き覚えがあったのかもしれない。暗闇の中でも知りあいがいればわかるだろう」

ランドールは首を振った。「もしそれが宝石強奪を専門とするギャングの一味の犯行であるとすれば、連中はよほどのことがないかぎり人は殺さない」、彼はそこで突然話しやめ、その目はどんよりとした光を持った。ゆっくりと口を閉じ、きりっと結んだ。彼の頭に何かが浮かんだのだ。「強奪犯に切り替わった」と彼は言った。

私は肯いた。「それもあり得る」

「もうひとつ」と彼は言った。「どうやって君はここまで来た？」

「自分の車を運転してきた」

「車はどこにあったんだ？」

「モンテマー・ヴィスタのふもとだ。サイドウォーク・カフェの駐車場に停めた」

ランドールは考え深く私を見た。その背後にいる二人の刑事は疑り深そうな目で私を見た。監房に入れられた酔っぱらいはヨーデルに挑んだものの、途中で声が割れて、それで気落ちしてしまったようだった。歌が泣き声に変わった。

「ハイウェイまで歩いた」と私は言った。「手を振って車を停めた。一人で運転している若い娘が停まって、私をそこまで乗せていってくれた」

「度胸のある娘じゃないか」とランドールは言った。「そんな夜遅く人気のない道路で、よく停まってくれたものだ」

「ああ、中にはそういう娘もいる。素性まではわからないが、良さそうな子に見えた」、私は彼らを見た。私の話を信じてはいない。どうしてそんなことで嘘をつくのか、不思議に思っている。

「小型車だった」と私は言った。「シボレーのクーペ。登録ナンバーまでは見なかったよ」

「ほほう、ナンバーまでは見なかったとさ」と刑事の一人が言って、バケツにぺっと唾を吐いた。

ランドールは前のめりになって、用心深く私を見つめた。「もし何か事実を隠していて、この事件がらみで動き回ることで、名前を売り込もうと考えているのなら、そいつはよした方がいいぜ、マーロウ。君の話はどの部分をとっても、もうひとつ気に入らない。一晩よくよく考えてみるといい。明日になったら、たぶん宣誓供述書をとらせてもらう。というところで、ひとつ忠告をさせてもらおう。こいつは殺人事件で、警察の仕事だ。そして俺たちは君の助力なんぞ求めちゃいない。たとえそれが役に立つ助力であったとしてもだ。俺たちが君に求めているのは事実だ。言いたいことはわかってもらえたかね？」

「わかったさ。うちに帰ってもいいか？　気分がすぐれないんだ」

「帰っていいよ」、彼の目は氷のように冷ややかだった。

私は立ち上がり、不気味なまで深い沈黙の中、戸口に向かった。四歩進んだところで、ランドールが咳払いをし、さりげなく言った。

「そうそう、細かい点がひとつ。マリオットがどんな煙草を吸っていたか、気がついたかね？」

私は振り向いた。「ああ、茶色い煙草だ。南米産のものだった。フランス製のエナメルのケースに入っていた」

彼は前屈みになり、テーブルに積まれたがらくたの中から、刺繍されたシルクの煙草ケースをこちらに押しやり、それから自分の方に引き寄せた。

「これを見たことがあるか？」

「ああ、今こうして目にしている」

「今より前に、ということだよ」

「ああ、見たことがあると思う」と私は言った。「どこかに置いてあった。なんでそんなことを訊くんだ？」

「まさか死体を検分しなかっただろうな？」

「わかったよ」と私は言った。「たしかに彼のポケットを探った。それはポケットのひとつに入っていた。悪かったと思う。ただの職業的好奇心だ。何も乱しちゃいない。それに彼は私の依頼人だったんだ」

ランドールは両手で刺繍入りの煙草ケースを持ち、蓋を開けた。そして座ったまま中をのぞき込んだ。空っぽだった。三本の煙草は消えていた。

私は歯を固くかみしめ、くたびれ果てたという表情を崩さなかった。しかしそれにはかなりの努力を要した。

「この中の煙草を彼が吸ったのを見たかね？」

「いや」

ランドールは冷ややかに肯いた。「見てのとおり空っぽだ。しかしそれにもかかわらず、こいつは彼のポケットの中に入っていた。中にはかすが少量残っていただけだ。顕微鏡の検査にまわしてみないことには正確なことはわからんが、おそらくマリファナじゃないかと思う」

私は言った。「もし彼がマリファナを持っていたなら、今夜きっと何本か吸っただろうね。気分を盛り上げるものを必要としていたようだから」

ランドールはケースの蓋を注意深く閉め、向こうに押しやった。

「それだけだ」と彼は言った。「面倒に鼻を突っ込まない方がいいぜ」

私は部屋を出た。

霧はもう晴れていた。星がきらきらと光っていたが、それは黒いビロードでできた空にちりばめられた、クロームの作り物の星のように見えた。私はスピードを出して運転した。ひどく酒が飲みたかったが、バーはもうどこも開いていなかった。

13

私は九時に目を覚まし、ブラック・コーヒーをカップに三杯飲んだ。後頭部を氷水で洗い、アパートメントのドアに叩きつけられていた朝刊二紙に目を通した。ムース・マロイについての記事が出ていた。目立たないところに、パラグラフにしてひとつ、二つくらい。しかしナルティーの名前は出ていなかった。リンゼイ・マリオットについての記事は見当たらなかった。記事が載るとしてもたぶん社交欄だろう。

私は服を着替え、柔らかめに茹でた卵を二個食べ、四杯目のブラック・コーヒーを飲み、鏡で自分の顔を見てみた。目の下にわずかにくまが残っていた。部屋を出ようとしたところで電話のベルが鳴った。

ナルティーだった。彼は面白くもないという声を出していた。

「マーロウか？」

「ああ、やつを捕まえたのか？」

「もちろん。捕まえたさ」、彼は言葉を切ってうなった。「ヴェンチュラ街道でな。そうなるって言っただろう。そりゃもう、たいした騒ぎだったぜ。二メートルもあろうかという大男だ。おまけに運河の堰《せき》みたいな図体をしてやがる。サンフランシスコまで博覧会を見に行く途中だった。レンタカーの運転席には、ウィスキーのクォート瓶が五本置いてあった。そしてやつは時速百十キロ余りですいすい飛ばしながら、別の一本をラッパ飲みしていた。そいつに立ち向かうのに、こっちは銃とブラックジャックを手にしたふたりの地元の警官だけという有様だ」

彼はそこで口をつぐみ、私はいくつかの気の利いた台詞を頭の中に思い浮かべた。しかしどれもこの場にはもうひとつ相応《ふさわ》しくないように思えた。ナルティーは話を続けた。

「そこでやつは警官たちを相手にひと暴れした。警官たちがのされて眠りについてしまうと、やつはパトカーのドアを一枚引きちぎり、無線機を溝に投げ捨てて、新しいウィスキーの瓶を開け、そのまま眠り込んでしまった。警官たちはしばらくして我に返ると、やつの頭をブラックジャックでさんざん叩きつけたんだが、やつがそれに気づいて目を覚ますのに十分ばかりかかった。何をしやがると暴れ出しそうになったところで、警官たちはやっとその手に手錠をはめた。どうだい、簡単至極じゃないか。今は酔っぱらい用の監房に放り込んである。罪状は飲酒運転、車内での飲酒、警察官に対する公務執行妨害（こいつが二件ぶん）、公共財産の毀損、拘留中の逃亡未遂、一般傷害罪、治安紊乱、それから高速道路上での違法停車、そんなところだ。どうだ、笑えるだろう」

「要点はどこにあるんだ？」と私は言った。「手柄話を話して聞かせるためにわざわざ電話をしてきたわけじゃあるまい」

「実はこいつがまったくの別人だったのさ」とナルティーは吐き捨てるように言った。「名前はストヤノフスキー、住所はヘメット。サンジャック・トンネルで穴掘りの仕事をしている。仕事をやり終えたところだった。女房と四人の子どもがいる。かみさんは髪を逆立てて怒りまくってるよ。ところでおたくの方はどうだい。マロイのことで何かわかったか？」

「何もわからん。頭がずきずきする」

「いつでもいいから、暇な時間があったら――」

「よしてくれ」と私は言った。「そいつは願い下げだよ。ところであの黒人の検死はいつあるんだ？」

「おたくにはもう関係あるまい」、ナルティーはあざ笑うように言って、電話をがちゃんと切った。

　ハリウッド・ブールヴァードまで運転して、ビルのわきにある駐車スペースに車を停め、私の事務所のある階まで歩いて上った。いつも鍵を締めないままにしておく小さな待合《レセプション》室《ルーム》のドアを開け、ひょっとして依頼人がやってきて、そこで待っていたりしないかと確かめた。

ミス・アン・リオーダンが雑誌から顔を上げて、私に微笑みかけた。

彼女は煙草の色を思わせる茶のスーツを着て、その下に白いハイネックのセーターを着ていた。昼の光で見ると、髪はたしかにまぎれもない鳶色だった。その上に帽子をかぶっていた。帽子のてっぺんにはウィスキー・グラスくらいの大きさの冠がついていて、縁は一週間ぶんの洗濯物が包めそうなほど広々している。それを彼女はだいたい四十五度の角度に傾けてかぶっていたので、もうちょっとで縁が肩にくっつきそうだった。それをべつにすれば、なかなか小粋に見えた。むしろそれ故にというべきなのだろうか。

年齢は二十八歳くらいに見えた。額は狭く、エレガントというにはいささか縦長に過ぎた。鼻は小振りで、詮索好きな風がある。上唇はわずかに長すぎたし、口全体はわずかとは言えないくらい横に広がっていた。瞳は灰色がかったブルーで、そこに金色がまだらのように入っていた。微笑みはなかなか素敵だ。たっぷり眠ったあとのような印象がうかがえた。感じの良い顔立ちだった。好意を抱かずにはいられない。可愛い女だ。しかしデートに連れ出すたびに、手にブラスナックルをはめなくてはならないほどの可愛さではない。

「オフィスの開く時刻がわからなかったものだから」と彼女は言った。「だから待っていたの。秘書はまだ出てきてないみたいね」

「秘書なんかいない」

私は部屋を横切って、内側のドアを開けた。それから外のドアの呼び鈴のスイッチを入れた。「さあ、思索するためのプライベートな奥の間に入ろう」

彼女は微かな、乾燥した白檀の香りを漂わせながら私の前を通り過ぎ、部屋の中を見た。五つの緑色のファイリング・ケース、みすぼらしい赤錆色のカーペット、うっすらほこりをかぶった家具、清潔とは言い難い網織物のカーテン。

「あなたには電話を受けてくれる人が必要みたい」と彼女は言った。「それからときどきはカーテンをクリーニングに出してくれる人が」

「聖スウィジンの日（七月十五日。この日の天気がその後四十日続くと言われる）が来たら洗濯に出すことにしよう。そこに座ってくれ。秘書がいないせいで、どうでもいいような仕事をいくつか逃がしているかもしれない。たくさんの脚線美もね。金の節約になっていい」

「そうなの」と彼女はとりすまして言った。それから大きなスエードのバッグを、ガラスのテーブル・トップの片隅に用心深く置いた。背中を後ろにもたせかけ、私の煙草を一本とった。その煙草に火をつけようとして、私は紙マッチで指に火傷をした。

彼女は扇のような形に煙を吐き、その向こうから微笑みかけた。少し大きめだが、素敵な歯だ。

「こんなに早々私と再会するとは予期していなかったんじゃない？　頭の具合はいかが？」

「頭はひどいもんだ。ああ、予期していなかった」

「警察は親切に扱ってくれた？」

「例の如くね」

「私は大事なお仕事の邪魔をしているかしら？」

「そんなことはない」

「でも、私に会えてとても嬉しいという顔はしていないみたい」

私はパイプに煙草を詰め、紙マッチに手を伸ばした。そして注意深くパイプに火をつけた。彼女は感心したようにそれを見ていた。パイプ・スモーカーは身持ちが堅いというのが通り相場だ。遠からずがっかりすることになるだろう。

「君を巻き込まないように努めた」と私は言った。「どうしてそんなことをするのか、自分でもよくわからないんだが。どっちにしてもこの事件はもう私の手の届かないところにある。昨夜はひどい目にあわされ、眠る前にしこたま酒を飲まなくちゃならなかった。今ではもう警察の手に渡っている。余計なちょっかいを出すなと釘を刺された」

「私のことを持ち出さなかったのは」と彼女は静かな声で言った。「警察はそんな話をすんなりとは信じないだろうとあなたが踏んだからよ。私が昨夜、邪気のない好奇心に駆られてあの窪地までわざわざ足を運んだなんてことをね。きっと私に何かそうする事情があったはずだと彼らは考えるし、その結果、徹底的に絞り上げられたことでしょうね」

「私だって連中と同じように考えたかもしれないぜ」

「警官というのは普通の人間なの」と彼女はどうでもよさそうに言った。「連中もそういう地点からスタートするという話を耳にしたことがある」

「あら、今朝はずいぶんシニカルなのね」、彼女は気のなさそうな、しかし実は何ひとつ見逃さない目で、オフィスの中を眺め回した。「お仕事は順調なの？」つまり財政的にということだけど。こんなお粗末な内装でも、実はけっこう儲かっているとか――・」

私は曖昧な声を出した。

「それとも、余計なことに首を突っ込まず、失礼な質問をしないように心がけるべきなのかしら？」

「心がけてできるものなのかな？」

「お互いはっきり言っちゃいましょうよ。ねえ、教えてくれない。どうしてあなたは昨夜私のことをかばってくれたの？　私が赤毛で、素敵なスタイルをしているからかな」

私は何も言わなかった。

「じゃあ、こういうのはどうかしら」と彼女は楽しげに言った。「その翡翠のネックレスの持ち主が誰か、知りたくない？」

顔がこわばるのが自分でもわかった。懸命に頭を働かせたが、記憶はもつれていた。しかしやがてはっきり思い出した。間違いない。翡翠のネックレスのことはひと言だって彼女に言っていない。

私はマッチに手を伸ばし、パイプの火をつけ直した。「それほどでもない」と私は言った。「どうして？」

「だって私はそれを知っているから」

「ほほう」

「おしゃべりをしたいときには、あなたはどんなことをするのかしら。足の指をもぞもぞさせたりするの？」

「わかったよ」と私はうなるように言った。「その話をしたくてわざわざここまで来たんだろう。聞こうじゃないか」

彼女のブルーの瞳は大きく見開かれた。それはいっとき、少し湿っているみたいに見えた。彼女は下唇を歯のあいだにはさみ、そのままじっと机を見下ろしていた。それから肩をすぼめ、唇を噛むのをやめ、私に向かって気取りなく微笑んだ。

「ええ、私がとんでもなく詮索好きな娘だってことはわかっているわよ。でも私の中には猟犬の血が流れているの。お父さんは警官だった。名前はクリフ・リオーダン、ベイ・シティーの警察署長を七年間勤めていた。それがここで問題になってくるわけ」

「名前には覚えがある。彼はどうしている？」

「地位を追われたわ。それで父はすっかり落ち込んでしまった。レアード・ブルーネットという男に率いられた賭博がらみのギャング団が、選挙で自分たちの仲間を市長に当選させた。そのおかげで父は証明記録局の責任者に左遷されたの。ベイ・シティーでは、ティーバッグくらいの大きさしかないうらぶれた部署よ。それで父は辞職して、二年ばかりぶらぶらしていたんだけど、やがて亡くなってしまった。母もその後を追うように死んだ。二年ほど私は身よりもなく生きてきた」

「そいつは気の毒だ」と私は言った。

彼女は煙草をもみ消した。口紅のあとは見えなかった。「私が今こんな打ち明け話をしてあなたをうんざりさせているのは、私にとっては、警察とうまくやっていく方が容易《たやす》いんだということが言いたいからよ。昨夜のうちにそれを話しておくべきだった。それで今朝、事件を誰が担当しているかを知って、その人に会いに行ったの。最初のうち、彼はあなたにいくらか腹を立てていた」

「気にしなくていい」と私は言った。「もし真実を残らず打ち明けていたとしても、彼は私の言うことなんてこれっぽちも信じなかったはずだ。どうせ私の耳を片方食いちぎるつもりでいるんだから」

彼女は傷ついたように見えた。私は立ち上がってもう一方の窓を開けた。大通りの車の騒音が波のようにどっと入り込んできた。船酔いしそうだ。気分が良くない。私は机の深い抽斗を開け、そこからオフィス用常備ボトルを取り出し、グラスに注いだ。

ミス・リオーダンは困ったような顔つきでこちらを見ていた。私はもう身持ちの堅い男ではなくなっていた。彼女は何も言わなかった。私はそれをぐいと飲むとボトルをもとの場所にしまい、腰を下ろした。

「私には勧めてくれないのね」と彼女はそっけない声で言った。

「すまない。まだ十一時前だし、君はそんな時刻に酒を飲みそうなタイプには見えなかったんだ」

目の端っこにしわがよった。「それはほめ言葉なの？」

「私の世界ではね」

彼女はそれについて少し考えた。しかし彼女には別にどちらでも良いことだった。よく考えてみれば、私にだってどちらでも良いことだ。それでも一杯やったおかげで、気分はずっとましになった。

彼女は前屈みになり、デスクの上に敷かれたガラスを手袋でゆっくりとこすった。「アシスタントを雇うつもりはないの？　親切な言葉をときどきかけてもらえたら、とくにお給料はいらないという場合でも」

「ノー」

彼女は肯いた。「そういう返事がかえってくるだろうと予想はしていた。ここはあなたに情報だけを渡して、すんなり引き上げた方がよさそうね」

私は何も言わなかった。パイプにまた火をつけた。パイプに火をつけている男は、実際には何も考えていなくても、どことなく思慮深げに見える。

「最初にふとこう思ったの。そんな立派な翡翠のネックレスなら美術館級だろうし、広く知られているはずだって」と彼女は言った。

私はマッチを宙にかざしていた。火はついていて、その炎がだんだん私の指に近づいてくるのが見えた。私はそれをそっと吹いて消し、灰皿に捨て、それから言った。

「翡翠のネックレスだとは、君に言っていないはずだが」

「言わなかった。でもランドール警部補が教えてくれた」

「誰かがあの男の顔にボタンを縫いつけるべきだな」

「彼はうちの父と知り合いなの。誰にも言わないって約束した」

「私にしゃべっているじゃないか」

「あなたはすでに知っているじゃない。馬鹿ね」

彼女の手が突然さっと持ち上がった。手で口を押さえようとするみたいに。しかしそれは途中で止まり、ゆっくりともとに戻され、両目が見開かれた。なかなか見事な演技ではあったが、彼女の中にある何か特別なものがその効果を損なっていることが私にはわかった。

「あなたはもちろん知っていたんでしょう?」、彼女は息を吐きながら、声をひそめて言った。

「てっきりダイアモンドだと思っていたよ。ブレスレットがひとつ、イヤリングが一組、ペンダントがひとつ、指輪が三つ、そのうちのひとつにはエメラルドもついている」

「冗談はよして」と彼女は言った。「だいいち面白くもないわ」

「フェイ・ツイの翡翠だ。きわめて珍しい。彫りのある珠はひとつがおおよそ六カラットで、それが六十個ついている。八万ドルの値打ちがある」

「あなたはそんな素敵な茶色の目をしていながら、なおかつ自分のことをタフだと思っている」と彼女は言った。

「さて、その持ち主は誰で、どうやって君はそれを知ったんだ？」

「調べるのはとても簡単だった。街でいちばん高級な宝石店ならそのことを知っているだろうと思ったわけ。だから私はブロック宝石店に行って、マネージャーに尋ねてみたの。私はライターで、珍しい翡翠について記事を書こうとしていると言った。やり方はわかるでしょう」

「そして彼は君の赤毛と、美しい身体を信用した」

彼女はこめかみまで赤くなった。「まあ、とにかく彼はいろいろと教えてくれた。それはベイ・シティーに住むとある裕福な婦人の持ち物なの。キャニオンにお屋敷がある。ミセス・ルーイン・ロックリッジ・グレイル。ご主人は投資銀行だかなんだかのオーナーで、とてつもなくお金持ちで、二千万ドルくらいの財産を持っている。以前はベヴァリー・ヒルズに放送局を持っていた。ＫＦＤＫっていう放送局。ミセス・グレイルはそこで働いていたの。二人が結婚したのは五年前で、彼女はうっとりするような金髪。ミスタ・グレイルはずっと年上で、肝臓が悪く、いつも家にいて整腸剤を飲んでいる。その一方、ミセス・グレイルはいろんなところにお出かけして、楽しい時を送っている」

「そのブロック宝石店のマネージャーは、ずいぶん世事に詳しい人のようだね」と私は言った。

「彼からそんな話を全部聞いたわけじゃないわよ、馬鹿ね。教えてもらったのはネックレスのことだけ。残りの情報はギディー・ガーティー・アーボガストから仕入れたのよ」

私は深い抽斗に手を伸ばし、オフィス用常備ボトルをまた持ち出した。

「あなた、小説なんかでお馴染みの酔いどれ探偵になろうというつもり？」、彼女は心配そうに言った。

「いいじゃないか。連中は涼しい顔をして事件をすいすい解決していく。あやかりたいものだ。話を続けてくれないか」

「ギディー・ガーティーは『クロニクル』紙の社交欄担当記者なの。昔からの知り合いよ。体重が百キロ近くあって、ヒトラー髭をはやしている。グレイル家の参考資料を引っ張り出してきてくれた。見て」

彼女はバッグの中から写真を出して、デスク越しにそれを差し出した。十二センチ×八センチの光沢のある写真だった。

金髪の女。僧正がステンドグラスの窓を蹴破りたくなるような豪勢なブロンドだ。白と黒に見える街着を着ていた。それにあった帽子もかぶっていた。いくぶん気取っていたが、気取りすぎというほどでもない。どのような男であれ、男たるものが求める一切を不足なく備えている女だ。三十歳というあたりだろう。

私は素早く酒を注いで、喉が焼けるほど勢いよく飲み干した。「そいつをどかせてくれ」と私は言った。「跳ね回り出しそうだから」

「ねえ、あなたのためにこれを手に入れたのよ。彼女に会いたがると思ったんだけどな」

私はもう一度写真に目をやった。それを机の下敷きの下に入れた。「今夜の十一時でどうだ?」

「ねえ、これはお笑いをとるためにやってるわけじゃないのよ、ミスタ・マーロウ。私は彼女に電話をかけた。彼女はあなたに会うのを承知したことになっている。仕事のことでね」

「それが出発点になるかもしれない」

彼女はいらいらした素振りをしたので、私はからかうのをやめて、歴戦の傷跡を残したタフな面相に戻った。「それで彼女はどのような件で私に会うのだろう?」

「もちろんネックレスのことよ。こういうわけなの。私は彼女に電話をかけてお話ししたいことがあるって言ったの。もちろん簡単に電話を取り次いではもらえなかった。でもいろいろ苦労して、やっと話ができたの。それで私は、ブロック宝石店の人の良いマネージャーを相手にやったのと同じ手を使ってみたんだけど、相手にもされなかった。声からすると二日酔いで御機嫌斜めみたいだった。そういうのは秘書に話をしてちょうだい、みたいなことを彼女は言い出したので、私はなんとか話をつなごうと思って、『フェイ・ツイの翡翠のネックレスをお持ちだというのは本当ですか』と尋ねた。少し間があって、持っていると彼女は答えた。『それを見せていただくことはできませんか』と私は尋ねた。『何のために』と彼女は訊いた。それでまた同じ作り話を持ち出したんだけど、それは最初の時と同じく湊も引っかけられなかった。彼女が受話器を手で塞いであくびをし、受話器を渡すための誰かを呼ぶ声が聞こえた。そこで私は切り出したの。私はフィリップ・マーロウのところで働いているんですって。『それがなんだってのよ？』と彼女は言った。嘘じゃなく」

「たまげたね。しかし昨今では上流階級の女たちも、いかがわしい女のようなしゃべり方をするからな」

「さあ、どうでしょう」とミス・リオーダンは楽し気に言った。「そのうちの何人かは実際にいかがわしい女なんじゃないのかしら。そして私は尋ねた。おたくには立ち聞きされない独立回線の電話はありませんかって。すると彼女は『あなた、いったい何様のつもりなの？』と言った。しかし不思議なことに、それでも受話器を置いたりはしなかった」

「彼女は翡翠のことが気になっていて、君の話がどこに繋がっていくのか知りたかったのだろう。それに彼女はすでにランドールから連絡を受けていたかもしれない」

ミス・リオーダンは首を振った。「いいえ、私はそのあと彼に電話をかけてみたんだけど、そのネックレスが誰の持ち物か、まだ知らなかった。私が教えてあげるまではね。私が持ち主を発見したことを知って、とても驚いていた」

「彼もやがて君に慣れていくことだろう」と私は言った。「慣れないことには身がもたないものな。それでどうなった？」

「それで私はミセス・グレイルにこう言った。『あなたはまだそのネックレスを取り戻したいと思っているんでしょう。違いますか？』。単刀直入に切り出したわけ。ほかにどういう言い方をすればいいのかわからなかったから。相手がいくらか動転するようなことを言う必要があったの。そしてそれはうまくいった。彼女はそわそわと秘密の電話番号を教えてくれた。私はその回線を使って、内々にお目にかかりたいと言った。向こうは驚いたようだった。それで私は一部始終を話さないわけにはいかなかったの。彼女はその話が気に入らなかった。でもどうしてマリオットから連絡が来ないのか、ずっと気になっていたらしい。彼が金だか品物だかを持ち逃げしたんじゃないかって疑っていたみたいだった。というわけで、午後二時に彼女に会うことになっているの。そこであなたのことを彼女に話すつもり。あなたがとっても感じの良い控え目な人で、機会さえ与えられれば、その宝石を取り戻す役に立つに違いないって。彼女は乗り気のようだった」

私は何も言わなかった。ただじっと彼女の顔を見ていた。彼女は傷ついたみたいだった。

「何かいけないの？　私、何かまずいことをした？」

「事件は今では警察の手に渡っている。一切手を出すなと釘を刺されている。そう言ったはずだが」

「ミセス・グレイルはもし望むなら、誰がなんと言おうと、あなたを雇うことができるはずよ」

「何のために雇うんだね？」

彼女は落ち着かない素振りでバッグの留め金を閉じたり外したりした。「ああ、なんていうのかしら――ああいう女性って――それだけの美人で――だからなんて言うか――」、彼女は言葉に窮して唇を噛んだ。「マリオットって、どんなタイプの男だったの？」

「彼のことはほとんど知らない。なんとなくなよなよした男だ。あまり好意は持てなかった」

「女性の目には魅力的に映るかしら？」

「ある種の女性にはね。それ以外の女性は唾を吐きかけたくなるだろう」

「じゃあ、ミセス・グレイルの目には魅力的に映ったのかもね。マリオットと連れだって遊んでいたわけだから」

「彼女はたぶん百人もの男と連れだって遊んでいるよ。それに今となってはネックレスを取り戻すチャンスは皆無に近い」

「どうして？」

私はオフィスの端まで歩いていって、壁を平手でぴしゃりと強く叩いた。隣の部屋のかたかたというタイプの音が一瞬止まった。それからまた始まった。開いた窓から、うちのビルとマンション・ハウス・ホテルとのあいだにある隙間を見下ろした。コーヒーハウスから漂ってくる匂いはとてもきつくて強固で、その上にガレージを建てることだってできそうだ。私はデスクに戻り、ウィスキーの瓶を深い抽斗に戻した。抽斗を閉め、もう一度椅子に座った。パイプに火をつけた。これでもう八回か九回目だ。そしてほこりをうっすらかぶったグラスの向こうにある、ミス・リオーダンの小振りな、生真面目で率直な顔を注意深く見た。

見るたびに好意を抱かずにはいられないタイプの顔だ。ゴージャスなブロンドは一束いくらで手に入る。しかしこの娘の顔は歳月に耐えるようにできている。私はその顔に向けて微笑んだ。

「いいかい、アン。マリオット殺しは筋書きにない過失だった。このホールドアップの背後にいるギャングは、こんな荒っぽいことはまずやらない。兵隊として連れて行った男が、ヤクで頭がいかれて、何かで血迷ったとしか思えない。マリオットがつまらない真似をして、どこかのちんぴらがかっときてやつの頭をがつんとやった。あっという間の出来事で、誰かが止めに入る暇もなかった。この手の組織的なギャングは宝石についての、そしてまたそれを身につける女性についての内部情報を得ている。連中はほどほどの買い戻し金を要求し、取り引きはクリーンにまとめる。こういう辻強盗みたいなやり口は、彼らのスタイルには合わない。私の推測では、こんなことをしでかしたやつは、もうとっくに死人になっている。くるぶしにおもりをつけられて、太平洋の底に沈んでいることだろう。翡翠もその男と一緒に海に沈んだかもしれない。あるいはやつらがその宝石の価値を知っていれば、長期間どこかに隠匿しておくだろう。そしてほとぼりが冷めたところに引っ張り出してくる。連中がでかい組織をもつギャングなら、そのうち世界の裏側にひょっこり姿を見せるかもしれない。しかしもし彼らがその翡翠の本当の値打ちを知っていたとしたら、八千ドルという要求金額はいくらなんでも安すぎる。実際に捌《さば》くのはかなりむずかしいにしてもだ。いずれにせよ、ひとつ確信を持って言えることがある。連中にはもともと誰かを殺すつもりはなかったということだ」

アン・リオーダンは口を微かに開き、まるでダライ・ラマを前にしているようなうっとりした表情を顔に浮かべて、私の話を聞いていた。

彼女はゆっくり口を閉じ、一度だけ肯いた。「あなたは素晴らしいわ」と彼女は優しい声で言った。「頭は変だけど」

彼女は立ち上がり、バッグをしっかりと持った。「どう、彼女に会いに行くつもりはあるの？」

「ランドールには口出しはできない。もし彼女から直接の依頼があればだが」

「わかった。私はほかの新聞の社交欄担当者にあたって、グレイル家の情報をもう少し集めてみる。彼女の男性交友関係についてね。浮いた噂のひとつくらいあるはずよね。そう思わない？」

鳶色の髪に縁取られた彼女の顔には憂いの色が浮かんでいた。

「誰にだって浮いた噂のひとつくらいあるさ」、私は皮肉を込めて言った。

「私にはそんなものひとつもなかったわ。ほんとに」

私は手を上にあげて、口をふさいだ。彼女は私にきっ、とした視線をなげかけ、ドアの方に向かった。

「何かを忘れちゃいないか」と私は言った。

彼女は立ち止まってこちらを振り向いた。「何ですって？」、彼女はデスクの上を眺めまわした。

「なんのことだかよくわかっているはずだよ」

彼女はデスクに戻って、熱っぽい目でこちらに屈み込んだ。「そんなに殺人を嫌っているのなら、どうしてその人たちはマリオットを殺した男を殺すの？」

「その手のいかれたちんぴらは警察にそのうちにつかまるし、つかまったら最後、洗いざらいべらべらしゃべっちまうからさ。ヤクを取り上げられたらもうおしまいだ。私が言いたいのは、彼らは商売の相手は殺さないようにしているということさ」

「その殺した男がドラッグをやっているってどうしてわかるの？」

「わかるわけはない。ただ推測しているだけだ。そういう手合いはたいていヤクをやっているからね」

「そう」、彼女は身体をまっすぐに伸ばし、微笑んだ。「あなたが言いたいのはこれのことでしょう」、彼女はそう言うと、素早くバッグの中に手を入れ、ティッシュで小さく包んだものを取り出して、デスクの上に置いた。

私はそれを手に取り、注意深くゴムバンドをはずし、紙を広げた。三本の長くて中身の詰まったロシア煙草があった。紙の吸い口がついている。私は無言で女の顔を見ていた。

「勝手に持ってきちゃいけないってことは承知している」と彼女はほとんど息もつかずに言った。「でもそれがマリファナ煙草だって私にはわかった。普通はただ紙巻きになっているんだけど、ここのところベイ・シティーではこういうかっこうで出回っているの。前にも何本か見たことがある。死んだ後、マリファナ煙草がポケットに見つかるというのは、ちょっと気の毒すぎるんじゃないかって思ったわけ」

「ならいっそケースごと持ってくるべきだったね」と私は穏やかに言った。「あの中には粉が残っていた。中身の入ってない煙草ケースをこの男はなぜ持ち歩いていたのだろうと、人は不審に思う」

「そこまではできなかった——あなたのいる前では。私——よほど引き返してそうしようかと思ったの。でもそこまでの勇気はわいてこなかった。あなたはそれでまずい立場に立たされた？」

「いいや」と私は嘘をついた。「大したことじゃない」

「それはよかった」と彼女は憂いに満ちた顔で言った。

「なんでそんなもの捨ててしまわなかったんだ」

彼女はそれについて考えた。バッグをしっかりとわきに抱え、縁が広い馬鹿げた帽子を大きく傾けて片方の目を隠しながら。

「それはたぶん私が警官の娘だからだと思う」と彼女はようやく言った。「証拠の品物を簡単に捨ててしまうわけにはいかないの」。彼女の微笑みはいかにももろく、後ろめたく、頬が赤らんでいた。私は肩をすくめた。

「それで——」、その言葉は閉め切った部屋の中の煙のように、しばらくそこに浮かんでいた。そう言いかけたまま、彼女の口はしばし開きっぱなしになっていた。私はそのままにしておいた。頬の赤みはいっそう深くなった。

「本当にごめんなさい。間違ったことだったのね」

私はそれも受け流した。

彼女はとても足早にドアに向かい、出て行った。

14

私はロシア煙草のひとつを指でつついた。それから隣り合わせにきれいに一列に並べた。そして椅子をぎいぎいと鳴らせた。証拠品を捨てることができないと彼女はいう。とすればこいつは証拠品なのだろう。でも何を証明している？　一人の男がときどき大麻煙草を吸っていたということ、一人の男が何によらず異国風のものに弱かったらしいということ。その程度だ。タフな男たちだって、ずいぶんマリファナを吸っている。たくさんのミュージシャンや、ハイスクールの生徒や、良い子であることを放棄した良家の娘たちも吸っている。大麻草。その葉はいたるところですくすくと育つ。今ではその栽培は法で禁じられている。しかしアメリカみたいな広々した国では、そんな規制などほとんど有名無実だ。

私はそこに座ってパイプを吹かし、薄い壁の向こうから聞こえるタイプライターの音に耳を澄ませ、ハリウッド・ブールヴァードの信号がぼこんぼこんと音を立てて変わるのに耳を澄ませた。紙袋がコンクリートの歩道を吹かれていくのに似た、さわさわという春のささやきに耳を澄ませた。

かなり大ぶりな煙草だ。しかし多くのロシア煙草は大振りだし、マリファナはきめの粗い葉だ。大麻。そこから作られるハシーシ。証拠品ときた。まったくもう、女というのは、なんだってあんな変てこな帽子をかぶらなくちゃならんのだ。私の頭は痛んだ。どうかしている。

私はペンナイフを取りあげ、小さな鋭い刃を開いた。パイプ掃除には使わない方の刃だ。そして煙草の一本を手に取った。警察の分析専門家なら、まず手始めに一本を二つにぱっくり裂いて、その中身を顕微鏡で調べるだろう。何か普通ではないところが見つかることを期待して。そんなものが見つかるとも思えないが、見つからなくてもべつにかまわない。どうせ月決めで給料をもらっているのだ。

一本をまっすぐ裂いてみた。吸い口の部分を裂くのは骨だった。しかし私は名にしおうタフガイだ。なんとか負けずに最後までやり通すことができた。昔からあきらめの悪い性分である。

吸い口から何やら光るものが出てきた。くるくると丸まった薄い紙片の切れ端だ。一部が自然にほどけて、印刷された文字が見える。私はまっすぐ座り直して、それを拾い上げた。机の上に広げてみようと試みたが、つるつる滑ってうまくいかない。もう一本の煙草を手に取り、目を細めて吸い口の中をのぞき込んだ。それからナイフの刃を、違うやり方で入れてみた。吸い口のあるところまで、煙草をずっとつまんでいった。紙はとにかく薄くて、その下にあるものの素地まで感じ取れるほどだった。それから吸い口を注意深く切り離し、更に注意深く、吸い口を縦にカットした。切りすぎないように、必要なだけ。それはぱっくりと開き、中にはやはり同じカードが入っていた。きれいに巻かれており、今度は無傷だった。

私はそれをそっと広げてみた。名刺だった。白地に淡い色合いのアイヴォリーが混じっている。そして微妙な陰影の入った字が彫り込まれていた。左手の下にはスティルウッド・ハイツの電話番号。右手の下には「予約のみ」という文句。真ん中にはもう少し大きな字で、しかしやはり慎み深く「ジュールズ・アムサー」とある。その下にはもう少し小さな字で「心霊相談」とあった。

私は三本目の煙草を手に取った。今度はずいぶん苦労した末に、まったくカットなしでそのカードを抜き出すことに成功した。まったく同じものだった。それをまたもとあった場所に戻した。

私は腕時計を見て、パイプを灰皿に置いた。それから今何時かを確かめるために、もう一度腕時計に目をやらなくてはならなかった。私はカットした二本の煙草と、カードが入ったままの無傷の煙草を別々のティッシュペーパーに包み、その二つの小さな包みを机の抽斗に入れ、鍵をかけた。

私は座ってそのカードを眺めた。ジュールズ・アムサー、心霊相談、予約のみ、スティルウッド・ハイツの電話番号、住所はなし。同じ紙が三枚、三本の大麻煙草の中に巻かれて入れてあった。その煙草は、模造鼈甲の枠のついた、日本製だか中国製の絹の煙草ケースに入っていた。ありきたりのものだ。東洋の物産を扱う店に行けば、三十五セントから七十五セントくらいで買える。「ホイ・フイ・シン」だとか「ロン・シン・タン」だとかそんな名前で、物腰の低い日本人が耳障りな英語を話し、「ムーン・オブ・アラビア」というお香は、「フリスコ・セイディー」の裏部屋の女たちみたいな匂いがするとあなたが言うと、いかにも面白そうに笑ってくれるような店だ。

今はもうすっかり冷たくなってしまった人物のポケットに、それは入っていた。そしてその男は見るからに上等な煙草ケースを別に持っており、実際にはそちらの煙草の方を吸っていた。

彼はその煙草ケースのことを忘れていたに違いない。そうでないと話が通じない。あるいはもともと彼の持ち物ではなかったのかもしれない。ホテルのロビーで拾ったものかもしれない。そんなものを自分が持っていることを失念していたのだろう。拾得物として届け出るのを忘れたのだろうか。ジュールズ・アムサー、心霊相談。

電話のベルが鳴り、ぼんやりしたまま受話器を取った。その声には自分が優秀だと思っている警官の、クールでハードな響きが聴き取れた。ランドールだ。彼は声を荒らげたりはしない。氷のように冷たいタイプだ。

「君は昨夜、たしかこう言ったな。その娘が誰だか知らなかった。そして彼女は君を海岸道路で拾った。君はそこまで歩いていった、と。涼しい顔で嘘をつくじゃないか、マーロウ」

「もしあんたに娘がいたとして、新聞のカメラマンが茂みから飛び出してきて、彼女の顔の前でフラッシュをたくようなところを、目にしたくはないはずだよ」

「君は俺に嘘をついた」

「痛快だった」

沈黙があった。何かを測っているような沈黙だった。「その一件は忘れよう」と彼は言った。「彼女に会った。俺のところにやってきて、事実を打ちあけた。彼女の父親はたまたま俺のよく知っている人物で、その男を俺は尊敬していた」

「彼女はあんたに話をして、あんたは彼女に話をした」と私は言った。

「俺は少ししか話をしなかった」と彼は冷たく言った。「理由があってな。その同じ理由で、今こうして君に電話をかけている。捜査は内密に進められることになる。宝石強盗団をひっくくる絶好の機会だし、我々は真剣だ」

「今朝になったら、ギャングによる殺しと方針転換になったわけだね。なるほど」

「ところで、あのけったいな煙草ケースの中にあったのは、マリファナの粉だった。龍の模様がついたケースだよ。そこからマリオットが煙草を出して吸ったところを、君が目にしていないというのは確かだね？」

「間違いない。私の前では、もうひとつの煙草ケースの煙草しか吸わなかった。とはいえ彼は常に私の目の前にいたわけじゃない」

「わかった。知りたかったのはそれだけだ。昨夜俺が言ったことを忘れないようにな。この事件にはこれ以上首を突っ込むんじゃないぜ。俺たちが君に求めているのはただひとつ、沈黙だ。さもなければ――」

彼はそこで言葉を切った。私は受話器に向かってあくびをした。

「聞こえたぜ」と彼はきつい声で言った。「手出しできるような立場に俺はいないと踏んでいるんだろう。しかしできるんだよ。一度でも妙なことをしてみろ、重要参考人としてぶちこんでやるからな」

「つまり新聞はこの事件について何も知らされないということかい？」

「殺人については情報を得る。しかしその背後に何があるか、知らされることはない」

「まるであんたは何があるか知ってるみたいじゃないか」と私は言った。

「これでもう二度警告を与えた」と彼は言った。「三度目はないぞ」

「よくしゃべるね」と私は言った。「切り札を持っている人間にしちゃ」

そこで電話ががしゃんと切られた。まあいいさ、知ったことじゃない。好きなようにさせておこう。

気を落ち着かせるために、私はオフィスの中をひとしきり歩き回った。酒を一口だけ飲んだ。もう一度腕時計に目をやったが、何時だかうまく頭に入らなかった。それからまた机に腰を下ろした。

ジュールズ・アムサー、心霊相談。予約のみ。しかるべき時間を用意し、しかるべき金を支払う。それと引き換えに彼は、妻に関心をなくした夫から、イナゴの害に至るまで、あなたの抱えたあらゆる悩みを解消してくれるだろう。不満の尽きない恋愛沙汰、独り寝を淋しく思う女性、何をしているのか音信もない息子や娘、不動産を今売るべきか、あるいは来年まで待つべきか、その役柄がファンの抱いているイメージを損なうのか、あるいは逆に多芸さを評価されることになるのか、そんなあれこれの迷いや心痛を、その人物は専門にしているのだろう。男たちが彼の顧客の中に混じることもあるかもしれない。オフィスではライオンのように咆吼する強い男たちも、実はチョッキの下にもろい心を抱えているかもしれない。しかし顧客の大半は女性たちであるはずだ。はあはあ息を切らせる太った女たち。ぴりぴりしている痩せた女たち。夢見る老女たち。エレクトラ・コンプレックスを抱えているかもしれないと案じている娘たち。あらゆるサイズの、あらゆる体型の、あらゆる年齢の女たち。しかし彼女たちに共通しているものがひとつある――現金だ。ジュールズ・アムサー氏は木曜日に郡立病院で診察したりはしない。支払いは現金でしか受け取らない。牛乳屋の請求書にもぶつくさ文句を言う金持ちの奥さんも、彼には黙って即金で支払う。

うさんくさいいかさま師、いかがわしい宣伝。大麻煙草の中に名刺を忍ばせる男、それもあろうことか死者のポケットの中から発見された。

脈がありそうじゃないか。私は電話に手を伸ばし、交換手にスティルウッド・ハイツの電話番号を告げた。

15

女が電話に出た。外国なまりのある、ハスキーで乾いた声だった。「アロー」

「ミスタ・アムサーとお話ししたいのだが」

「ああ、申し訳ありません。まことにすみません。アムサーは電話では話をしないのです。わたし彼の秘書です。伝言をわたしうけたまわります」

「そちらの住所を教えていただけるかな？　彼に会いたいのだが」

「ああ、あなたはアムサーに相談があるのですか、彼の仕事として？　それはアムサーの喜びとするところです。しかし彼、とーても忙しいです。あなた、いつがご都合よろしいでしょうか」

「今すぐだ。少なくとも今日のうちに」

「ああ」とその声は残念そうに言った。「それ、できかねます。たぶん来週なら。予定表を見てみましょう」

「いいかい」と私は言った。「予定表なんか見る必要はない。鉛筆あるかい？」

「もちろん鉛筆ありますが、けれども——」

「今から言うことを書き留めるんだ。私の名前はフィリップ・マーロウ。住所はハリウッド、カフエンガ・アヴェニュー・ビルディングの六一五だ。ハリウッド・ブールヴァードのアイヴァー通りの近くにある。電話番号はグレンヴュー七五三七」、むずかしい綴りは教えた。彼女が書き留めるのを待った。

「はい、ミースタ・マーロウ。書き留めました」

「マリオットという人物のことで、ミスタ・アムサーにお目にかかりたい」、私はその綴りも教えた。「緊急を要する用件なんだ。人の生死に関わることだ。急いでミスタ・アムサーに会わなくてはならない。い・そ・い・で。わかるね。別の言葉でいえば、すぐさまだ。話、通じたかな?」

「あなたのしゃべり方、とーても変です」とその外国なまりのある声は言った。

「心配しなくていい」、私は電話台を手にとって、それを振った。「おかしなところはない。私はいつもこんなしゃべり方をするんだ。こいつはいささか物騒な話でね、ミスタ・アムサーはきっと私に会いたがるはずだ。私は私立探偵なんだよ。そして彼と話をする前に、警察に足を運ぶような真似はしたくないと思っている」

「ああ」、その声はカフェテリアのディナーみたいにぐっと冷めた。「あなた警察のひとですね。そうじゃない?」

「そうじゃない」と私は言った。「私は警察のひと、違う。私立探偵だ。内密調査。しかし緊急を要することには変わりない。電話をもらいたい。わかった？　君は私の電話番号、持ってる、イエス？」

「シ。あなたの電話番号もっている。そのミースタ・マリオット、具合悪いのでしょうか？」

「まあね。決して健《すこや》かとは言えない」と私は言った。「彼のことを知っているのかい？」

「いいえ、その人のこと知らない。あなたは生死に関わることと言った。アムサーは多くの人を助けることできますので——」

「今回は無理だ」と私は言った。「それでは電話を待っているよ」

私は電話を切り、まっすぐオフィス用の酒瓶に手を伸ばした。まるで肉挽き機に通されたあとのような気分だった。十分が経過した。それから電話のベルが鳴った。声が言った。

「アムサー、六時にあなたにお会いします」

「けっこうだ。それで住所は？」

「車、お迎えにあがります」

「私は車を持っている。住所を教えてくれたら——」

「車、お迎えにあがります」とその声は冷たく言った。私の耳の中で回線がぷつんと切れた。

腕時計に再び目をやった。昼食の時刻はもう過ぎている。最後に口にした酒のせいで胃が熱かった。腹は減らない。煙草に火を点けた。配管修理工のハンカチみたいな味がした。私はオフィスの向こう側にいるレンブラント氏に会釈をし、それから帽子をとって外に出た。エレベーターに向かう道のりの半ばあたりで、あることにはっと思い当たった。何か理由やきっかけがあって思い当たったのではない。煉瓦が空から降ってくるみたいに、勝手に向こうからすとんとやってきたのだ。私は立ち止まって大理石張りの壁にもたれ、帽子をしばらく頭に馴染ませ、それから出し抜けに笑い出した。

エレベーターを降りて、仕事に戻ろうとして、私の前を通り過ぎた娘が、こちらをちらりと見た。人の背骨をストッキングの伝線に思わせてしまうような視線だった。私は彼女に手を振って、それからオフィスに戻った。そして電話を手に取った。不動産の登記会社で台帳を担当している知り合いを私は呼び出した。

「住所を言うだけで、その土地の現況がわかるものかな?」と私は彼に尋ねた。

「わかるさ。相互照合ができるようになっているからな。何が知りたい?」

「西五十四番プレイスの一六四四番地。登記が誰の名義になっているか知りたい」

「電話をかけなおす。電話番号を教えてくれ」

三分後に電話がかかってきた。

「鉛筆を用意してくれ」と彼は言った。「それはメイプルウッド造成地第四地域、キャラデイ拡張部、ブロック十一のロット八だ。記録上の所有者はジェシー・ピアース・フロリアン、寡婦となっている。しかしこの物件、いくつかの制約を受けている」

「なるほど。どのような制約なんだろう？」

「下半期の固定資産税、道路修繕のための十年間前積み金《ボンド》を二期分、雨水排水管分担前積み金《ボンド》を一期分、これも十年間のもの、これらが未納になっている。それに加えて、最初の担保信託証書、二千六百ドル分が未済」

「言い換えれば、通告のあった十分後に接収され、そのまま競売にかけられても文句は言えない物件、ということだね？」

「まさか十分後にとはいかんだろうが、担保権行使なんかに比べれば、遙かに手早く処理されるはずだ。物件自体についてとくに首を傾げるところはないんだが、ただ金額がちょっとひっかかる。この地域にしては評価額が高い。新築物件なら話はわかるんだが」

「ずいぶん古い家屋だし、手入れは最悪だ」と私は言った。「値をつけるとしたら、せいぜい千五百ドルというところかな」

「それは間違いなく妙だ。たった四年前に担保移転がおこなわれている」

「ほう。今は誰が担保を握っているんだ？　どこかの投資会社かい？」

「いや、個人だよ。名前はリンゼイ・マリオット、独り者の男だ。それでいいかな？」

そこで何と言ったか、どんな風に彼に礼を言ったのか、記憶がない。たぶんそれなりの言葉を発したのだろうと思う。私はそこに座り込んで、ただじっと壁を睨んでいた。

胃が急にすっきりとした。食欲も出てきた。マンション・ハウス・コーヒーショップで昼食をとり、うちのビルディングの隣の駐車場から車を出した。

南西に向けて、西五十四番プレイスに車を走らせた。今回は酒瓶は持参しなかった。

16

そのブロックは前日に目にしたときのままだった。一台の製氷会社のトラックのほかには路上に停められた車はなかった。家の車寄せにはフォードが二台。通りの角では砂埃が風に舞っていた。私は一六四四番地の前をゆっくりと車で通りすぎ、先の方で車を停め、道路の両側の家をひととおり観察した。歩いて道を戻り、その家の前で立ち止まった。かたくなな椰子の木に目をやり、久しく水をもらっていない、切ない色をした芝生の区画を眺めた。家は無人のように見えたが、おそらくそうではあるまい。いつも無人のように見えてしまう家なのだ。フロントポーチには孤独な揺り椅子がひとつ、前日見かけたとおりのかっこうで置かれていた。玄関に通じる道には、新聞が投げ込まれたままになっている。私は新聞を拾い上げ、それで足をぴしゃりと叩いた。隣家のカーテンが動くのが見えた。正面玄関の近くの窓だ。

またあのおせっかいばあさんだ。私はあくびをして、帽子をちょっと後ろに傾けた。尖った鼻先が、ほとんどぺしゃんこになるまで窓ガラスに押しつけられている。その上に白髪がある。こちらから見ると、目だけが浮き上がって見えた。私が歩道をゆっくりと歩いていくのを、その目はじっとうかがっていた。私は彼女の家に向かった。木の階段を上り、ベルを押した。

ドアはバネ仕掛けみたいに勢いよく開いた。彼女は年寄りだが背が高く、その顎はウサギを思わせた。近くから見ると、目は静止した水に映る光のように鋭い。私は帽子をとった。

「あなたが、ミセス・フロリアンのことで警察に電話をなすったというご婦人ですか？」

彼女は私を冷静に見つめ、何ひとつ見逃さなかった。私の右の肩胛骨にあるほくろだって見てとったに違いない。

「そうだとも言わないし、そうでないとも言わないよ、お若いの。あんたは誰なんだい？」、鼻にかかった甲高い声だった。共同加入電話で八つの回線が重なっても、支障なく会話を続けられる声だ。

「私は探偵です」

「なんだね。どうしてそいつを早く言わないんだよ。あの女がいったい何をやらかしたんだい？　変わったことは何も起こらなかったよ。一分たりとも目を離さなかったけどね。ヘンリーがあたしの代わりに買い物に行ってくれるんだ。あの家からは物音ひとつ聞こえなかった」

彼女はぱちんと音を立てて網戸ドアの錠を外し、私を中に入れた。玄関には家具用オイルの匂いがした。暗い色合いの家具がたくさん中に置かれていた。その昔はきっと見栄えがするものだったのだろう。象眼細工のパネルがつき、角にはスカロップ金具がはまっている。我々は客間に行った。レースのついた木綿のカバーがいたるところにかけられていた。とにかくピンで取り付けられるところには、もれなくカバーがかかっていた。

「おや、あんたの顔にはなんだか見覚えがあるね」と彼女は出し抜けに言った。彼女の声には疑念の響きが潜り込んできた。「うん、間違いなく前に見かけている。あんたはたしか昨日——」

「そのとおりです。私は昨日も今日も探偵です。ヘンリーというのは誰です?」

「ああ、ただの黒人の男の子だよ。私のためにお使いをしてくれている。それで何が知りたいんだね、お若いの?」、彼女は赤と白のクリーンなエプロンをとんとんと叩き、小さく光った目で私を見た。そして練習でもするように、入れ歯を何度かかちかちと合わせた。

「警官《オフィサー》たちは昨日、ミセス・フロリアンのうちに行ったあと、おたくに寄りましたか?」

「どんなオフィサーだね?」

「制服を着た警官です」と私は辛抱強く言った。

「ああ、ちらっとだけね。役立たずのとろい連中だよ」

「大男のことを教えてください。銃を持っていた男です。そのことであなたは警察に電話をしたのでしょう」

彼女はその男について申し分なく正確に描写してくれた。間違いなくマロイだった。

「どんな車を運転していましたか？」

「小さな車だよ。乗り込むのが一苦労みたいだったね」

「ほかに何か思い出せませんか？　その男は殺人犯なのですよ」

彼女はそれを聞いてぽかんと口を開けた。しかしその目は喜びの色をたっぷりと浮かべていた。「まったくねえ。何かお役に立てればと思うよ、お若いの。しかしあたしは車についちゃほとんどなんにも知らないんだ。ふん、殺人犯だって。この街もすっかり物騒になっちまったね。二十二年前にここに移ってきた頃には、家の鍵だってほとんどかけなかったよ。ところが今じゃギャングどもと、腐った警官と、政治家連中が、マシンガンでお互いを派手に殺し合っている。そういう話じゃないか。ひどい世の中だ」

「そうですね。ミセス・フロリアンについて何かご存じですか？」

その小さな口はぎゅっとすぼめられた。「まったく近所迷惑な女さ。夜中にでかい音でラジオをかける。歌を歌う。誰とも口をきかない」、彼女は少し身を乗り出した。「確かなことは言えないけどさ、あの女は昼間から酒を飲んでるね。あたしはそう思う」

「来客は多いですか？」

「客なんて来るもんか」

「もし客があれば、それはあなたの目にとまりますよね、ミセス――」

「ミセス・モリスン。ああ、もちろんわかるさ。窓から外を眺める以外にあたしにできることなんてないからね」

「楽しそうな暮らしだ。それでミセス・フロリアンはここに長く住んでいるんですか？」

「十年ほどになるね、たしか。前には亭主がいた。ろくでもない男のようだったが、死んだよ」、彼女は口を閉ざし、少し考えた。「普通の死に方だったと思うね」と彼女は付け加えた。「とくに不審な点はなかったようだ」

「金を残したんでしょうか？」

彼女の両目は後ろに退き、顎もそれに従った。彼女はくんくんと匂いを嗅いだ。「あんた、お酒を飲んできたね」と彼女は冷ややかな声で言った。

「歯を一本抜いたところでして。歯科医が飲ませてくれたんです」

「ほめられたことじゃないよ」

「そのとおりです。しかし薬がわりですから」と私は言った。

「薬だとしても良かないよ」

「まったくおっしゃるとおりだ」と私は言った。「彼は金を残したんでしょうか。そのご主人は？」

「知るわけないだろう」、彼女の口はスモモくらいの大きさになった。そしてスモモのようにつるりとしていた。私は信用を失ったようだ。

「警官の帰ったあと、誰かがやってきましたか？」

「誰も見てないね」

「ありがとうございました、ミセス・モリスン。うかがいたかったのはそれくらいです。大変役に立ちました。感謝します」

私は部屋を出て、玄関のドアを開けた。彼女は私のあとをついてきて、咳払いをした。そしてまた入れ歯をかちかちと合わせた。

「それでどこに電話すればいいんだね？」、彼女は僅かに軟化した声で尋ねた。

「ユニヴァーシティーの四の五〇〇〇です。ナルティー警部を呼んでください。彼女はどうやって生活しているのでしょう。生活保護ですか？」

「このあたりは生活保護を受ける人間が住む地域じゃない」と彼女は冷たい声で言った。

「ああいう手の込んだサイドボードは、かつてはスー・フォールズあたりでつくられていたと思いますが」と私は言った。曲線のついたそのサイドボードは食堂には大きすぎて入りきらず、玄関に置かれていた。端っこと脚の部分は曲線になって、至る所に象眼細工が施され、正面には果物の盛られたバスケットの絵が描かれていた。

「メイスン・シティーだよ」と女は和らいだ声で言った。「そうだよ、あたしたちはそこに立派な家を持っていた。私とジョージとでね。町でも最高の家だったよ」

私は網戸ドアを開けて外に出た。そしてもう一度礼を言った。彼女は今では微笑んでいたが、その微笑みは、目つきに劣らず隙がなかった。

「毎月、月始めに書留郵便を受け取っている」と彼女は唐突に言った。私は振り向いて、言葉を待った。彼女は私の方に身を屈めた。「郵便配達が玄関まで行って、あの女のサインをもらうのが見える。いつも月始めだ。そのあといつも、おめかしして出て行くんだ。しばらくは家に帰ってこない。夜遅くまで歌を歌っている。あんまり声が大きいと警察を呼びたくもなる」

　彼女の悪意に満ちた腕を私は軽く叩いた。

「あなたはまことに得難い人だ、ミセス・モリスン」と私は言った。そして帽子をかぶり、彼女の方にちらりと傾けてから、辞去した。道を半ば進んだところで、ふと考えが浮かんで引き返した。彼女はまだ網戸ドアの内側に立っていた。玄関のドアはその背後で開いたままになっていた。私は階段の上まで戻った。

「明日は一日です」と私は言った。「四月の一日。エイプリル・フールです。書留郵便が配達されるかどうか、よかったら確かめておいてくれませんか。いかがです、ミセス・モリスン？」

　彼女の両目は私に向けて鋭く光った。それから笑い出した。甲高い老女の笑い声だ。

「ほう、エイプリル・フールかい」、そう言ってくすくす笑った。「待ち人来たらず、てなことになりそうだね」

私は笑っている女をそのままにして去った。その声はしゃっくりをしているめんどりを思わせた。

17

ベルを鳴らしても、ドアをノックしても、その隣家の住人からの返事はなかった。もう一度ベルを鳴らし、ノックした。網戸ドアには掛けがねがかかっていなかった。玄関ドアを試してみた。ドアは施錠されていなかった。私は中に入った。

何ひとつ変わったところはない。ジンの匂いまで同じだった。床の上にはやはり死体は転がっていなかった。昨日ミセス・フロリアンが座っていた椅子のわきの小さなテーブルには、汚れたグラスがひとつ置かれていた。ラジオは消してある。ソファのところに行って、クッションの後ろを探ってみた。この前の空き瓶があり、そのとなりにもう一本仲間がいた。

呼びかけてみたが返事はない。それから長く、ゆっくりとした、幸福とは縁遠い呼吸音が聞こえたような気がした。どちらかといえばうめきに近い代物だ。アーチの先まで行って、小さな廊下をうかがってみた。寝室のドアが半分ほど開いており、うめき声はその奥から聞こえてくる。首を突っ込んで、中をのぞいた。

ミセス・フロリアンはベッドの中にいた。仰向けになり、コットンのコンフォーターを顎のところまで引っ張り上げていた。コンフォーターについた小さなふわふわした玉がひとつ、もう少しで口に入りそうになっている。黄色い顔には生気がなく、半ば死んでいるみたいに見えた。汚れた髪が枕の上でもつれていた。彼女はゆっくりと目を開け、表情のない顔で私を見た。部屋には、眠りと酒と不潔な衣服の匂いがこもっていた。気分が悪くなりそうだった。六十九セントで買える目覚まし時計が、白っぽい灰色のペンキがはがれかけた衣装ダンスの上で、こちこちと時を刻んでいた。音は壁を震えさせるくらい大きかった。その上にかかった鏡が、女の顔を歪めて映していた。写真を取りだしたスーツケースの蓋は、開きっぱなしになったままだ。

私は言った。「こんにちは、ミセス・フロリアン。具合が悪いんですか？」

彼女は上下の唇を一緒にゆっくり動かした。ひとつをもうひとつとこすり合わせた。それから舌を出して唇を湿し、顎を動かした。擦り切れたレコード盤のような音が、口から洩れてきた。その目は私の姿をようやく認めたようだが、とりたてて嬉しそうには見えなかった。

「やつをつかまえたかい？」

「ムースのことかな？」

「そうだよ」

「まだだ。じきにつかまるだろう。そう願っているが」

彼女は両目をきつくすぼめていたが、それをぱっと開いた。まるで目にかかっている被膜をふるい落とそうとするみたいに。

「家には鍵を掛けておいた方がいい」と私は言った。「やつが戻ってくるかもしれないから」

「あたしがムースを怖がっているとでも？」

「昨日彼の話をしたときには、そのように見えたけれど」

彼女はそれについて考えた。考えるとくたびれるようだった。「酒はあるかい？」

「いや、今日は持ち合わせてはいないんだ、ミセス・フロリアン。懐がいささか寂しかったものでね」

「ジンなら安いし、酔いのまわりが早い」

「あとで買いに行って来てもいい。つまり、あなたはマロイのことなんか怖くはないと」

「なんであたしがあいつを怖がる必要がある？」

「なるほど。あなたは彼を怖がっていない。じゃあ、いったい何を怖がっているのだろう？」

彼女の両目に光がさっと宿った。それはしばしそこに留まっていたが、やがて薄らいで消えていった。「さあ、とっとと消えちまいな。あんたらお巡りは、うっとうしくて仕方ないや」

私は何も言わなかった。戸口にもたれて、煙草を口にくわえ、それが鼻に触れるくらい高くぎゅっと上げた。見た目よりむずかしい芸当だ。

「お巡りにあいつはつかまえられないさ」と彼女は言った。まるで自分に語りかけるみたいに。「あの男は馬鹿じゃないし、金も持っているし、友だちもいる。あんたらは時間を無駄にしているだけさ」

「与えられた仕事をこなしているだけだよ」と私は言った。「それに実をいえば、あれは殺人というより正当防衛だった。彼はどこにいるんだろう?」

彼女はにやりと笑い、コットンのコンフォーターで口元を拭った。

「おやおや、今度は下手に出るのかい」と彼女は言った。「古くさい手だ。そんなものが今どき通用するわけもないだろうに」

「私はムースのことが気に入っている」と私は言った。

彼女の目に興味が宿った。「やつを知っているのかい?」

「昨日、彼と一緒にいた。セントラルで黒人を殺したときにね」

彼女は口を開け、身体を揺すって笑ったが、実際に出てきた声は棒パンを折った程度の音だった。涙がこぼれて、頬を伝って落ちた。

「でかくて強い男だ」と私は言った。「しかし心にはソフトな部分がある。ヴェルマにとても会いたがっていた」

両目にヴェールがかかった。「あの子の家族が探しているという話だったけどね」と彼

女はソフトな声で言った。

「探しているよ。しかし彼女は死んだとあなたは言った。もう彼女はいない。どこで死んだのだね？」

「テキサスのダラートだよ。風邪を引いて、それが肺に回って、命を落とした」

「あなたはそこに居合わせた？」

「まさか。ただ人づてに話を聞いただけさ」

「なるほど。それで、誰がその話をあなたに聞かせてくれたのだろう、ミセス・フロリアン？」

「どっかのタップダンサーだ。名前はちょっと思い出せない。酒を一杯やったら思い出せるかもしれないけどね。なにせデス・ヴァリーみたいにからからなんだよ」

「見かけは死んだラバのようだが」と私は心の中で思ったが、もちろん声には出さなかった。「もうひとつだけ教えてもらいたいことがある」と私は言った。「そうしたらひとっ走りしてジンを買ってこよう。実はこの家の登記を調べてみたんだ。ただちょっと思いついてね」

布団の中で彼女はさっと身をこわばらせた。木彫の女と化したかのように見えた。まつ

げまで凍りついた。それはどんよりとした虹彩の上に半分降りかけたまま、固定されてしまった。呼吸も止んだ。

「この土地にはかなり高額の担保が設定されている」と私は言った。「この近辺の地価の安さを考えれば、意外なほどの金額だ。その担保を握っているのはリンゼイ・マリオットという男だ」

彼女の目は素ばやくしばたたかれた。しかしそれ以外の部分は微動だにしなかった。彼女はじっと前を睨んでいた。

「以前、あの人のうちで働いた」と彼女はやっと言った。「家政婦のようなことをしていた。それで、今でも私の面倒をちっとばかりみてくれている」

私はくわえていた火のついていない煙草をとり、意味もなく眺めてから、もう一度口にくわえた。

「昨日の午後、あなたに会った数時間後に、ミスタ・マリオットから私のオフィスに電話がかかってきた。私を雇いたいということだった」

「どんな仕事で?」、彼女の声は今ではひどくしわがれていた。

私は肩をすくめた。「それは教えられない。守秘義務というものがあるから。それで昨夜、彼の家に行った」

「あんたは知恵が働くようだね」と彼女は野太い声で言って、布団の中でもぞもぞと片手を動かした。

私は彼女を見据えたまま、何も言わなかった。

「鼻の利くお巡りだ」と彼女は嘲るように言った。

私はドアのフレームに置いた手を上下させた。ぬるぬるしていた。手を触れただけで風呂に入りたいような気持ちになった。

「ただそれだけさ」と私はさりげない声で言った。「これはいったいどういうことなんだろうと、ちょっと首をひねっただけだ。たいしたことじゃないのかもしれない。単なる偶然の一致なんだろう。何かそこに意味があるように見えるというだけかもしれない」

「いやらしいお巡りだよ」と彼女はうつろな声で言った。「それも本物のお巡りですらない。ただのぺらぺらの私立探偵じゃないか」

「おおせのとおり」と私は言った。「それではごきげんよう、ミセス・フロリアン。それはそうと、明日の朝あなたが書留郵便を受け取ることはないだろう」

彼女は布団をはねのけ、目をぎらつかせ、さっと身を起こした。何か光るものが彼女の右手に握られていた。小型のリヴォルヴァーだった。バンカーズ・スペシャル、年代物でくたびれていた。しかし用は足せそうだ。

「なんだい」と彼女は言った。「どういうことだい、それは」

私は銃を眺めた。銃も私を見ていた。しかし狙いはぴたりと定まってはいない。銃を握った手は細かく震え始めた。それでも目だけは相変わらずぎらぎらと燃え上がっていた。口の両端から唾液が泡を立ててこぼれた。

「あなたと私は二人で組むこともできる」と私は言った。

銃と彼女の顎は同時にがっくり下に落ちた。私はドアから数センチのところにいた。銃が下に向けられているあいだに、私はドアの外に出て、弾丸の届かぬところに逃れた。

「それについて考えてみてくれ」と私はそこから声を掛けた。

何も聞こえなかった。物音ひとつない。

私は足早に廊下を歩き、食堂を抜けた。そして家の外に出た。玄関から通りまでのあいだ、背中に落ち着かない感触があった。筋肉がむずむずした。

何ごとも起こらなかった。通りを歩いて、自分の車に乗り込み、そこを離れた。

三月の最後の日だというのに、夏を思わせる陽気だった。車を運転しながら、上着を脱ぎたくなった。七十七番通り警察署の、二人のパトカー警官が曲がった前部フェンダーをむずかしい顔で睨みつけていた。私はスイング・ドアから中に入り、制服姿の警部補が手すりの向こうで犯罪者名簿を見ているのをみつけた。ナルティーは上にいるかと、私は彼に尋ねた。たぶんいると思う、と彼は言った。知り合いか？　そうだと私は言った。勝手に上がってかまわないと彼は言った。だから私はくたびれた階段を上り、廊下を進み、ドアをノックした。怒鳴り声が聞こえ、私は部屋に入った。

彼は椅子に座り、もうひとつの椅子に足を載せ、楊枝で歯の掃除をしていた。そして左手をまっすぐ前方に突きだし、その親指を見つめていた。親指は私の目にはとくに異常もなく見えたが、ナルティーの目は暗かった。もう回復の見込みはないと考えているみたいだった。

彼は腕を下ろして腿に載せ、脚を勢いよく床に戻した。そして親指の代わりに私を眺めた。彼はダークグレーの背広を着ており、一端がくしゃくしゃになった葉巻が、歯の掃除が終わるのを机の上でじっと待っていた。

フェルトのシート・カバーは椅子に結びつけられていなかったので、私はそれを裏返し、その上に腰を下ろした。そして煙草を顔の前に上げた。

「誰かと思えば」とナルティーは言った。そして楊枝を眺めた。それが十分に噛みしめられたかどうか点検するために。

「順調にいってるかい？」

「マロイのことか？　俺はもうあの事件の担当じゃない」

「誰が担当しているんだ？」

「担当なんているもんか。当然だろう。あいつは逃走中だ。テレタイプで情報を送った。指名手配のポスターも配った。ふん、今頃はもうメキシコに逃げ込んでるさ」

「ああ、それにたかが黒人殺しだ」と私は言った。「とるに足らん犯罪だ」

「まだあの事件に興味を持っているのか？　おたく、自分の仕事が忙しいんじゃないの？」、彼の淡い色合いの目は、私の顔を眺め回した。湿った感触の視線だ。

「昨夜、依頼がひとつ入った。しかし長続きしなかった。あのピエロの写真はまだ持っているか？」

彼は手を伸ばして、下敷きの下を探った。それを掲げた。何度見てもやはりきれいな女だ。私はその顔をじっと見た。

「それは私が手に入れたものだ」と私は言った。「もし保管の必要がなければ、持っていたいんだが」

「本来はファイルの中に入っているべきものなんだがな」とナルティーは言った。「すっかり忘れてたよ。オーケー、こっそりと持ってけ。ファイルの方はこっちでうまくやっておこう」

私はその写真を胸ポケットに入れて立ち上がった。「用はそれだけだ」と私は言った。私の声はいささか軽やかすぎたのだろう。

「何か匂うな」とナルティーは冷たい声で言った。

彼の机の端に置かれた一本のロープに目がいった。彼は私の視線をたどった。そして楊枝を床に投げ、嚙みあとのある葉巻を口にくわえた。

「こっちも手詰まりだ」

「今のところはまだひょっとしたらということだ。話がはっきりしたら教える」

「俺もきつい立場でね。手柄がひとつ二つ必要なんだ」

「あんたみたいに額に汗して働く人間には、きっといつかいいことが起こるよ」と私は言った。

彼は親指の爪でマッチの火を点けた。一回目でうまくいったので嬉しいようだった。そして葉巻の煙を吸い込んだ。

「笑わせるのがうまい男だ」、出て行きかける私に向かって、ナルティーは悲しそうに言った。

廊下はしんとしていた。建物全体が静まりかえっていた。正面玄関では、パトカーの警官たちがまだ曲がったフェンダーを見つめていた。私は車を運転してハリウッドまで戻った。

オフィスに足を踏み入れると、電話のベルが鳴っていた。私は机に身を屈めて「もしもし」と言った。

「フィリップ・マーロウさまでいらっしゃいますか?」

「ああ、マーロウです」

「ミセス・グレイルの代わりにお電話を差し上げております。ミセス・ルーイン・ロックリッジ・グレイルです。ミセス・グレイルはこちらで、あなた様に早急にお目にかかることができればと申されています」

「こちらとはどこです？」

「住所はベイ・シティー、アスター・ドライブの八六二です。一時間以内にお越しになれますでしょうか？」

「あなたはミスタ・グレイルですか？」

「いいえ、そうではありません。執事《バトラー》です」

「間もなくドアベルが聞こえるだろう。鳴らしているのは私だ」と私は言った。

18

海岸に近く、空気に海の気配が感じられた。しかし地所の正面からは海は見えない。アスター・ドライブはそこで長い滑らかなカーブを描いていた。通りの内陸側にあるのはないかなか立派な家々だ。しかし渓谷《キャニオン》側には巨大な豪邸がひっそりと並んでいる。高さ四メートル近い塀、錬鉄作りの門扉、装飾的に刈り揃えられた生け垣。そして、もしあなたが中に入れてもらえたとしたらだが、そこには特別な種類の陽光が、音もなく輝いていることがわかる。それは上流階級だけのために、防音を施されたコンテナに詰められて、届けられるのだ。

ダークブルーのロシア風チュニックに、艶やかなブルーの巻きゲートル、ひだのついたズボンといういでたちの男が、半ば開いた門の中にいた。浅黒い顔のハンサムな青年だった。肩幅が広く、髪は輝かしくあでやかで、粋な帽子の先端が両目に柔らかな影をつくっている。口の端に煙草をくわえ、首を少しだけ傾けていた。まるで煙草の煙が鼻に入るのを嫌うみたいに。片手にはつるりとした、手首まで覆いのついた黒い手袋をはめ、もう片方はむき出しだった。中指には重そうな指輪がはめられている。

住所表示は目につくところに出ていなかった。でもそこは八六二番地であるはずだった。私は車を停め、身を乗り出してその男に尋ねた。返事が戻ってくるまでにけっこうな時間がかかった。彼はその前に私を仔細に点検しなくてはならなかった。それからまた私が乗っている車も。彼はこちらにやってきたが、来る途中で手袋をしていない方の手をさりげなく腰の後ろにまわした。それは相手に見せつけるための、意図的なさりげなさだった。

男は車から五十センチばかり離れたところで立ち止まり、あらためて私の姿を眺めまわした。

「グレイル家を探している」と私は言った。

「ここがそうだが、みんな留守だ」

「約束がある」

彼は肯いた。目が水のようにきらりと光った。「名前は？」

「フィリップ・マーロウ」

「そこで待て」、彼はゆっくりと、急ぐことなく、ゲートに向かった。そして巨大な門柱のひとつについた鉄の扉の錠を外した。中には電話があった。彼はそれに向かって短く話をした。ばたんと扉を閉め、こちらに戻ってきた。

「身分証明書持ってるか？」

ステアリング・コラムについている許可証を見せてやった。「そんなもの役に立たない」と彼は言った。「あんたの車だってどうしてわかるんだ？」

私はイグニションからキーを抜き、ドアを勢いよく開けて、車から降りた。彼とのあいだは三十センチばかりになった。息の匂いが素敵だ。ヘイグ・アンド・ヘイグかもしれない。

「門番仕事は楽しいかい」と私は言った。

彼は微笑んだ。彼の目は私の力を測っていた。

「なあ君、電話で執事と話させてくれ。彼は私の声を覚えているだろう。それで中に入れてもらえるはずだ。それとも君の背中におぶさって行かなくちゃならないのか？」

「おれは役目を果たしているだけだよ」と彼は和やかそうな声で言った。「もし仕事じゃなけりゃ——」、残りの言葉は口にされず、そのまま宙に浮かんでいた。顔には微笑みがまだ残っている。

「まあそうつっぱるな」、私はそう言って彼の肩を叩いた。「君はダートマス出身かな、それともダネモーラかな？（ダートマスは大学で有名、ダネモーラは刑務所で有名。ともに東海岸の都市）」

「なんだよ」と彼は言った。「警官なら警官って、最初に言ってくれりゃよかったんだ」

我々はお互いににやりとした。彼は手を振り、私は半分開いたゲートから中に入った。屋敷に通じる私道《ドライブ》はカーブを描いていた。きれいに刈り揃えられた、高くそびえるダークグリーンの生け垣が、目隠しの役を申し分なく果たしており、そこからは道路も見えず、屋敷の姿も見えないようになっていた。緑のゲートの向こうに、広々とした芝生の庭の雑草を抜いている日本人庭師の姿が見えた。どこまでも広がる、ビロードの海のような芝生から、彼は雑草をひとつひとつむしっていた。そして草に向かって見透かしたような静かな笑みを浮かべていた。日本人の庭師にしか浮かべられない笑みだ。それからまた高い生け垣がぴたりと閉じられ、そのあと三十メートルばかり、目に映るものは何ひとつなかった。やがて生け垣は終わり、大きなサークルが現れた。そこには五、六台の車が停められていた。

うちの一台は小さなクーペだった。ほかに最新モデルの、とても素敵なツートーンのビュイックが二台あった。玄関まで郵便物を取りに行くにはうってつけだ。黒のリムジンもあった。鈍いニッケルの放熱口と、自転車の車輪くらいの大きさのハブキャップがついている。屋根を下ろした、前後に長いフェートン型オープンカーもあった。幅がとても広くて距離の短い、コンクリートでできた全天候型の車回しが、そこから家の側面にあるエントランスに通じていた。

左手の駐車スペースの向こうには、一段掘り下げられた庭園があり、四隅に噴水が配されていた。入り口には錬鉄製のゲートがあり、その中央には飛ぶキューピッドの飾りがついていた。優雅な柱石の上には胸像が並び、石造りのベンチの両端にはグリフィンがしゃがみこんでいた。縦長の池があり、石でできた睡蓮が中に配され、葉のひとつの上にはやはり石でできた大きなウシガエルが乗っていた。その更に先にはバラの柱廊があり、祭壇らしきものへと続いていた。祭壇の両側は垣根で囲われていたが、ところどころに隙間があり、日光が祭壇についた階段にアラベスク模様を描いていた。左手の先には野趣溢れる庭園があった。それほど広いものではない。廃墟のように見せかけた壁の角のそばに日時計があった。数え切れないほどたくさんの花が咲いていた。

屋敷自体はたいしたものではなかった。バッキンガム宮殿よりはまあ小振りだし、カリフォルニアにしてはいささかくすんだ色合いで、クライスラー・ビルディングに比べるといくぶん窓の数が少なそうだ。

私は足音を忍ばせるようにして脇のエントランスにまわり、ベルを押した。どこかでチャイムの音階が聞こえた。教会の鐘のような深くて柔らかな音色だった。

ストライプのヴェストと金メッキのボタンといういでたちの男がドアを開けた。お辞儀をし、私の帽子を受け取った。この男の仕事はそれで終わりだった。彼の背後の薄暗いところには、ナイフのような折り目のついたストライプのズボンに、黒い上着、ウィング・カラーにグレーのストライプ・タイという男が控えていた。彼は白髪頭を一センチくらい前に出して言った。「ミスタ・マーロウでいらっしゃいますね。どうぞこちらにお越し下さい」

我々は廊下を歩いた。とびっきり静かな廊下だった。ハエ一匹飛んではいない。床には東洋の絨毯が敷き詰められ、両側の壁には数多くの絵が並んでいた。角を曲がると、また廊下があった。フレンチ・ウィンドウの遙か向こうに煌めく青い水が見えて、ここは太平洋のすぐそばで、この屋敷は渓谷《キャニオン》の縁に建っているのだと思い出した。そのことで虚を衝かれたような驚きを感じた。

執事はひとつのドアに手を伸ばして開けた。中からは人々の話し声が聞こえた。執事は脇に寄って私を中に通した。立派な部屋だった。大きなソファがあり、黄色い革張りのラウンジ・チェアが暖炉を囲むように配されていた。床は艶やかだが、つるつるしすぎてはいない。敷かれた絨毯は絹のように薄く、イソップの伯母さんに負けないくらいの年代物だった。漆黒の花が部屋の隅で輝き、同じものが低いテーブルの上にも置かれていた。壁には鈍い色合いに塗られた羊皮紙が張られている。快適さと、空間のゆとりと、落ち着きがそこにはあった。きわめて現代的な味付けがあり、同時にきわめて古風な味付けがあった。部屋には三人の人がいた。彼らは話を中断し、私が部屋を横切ってそちらに歩いて行くのを見守っていた。

一人はアン・リオーダンで、先刻見たときとまったく同じ見かけだった。ひとつ違うのは琥珀色の液体が入ったグラスを手にしていることだ。一人は悲しげな顔をした背の高い痩せた男だった。石のような顎と、窪んだ目。顔色は悪く、そこには不健康な土色《つちいろ》しかうかがえない。年齢はおそらく六十代の後半。好ましい年齢の重ね方をしているとは見えない。暗い色合いのビジネス・スーツを着て、赤いカーネーションをつけ、あきらめの色を漂わせていた。

三人目はブロンドの女で、淡いグリーンのかかったブルーのドレスを着ていた。このあとどこかに出かける予定があるらしい。私はその衣装にはさほど注意を払わなかった。それはどこかの人物が彼女のためにデザインしたものであり、彼女はただデザイナーの選び方がうまいだけだ。その服は彼女を若々しく見せ、ラピス・ラズリのような瞳をことさら青く見せるという効果を上げていた。髪は古い絵画の中に見られる黄金色であり、いくらかほつれていたが、良い頃合のほつれ方だった。彼女の身体はワンセットの見事な曲線に彩られており、どのような見地から見ても、そこに改良の余地や必要は見いだせなかった。喉のダイアモンドの留め金を別にすれば、ドレスはどちらかというと簡素なものだ。手は小さくはないが、きれいな形をしていた。爪はほとんど深紅に塗られ、世の常としてそれが全体の調和を損なっていた。彼女は私に向けて微笑みを浮かべていた。一見して邪気のない微笑みだった。しかし目は笑っていない。それは油断なく慎重に相手を値踏みしている。そして口ときたらまさにそそられる代物だった。

「ようこそいらっしゃいました」と彼女は言った。「こちらは主人です。マーロウさんに何か飲み物を作って差し上げてちょうだい、あなた」

グレイル氏は私と握手をした。彼の手は冷たく、少し湿っていた。目には悲しみの色が浮かんでいる。彼はスコッチ・アンド・ソーダを作り、私に手渡した。

それから彼は片隅に腰を下ろし、そのまま口を閉ざした。私はグラスの酒を半分ばかり飲み、ミス・リオーダンに向かって笑みを投げかけた。彼女は心ここにあらずという顔で私を見た。何かほかのことを考えているみたいに。

「あなたは私たちのために役立てると考えていらっしゃるのかしら?」、ブロンド女は自分のグラスをのぞき込みながらゆっくりと言った。「もしそうお考えなら、それは何よりです。しかし私としては、これ以上ギャング団やら面倒な人々と関わりになりたいとは思いません。損失はそれに値するほどのものではありません」

「それについては正直なところ、なんとも言いかねます」と私は言った。

「あら、それは残念ね」、彼女は私に微笑みを寄越した。尻ポケットのあたりがもぞもぞした。

酒の残り半分を飲んだ。私はいくらか落ち着きを取り戻した。ミセス・グレイルが革張りのソファの肘掛けにセットされたベルを鳴らし、召使いが部屋に入ってきた。彼女がトレイをそれとなく指さすと、彼はまわりの様子を見て、飲み物を二つ作った。ミス・リオーダンはしおらしくまだ最初の飲み物を飲んでいたし、ミスタ・グレイルは酒に手をつけていないようだった。召使いは部屋を出ていった。

ミセス・グレイルと私は手にグラスを持っていた。ミセス・グレイルはかなり思い切りよく脚を組んでいた。

「お役に立てるかどうか、私にはわかりかねます」と私は言った。「何もできないのではないかという気がします。事情もまだよく呑み込めていませんし」

「あなたにならできそうだけれど」、彼女はまた微笑みを私に送った。「リン・マリオットはどの程度まであなたに秘密を打ち明けたのでしょう」

彼女はミス・リオーダンを横目でちらりと見た。ミス・リオーダンはその視線に気がつかなかった。彼女はじっとそこに座って、違う方向を横目でうかがっていた。ミセス・グレイルは夫の方を向いた。「ハニー、あなたはこの話にこれ以上関わらなくてはならないのかしら?」

ミスタ・グレイルは立ち上がり、お会いできて何よりでしたと私に言った。気分がすぐれないので、少し横になった方がよさそうです。申し訳ありませんが失礼させていただきます。ミスタ・グレイルはとても礼儀正しかったので、謝意を表するために、抱きかかえてこの部屋から運び出してあげようかと思ったくらいだ。

彼は部屋を出ていった。まるで眠っている人を起こすことを恐れるように、ひっそりとドアを閉めた。ミセス・グレイルはそのドアをしばらく見ていたが、やがて顔に微笑みが戻り、私の方を向いた。

「ミス・リオーダンはあなたにとって間違いなく信頼できる人よね？」

「私にとって間違いなく信頼できる相手など一人もいません、ミセス・グレイル。彼女はたまたまこの事件の事情を知っているというに過ぎない。少なくとも、今まで判明している限りの事情を」

「なるほど」、彼女は一口か二口しとやかに酒を飲み、それから残りをごくごくと飲み干し、グラスを脇にどかした。

「おしとやかにちびちび飲んでいられないわね」と彼女は出し抜けに言った。「さあ、肝心の話をしましょう。でもあなた、探偵なんて商売にしちゃ、なかなか男っぷりがいいじゃないの」

「なにしろ胡散臭い商売ですからね」と私は言った。

「そういう意味で言ったわけじゃない。仕事はお金になるの？　それともそんなこと余計なお世話かしら？」

「たいした金にはなりませんね。哀しみならたくさんお目にかかれますが。でもそれと同時に楽しいことも少なからずあります。思いもかけぬ大きな事件に巡り会えるチャンスだってなくはない」

「人はどのようにして私立探偵になるのかしら？　あなたのことをもう少し知りたいわね。それからテーブルをこちらに少し押してくださらない。そうすればお酒に手が届くから」

私は立ち上がり、スタンドのついた大きな銀のトレイを、艶やかな床を横切って彼女のわきまで押していった。彼女は酒のお代わりを二つ作った。私の手にしている二杯目はまだ半分も減っていなかったのだが。

「探偵をやっている人間の大半は警官あがりです」と私は言った。「私は地方検事のオフィスでしばらく働いていました。クビになりましたが」

彼女は感じよく微笑んだ。「能力が足りなかったからじゃないでしょうね」

「そうじゃありません。口答えをしたからです。ところでそのあと電話はかかってきましたか？」

「そうね――」と言って、彼女はアン・リオーダンを見た。そして待った。彼女の顔には言外の意味がうかがえた。

アン・リオーダンは立ち上がった。彼女はトレイのところまで行って、ほとんど減っていない自分のグラスをそこに置いた。「私にお手伝いできることはもうなさそうです」と彼女は言った。「でももし何かありましたら……。私のためにお時間を割いていただいて感謝しています、ミセス・グレイル。今回のことは記事にはしません。それはお約束します」

「まさかもう帰るんじゃないでしょうね」とミセス・グレイルは微笑みを浮かべたまま言った。

アン・リオーダンは下唇を歯のあいだに嚙みしめ、どうしようかとしばし迷っていた。嚙みきって吐き出そうか、それとももう少しそのままにしておこうかと。

「申し訳ありませんが、そろそろ失礼しなくてはなりません。私はミスタ・マーロウのために働いているわけではありません。ただの友人に過ぎません。御機嫌よう、ミセス・グレイル」

ブロンド女は彼女ににっこりと微笑みかけた。「気が向いたら遊びに来てちょうだいな。いつでもいいわ」。彼女はベルを二度鳴らした。それにこたえて執事がやってきた。彼はドアを開けて待っていた。

ミス・リオーダンは足早に退出し、ドアが閉まった。かなり長いあいだミセス・グレイルはしるしだけの笑みを顔に浮かべ、じっとそのドアを見つめていた。「この方がずっと話しやすいわ。そうじゃないこと?」、ひとしきりの沈黙のあとで彼女は尋ねた。私は肯いた。

「ただの友人なのに、なぜこれほど多くの事情を彼女が知っているのかと、あなたは疑問に思われるかもしれない」と私は言った。「おそろしく好奇心の強い娘なのです。いくつかの事実を彼女は自力で探り出しました。あなたがどういう人で、翡翠のネックレスの持ち主が誰であったかというようなことです。いくつかのことは偶然の成り行きでした。彼女は昨夜、マリオットが殺された谷間を偶然通りかかりました。ただぶらぶらドライブをしていたのです。光を見かけ、なんだろうと思ってそこに行ってみた」

「そうなの」とミセス・グレイルは言って、素早くグラスを持ち上げ、しかめっ面をした。「恐ろしいことだわ。可哀相なリン。あの人はどちらかといえばけちな悪党だった。あの人の友だちのたいていは似たような連中。しかしそれにしても、あんな風な死に方はないわね」、彼女は身震いした。瞳は黒く、つぶらになった。

「ですから、ミス・リオーダンについては心配に及びません。このことをよそで吹聴したりはしません。彼女の父親は長いあいだこの街で警察署長を勤めていました」と私は言った。

「ええ、その話は彼女から聞いたわ。あなた、そんなに飲んでいないわね」

「私の基準からすれば普通の飲み方ですが」

「あなたとならうまくやれそうな気がする。リンは――ミスタ・マリオットは――強奪事件の詳細をあなたに話したかしら？」

「お宅と〈トロカデロ〉のあいだのどこかで、事件は持ち上がったんですね。細かい事実までは聞いていません。相手は三人か四人の男たちだったとか」

眩《まばゆ》いばかりの髪をゆすって彼女は肯いた。「そう。でもそのホールドアップにはちょっと妙なところもあったわね。連中は私に指輪をひとつ返してくれたの。それもけっこう高価なものを」

「その話は聞きました」

「それに私はあの翡翠を身につけることってまずないの。だいたいが美術館向きのものなのよ。とても珍しいタイプの翡翠だし、世界にも類を見ないものだから。なのに連中はそれを真っ先に奪っていった。そんなに価値のあるものとは見抜けまいと踏んでいたんだけど。そう思わない？」

「価値のあるものしかあなたは身につけないと知っていたんですよ。その値うちを知っていたのは誰ですか？」

彼女は考えた。彼女が考えるのを目にしているのは素敵だった。彼女はまだ脚を組んでいた。それもぞんざいに。

「知っている人はいっぱいいたと思う」

「しかしその夜あなたがそれを身につけることは、知られていなかった。知っていたのは誰です？」

浅いブルーの服に包まれた肩を彼女はすくめた。私は目が飛び出さないように自制しなくてはならなかった。

「私のメイド。でもその気になれば盗めるチャンスはこれまでいくらでもあった。そして私は彼女を信用しているし――」

「なぜです」

「わからないわ。私はある人々をただそっくり信用しちゃうの。なぜかあなたのことも信用している」

「マリオットも信用したのですか？」

彼女の顔はいくらか険しくなった。目が少しばかり警戒の色を浮かべた。「ある種のものごとについては信用しない。それ以外では信用する。ある程度まで、ということもある」。彼女のしゃべり方はなかなか魅力的だった。クールで、かなりシニカルだが、ぎすぎすしたところはない。それなりに言葉を吟味していた。

「わかりました。メイドのほかには誰がいます。運転手」

彼女は違うという風に首を振った。「その夜はリンが自分の車で送り迎えをしてくれた。ジョージはその日は休みをとっていたと思う。あれは木曜日じゃなかったかしら」

「私はその場には居合わせなかった。四日か五日前に起こったことだと、マリオットは話の中で言っていた。もし木曜日だとしたら、昨夜から数えてちょうど一週間前のことになります」

「ええと、あれは木曜日だったわ」、彼女は私のグラスに手を伸ばし、彼女の指は私の指にちらりと触れた。その感触には柔らかなものがあった。「ジョージは木曜日の夜には休みを取ります。それが彼の公休日なの」。彼女は私のグラスの中に、とろりとするような色合いのスコッチをたっぷりと注いだ。そこに炭酸水を勢いよく加えた。この手の酒ならいつまでも、きりなく飲んでいられるような気がする。飲んでいるうちになんでもあり、という気分になってくる。彼女が求めているのもまさにそういう状態だった。

「リンはあなたに私の名前を教えた？」と彼女はソフトな声で尋ねた。目だけがまだ警戒の色を浮かべている。

「彼は名前を出さないように注意していました」

「じゃあ彼はたぶん、わざと不正確な日にちをあなたに教えたのでしょう。さてこれまでの話を整理してみましょう。メイドと運転手は除外する。彼らは共犯者とは考えられない、ということ」

「私は彼らを除外まではしませんね」

「かもしれないけど、少なくとも私はそう考えたいの」と言って彼女は笑った。「それから執事のニュートンがいるわね。その夜、翡翠のネックレスが首にかけられているのを彼は目にしたかもしれない。でもそれは低い位置にかけられていたし、私は夜会用のホワイト・フォックスの襟巻きをしていた。だから外からは見えなかったと思う」

「夢のような眺めだったに違いない」と私は言った。

「あなた、酔いがまわったんじゃないでしょうね」

「いつもしらふというので定評があるんですが」

女は頭をぐいと後ろにそらせ、大声で笑った。そんなまねをしてなおかつ美しく見える女には、私は生まれてこの方まだ四人しか会っていない。彼女はそのうちの一人だった。「ニュートンは除外していい」と私は言った。「やくざとつるむタイプではなさそうだ。それももちろんただの推測に過ぎないけれど。召使いはどうですか？」

彼女は考え、思い出した。それから首を振った。「彼は私の姿を見なかった」

「その翡翠を身につけるように頼んだ人物はいますか？」

彼女の目はすらりと防御の色を浮かべた。「あなたって、なかなか食えない人ね」と彼女は言った。

彼女は私のグラスに手を伸ばして、酒を注ぎ足した。まだ二センチ以上残っていたが、とくに文句は言わなかった。美しい首筋をたっぷり鑑賞させてもらった。

彼女が二つのグラスを満たし、我々がそれを手にとって口をつけようかというところで、私は言った。「まず事情をはっきりさせておきましょう。そうすれば私にも話すべきことがあります。その夜の出来事を詳しく教えて下さい」

彼女は腕時計に目をやった。そのためにはたっぷりと長い袖を引き上げなくてはならなかった。「私はそろそろ――」

「ご主人は待たせておきなさい」

彼女の目はきらりと光った。素敵な光り方だ。私の好みだ。「率直には話せない種類のものごともあるわ」と彼女は言った。

「私のビジネスにおいてはそんなものは存在しません。その夜のことを詳しく話して下さい。さもなくば誰かを呼んで、私の耳を摑んでここから放り出させればいい。どちらかです。その美しい心をひとつに定めてくれませんか」

「こちらに来て、私のそばに座った方がいいかもね」

「ずいぶん前からそのことは考えていました」と私は言った。「正確に言えば、あなたが脚を組んだときからですが」

彼女はドレスの裾を下ろした。「ほんとにこれって、放っておくと首のあたりまでずり上がっちゃうんだから」

私は黄色い革張りのソファの、彼女の隣に腰を下ろした。「あなたってまわり道をしない人のようね」と彼女は落ち着いた声で尋ねた。

私は返事をしなかった。

「こういうことはよくやるわけ？」と彼女は横目でこちらを見ながら尋ねた。

「まさか。私は余暇にはチベットの僧侶みたいな暮らしをしていますよ」

「ただ余暇なんてものがないだけでしょう」

「話題を絞りましょう」と私は言った。「お互い残っている正気をかきあつめて、その問題について考えてみましょう。少なくとも私はがんばってかきあつめる必要がありそうだ。さて、あなたは私にいくら支払うつもりがあるのですか？」

「ああ、それが問題なわけね。あなたは私のネックレスを取り戻してくれるんだと思っていたわ。あるいは取り戻そうと試みるんだと」

「私は自分のやり方でことを進めます。こんな具合に」、私は息も継がずに一口でぐいと酒を飲んだ。頭にずんとこたえるきつい一杯だった。それから小さく空気を吸い込んだ。

「そして殺人事件を捜査する」と私は言った。

「話の筋がちょっと違うんじゃないかしら。殺人は警察の仕事でしょう」

「たしかに。しかし気の毒な男が私に百ドルを払って、護衛を要請した。それなのに護ってやることができなかった。寝覚めがよくありません。泣きたい気分になる。泣きましょうか？」

「お飲みなさいな」、彼女はそれぞれのグラスにまた新たにスコッチを注いだ。酒はボールダー・ダム（別名フーヴァー・ダム。コロラド河上流に一九三六年に完成した）に多少の水を加えるのと同じくらいの効果しか、彼女には及ぼさないようだった。

「さて、我々はどこにたどり着いたのでしょう」と私は言った。ウィスキーをこぼさないために私はしっかりとグラスを握っていなくてはならなかった。「メイドも除外、運転手も除外、執事も除外、召使いも除外。このぶんじゃそのうち洗濯も自分でやることになりそうだ。どのようにホールドアップが行われたのですか。あなたのヴァージョンを聞かせてもらえれば、マリオットが話し忘れたいくつかの細部が明らかになるかもしれません」

彼女は前屈みになり、顎に片手をやった。真剣な顔つきに見えたが、それはほどほどという程度の真剣さだった。

「ブレントウッド・ハイツで催されたパーティーに私たちは行ったた。そのあとリンが言ったの。これから〈トロカデロ〉に行って軽く酒を飲んで、ダンスでもしないかって。で、〈トロカデロ〉に行ったた。帰り道、サンセット大通りで道路工事をやっていて、なにしろひどい埃だった。それでリンは引き返して、サンタモニカ通りに入った。そして〈ホテル・インディオ〉という名前のうらぶれたホテルの前を通りかかった。とくに理由はないんだけど、私はそのホテルのことをなぜかよく覚えている。ホテルの向かいにビアホールがあって、その前に車が一台駐車していた」

「ビアホールの前に、車がたった一台だけ？」

「そう、一台だけ。ずいぶんしみったれた店だったわ。その車がエンジンをかけて、私たちの車のあとをついてきた。とくに変だとも思わなかった。もちろん。変に思うような理由もなかったしね。サンタモニカ通りからアーゲロ通りに曲がろうというところで、リンが『別の道を行こう』って言った。そして住宅地を抜けるカーブの多い道に入ったんだけど、そのとき突然、一台の車がスピードを出して、割り込むように私たちの車を追い越した。そしてフェンダーをぶっつけ、道路のわきに寄って停車した。オーバーコートを着て、スカーフを巻き、帽子を目深にかぶった男が一人、謝るためにこちらにやってきた。白いスカーフが房みたいにたっぷり前に出ていて、それが私の目を引いた。その男については、その程度しか覚えていない。痩せた長身の男だったということを別にすればね。男はこちらに近寄るとすぐに――あとで思うとそいつは私たちの車のヘッドライトをよけて歩いていた――」

「当然です。ヘッドライトを真正面から受けたいはずはない。一杯おやりなさい。今度は私が作りましょう」

彼女は身体を前に屈めた。彼女が考え込むと、その細いまゆげがぎゅっと寄せられた。筆で描かれたのではない本物のまゆげだ。私は二人分の酒のお代わりを作った。彼女は話を続けた。

「彼はリンが座っている方に近寄ると素早くスカーフで鼻を隠した。拳銃が私たちに向けられた。『強盗だ』とその男は言った。『おとなしくしていれば、何もしない』。そしてもう一人の男が反対側にやってきた」

「ベヴァリー・ヒルズといえば、カリフォルニア広しといえどももっとも警察の目が光った一画ですよ」と私は言った。

彼女は肩をすぼめた。「でも実際に起こったのよ。バッグと宝石を渡せと言われた。言ったのはスカーフを顔に巻いた男。私の側にいた男はまったくの無言だった。私はリンの前から手を伸ばして品物をその男に手渡し、バッグと指輪をひとつ返してもらった。警察やら保険屋に連絡をするのは少し待った方がいいと、その男は言った。もっと穏便に時間をかけずに取り引きをすることができる。品物よりは歩合をもらった方が、手間がかからなくてありがたいって。男は急いでいるような素振りをまったく見せなかった。必要とあらば保険会社を通して話をつけることもできるが、そうなれば弁護士が入ってきて自分たちの取り分が減るし、面白くない、とその男は言った。それなりの教育を受けた人のしゃべり方に聞こえた」

「おしゃれエディーの手ぐちに似ていますね」と私は言った。「ただし彼はシカゴで消されてしまったけど」

彼女は肩をすくめた。我々は酒を口にした。彼女は続けた。

「彼らは立ち去り、私たちは家に帰った。このことは誰にも口外しないようにと私はリンに言った。翌日電話がかかってきた。うちには電話が二回線あるの。ひとつは内線のついたやつ。もうひとつは寝室に引かれていて、内線のついていないやつ。電話は寝室の方にかかってきた。もちろんこの番号は電話帳には掲載されていない」

私は肯いた。「電話番号くらい金さえ出せば買える。常識です。映画俳優の中には毎月電話番号を変えているものもいる」

私たちはまた酒を口にした。「私は電話をかけてきた男に言った。この件はリンと話をしてもらいたい。彼に私の代理を務めてもらう。金額が法外なものでなければ、取り引きをするにやぶさかではない。了解したと相手は言った。それからしばらく彼らは時間を置いた。こちらがどう出るかを探っていたのだと思う。そしてあなたもご存じの通り、結局八千ドルという金額で合意に達した。だいたいそういう成り行きよ」

「彼らの誰かの顔を確認できますか？」

「できるわけないでしょう」

「ランドールはそのへんの事情をすべて把握している」

「もちろん。まだこんな話を続けなくちゃならないの？　あくびが出てきちゃうわ」、彼女は愛らしい微笑みを私に向けた。

「ランドールはそれについて何か言いました？」

彼女はあくびをした。「何か言ったかもしれないけど、思い出せない」

私は空っぽのグラスを手に、そこに座ったまま考えを巡らせた。彼女はそれを取り上げ、お代わりを注いだ。

私は注がれたグラスを受け取り、それを左手に持ち替え、右手で彼女の左手を握った。つるりとして柔らかく、温かくて気持ちの良い手だった。それは私の手をしっかり握り返した。筋肉の力は強かった。彼女の身体は丈夫に作られているようだ。紙でできた造花ではない。

「彼には何か考えがあるようだった」と彼女は言った。「しかしそれを口には出さなかった」

「その話を聞けば、誰だっていくらかの考えは浮かぶはずだ」と私は言った。

彼女はゆっくりとこちらに顔を向け、私を見た。そして肯いた。「わかりきった話だというわけね」

「あなたはどれくらい以前からマリオットを知っているのですか？」

「そうね、けっこう長くよ。彼はうちの主人が経営していた放送局でアナウンサーをしていたの。ＫＦＤＫ。私たちはそこで知り合った。主人と知り合ったのもそこだったけれど」

「それは知っています。しかしマリオットはなかなか豪勢な生活をしていた。大金持ちとまではいかずとも、羽振りは良かった」

「お金が入って、それで放送の仕事を辞めたの」

「どのようにして金が入ったのか、そのへんの事情を御存知ですか？ それとも彼がそう言ったというだけなのかな？」

彼女は肩をすくめた。そして私の手をぎゅっと握った。

「あるいは大した額の金ではなく、すぐに使い果たしてしまったかもしれない」、私は彼女の手を握り返した。「彼はあなたから借金をしていました？」

「あなたはけっこう昔かたぎの人のようね」と彼女は言って、私が握っている手を見下ろした。

「まだ仕事中でしてね。そしておたくのスコッチはとても上物なので、そう簡単には酔っぱらわない。べつに酔っぱらわなくても――」

「わかっています」、彼女は私の手の中から手を抜いて、それをさすった。「あなたは一筋縄ではいかない男らしい。余暇には、ということだけど。リン・マリオットはもちろん、ハイクラスのゆすり屋だった。そんなのわかりきったことよ。彼は女たちにたかって生計を立てていた」

「あなたについても何かを摑んでいたのかな？」

「それをあなたに教えなくちゃならないのかしら？」

「教えない方が賢明かもしれない」

彼女は笑った。「何にしても私はしゃべっちゃうわ。私は一度あの人のところでずいぶん酔っぱらって、正体不明になったの。そんなことはあまりないんだけどね。そのとき彼は写真を何枚か撮った。衣服が首のあたりまでめくれあがったやつを」

「ポルノっぽいやつだ」と私は言った。「今手元に現物を持っている？」

彼女は私の手首をぴしゃっと叩いた。そしてソフトな声で言った。

「あなたの名前は？」

「フィル。そちらは？」

「ヘレンよ。キスして」

女はしなやかに私の膝に倒れかかった。私は身を屈め、その顔をひととおり鑑賞した。彼女はまつげを微妙に動かし、私の頬をくすぐった。彼女の唇に唇をつけたとき、それは半開きになって熱く、舌が蛇のように歯のあいだから飛び出してきた。

ドアが開いて、ミスタ・グレイルが静かに部屋に入ってきた。私は彼女をしっかりと抱いていたので、取り繕う余裕もなかった。私は顔を上げて彼を見た。通夜の翌日のフィネガンの脚に負けないくらい背筋がひやりとした。

私の腕の中のブロンド女は身じろぎひとつしなかった。唇を閉じようともしなかった。彼女は半ば夢見るような、半ば嘲るような表情を顔に浮かべていた。

ミスタ・グレイルは軽く咳払いをしてから言った。「どうもおじゃまをしたようだ」、そして静かに部屋を出ていった。彼の目には計り知れぬ悲しみの色がうかがえた。

私は彼女を押しやり、立ち上がってハンカチを取りだし、それで顔を拭いた。

彼女はそのままのかっこうでじっと横になっていた。ソファの上で半ば横向きになり、片方の脚はストッキングの上の部分が気前よくむき出しになっていた。

「誰だったの？」と濃密な声で彼女は尋ねた。

「君のご主人だ」

「ならかまわない」

私は彼女から離れ、元の椅子に戻った。最初この部屋に入ってきたときに座った椅子だ。少しあとで彼女は服を整え、まっすぐに座り直して、私を正面から見た。

「大丈夫よ。彼は理解している。あの人に文句を言える筋合いはないんだから」

「彼にはわかっていたようだ」

「私が大丈夫だって言っているのよ。それのどこがいけないの？　あの人は病人なのよ。今更いったい何を――」

「金切り声をあげないでもらいたいな。私は人を怒鳴りつける女性が好きではない」

彼女は隣に置かれたバッグを手に取って開き、小さなハンカチを取りだして唇を拭いた。それから鏡に顔を映した。

「あなたの言うとおりかもしれない」と彼女は言った。「スコッチの量が過ぎたわね。今夜ベルヴェディア・クラブで、十時に」、彼女は私の顔も見ずにそう言った。息づかいは早かった。

「良いところなのですか？」

「レアード・ブルーネットがその店のオーナーで、彼とは親しいの」

「いいでしょう」と私は言った。まだ身体に冷気が残っていた。まるで貧乏人の財布を掏《す》ったみたいな、寝覚めの悪い気分だった。

彼女は口紅を取りだし、そっと軽く唇に当て、それから私を仔細に眺めた。彼女は鏡を放り投げた。私はそれを受け取り、自分の顔を映した。ハンカチを使って顔をきれいにし、それから立ち上がって鏡を返した。

彼女は身体を後ろに反らせ、喉をむき出しにした。そして見下ろすような視線で気怠く私を眺めた。

「何か言いたいの？」

「とくに何も。ベルヴェディア・クラブで、十時に。あまりきらびやかななりをしないでもらいたいな。こちらはディナースーツしか持ち合わせていないものでね。バーでいいんですか？」

彼女は肯いた。目はまだとろんとしていた。

私は部屋を横切って、振り返ることもせず退出した。召使いが廊下で待っていて、私に帽子を渡した。彼はニューハンプシャーの巨大人面岩みたいに見えた。

19

カーブしたドライブウェイを、丈の高い植え込みの影に呑み込まれるようなかっこうで、歩いて門のところまで戻った。今では別の人物がその堡塁を守っていた。私服を着た巨漢だ。どこから見てもプロの警護係だ。彼は肯いて私を外に出してくれた。

クラクションが短く鳴らされた。ミス・リオーダンのクーペが私の車の背後にやってきた。私はそちらに行って中をのぞき込んだ。彼女は冷ややかで、いかにも皮肉っぽい表情を顔に浮かべていた。

「待ってたのよ。余計なお世話かもしれませんけどね。それで彼女のことをどう思った？」

「あのガーターを外すのは一苦労だ」

「どうしていつも、そういう下品なことを言わなくちゃならないわけ」、彼女は顔をしっかり赤くして言った。「ときどき男の人がみんな嫌いになる。老人も若者も、フットボール選手も、オペラのテナー歌手も、スマートな大金持ちも、ジゴロ役のハンサムな男も、それから私立探偵になるようなろくでなしもね」

私は哀しげな笑みを浮かべた。「もう少し当り前のしゃべり方ができるといいんだが、きっと時代がそうさせてくれないのさ。やつがジゴロだったと誰から聞いた？」

「誰のこと？」

「わかるだろう。マリオットのことさ」

「ああ、それくらい誰だって想像がつくわよ。ごめんなさい。私、意地悪いことを言ったかもしれない。あなたはその気になれば、彼女のガーターくらい苦もなく外せるでしょうよ。ただひとつ覚えておいた方がいいことがある。それは、あなたはこのショーにはかなり遅れてやって来たんだってこと」

曲がりくねった広い道路は太陽の下で安らかにまどろんでいた。美しく塗装されたパネルトラックが向かいの家の前に音もなく滑り込んできて、停止した。それから少しバックして、サイド・エントランスへのドライブウェイに入っていった。パネルトラックの横側には「ベイ・シティー幼児《インファント》サービス」と書いてあった。

アン・リオーダンは私の方に身を乗り出した。彼女の灰色がかったブルーの瞳には傷つけられたような曇りがあった。わずかに長すぎる上唇はすねたように突き出され、それから歯に押しつけられた。呼吸するときに小さな鋭い音を立てた。

「あなたは私に、余計な真似をしてほしくないと思っているんでしょう。違う？　自分に思いつかなかったことを、私に先に思いついてほしくないと考えている。私はこれでけっこうあなたの役に立ってきたと思うんだけど」

「私には手伝いはいらない。警察だって私の手伝いを必要とはしていない。そして私がミセス・グレイルの役に立てることは何もない。彼女はビアホールから車がついてきたというような作り話をしている。そんな話はとてもじゃないが買えない。ハイクラスの宝石強盗団は、サンタモニカ通りにあるいかがわしい飲み屋と関わったりするものか。我々が相手にしているのは、希少な翡翠のネックレスを目にすればそれとわかるような一流のプロなんだ」

「内部から情報を得ていただけかもしれない」

「その可能性もある」と私は言って、煙草の箱から一本を振って出した。「いずれの場合にせよ、私の出番はない」

「心霊術についても？」

私は表情のない顔でまじまじと彼女を見た。「心霊術？」

「あらあら」と彼女はソフトな声で言った。「あなたはてっきり探偵さんだと思っていたんだけど」

「どうしてこんなにひっそりしているんだろう」と私は言った。「足の踏み出し方によほど気をつけなくては。グレイル家はたんまり金を持っているし、この街では法律は金で買えるというのが通り相場だ。警察の動きも腑に落ちない。担当者が名前を売り込もうという気配もないし、プレス・リリースもない。従ってささやかな情報を持っている罪のない市民が名乗り出て、それが大きな手がかりにつながるという道も閉ざされている。あるのはただ沈黙と、事件から手をひけという私に対する警告だけだ。何から何まで気に入らないね」

「口紅はすっかり落ちてはいない」とアン・リオーダンは言った。「心霊術のことは言ったわよね。じゃあね。お会いできて嬉しかった。おおむね」

彼女はスターター・ボタンを押し、ギアを勢いよく突っ込み、土埃を舞い上げて行ってしまった。

私は彼女が去っていくのを見送った。彼女が見えなくなると、通りの向かいに目をやった。「ベイ・シティー幼児サービス」と横に書かれたパネルトラックから降りてきた男は、真っ白な糊のかかった輝かしい上っ張りを着ており、それを見ているだけで清潔になったような気がした。彼は段ボール箱のようなものをひとつ運んでいた。そして車に乗り込んで去っていった。

たぶんおしめをひとつ取り替えただけなのだろうと私は想像した。

私は自分の車に乗り込み、発車する前に腕時計を見た。もう五時に近かった。

スコッチはハリウッドに着くまでずっと私の中に残っていた。良い酒はこういう残り方をするというお手本のような酔い方だった。赤信号があればそのたびにしっかり停まった。「好感の持てる娘がひとりいる」と私は車中で声に出して自分に語りかけた。「好感の持てる娘が好みという男にはぴったりだろう」。誰も何も言わなかった。「でもこちらはお門違いだ」と私は言った。それについても誰も何も言わなかった。「十時に、ベルヴェディア・クラブで」と私は言った。誰かが「ほほう」と言った。

どうやら私の声みたいだった。

オフィスに戻り着いたのは六時十五分前だった。ビルの中はしんとしていた。仕切り壁の向こうのタイプライターは沈黙していた。私はパイプに火を点け、時が来るのを待った。

20

そのインディアンは実に臭かった。ブザーが鳴って、誰が来たのだろうと思って、小さな待合室に通じる仕切りのドアを開けたときから、すでにそのにおいを嗅ぎ取ることができた。彼は廊下から入ったばかりのところに、彫像みたいなかっこうで直立していた。腰から上が巨漢で、胸が分厚かった。なりは浮浪者みたいだった。

彼は茶色のスーツを着ていたが、上着は彼の肩幅に対して小さすぎたし、ズボンは胴回りがいくぶんきつそうに見えた。帽子は少なくともサイズ二つぶん小さかったし、彼よりは正しいサイズの頭を持ち合わせていた誰かによって、汗のしみを景気よくつけられていた。彼はその帽子を、まるで家の屋根に風向計をとりつけたみたいに、頭にちょこんと載せていた。シャツの襟もとは、馬の首輪並みに心地よさそうで、また馬の首輪並みに茶色く汚れていた。ネクタイはボタンがかかった上着の外に、だらんとはみ出ていた。黒いネクタイはペンチでも使って締め上げられたのか、結び目が豆くらいの大きさになっている。汚れた襟の上の、むき出しになった見事なばかりののど元には、幅広の黒いリボンが巻かれていた。まるで年取った女性が喉を若々しく見せようとするときのように。

顔は大きく扁平で、鼻柱は高くて肉付きが良く、巡洋艦の舳先みたいに硬そうだった。目は瞼を持たず、顎はだらんと垂れ下がり、肩は鍛冶屋並みで、脚は短く、チンパンジーの脚のように不器用そうに見えた。あとになって判明したことだが、脚は短いものの決して不器用ではなかった。

もしいくらか身綺麗にして、白いナイトガウンを着たら、ひどくよこしまなローマの元老院議員のように見えただろう。

彼の体臭は未開人の発する原始的なにおいであり、都市のべたついた淀みから生まれ出るものではない。

「ハア」と彼は言った。「早く来い。すぐに来い」

私は自分のオフィスに戻り、彼に向かってこちらに来いと指で招いた。彼は私のあとを着いてきたが、ハエが壁の上を歩くくらいの音しか立てなかった。私はデスクのこちら側に座り、いかにも専門家らしく回転椅子を軋ませ、向こう側にある来客用の椅子を指で示した。彼は座らなかった。その小さな黒い目には敵意がうかがえた。

「行くって、どこに行くんだ？」

「ハア。俺はセカンド・プランティング。ハリウッド・インディアンだ」

「座ったらどうだね、ミスタ・プランティング」

彼は鼻を鳴らした。鼻孔がとても大きくなった。最初からネズミ穴くらいの大きさはあったのだが。

「名前はセカンド・プランティング。ミスタ・プランティング違う」

「どんなご用かな？」

彼は声の調子を上げ、胸の深いところから出るよく響く声で、まるで吟唱するように語り始めた。「すぐ来いと彼が言う。偉大な白人のファーザがすぐ来いと言う。火を吹く車に乗せて来いと言う。彼は——」

「わかった。そのおちゃらか語はもうよしてくれ」と私は言った。「私はスネークダンスを見物している女教師じゃないんだ」

「とんかち野郎が」とインディアンは言った。

私たちは机をはさんで、しばらくのあいだ互いをあざ笑った。彼のあざ笑い方のほうが私のよりもうまかった。それから彼は嫌でたまらないという顔をして帽子をとり、上下逆さまにした。スエットバンドの下に指を入れてぐるりと撫で回した。それでスエットバンドの全貌が目に入った。それは名前を裏切ることなく、汗を吸い取る役目をぞんぶんに果たしていた。彼は端っこにとめてあったペーパークリップをとり、ティッシュペーパーでくるまれたものを机の上に投げてよこした。そして腹立たしそうにそれを指さした。その爪は容赦なく嚙みしだかれていた。まっすぐな細い髪はサイズの小さな帽子のおかげで、上の方でくっきりと段を作っていた。

私はティッシュペーパーをほどき、中からカードを取り出した。カードは私には目新しいものではなかった。ロシア風煙草の吸い口の中から、それと同じものを三枚、すでに取りだしていた。

私はパイプを手でもてあそびながら、厳しく睨んで相手をひるませてやろうとしたのだが、相手は煉瓦塀みたいにびくともしなかった。

「オーケー、それで彼は何を求めているんだ？」

「お前すぐに来る。今来る。火を吹く車に乗って――」

「とんかち野郎が」と私は言った。

インディアンはそれが気に入ったようだった。ゆっくりと口を閉じ、謹厳な顔つきで片目をつぶった。それから微笑みに近いものさえ顔に浮かべた。

「依頼手付け金としてまず百ドルをいただくことになっている」と私は付け加えた。それが五セントくらいに聞こえるようにさりげない顔を装いながら。

「ハア？」、彼は疑り深い顔になり、インディアン英語に戻った。

「百ドルだよ」と私は言った。「おあしだよ。一ドル札知ってるよな。それがぜんぶで百枚。金なければ、私行かない。わかった？」、私は両手で百を数え始めた。

「ハア、大物だな」とインディアンはあざ笑った。

彼は脂ぎった帽子のバンドの下を探り、もうひとつのティッシュペーパーの包みを取りだし、机の上に放った。私はそれを手に取り、ほどいてみた。中にはぱりぱりの百ドル札が入っていた。

インディアンはバンドを内側に折り込みもせずに、帽子を頭の上に戻した。しかしそれによって見かけのおかしさがことさら増加したというわけでもなかった。私は座ったまま、口をぽかんと開けてその百ドル札をまじまじと眺めていた。

「まさに読心術だ」とやっと私は言った。「こいつはたまげたね」

「こちら暇人ではない」とインディアンは座談の才を発揮して言った。

私は机の抽斗からコルトの三八口径オートマチックを出した。スーパーマッチという名前で知られるものだ。ルーイン・ロックリッジ・グレイル夫人を訪れるときには身につけなかった。私は上着を脱ぎ、革製のハーネスを身につけ、オートマチックを突っ込み、下側のストラップを結び、上着を再び着た。

それを見ても、インディアンは顔色ひとつ変えなかった。私が首を掻くのを見ていたくらいにしか。

「車ある」と彼は言った。「大きな車だ」

「大きな車で私この前ひどい目にあった」と私は言った。「私自分の車持ってる」

「お前うちの車で来る」とインディアンは怖い顔をして言った。

「私お前の車で行く」と私は折れた。

机の抽斗に鍵をかけ、オフィスの戸締まりをした。ブザーを切り、外に出た。いつもどおり待合室の鍵は締めなかった。

我々は廊下を歩き、エレベーターで下に降りた。インディアンのにおいは強烈だった。エレベーター係でさえそれに気づいた。

21

車はダークブルーの七人乗りセダンだった。最新型のパッカード、特注品。真珠の首飾りがいかにも似合いそうな車だ。消火栓の前に停められ、木彫りみたいな顔つきの、肌の浅黒い外国人風の運転手がハンドルの前に座っていた。内装は革張りで、グレーの高級糸でキルト縫いされていた。インディアンは私を後部席に乗せた。ひとりでそこに座ると、上等な死体になったような気がした。葬儀屋の手でとても上品に整えられて、そこに横たわっている。

インディアンは運転手の隣に乗り込み、車はブロックの真ん中で方向転換をした。通りの向かい側にいた警官が「おい」と声をかけたが、その声には力がなかった。とりあえず言っているだけという感じだ。それからそそくさと身を屈めて靴紐を結んだ。

我々は西に向かった。サンセット大通りに入り、無音のうちに素早くそこを通り抜けた。インディアンは運転手の隣にみじろぎもせず座っていた。ときどきその個性的な香りが後部席にまで漂ってきた。運転手は半分居眠りしているみたいに見えたが、それでいてコンヴァーティブルに乗った飛ばし屋たちを苦もなく追い抜いていった。まわりの車はまるで牽引されているみたいにのろくさく見えた。信号はみんな青だった。そういう運転をする人間がたまにいる。信号をひとつ残らず青にしてしまうのだ。

一マイルか二マイル、カーブの続くきらびやかな目抜き通り《ザ・ストリップ》を進んだ。有名な映画スターの名前がついたいくつかの骨董品店、アンティック・レースと、年代物の白磁がいっぱいにならんだウィンドウ、評判のシェフと評判の賭博部屋を備えた新しいきらびやかなナイトクラブ（経営するのはギャング上がりの曰くありげな連中だ）、一時流行ったが今では時代遅れになったジョージ王朝コロニアル風の建物、小綺麗な現代風のビルディング、その中ではハリウッドの人身売買業者たちが飽きもせずに金もうけの話を続けている。ドライブイン式の軽食堂はあまり周囲に馴染んでいない。ウェイトレスたちは軍楽隊の房の付いた軍帽をかぶり、白い絹のブラウスを着て、腰から下はヘッセン兵のような艶のある山羊革のブーツしか履いていない。そこまでしてもまだまわりに追いつけない。そんなものの前を次々に通り過ぎ、広い緩やかなカーブを曲がって、ベヴァリー・ヒルズの乗馬道に入り、南に灯火を見た。霧の出ていない夜で、すべての色合いが鮮やかで、濁りなくクリアに見えた。黒々とそびえる丘の上の屋敷の前を通って北に向かい、ベヴァリー・ヒルズを離れ、山麓の丘陵地帯のくねった広い道路に入った。黄昏の空気が突然ひやりとし、海からの風が吹き渡ってきた。

温かい午後だったが、熱はすでに失われていた。遠くの方に鈴なりになった明かりのついた建物や、どこまでも途切れなく続く、灯のともった一連の大きな屋敷を、我々は素早くあとにしていった。それらの屋敷はどれも、道路から少し引っ込んだところに建っていた。一段低くなったところに、緑の芝生を敷いた大きなポロ競技場と、それに負けない大きさを持つ隣接した練習場があった。そのまわりを迂回し、再び坂を上って丘の頂に達し、山の方に大きく向きを変え、きれいにコンクリート舗装された急な坂道を登り、オレンジの果樹園を通り過ぎた。たぶん金持ちが道楽で所有しているものなのだろう。このあたりはオレンジ栽培に向いた土地ではない。豪華な屋敷の明かりのついた窓は少しずつ数が減り、やがて道路がぐっと狭まった。その先がスティルウッド・ハイツだった。

サルビアの匂いが谷間から風に乗って上ってきて、死んだ男と月のない夜のことを私に思い出させた。スタッコ塗りの家がいくつか、丘の中腹にばらばらに、浅浮彫りのように平べったく建っていた。それから家がまったく見えなくなった。しんとした暗い丘陵が続いているだけだ。夕方の星がひとつか二つその上にまたたいていた。コンクリート舗装の道路がリボンのように連なり、その片側は切り立った崖になっていた。崖の下はヒイラギガシとウラシマツツジのもつれあった茂みだ。立ち止まって耳を澄ませていたら、ウズラの鳴く声が聞こえてきそうだ。道路の反対側はむき出しの粘土の土手になって、しぶとそうな野生の花がいくつか、ベッドに行くのを拒否する強情な子供たちのように、端っこにしがみついて咲いていた。

やがて急なヘアピン・カーブがひとつあり、大きなタイヤが小石を踏むぱちぱちという音が聞こえた。それから車は同じように派手な音を立てながら、長い私道を勢いよく進んだ。道の両側には野生のゼラニウムが咲き、丘のてっぺんには、スタッコ塗り、ガラスブロックでできた建物が、鷹の巣のごとくそびえ立っていた。窓にはわずかに明かりが灯り、灯台のような孤独な趣を醸し出していた。装飾を排したモダニズム様式の建築だが、それほど醜い感じは受けないし、何よりも心霊術師が看板を掲げるにはうってつけの場所に見えた。ここなら誰かが悲鳴を上げても、耳にするものはいるまい。

車が家のわきに停まると、厚い壁に取り付けられた黒いドアの上に明かりがついた。インディアンがもそもそ何ごとかをつぶやきながら大儀そうに車を降り、後部席のドアを開けた。運転手は電気ライターで煙草に火を点けた。煙草のきつい匂いが夜気の中で仄かに、後部席に漂ってきた。私は車を降りた。

我々は黒いドアに向かった。ドアはゆっくりとひとりでに開いた。そこには何かしらまがまがしいものさえあった。ドアの先には狭い廊下があり、それが探り針のように奥に向かっていた。ガラスブロックでできた壁から明かりがこぼれていた。

インディアンがうなるように言った。「ハア、お前、中入れ」

「お先にどうぞ、ミスタ・プランティング」

彼は顔をしかめてから中に入った。ドアは開いたときと同じように、背後でひとりでに閉まった。ひっそりと、ミステリアスに。廊下の突き当たりで我々は、小さなエレベーターに身を押し込むようにして乗り込んだ。インディアンが扉を閉め、ボタンを押した。エレベーターは音もなく、ゆっくりと上昇した。私がそれより前に嗅がされたインディアンの体臭など、そのときのものに比べたら、慎み深い前触れに過ぎなかった。

エレベーターが停まり、扉が開いた。光に照らされ、私は塔のてっぺんにある部屋に足を踏み出した。そこにはまだ昼間の名残りがあった。部屋は四方を窓に囲まれ、ずっと遠くには海面が光っていた。暗闇がそろそろと山肌に忍び寄っていた。窓のないところはパネル張りの壁になっている。床には穏やかな色合いの古いペルシャ絨毯が敷かれ、受付のデスクは昔の教会から盗まれてきたような、深い彫り物のついた板で作られている。デスクの向こうには一人の女が座り、私に向かって微笑みかけた。からからにひからびてこわばった微笑みで、手を触れたら粉になってしまいそうだ。

彼女の髪は艶やかにウェーブしていた。顔立ちはアジア風で、浅黒くこけて、やつれた趣があった。耳には派手に彩色をした飾りがつき、手の指には重い指輪がはまっていた。月長石があり、銀の台に据えられたエメラルドがあった。エメラルドは本物なのに、それをわざと量販店で売られる安物の腕輪に見せかけているみたいにも見える。手はかさかさして浅黒く、若さがうかがえず、指輪はサイズが合っていなかった。

彼女は口を開いた。その声には聞き覚えがあった。「あー、ミースタ・マーロウ、ようこそいらっしゃいました。アムサーは喜んでおムカエいたします」

私はインディアンから受け取った百ドル札をデスクの上に置いた。後ろを振り返ったが、インディアンはすでにエレベーターで下に降りていた。

「お気遣いは痛み入るが、この金を受け取るいわれがない」

「アムサーは、あー、アナタ雇いたいのではないのですか。違う?」、女は再び微笑んだ。その唇はティッシュペーパーのようにこそこそと音を立てた。

「どんな内容の仕事なのか、まず確かめる必要があってね」

彼女は肯き、机の向こうで立ち上がった。そしてさらさらという音を立てながら私の前にやってきた。ぴたりとしたドレスはまるで人魚の肌のようで、彼女がとても素晴らしい身体をしていることが見て取れた。腰から下が、上より四サイズばかり大きいところがお気に召せばだが。

「ご案内イタシます」と彼女は言った。

彼女が鏡板についたボタンを押すと、ドアが音もなく横に開いた。その奥には乳白色の輝きがあった。中に入る前に私は振り返って、彼女の微笑みを見やった。今ではそれは古代エジプトよりも過去のものになっていた。ドアが私の背後で音もなく閉まった。

部屋は無人だった。

八角形の部屋で、床から天井まで黒いビロードの布がかかっていた。天井がいやに高く、黒々としていた。そこにもやはりビロードが張ってあるのかもしれない。艶のない漆黒の絨毯の真ん中に、八角形の白いデスクが置かれていた。二組の肘を載せたら狭苦しいほどの大きさで、真ん中には黒いスタンドの上に据えられた乳白色の球があった。光はその球から発していた。どういう仕掛けなのかわからない。テーブルのそれぞれの側には、それぞれ八角形の椅子が置かれていた。机をそのまま小さくしたような椅子だ。ひとつの壁の前にはそれと同じ椅子がひとつ置かれていた。窓はひとつもない。部屋にあるものといえばそれだけだった。ほかには何もない。壁には照明器具すらついていない。もしほかにドアがあったとしても、私の目にはつかなかった。振り向いて、さっき入ってきたドアを探した。しかしそれも見つからなかった。

私はそこにおそらく十五秒ばかりじっと立っていた。誰かに見られているという漠とした感覚があった。たぶん覗き穴があるのだろう。しかしそれを見つけることはできなかった。見つけてやろうという気も起きなかった。私は自分の呼吸する音を聞いていた。部屋はひどく静かで、空気が鼻から出入りする音だって聞き取れた。小振りなカーテンが静かに風に揺れる音に似ていた。

部屋の向こう端で、隠されたドアが横に開いて、一人の男が部屋に入ってきた。ドアはその背後で自然に閉まった。男はうつむいたまままっすぐテーブルまで歩き、八角形の椅子のひとつに腰を下ろした。そして手招きのような動作をした。見たことのないほど美しい手だ。

「そこにお座りなさい。私の向かい側に。煙草は吸わないように。きょろきょろもしないで。体の力を抜くように努めて下さい。さて、どのようなご用向きかな」

私は腰を下ろし、煙草をくわえ、唇のあいだで軽く転がした。しかし火はつけなかった。私は相手をじっと見た。男は瘦せて背が高く、金属棒でも入れたみたいに背筋がまっすぐだった。髪はこれ以上ないくらい細く、みごとに白かった。絹のガーゼで漉されたのかと思うほどだ。皮膚はバラの花弁のように艶やかだ。年齢は三十五歳とも六十五歳とも見えた。特定するのはむずかしい。その髪は、かつてのバリモアなみに優美な横顔から、まっすぐ後ろにとかされていた。眉毛は天井や床と同じくらい濃密な漆黒だった。瞳は深かった。あまりに深すぎる。夢遊病者のような底のない、浮世離れした瞳だ。それは以前本で読んだことのある井戸を私に思い出させた。古い城にある、九百年くらい昔に掘られた井戸だ。そこに小石を放り込み、音が聞こえるのを待つ。どれだけ待っても音は聞こえない。待つのをあきらめ、笑いながら立ち去ろうというときになって、ぽちゃんという短い音が井戸の底から微かに耳に届く。その音はあまりにも小さく、あまりにも遠い。そこまで深い井戸が実際にあるなんて、とても信じられない。

彼の目はそれくらい深かった。またそこには表情というものがなかった。そして魂を欠いていた。目の前で人がライオンに食いちぎられているのを見ても、ぴくりとも乱れない目だ。瞼を切り取られた人が手脚を縛られ、灼熱の太陽に焼かれて泣き叫んでいるのを見ても、毛ほども動じない目だ。

男はダブルの黒いビジネス・スーツを着ていた。芸術的なまでに美しくカットされたスーツだ。彼はうつろな目で私の指を見つめていた。

「きょろきょろしないでいただきたい」と彼は言った。「それは波長を損ない、私の集中力を乱す」

「氷を溶かし、バターを柔らかくし、猫を鳴かせる」と私は言った。

これほどまではかない微笑みがあるのかというようなはかない微笑みを、彼は顔に浮かべた。「つまらない冗談を言うために、ここまで足を運んだわけではあるまい」

「あなたは私がここに来た理由を忘れているみたいだ。ところで百ドル札はあなたの秘書に返しておきましたよ。私がここに来たのは、あなたも覚えておられると思うが、ある煙草について知りたかったからです。マリファナが入ったロシア煙草です。吸い口の空洞の中にあなたの名刺が巻いて詰められていた」

「どうしてそのような事態が生じたかを、君は知りたいと思っている」

「そうだ。百ドル払わなくてはならないのは、こちらの方ですよ」

「その必要はない。答えは簡単だ。世の中には私にわからないものごともいくつかあるし、それはそのうちのひとつだ」

一瞬のことだが、私は彼の言い分をほとんど信じそうになった。男の顔はまるで天使の翼のように滑らかだった。

「なのにどうして私に百ドル払ったんですか？　そしてひどい匂いのするインディアンを寄越し、でかい車を用意した。それはそうと、あのインディアンはあそこまで臭くなくてはならないのだろうか？　もし彼があなたの使用人なら、風呂に入れるくらいはしてもいいんじゃないかな」

「彼は生まれつきの霊媒なのだ。希少な資質だ。ダイアモンドのようにね。そしてダイアモンドと同じように、時として汚い場所で発見される。君はたしか私立探偵だったね」

「そのとおりです」

「君はきわめて愚かしい人間のようだ。いかにも愚かしく見えるし、愚かしい仕事をしている。そして愚かしい目的を持ってここに来た」

「なるほど」と私は言った。「私はたしかに愚かしい。それが理解できるまでに時間がかかったが」

「そして君をこれ以上ここに引き留める理由もないようだ」

「あなたは私をここに引き留めていない」と私は言った。「私があなたを引き留めているのです。どうしてあなたの名刺がその煙草の中にあったのかを、私は知りたい」

彼はちらりと肩をすくめた。そんなにも微かに人は肩をすくめられるものなのだ。「私の名刺は誰でも手に入れることができる。私は知り合いにマリファナ煙草を配ったりはしない。君の質問はどこまでも愚かしい」

「念のためにうかがいたいのですが、その煙草は日本製か中国製の、安っぽい模造鼈甲のシガレット・ケースに入っていた。そういうものをこれまで目にしたことがありますか？」

「いや、覚えはまったくないね」

「じゃあ、このようにうかがいましょう。そのシガレット・ケースは死者のポケットの中に入っていた。リンゼイ・マリオットという名の死者です。その名前を耳にしたことは？」

彼は考えた。「ある。その人物のカメラ恐怖症を治療しようとしたことが一度ある。彼は映画の仕事に入ろうとしていた。しかし益のない試みだった。映画界は彼を必要としていなかったから」

「それはわかりますね」と私は言った。「写真に撮られたら、イサドラ・ダンカンと間違えられたかもしれない。もうひとつ大きな疑問がある。どうしてあなたは私に百ドル札をくれたんですか？」

「いいかね、マーロウくん」と彼は冷気を含んだ声で言った。「私は愚鈍な人間ではない。

とても微妙な職業に携わっている。私は正式の医者ではない。つまり世間の医者たちが、狭い仲間内の利己的な縛りのために、怖くてとても手を出せないようなことをやっているわけだ。だから常に身の危険にさらされている。君のような種類の人間が持ち込んでくる危険だ。実際にそれを処理する前に、どのような危険なのかを見定めなくてはならない。それだけのことだ」

「私の場合、危険はかなり些細なものだった、ということかな」

「目にもとまらぬほどの」、彼は丁重にそう言った。そして左手で特別な動作をした。私はその動きを見逃さなかった。それから彼は手をとてもゆっくりと白いテーブルの上に下ろし、それを見ていた。やがて再び底の知れぬ目を上げ、両腕を組んだ。

「君の耳には――」

「匂いでわかるよ」と私は言った。「彼のことをしばらく忘れていたが」

私は顔を左に向けた。インディアンが黒いビロードを背景に、三つ目の白い椅子に座っていた。

彼は衣服の上に白いスモックのようなものを着ていた。身動きひとつせず、そこに座っていた。目は閉じられ、頭は僅かに前に傾いでいた。まるで一時間くらい眠っていたというように。浅黒く力強い顔は影に包まれていた。

私はアムサーに視線を戻した。彼は僅かな笑みを顔に浮かべていた。

「ばあさんなら肝を冷やして入れ歯を落とすところだ」と私は言った。「彼は現実にどのような役に立つのだろう。あなたの膝に乗ってフランス語の歌でも歌ってくれるのかな？」

彼は苛立ったような動作をした。「要点を言ってもらいたい」

「昨夜マリオットは、悪党に指定された場所に、悪党に指定された金を払うために出かけなくてはならず、その付き添いに私を雇った。私は頭に一発くわされた。意識が戻ったときにはマリオットは殺されていた」

アムサーの顔には変化らしきものはとくに見受けられなかった。叫び声も上げなかったし、壁を駆け上りもしなかった。しかしこの男にしては反応は鋭いものだった。組んでいた腕をほどき、別のかたちに組み直した。唇は苦々しげに見えた。そのあと市立図書館の玄関に置かれたライオンの石像みたいに身じろぎもしなくなった。

「その煙草は彼の所持品として発見された」と私は言った。

彼は私の顔を冷ややかに見た。「しかし警察によってではない。そういうことだね。なぜなら警察はまだここに来ていない」

「いかにも」

「百ドルではとても足りないというわけだ」と彼はとてもソフトな声で言った。

「それで何を買うかによって話は違ってくる」

「君は今その煙草を持っているのか？」

「そのうちのひとつをね。しかしそれで何かが証明されるわけではない。あなたが言ったように、名刺くらい誰だって手に入れられる。知りたいのは、どうして名刺がそこにあったのかということです。思い当たる節は？」

「君はどの程度ミスタ・マリオットのことを知っている？」と彼はソフトな声で尋ねた。

「何も知らない。しかしおおよそ見当はつく。あまりにも見え透いていて、目をつぶっていてもわかるくらいだ」

アムサーは白いテーブルを指でとんとんと叩いた。インディアンはまだ顎を厚い胸の上に載せて眠っていた。重い瞼はしっかりと閉じられていた。

「ところであなたはミセス・グレイルに会ったことはあるだろうか？　ベイ・シティーに住む金持ちの女性だが」

彼はどうでもいいように肯いた。「ある。彼女の言語機能の治療をした。わずかにどもりの傾向があったので」

「治療はうまくいったらしい」と私は言った。「彼女は私と同じくらい淀みなくしゃべっていた」

それを聞いてもとくに嬉しくはなさそうだった。相変わらずテーブルの上をとんとんと叩き続けていた。私はその音に耳を傾けていた。何かしら気にくわないものがそこにあった。それは暗号を刻んでいるみたいに聞こえた。彼は叩くのをやめ、また腕組みをし、背もたれのない椅子の上で背中を後ろに傾けた。

「この件に関して私が気に入っているのは、みんなが知り合いであることだ」と私は言った。「ミセス・グレイルもマリオットのことを知っていた」

「どのようにしてそれを君は知った？」と彼はゆっくりと尋ねた。

私は何も言わなかった。

「君は警察に通報しなくてはならないのだろうね。つまり、その煙草のことを」と彼は言った。

私は肩をすくめた。

「君はこう考えている。どうして私が君をここから放り出させないのだろうと」とアムサーは愉しそうな声で言った。「セカンド・プランティングはセロリの茎でも折るみたいに容易に君の首を折ることができる。私自身どうしてそうしないのだろうと考えている。君はどうやら仮説みたいなものを持っているらしい。私は恐喝は相手にしない。金を払ったところで何も解決しないし、私には多くの友人がいる。しかしながら、私を好ましくない光の下に照らし出すいくつかの要因が存在することもたしかだ。精神分析医、セックスのスペシャリスト、ゴムの警棒を持ち、精神異常の文学で書棚をいっぱいにしたいやらしい小男。そして何ということだろう、そのような連中が世間では医者として通用している。

その一方で私のような人間はいかさま師扱いされる。君はいったいどのような仮説を持っているのだろう？」

私は彼をじっと見つめて目をそらせてやろうとした。しかしそれはできなかった。私は知らないうちに自分の唇を舐めていた。

彼は軽く肩をすぼめた。「それを人に話したくないという気持ちはわかる。それについては私が自分で考えなくてはならないのだろう。君は私が思っていたより遥かに頭の働く人間なのかもしれない。私もまた間違いを犯す。その一方で――」、彼は前に身を乗り出し、乳白色の球体の両側に手を置いた。

「マリオットは女性専門の恐喝者だったようだ」と私は言った。「また宝石強盗団の手先でもあった。誰かが彼に、どの女をカモにすればいいか耳打ちしていたらしい。その情報によって、彼女たちがどんな行動を取るかを知ることができた。女たちと親しくなり、関係を持ち、宝石で飾り立てさせて外に連れ出し、それから強盗団の連中にこっそり電話をかけ、どこで襲えばいいかを教えていた」

「君はマリオットを、また私のことを、そういう類の人間だと考えているのか」とアムサーは慎重に言った。「そいつはいささか面白くないね」

私は前に身を屈めた。彼の顔と私の顔とのあいだには三十センチほどの距離もなかった。

「あなたの商売はいかがわしいものだ。どれだけ高級に見せかけても、いかがわしいことにかわりはない。名刺だけの問題じゃない。あなたがさっき言ったように、名刺なんてどこでだって手に入る。マリファナもどうでもいい。そんな安っぽい商売をするようには見えない。たとえチャンスがあったとしてもね。しかしそれぞれの名刺の裏には白紙のスペースがある。その空白のスペースに、あるいは印刷してある側にだって、見えない秘密の文字を書き付けることはできる」

彼は荒涼とした笑みを浮かべた。しかし私はそれをほとんど見なかった。彼の手は乳白色の球の方に動いた。

明かりが消えた。部屋はキャリー・ネイション（二十世紀初頭、斧を持って酒場を襲った狂信的なクリスチャンの女性）のボンネットみたいな漆黒の闇に包まれた。

22

私は椅子を蹴って立ち上がり、わきの下のホルスターから拳銃を引き抜こうとした。しかしうまくいかなかった。上着のボタンがかかっていたし、私の動作は遅すぎた。それでなくても、誰かを撃つとなると私はいつも一歩おくれを取る。

音もなく空気がさっと揺れ、粗野な匂いが鼻をついた。完璧な暗闇の中でインディアンが背後から私を殴り、私の両腕をわきにぐいと押さえつけた。そして持ちあげにかかった。私はそうしようと思えばまだ、拳銃を抜いてあたりかまわず撃ちまくることはできた。しかしなんといってもここは敵地だ。そんなことをしても、ろくな結果は招くまい。

私は拳銃を放し、相手の両手首を握った。手首はべとべとして、握り辛かった。インディアンは喉をぜいぜい言わせながら息をし、私をどすんと勢いよく下に降ろした。頭のてっぺんがはがれるのではないかと思うくらい激しく。今では逆にインディアンが私の両手首を摑んでいた。彼は素早くそれを背後にねじりあげ、膝を礎石のように私の背中に押し当て、私の身体をのけぞらせた。人間の身体は曲がるようにできている。市役所の建物とはわけが違う。彼は私の身体をぐいと曲げた。

まったく理由はないのだが、私は大声で叫ぼうとした。しかし息は喉のあたりではあはあ言うだけで、声にはならなかった。インディアンは私を横向けに放り投げ、私が倒れたところを、両脚でぐいと挟み込んだ。どうにも身動きがとれない。彼の両手が私の首に伸びた。今でも夜中にうなされることがある。首筋にその手の感触があり、きつい体臭を嗅ぐことができる。必死に呼吸をしようとするのだが、できない。べとべとした指が喉に食い込んでくる。私はベッドから起き、酒を飲み、ラジオのスイッチを入れる。

再び照明が灯ったとき、私は意識を失いかけていた。明かりは血のように赤かった。私の眼球も、その裏側も充血していたせいだ。顔がひとつぼんやりと宙に浮かび、片手が私の身体を注意深く探った。しかしもう一人の両手は私の喉をしっかりと押さえたままだ。

声がソフトに言った。「息をさせてやれ。ちっとだけな」

指の力が弱くなった。私は身体をねじって自由になった。きらりと光る何かが私の顎の脇を強く打った。

ソフトな声が言った。「立たせてやれ」

インディアンは私を立ち上がらせた。そして壁にぐいと押しつけた。私の両手首は摑まれ、ねじり上げられていた。

「身の程知らずが」とそのソフトな声は言った。そしてその光るものが再び私の顔面を打った。死そのもののように硬くて厳しいものだ。温かな何かがしたたり落ちた。舐めると、鉄と塩の味がした。

私の札入れを手が探った。ポケットが残らず調べられた。ティッシュペーパーでくるまれた煙草が取り出され、中身をあらためられた。私の目にかかった霞の中にそれは呑み込まれていった。

「煙草は三本あったんだね」と優しい声で相手は言った。それから光るものが私の顎をもう一度打った。

「三本だ」と私は声を押し出すように答えた。

「ほかの二本はどこにあるんだろう？」

「オフィスのデスクの中だ」

光るものがまた私を打った。「どうせでまかせだろう。調べればわかることだが」、奇妙に赤い小さな光の中に鍵束が見えた。声が言った。「もう少し首を絞めてやれ」

鉄の指が私の首に伸びた。私は力を込めて彼から離れようとした。悪臭から、その腹部の硬い筋肉から。私は手を伸ばして相手の指のひとつを摑み、なんとかねじ上げようとした。

ソフトな声が言った。「驚いたね。こいつは学んでいる」

光るものがまた宙を切った。そいつは私の顎を激しく打った。というか、かつては私の顎であったものを。

「放してやれ。もう参っているはずだ」と声が言った。

重く強い両腕が下に降ろされた。私は前によろりと倒れかかり、一歩踏み出して身体を固定させようとした。アムサーは見えるか見えないかという淡い微笑みを浮かべて、私の前に立っていた。どことなく夢見心地にも見えた。その美しく繊細な手には私の拳銃が握られていた。銃口は私の胸に向けられていた。

「君にものを教えてやることもできる」と彼はソフトな声で言った。「しかしいったい何のために？　薄汚くちっぽけな世界に住む、薄汚くちっぽけな輩だ。知恵がひとつついたところで、どれほど向上できるわけでもない。違うかね？」、彼はそう言ってとても優美に微笑んだ。

私は残っていたありったけの力を振り絞って、その口元に一発くらわせた。

それは悪い思いつきではなかった。彼はよろめいて、両方の鼻から血が流れた。それから体勢を立て直し、身体をまっすぐにし、拳銃をまた持ちあげた。

「座ったらどうだね」と彼は優しい声で言った。「私はこれから客に会わなくてはならない。殴ってくれて何よりだ。これでぐっと仕事がしやすくなったからな」

私は白い椅子を手探りで探し、そこに腰を下ろした。そして白いテーブルの、乳白色の球体のとなりに頭を載せた。球は今では再び光を発していた。私は顔をテーブルにつけたまま、それを横目で見ていた。その明かりは私を魅了した。心地良い明かりだ。ほんのりと心地良い明かりだ。

私の背後にも、まわりにも、沈黙のほかには何もなかった。

私はそこで眠りに落ちたようだ。美しい顔の細身の悪魔が私の拳銃を手に、こちらを見て微笑みを浮かべている前で、テーブルの上に血だらけの顔を載せたまま。

23

「おい、そんなところで気を失われちゃ困るんだ」と大男が言った。

私は目を開け、体を起こした。

「別の部屋に行こうぜ、あんた」

私は半ば意識を失ったまま、立ち上がった。我々はドアの外に出て、別の場所に移った。それがどこだか思い出した。四方に窓のある受付の部屋だった。窓の外は今では真っ暗になっていた。

サイズの合わない指輪をつけた女がデスクの前に座っていた。その隣に一人の男が立っていた。

「ここに座れよ、あんた」

彼は私をそこに押すようにして座らせた。素敵な椅子だった。背もたれはまっすぐだが、座り心地はいい。しかし私は座り心地を楽しむような気分ではなかった。デスクに向かって座った女はノートブックを開き、そこに書かれていることを読み上げていた。背の低い年配の男が、彼女の言うことに耳を澄ませていた。表情を欠いた顔に、白髪の口ひげをはやしている。

アムサーは部屋に背を向けて、窓の前に立っていた。そして遙か遠くの静かな水平線を眺めていた。それは波止場の明かりの向こうにあり、この世界の向こう側にあった。彼は愛するものを見るようにそれを眺めていた。一度だけ顔を半分こちらに向けて私の様子をうかがった。血のあとは顔から拭き取られていた。しかし鼻は最初に見た鼻とは違うものになっていた。サイズ二つ分は膨らんでいる。それは私をにやりとさせた。たとえ唇が裂けていたとしても。

「楽しそうじゃないか、あんた？」

私はその声を出した相手を見た。私をそこに座らせ、今は目の前に立っている相手を。百キロ近い体重の、風に吹きさらされた花のような男だ。歯にはしみがあり、サーカスの呼び込みのような愛らしい声をしている。タフで、俊敏で、赤身の肉を食べる。彼をこづくような真似は誰にもできない。毎晩お祈りをするかわりに、革棍棒に唾をかけて磨くというタイプの警官だ。それでも彼の目にはユーモアの影があった。

彼は私の前に脚を広げて立ち、開かれた私の札入れを手に持っていた。そして右手の親指の爪で革をこりこりと掻いていた。まるでものを傷つけることをただ楽しんでいるみたいに。ほかに何もなければ、小さな何かを傷つける。しかし彼としては誰かの顔を傷つける方がもっと愉しいはずだ。

「ほう、覗き屋かい、あんた。おっかない大きな街からおいでなすった。ちっとゆすりでもやらかそうってかい？」

彼は帽子を頭の後ろの方に押しやっていた。くすんだ茶色の髪は、額の汗に濡れて黒くなっていた。そのユーモラスな目は赤い血管でまだらになっている。

喉は肉挽機を通り抜けてきたようだった。私は手を伸ばしてそこに触れた。あのインディアン、まったく鋼鉄製の工具みたいな指を持っている。

顔の浅黒い女はノートブックを読み上げるのをやめ、それを閉じた。白髪の口ひげをはやした年長の小柄な男は肯き、こちらにやってきて、私に話しかけていた男の背後に立った。

「あんたたち、警官か？」と私は顎をさすりながら言った。

「あんたにはどう見える？」

警官特有のユーモアだ。小柄な男は片目が斜視らしい。そちらの目は半ば見えないようにも見えた。

「ロスの警官じゃないね」と私はその男を見ながら言った。「その目では退職させられるだろう」

大男は私に財布を返してくれた。私は中を調べてみた。金は減っていない。カードも揃っている。中身にはまったく手が触れられていなかった。驚きだ。

「なんか言ったらどうだ、あんた」と大男が言った。「なんか、あんたのことを好きになれるようなことをな」

「銃を返してくれないか」

大男は少しだけ前屈みになり、考えた。ものを考えている様子がうかがえた。それはどうやら苦手なことのようだ。「ああ、あんたは拳銃を返してほしがっているんだ」、彼は横目使いに白髪の口ひげをはやした男を見た。「こいつは拳銃をほしがっている」と彼は相手に言った。そしてまた私の方を見た。「いったい何をするために拳銃をほしがっているんだね、あんた？」

「インディアンを撃ちたいんだ」

「ふうん、インディアンを撃ちたいんだ、あんた」

「ああ、インディアンを一人。ずどんと」

彼は口ひげの男をもう一度見た。「めげないやつだね」と彼は相手に言った。「インディアンを撃ちたいんだってさ」

「なあいいか、ヘミングウェイ、私の言うことをいちいち繰り返さないでくれ」と私は言った。

「こいつ頭がおかしいみたいだぜ」と大男は言った。「俺のことをヘミングウェイって呼びやがる。頭がおかしくなってると思わないか？」

ロひげの男はぎゅっと葉巻を嚙みしめたまま何も言わなかった。窓際に立った長身の優美な男はゆっくりとこちらを向いてソフトな声で言った。「いくらかバランスを崩しているのだろう」

「なんで俺がヘミングウェイなんて呼ばれなくちゃならないんだ」と大男が言った。「俺の名前はヘミングウェイじゃないぜ」

年かさの男が言った。「拳銃は見なかったが」

彼らはアムサーを見た。アムサーは言った。「中にある。私が預かっている。あなたに渡すよ、ミスタ・ブレイン」

大男は腰から前屈みになり、膝を少し曲げて、私の顔に息を吹きかけた。「いったいどういう理由があって、俺をヘミングウェイって呼んだりしたんだね、あんた？」

「女性が同席しているんだぞ」

彼はまた身体をまっすぐにした。「ほらな」、彼はそう言って口ひげの男を見た。口ひげの男は肯いてあちらを向き、そのまま部屋を横切って行った。横開きのドアが開いた。彼は中に入り、アムサーがそのあとを追った。

沈黙があった。顔の浅黒い女は机の上を見下ろし、眉をひそめた。大男は私の右の眉毛を眺めながら、ゆっくりと首を左右に振った。考えあぐねているみたいに。

ドアが再び開き、口ひげの男が戻ってきた。彼はどこからともなく帽子を取り出し、私に手渡した。私の拳銃を取り出し、返してくれた。重さからすると弾丸は入っていない。私はそれをわきの下のホルスターに戻し、立ち上がった。

大男は言った、「さあ、行こうぜ、あんた。ここから出て行くんだ。外の空気を吸えば、頭ももう少ししゃんとするだろう」

「わかったよ、ヘミングウェイ」

「また言ってやがる」と大男は悲しげな声で言った。「女のいる前だからって、俺のことをヘミングウェイって呼びやがる。それって、何かたちの悪い冗談なのかな」

口ひげの男が言った。「早くしろ」

大男は私の腕を取り、小さなエレベーターに向かった。エレベーターは上がってきて、我々はそれに乗り込んだ。

24

エレベーターでいちばん下まで行って、狭い廊下を歩き、黒いドアから外に出た。外の空気はきりっとしていた。遙か高いところにあるので、海の飛沫を含んだ霧も漂ってはこない。私は深く呼吸をした。

大男はまだ私の腕を摑んでいた。車がそこに待っていた。地味な黒いセダンで、個人のナンバープレートがついている。

大男が前の座席のドアを開け、こぼすように言った。「実力以上に欲をかきすぎたんだよ、あんた。しかし新鮮な空気を吸えば正気も戻るだろう。何か不満でもあるかい？　俺たちとしても、あんたの気に入らないことをしたくはないからね」

「インディアンはどこだ？」

彼は小さく首を振って、私を車に押し込んだ。私は前の座席の右側に座った。「ああ、インディアンな」と彼は言った。「あんたは弓矢であいつをやっつけなくちゃならんよ。法律でそう決まっているんだ。やつは後部席にいる」

私は後部席に目をやった。そこには誰もいなかった。

「あれ、どこに行ったんだろう」と大男は言った。「誰かが連れて行っちまったみたいだ。昨今、鍵をかけてない車にはものを置いちゃいけない」

「早くしろ」と口ひげの男が言った。そして後部席に乗り込んだ。ヘミングウェイは回り込んで、ハンドルの前にそのがっしりとした腹を据えた。そして車を出した。方向を転換し、野生のゼラニウムにはさまれた私道を下っていった。海の方から冷たい風が吹いてきた。星はえらく遠くに見えた。彼らは終始無言だった。

私道の入り口まで降りて、コンクリート舗装の山道に出た。そしてとくに急ぐでもなくゆったりした速度で進んだ。

「どうして車を持ってないんだね、あんた」

「アムサーが迎えの車を寄越したんだ」

「なんでまたそんなことをしたんだろうね？」

「私に会いたかったからだとしか思えない」

「この男は大丈夫みたいだ」とヘミングウェイは言った。「いちおう頭が働いてる」。彼は車の窓からわきにぺっと唾を吐き、きれいにカーブを切りながら、山道を降りていった。「彼の話によれば、あんたが電話をかけてきて、何かしらを脅し取ろうとしたってことだ。だから彼としては、取り引きをする前にあんたがどんな人間かを見ておこうと思った。もし取り引きをするなら、ということだがね。だから迎えの車を出したってわけだ」

「知り合いの警官を呼ぶつもりでいたから、私が車を持っていなくても帰りの足は確保できると考えたわけだ」と私は言った。「話が合うね、ヘミングウェイ」

「ああ、またそれだ。まあいい。とにかくやつはテーブルの下に口述用録音機をセットしていて、秘書がそれを全部タイプして、俺たちが着くとそれをそっくり読み上げてくれた。ここにいるミスタ・ブレインにね」

私は振り向いてミスタ・ブレインを見た。彼はくつろいだ顔で葉巻を吸っていた。まるで自宅でスリッパでも履いているみたいに。彼は私の顔を見もしなかった。

「かつがれているんだよ」と私は言った。「こういう場合に備えて、山ほどの記録が前もって揃えてあるのさ」

「どうしてあの男に会いたかったのか、あんた、俺たちにその理由を説明したいんじゃないのかな」、ヘミングウェイは穏やかな口調でそう示唆した。

「まだ私の顔に少しでも見られるところが残っているうちにということかな？」

「おいおい、俺たちはそんな無茶はしないよ」と彼はいかにも大仰な動作をつけて言った。

「君はアムサーのことをよく知っているんだろう、ヘミングウェイ？」

「ミスタ・ブレインはまあよく知っていると思うよ。俺はただ、言われたままはいはいとやっているだけさ」

「ミスタ・ブレインというのは？」

「後ろの席に座っている紳士だよ」

「おいおい、誰だってミスタ・ブレインのことは別にして、いったい誰なんだ？」

「わかったよ」と私は言った。なんだか突然どっと疲れがでてきた。

それからしばしの沈黙があり、更なるカーブがあり、曲がりくねったコンクリート舗装の道路があり、更なる暗闇があり、更なる痛みがあった。

大男が言った。「さて、今は男だけになった。ご婦人はどこにも見えない。あんたがあそこに行くことになった経緯なんぞ、別にどうでもかまわん。しかしヘミングウェイ云々はかなり神経に障るんだ」

「ギャグだよ」と私は言った。「ずいぶん古いギャグだ」

「だいたいそのヘミングウェイって誰なんだ？」

「おんなじことを何度も何度も繰り返して言うやつだ。そのうちにそれは素晴らしいことなんだと、こっちも考えるようになる」

「そこまで行くにはずいぶん長い時間がかかるんだろうな」と大男は言った。「私立探偵にしちゃあんた、かなりまわりくどい頭を持ってるみたいだ。歯はまだ自前のものか？」

「ああ、いくつか詰め物はしてあるがね」

「ふうん、ずいぶん幸運に恵まれていたというべきだな、あんた」

後部席の男が口を開いた。「ここでいい。次を右に曲がれ」

「了解」

ヘミングウェイはハンドルを切って、山の中腹にへばりつくように走る未舗装の脇道に車を入れた。その道を一マイルほど進んだ。サルビアの匂いがむせかえるようにきつくなった。

「ここだ」と後部席の男が言った。

ヘミングウェイは車を停め、ブレーキを引いた。私の前に身を乗り出し、ドアを開けた。

「お目にかかれてよかったよ、あんた。しかしもう戻ってくるなよな。少なくとも面倒な話は持ち込むな。降りろよ」

「ここから家まで歩けということか？」

後部席の男が言った。「早くしろ」

「ああ、あんたはここから家まで歩くんだ。それでいいかな？」

「いいとも。そのあいだにものを考えることはできそうだ。たとえばおたくらはロサンジェルスの警官じゃない。でもどちらか一人は警官だ。たぶん両方とも警官なんだろう。どうやらベイ・シティーの警察らしいな。よその管轄まで出張ってくるのはどうしてだろう？」

「それを証明するのはむずかしかろうぜ、あんた」

「おやすみ、ヘミングウェイ」

彼はそれには返事をしなかった。二人とも無言のままだ。私は車から降りようとした。片足を車のステップに載せ、前屈みになった。まだ少しめまいが残っている。

後部席の男が唐突に素早い動きを見せた。目には映らなかったが、その気配を感じた。

真っ暗なたまりが私の足元に口を開けた。その闇は、どんなに暗い夜もかなわぬほど深いものだった。

私はその中に飛び込んだ。たまりには底がなかった。

25

部屋の中には煙が満ちていた。

煙は何本もの細い筋になり、部屋の中空に直立するように浮かんでいた。小さな透明のビーズでできたカーテンみたいにまっすぐに上下している。突き当たりの壁についた二つの窓は開いているようだ。しかし煙は動かない。部屋にはまったく見覚えがない。窓には鉄格子がはまっている。

身体はだるく、頭は働かなかった。一年くらいぶっ通しで眠っていたような気がする。しかし煙は気になった。私は仰向けになって寝ころび、それについて考えた。ずいぶん時間が経ってから、私は深く息を吸い込んだ。肺が痛んだ。

私は大声で叫んだ。「火事だ！」

それは私を笑わせた。何がおかしいのか自分でもわからないのだが、それでも笑い出した。私はベッドに横になったまま、声を出して笑った。その笑い声は自分でも好きになれなかった。気がふれた人間の笑いだった。

叫ぶのは一度で十分だった。部屋の外に駆けつけてくる足音が聞こえた。鍵が鍵穴に差し込まれ、扉が勢いよく開いた。一人の男が横向きに飛び込んできて、素早く扉を閉めた。右手は腰に伸びている。

がっしりとした小男で、白い上っ張りを着ていた。目はどことなく奇妙だった。真っ黒で奥行きがない。そして両目の外縁に灰色の丸い膨らみがついている。

私は枕に頭を着けたままそちらを向き、あくびをした。

「おっと、今のはなしだ。ついうっかり口から出ちまってね」と私は言った。

男は苦々し気な顔でそこに立っていた。右手は腰のあたりをふらふらと彷徨《さまよ》っている。悪意に満ちた緑がかった顔と、奥行きのない黒い瞳と、白っぽい灰色の皮膚と、殻でつくられたみたいな鼻。

「また拘束衣を着せられたいのか?」と彼は意地悪く言った。

「大丈夫だよ。問題ない。ずいぶん長く眠った。少し夢を見たみたいだ。ここはどこなんだ?」

「お前がいるべきところだよ」

「けっこう感じの好いところみたいだ」と私は言った。「感じの好い人たちがいて、雰囲気も言うことない。もう少し寝るよ」

「それがいいぜ」と彼は見下すように言った。

男は出て行った。扉が閉まった。鍵のかかる音が聞こえた。荒っぽい足音がどこかに消えていった。

男がやってきても煙の様子は変わらなかった。それはやはり部屋の真ん中に立ちこめていた。そこらじゅう煙だらけだ。カーテンがかかっているみたいだ。消えることもないし、どこかに流されていくこともないし、動きもしない。部屋には空気の動きがあった。それを顔に感じることができた。それなのに煙はちっとも動じない。それは千匹もの蜘蛛が紡いだ灰色の蜘蛛の巣だった。どうやってそれだけの蜘蛛を集めて作業をさせたのだろう、私は不思議に思った。

木綿のフランネルのパジャマ。郡立病院で着せられるようなやつだ。前開きではなく、最低限の縫い目しかない。ざらざらした粗悪な材質だ。襟があたって喉のところがひりひりする。私の喉にはまだきつい痛みが残っていた。いろんなことを思い出してきた。手を伸ばして、喉の筋肉をさすった。そこがまだずいぶん痛む。インディアンを一人、ずどんと。オーケー、ヘミングウェイ。私立探偵になりたいんですか？ いい稼ぎになりますよ。九つの教科をとってください。バッジを差し上げます。五十セントの追加で飾り用の台もおつけします。

喉は痛んだが、それを触っている指先は何も感じなかった。まるでバナナの房にでもなったみたいだ。私はそれを眺めた。それは指みたいに見える。よくない。まるで通信販売の指みたいだ。きっとバッジやら飾り台と一緒に送られてきたのだろう。証書もつけて。

夜だった。窓の外にみえる世界は真っ暗だ。天井の真ん中から三本の真鍮の鎖で、ガラス磁器のボウルがぶら下がっていて、中に照明が入っていた。そのボウルの縁には色つきの小さな塊があしらわれていた。オレンジとブルーが替わりばんこになっている。私はそれをじっと眺めていた。私は煙にうんざりしてきた。見つめているうちに、それらの塊は小さな舷窓のようにひょいと開いて、そこから頭が現れた。小さな頭だったが、どれも生きていた。小さな人形の頭のように見えるのだが、それでも生きている。ジョニー・ウォーカーみたいなかたちの鼻をしてヨット帽をかぶった男、飾りのついたつばの広い帽子をかぶった派手なブロンドの女、曲がったボウタイを結んだ痩せた男。彼はリゾート地の観光客向けレストランのウェイターみたいに見える。唇を開き、にたっと笑う。「ステーキはレアになさいますか、それともミディアムで？」

私はしっかりと瞼を閉じ、目をしばたたいて像を追い払った。もう一度目を開けたとき、それは三本の真鍮の鎖がついた、ただの粗悪な磁器のボウルに戻っていた。

それでも煙はまだ空中に留まっていた。流れる空気の中で、ぴくりとも動かない。

感覚のない指で、私はごわごわしたシーツの端をつかみ、顔の汗を拭いた。それらの指は、九回の簡単なレッスンと半金の前払いが終わったあとに、通信教育講座から送られてきたものだった。住所はアイオワ州シダー・シティー、私書箱２４６８９２４。やれやれ、何を言っているんだ。意味をなさないことを口にしている。

私はベッドの上に身体を起こし、少しあとで床に足をつけられるようになった。足は裸足で、ピンと針が中に詰まっているみたいだった。小間物のカウンターは左手にあります、マダム。特大の安全ピンは右手にあります。両足が床を感じるようになった。私は立ち上がった。しかし急いで立ち上がりすぎたようだった。身体が前にぐいと倒れた。私は荒々しく呼吸をし、ベッドのわきを摑んだ。ベッドの下から声が聞こえてきた。それは何度も何度も同じ文句を繰り返していた。「酒毒の幻覚だ……そいつは酒毒の幻覚だ……そいつは酒毒の幻覚だ」

私は酔っぱらいみたいによろめきながら歩き出した。鉄格子のはまった二つの窓の真ん中に小さな白いエナメルのテーブルがあり、その上にウィスキーのボトルが置いてあった。素敵なかたちをしていた。中身が半分くらい入っている。私はそちらの方に歩いていった。なんのかんの言っても、世の中にはたくさんの好ましい人間がいる。朝刊を読んでうんざりし、映画館で隣に座った男の向こうずねを蹴飛ばし、惨めな気持ちになり、落ち込んで、政治家を冷笑することもある。それでもなお、世の中にはたくさんの好ましい人間がいるのだ。たとえば半分入ったウィスキーの瓶をそこに置いていった人間だ。きっとメエ・ウェストのヒップの片方くらい広々した心を持った人物に違いない。

私は腕を伸ばし、まだ半ば感覚のない両手をその瓶の上に置いた。そしてそれを口に持っていった。まるでゴールデン・ゲート・ブリッジの片方を持ちあげているみたいに汗をかきながら。

私はそれをごくごくと汚らしく飲んだ。そしてできる限りそっと瓶を下に置いた。それから顎の下に垂れたものを舐めようと試みた。

ウィスキーは妙な味がした。妙な味がするなと思いながら私の目は、壁の隅に取り付けられた洗面台を目に留めた。私はそこまでたどり着いた。なんとかたどり着けた。そして私は吐いた。ディジー・ディーン（一九三〇、四〇年代に活躍した剛速球投手）だってこれほど勢いよくは放れないだろうというくらい勢いよく。

時間が経過した。吐き気に襲われ、身体がよろけ、頭がくらくらし、洗面台にしがみつき、獣のようにうなって助けを求めていた。

しかしそれもなんとかやり過ごした。よろけながらベッドに戻り、仰向けに寝ころび、はあはあ息をつきながら煙を見つめた。煙はもう前ほどくっきりしていない。それほどリアルでもない。あるいはそれは私の目の奥にあるものなのかもしれない。やがて突然、煙はふっと消えてしまった。そして磁器の天井灯が発する光が、部屋をいやにあかあかと照らし出した。

私は身を起こした。ドアの近くの壁に、どっしりとした木製の椅子が置かれていた。そのドアのとなりに別のドアがあった。白衣の男がさっき入ってきたドアだ。たぶんこちらはクローゼットの扉なのだろう。そこにひょっとして私の衣服が入っているかもしれない。床は緑とグレーの方形のリノリウム張りだった。壁は白く塗られている。清潔な部屋だ。私が腰を下ろしているベッドは、病院でよく使われている狭い鉄製のものだが、普通より低く作られ、バックルつきの太い革のストラップが装着されている。ちょうど人の両手首と両足首のくるあたりに。

心和む部屋だ。早々に退散するに越したことはない。

身体中にうずきを感じた。頭はずきずき痛むし、喉も腕も同様だ。どうして腕が痛むのか、覚えはない。木綿のパジャマみたいなものの袖をまくり上げ、ぼんやりとした目でそこを見た。肘から肩にかけての皮膚には、一面に針のあとがついていた。そのひとつひとつのまわりが変色した斑点になっている。斑点の大きさは二十五セント硬貨くらいだ。麻薬だ。おとなしくさせておくために、しこたま麻薬を打たれたのだ。自白を引き出すためにおそらくスコポラミンも打たれたはずだ。短時間に大量の麻薬が投与された。私は薬物による幻覚を見ていたのだ。そういうのを見るものもいるし、見ないものもいる。体質によって症状は違ってくる。しかしとにかく麻薬だ。

それでいろんなことの説明がつく。煙やら、天井灯の縁からのぞいているたくさんの小さな頭やら、聞こえてくる声やら、浮かんでは消える妄想やら、革のストラップやら、窓の鉄格子やら、手の指と脚の痺れやら。ウィスキーはたぶん四十八時間アルコール中毒治療のための道具のひとつなのだろう。ただ余興のために、それを残していってくれたのだろう。

私は立ち上がったが、あやうく向かいの壁に正面衝突するところだった。だから私はまた横になり、とても長いあいだ静かにゆっくりと呼吸をしていた。身体じゅうがひりひりして汗が出てきた。小さな汗の粒がいくつか額に浮かび、それがゆっくりと考え深げに鼻の脇を通り過ぎ、口の端に達した。私の舌はそれを舐めた。意味もなく。

私は今一度身体を起こし、床に足をつき、立ち上がった。

「それでいい、マーロウ」と私は歯の間から声を絞り出した。「お前はタフガイだ。身長百八十センチの鋼鉄の男だ。服を脱いで顔もきれいに洗って、体重が八十五キロある。筋肉は硬く、顎もかなりしぶとくできている。これくらいでは参らない。頭の後ろを二度どやされた。喉を絞められ、半ば失神するくらい銃身で顎を殴られた。薬物漬けになり、頭はたがが外れて、ワルツを踊っている二匹のネズミみたいな有様だ。さて、私にとってそれは何を意味するのだろう？　日常業務だ。よろしい、そろそろ掛け値なしにタフな作業に取り組もうじゃないか。たとえばズボンを履くとか」

私はもう一度ベッドに横になった。

再び時間が経過した。どれくらい長い時間かはわからない。時計がないのだ。いずれにせよ、それは時計では計りようのない時間だ。

私は身を起こした。うまく力が入らない。立ち上がって歩き出した。歩くのがつらい。神経質になった猫みたいに心臓がばくばくする。また横になって寝ていた方がよさそうだ。しばらく安静にしているのだ。かなり参っているんだよ、あんた。オーケー、ヘミングウェイ。私は弱っている。花瓶をノックアウトすることもできない。爪を折ることだってむずかしそうだ。

いや、違うね。私は歩いている。私はタフだ。なんとしてもここから出てやる。

再びベッドに横になった。

四度目はいくらかましになっていた。部屋を二回横切って往復することができた。洗面台まで行って、それをきれいに洗い、身を屈め、手のひらで水をすくって口に入れた。それをそろそろと飲み下した。時間を少し置いて、また水を少し飲んだ。具合はずっとよくなった。

私は歩いた。なおも歩いた。なおも歩いた。

半時間ばかり歩いたおかげで膝ががくがくした。しかし頭はずいぶんすっきりした。私はまた水を飲んだ。いやというほど水を飲んだ。水を飲みながら、あやうく洗面台に向かって悲鳴を上げるところだった。

歩いてベッドに戻った。素晴らしいベッドだ。それはバラの葉で作られている。世界中探してもこんな素敵なベッドはない。彼らはそれをキャロル・ロンバード（一九三〇年代のアメリカの美人女優）から買った。そのベッドは彼女にはソフトすぎたのだ。そこにあと二分寝ていられるのなら、残りの人生をなくしてもかまわない。美しいソフトなベッド、美しい眠り、美しく閉じられる瞳、まつげがそっと下に落ち、優しい吐息が洩れる。暗闇が訪れ、枕の中に安らかに深く沈んでいく……。

私は歩いた。

彼らはピラミッドをいくつも築いた。でもそれも見飽きたので、もう一度ばらばらに崩し、石を細かく砕いてコンクリートにし、ボールダー・ダムを作った。ダムを築いて陽光あふれる南の地に水を送り、一帯に洪水が起こらないようにした。

私はなんとか歩き通した。簡単には引き下がらない。

それから歩くのをやめた。誰かと話をつける用意はできていた。

26

クローゼットの扉には鍵がかかっていた。椅子は私が持ち上げるにはいささか重すぎた。そのためもあってどっしりした椅子が置かれているのだ。私はシーツをはぎ取り、ベッドを裸にし、マットレスを片側に引っ張った。下は網状のスプリングになっており、そのてっぺんの部分と底の部分がいくつものコイル状のばねで繋がっていた。二十センチほどの長さの、黒いエナメル塗りの金属ばねだ。そのひとつを私は取り外そうとした。簡単なことではない。私がこれまでに試みた中でもっとも困難な作業だった。十分の後に私は、二本の指から血を流しながら、ばねをひとつ手にしていた。ばねを宙で振ってみた。バランスは申し分ない。ずしりと重く、弾力性を備えている。

そこまで作業を終えたところで、部屋の向こうにあるウィスキーの瓶が目にとまった。こんな面倒なことをしなくても、それひとつあれば用は足りたのだ。やれやれ、瓶のことをすっかり忘れていた。

私はまた水を飲んだ。裸のスプリングの上に腰掛けて一息ついた。それからドアの前に行き、蝶番の隙間に口をあてて大声で叫んだ。

「火事だ！　火事だ！　火事だ！」

待つ時間は短く、心地よいものだった。男は足音を響かせ、走って外の廊下をやってきた。鍵穴に荒々しく鍵を差し込み、勢いよく回した。

ドアがさっと開いた。開いた方の戸口の壁に、私はぴたりと張り付いていた。今回は男は棍棒を手にしていた。十五センチほどの長さで、茶色の手縫いの革カバーがかぶせてある。洒落た道具だ。裸に剝かれたベッドを目にして、彼は息を吞んだ。そしてはっと後ろを振り向いた。

私は含み笑いをし、相手に一発食らわせた。こめかみにコイルばねを叩きつけると、相手は前屈みによろめいた。男をひざまずかせておいて、あと二発食らわせた。相手はうめき声を上げた。力を失ったその手から私は棍棒を取り上げた。男は情けない声を出した。

私はその顔に思い切り膝蹴りをくわせた。膝が痛んだ。相手の顔がどれくらい痛かったかは教えてもらえなかった。苦痛にうめいているその男を、棍棒を使ってしっかりと眠らせてやった。

ドアの外側に差しっぱなしになっていた鍵を引き抜いた。ドアの内側から鍵をかけ、男のポケットを探った。たくさんの鍵があり、うちのひとつがクローゼットの鍵だった。中には私の服が吊してあった。服のポケットを探った。財布の金は消えていた。白衣の男の財布を調べてみた。その手の仕事をしている人間にしては現金を持ちすぎていた。私は自分の財布にもとあっただけの金を回収し、男をベッドの上に投げ出し、手首と足首を革のストラップで縛り、シーツを五十センチばかり口の中にねじ込んだ。男の鼻は潰れていたので、それでうまく呼吸ができるかどうか、しばらく様子を見た。

気の毒と言えば気の毒だった。この男はただ、与えられた仕事を汲々とこなしている小物に過ぎない。くびにならず、週給をつつがなく受け取ることだけが彼の望みなのだ。女房もいれば子供もいるのだろう。哀れな話ではないか。おまけに彼が頼みにできるのは一本の棍棒だけだ。報われた人生とはとても言えない。手が届くところにクスリ入りのウィスキーを置いてやった。両手をストラップで縛り付けられていなかったら、一杯やれるところだが。

私はその男の肩を、励ますように叩いた。あやうく同情の涙まで流すところだった。クローゼットの中に私の服は揃っていた。ホルスターには拳銃まで入っていた。ただし弾丸は抜き取られている。もつれる指で服を着た。何度となく生あくびが出た。

ベッドの上でのびている男をあとに残し、私は部屋を出た。

部屋の外は広い廊下になっていた。ドアが三つあったが、どれも閉まっていた。どこからも音は聞こえない。ワイン・カラーのカーペットが中央部分に敷かれ、建物全体がしんと静まりかえっていた。廊下の突き当たりにはちょっと広くなったところがあり、そこから直角をなして別の廊下があり、古風で大振りな階段の降り口に通じていた。白いオーク材の手すりが優雅にカーブを描きながら、階下の薄暗い廊下に達し、その廊下の先にはステンドグラスの入った二枚の仕切ドアが見えた。廊下は市松模様で、その上に分厚い敷物が敷かれている。ドアのひとつがほんの少しだけ開いて、そこから一条の光がこぼれていた。しかし音は聞こえない。

古い屋敷だ。かつてはこういう家屋がよく作られていた。今はもう作られていない。バラの大きな茂みを脇に配し、正面には花々を咲き誇らせ、静かな通りに面して建っているような家だ。輝かしいカリフォルニアの陽光を受け、瀟洒に物静かに、涼しげに構えている。その内側がどうなっているかなんて誰も気にかけない。しかし大声で悲鳴を上げられたりすれば、やはりまずいことになる。

階段を降りようと足を前に踏み出したところで、咳の音が聞こえた。はっと後ろを振り向くと、そこから始まっている別の廊下の、ドアのひとつが半開きになっているのが見えた。私は絨毯の上をそっと歩き、その半ば開いたドアの近くで歩を止めた。しかし中には入らなかった。くさび形の光が、カーペットの私の足元に落ちた。男はもう一度咳をした。胸の奥から出てくる深い咳だった。穏やかで安らかな咳だ。余計なことには首を突っ込まないのが賢明だ。私が求めているのは一刻も早くここを出て行くことだ。しかしこの屋敷にどんな人間がいるのか、もし見られるものなら見ておきたかった。中にいるのは責任ある地位に就いている人間かもしれない。ひとこと挨拶をしておく必要があるかもしれない。私はその光のくさびの中に足をそっと僅かに踏み入れた。新聞ががさがさという音を立てた。

部屋の一部を目にすることができた。普通の部屋のようだった。私の入れられていたような監房ではない。濃い色合いの衣装ダンスの上には、帽子と何冊かの雑誌が置かれていた。窓にはレースのカーテンがかかり、カーペットはまともなものだった。

ベッドのスプリングが軋んだ音を立てた。咳の音から推察できるように、かなりの巨漢だった。指先を伸ばして、ドアを数センチ押し開けた。何ごとも起こらない。私はとびっきりゆっくり、慎重に首を前に伸ばした。それで部屋の中がおおよそ見渡せた。ベッドがあり、その上に男がいた。灰皿には吸い殻が山になっており、入りきらなかったものはナイトテーブルの上にこぼれ、またそこから床にこぼれ落ちていた。くしゃくしゃになった新聞が十数枚、ベッドを覆うようにちらかっていた。そのうちの一枚が巨大な両手に摑まれて、巨大な顔の前に広げられていた。緑色の紙の上端から髪が見えた。ほとんど黒髪に近い濃い色合いの縮れ毛で、たっぷりとしている。その下に白い肌が一本の線になって見えた。新聞が少しずらされた。私は息を殺していた。ベッドの上の男は顔を上げなかった。

彼は髭剃りを必要としていた。もっともどんなときにも髭剃りを必要としているように見えるだけかもしれない。以前に私はその顔を目にしたことがあった。セントラル・アヴェニューにある〈フロリアンズ〉という黒人客専用の酒場で。男はそのとき白いゴルフボールのボタンがついた上着を着て、手にはウィスキー・サワーのグラスを持っていた。たたき壊されたドアから、のっそりと出てきたその男の手に握られた軍用コルト拳銃は、まるで玩具のように見えた。彼の腕力のほどはそのときにひととおり目にしたし、それはまさに唖然とさせられる代物だった。

彼はまた咳をし、ベッドの上で尻をごろりと転がし、面白くもなさそうにあくびをした。そして手を横にのばして、ナイトテーブルの上のぼろぼろになった煙草の箱を取り、中の一本を口にくわえた。親指の先に火が見え、煙が鼻から出てきた。

「ああ」と彼は言った。新聞がまた顔の前に持ちあげられた。

私は彼をそこに残し、廊下を歩いて戻った。ムース・マロイ氏はここで手厚く保護されているらしい。私は階段を降りた。

僅かに隙間のあいたドアの奥で、ぼそぼそという声が聞こえた。それに答える声を私は待った。何も聞こえなかった。電話の会話だった。私はドアのそばに行って聞き耳を立てた。ほとんど呟きに近い低い声だった。話している内容は聴き取れない。最後に電話を切るかちゃっという乾いた音が聞こえた。

そのあと部屋の中では沈黙が続いた。

こんなところは一刻も早く立ち去り、できるだけ遠くに離れるべきなのだ。ところが私はドアを開けて、静かに中に入った。それが私という人間だ。

27

そこはオフィスだった。とくに狭くもなく、とくに広くもない。見かけは清潔で、いかにもビジネスライクだ。ガラスの扉のついた書棚には分厚い本が並んでいる。壁には救急治療用のキャビネットがある。白いエナメルとガラスで作られた消毒キャビネットがあり、熱処理された皮下注射用の針と注射器がたっぷり入っている。平ったい大きな机の上には下敷きと、ブロンズのペーパーカッターと、ペンのセットと予約簿があった。それ以外にはほとんど何もない。男の両肘が置かれているだけだ。彼は机の前に座って両手で顔を覆い、何かの考えに耽っていた。

広げられた黄色い指のあいだから、濡れた茶色い砂色の髪が見えた。それはあまりにも滑らかにぺちゃっとしていて、まるで頭蓋骨の上に筆で描かれたもののように見えた。私は更に三歩前に進んだ。デスク越しに私の靴を目にしたに違いない。彼は顔を上げ、こちらを見た。羊皮紙でできたような顔に、落ちくぼんだ色のない瞳があった。彼は組んでいた指をほどき、ゆっくりと後ろに身をそらせ、表情というものを欠いた顔で私を眺めていた。

それから彼は困ったように、しかしやむを得ないというように両手を広げた。手が戻されたとき、片手はデスクの隅にきわめて近いところに位置していた。

私はまた二歩前に進み出て、相手にブラックジャックを見せた。彼の人差し指はなおも机の隅に向かって動いていった。

「ブザーなら今夜は鳴らすだけ無駄だ」と私は言った。「荒っぽいお兄さんは寝かせつけたからね」

彼の目は眠そうになった。「君はとても具合が悪かったんだ。ひどい状態だった。まだ立ち上がって動いたりしてはいけない」

私は言った。「右手を出すんだ」。私はブラックジャックで相手の右手をぴしゃりと打った。手は傷ついた蛇のようにくるりと丸くなった。

私は笑みを浮かべ、デスクの向こうに回り込んだ。笑みを浮かべる要素などどこにもなかったのだが。彼はもちろんデスクの抽斗に拳銃を入れていた。いつも抽斗には拳銃が入っているし、いつもそれを取り出すのが遅すぎる。もし取り出すことができればだが。私がそれを取り出した。三八口径のオートマチックだ。スタンダード・モデルで、私のものほど高性能ではない。しかし弾丸を使わせてもらうことはできる。机の中には予備の弾丸は見あたらなかった。だから拳銃のマガジンを抜き出そうとした。

彼はわずかに身体を動かした。目は相変わらず落ちくぼみ、悲しげだった。

「カーペットの下に別のブザーがあるのかもな」と私は言った。「そいつは警察本署に通じているのかもしれない。でもやめた方がいい。私はこの一時間ばかり荒っぽい人間になる。このドアから入ってくるやつがいたら、誰であれ棺桶に押し込んでやるつもりだ」

「カーペットの下にブザーなんてない」と彼は言った。声にはほんの微かだが外国人の訛りが聴き取れた。

私は彼の銃のマガジンを抜き、私の銃の空のマガジンを抜き、弾丸を移し替えた。彼の銃の薬室にはいっていた弾丸をはじき出した。はじき出された弾丸はそのままにしておいた。自分の拳銃の薬室に一発送り込み、もう一度デスクの向こう側にまわった。

ドアにはスプリング・ロックがあった。私はドアのところに行って、それを押し込み、かしゃんという音がするのを確かめた。ボルト錠もついていたので、それをまわしてかけた。

私はデスクのところに行って椅子に座った。それで最後の力が尽きてしまった。

「ウィスキーだ」と私は言った。

彼は両手を動かし始めた。

「ウィスキーだ」と私は言った。

彼は薬品キャビネットに行って平たいボトルと、グラスをひとつ取り出した。ボトルには税務局の緑色の封が貼ってあった。

「グラスは二つだ」と私は言った。「おたくのウィスキーを一度試したよ。あやうくカタリナ島まで飛ばされるところだった」

男は小さなグラスを二つ持ってきた。それから封を切り、二つのグラスにたっぷり注いだ。

「先に飲め」と私は言った。

彼は淡く微笑み、グラスのひとつを宙に掲げた。

「君の健康に乾杯しよう。残り少なそうだが」。彼は飲んだ。私も飲んだ。私は手を伸ばしてボトルを取り、近くに置いた。温かみが心臓に達するのを待った。心臓がどきどきし始めた。しかし心臓は元通り胸の中に収まっていた。靴ひもでどこか別のところにぶら下げられたりしていない。

「悪い夢を見ていた」と私は言った。「つまらん夢さ。寝台に縛り付けられて、麻薬をたっぷり打たれ、鉄格子のついた部屋に閉じこめられている。身体はひどく弱っている。眠っていた。食べ物もない。具合はひどく悪かった。頭に一発かまされ、どこかに運び込まれ、さっき言ったような目にあわされた。手の込んだことをするものだ。私はそれほど重要な人間ではないんだけどね」

男は何も言わなかった。じっと私を見ていた。彼の目にはそこはかとなく何かを推し量っている気配があった。たとえば、あとどれくらい私が生きられるものかと計算しているみたいな。

「目が覚めたとき、部屋の中は煙が充満していた」と私は言った。「でもそれはただの幻覚だった。視神経が高ぶっていたんだ。正式にどのような用語を使うのかは知らないがね。桃色の蛇の替わりに、私には煙が見えた。叫び声をあげると、白衣を着たたくましい男がやってきて、ブラックジャックをちらつかせた。それを彼から奪いとれるところまで回復するのに、けっこう時間がかかった。男の持っていた鍵を使って自分の服を取り戻し、彼のポケットに入っていた自分の金も回収した。そしてここに今いるわけさ。身体はじゅうぶん回復している。何か言いかけていたかね？」

「いや、何も発言してはいない」と彼は言った。

「発言の方があんたにされることを求めている」と私は言った。「彼らは外に舌を出して、言葉にされるのを待ち受けているんだよ。こいつが――」と私はブラックジャックを軽く振った。「説得係さ。ある男からこいつを借り受けなくちゃならなかった」

「すぐにそれを私に渡しなさい」と彼は微笑みを浮かべて言った。好きにならずにはいられないような微笑みだった。死刑執行人が囚人の体重を量るために、監房を訪れるときに浮かべるような微笑みだ。絞首刑執行にはそれが必要なのだ。いくぶん友好的で、いくぶん父性的で、また同時にいくぶん用心深い。もし長く生きるためのうまい手だてがあるのなら、あなただってその微笑みが好きになるだろう。

私はブラックジャックを彼の手のひらに置いた。彼の左手の手のひらに。

「さあ、それから拳銃だ」と彼は柔らかな声で言った。「君は具合が良くないのだ、ミスタ・マーロウ。どう見てもベッドに戻らなくてはならない」

私はじっと彼を見ていた。

「私はドクター・ソンダボーグ」と彼は言った。「もうつまらない真似はよそうじゃないか」

彼はブラックジャックを目の前のデスクの上に置いた。その微笑みは冷凍した魚みたいにこわばっていた。長い指は死にかけた蝶のような動きを見せていた。

「拳銃を寄越しなさい」と彼は柔らかな声で言った。「お願いだから――」

「今は何時だね、収容所長？」

彼は少しだけ驚いたような表情を見せた。私は腕時計を取り戻していた。しかしねじがきれたままになっていた。

「そろそろ真夜中だが、どうしてだね？」

「今日は何曜日だ？」

「どうしてそんなことを、ああ、日曜日の夜だよ、もちろん」

私はデスクに手をついて身体をまっすぐにし、考えようと努めた。拳銃を彼の近くに掲げていた。彼がその気になればつかみ取れるくらい近くに。

「もう四十八時間以上になる。ふらふらしていたのも不思議はない。いったい誰が私をここにつれてきたんだ？」

彼はじっと私の顔を見ていた。その左手はそろそろと拳銃の方に伸びてきた。彼は「そろそろ伸びる手クラブ」の会員なのだろう。娘たちは彼ときっと愉しいひとときを持てたはずだ。

「荒っぽい真似はしたくない」と私は哀願するように言った。「この優雅な物腰と、この隙のない英語を損なわせるようなことを、私にさせないでくれ。私がここに連れてこられた経緯をただ教えてもらいたい」

彼は勇気を持っていた。拳銃をつかみ取ろうとした。しかしそこにはもう拳銃はなかった。私は身を引いて椅子に座り、それを膝の上に置いた。

彼は赤くなってウィスキーの瓶をつかみ、それを自分のグラスに注ぎ、ぐっと飲み干した。深く息をつき、ぶるぶるっと身を震わせた。ウィスキーの味が気に入らないようだった。麻薬中毒患者の特徴だ。

「ここを出てもすぐに逮捕されるぞ」と彼は鋭い口調で言った。「警察官に拘禁されて――」

「警官には私を拘禁することはできない」

それは彼をいくらか動揺させた。彼の黄色みを帯びた顔はむずむずし始めた。

「さっさと吐けよ」と私は言った。「誰がここに私を連れてきたんだ。なぜ、どうやって？　今夜は虫の居所がよくなくてね。血にまみれてダンスをしたくてたまらない。バンシー（死人がでることを泣き叫んで予告する妖精）の叫びが聞こえる。それにこの一週間まだ誰も殺してないんだ。さあしゃべれよ、ドクター。時代物のバイオリンを手にとって、麗しい音楽を奏でてくれ」

「君は麻薬投与の影響下にある」と彼は冷ややかに言った。「あやうく死にかけていたんだ。ジギタリスを三度投与しなくてはならなかった」、彼の口にする言葉はあまりにも速すぎて、言葉そのものが暴れて、叫び声をあげて、縛り付けられなくてはならなかった。カエルのようにぴょんぴょん跳ね回った。「今の状態で病院を出て行ったら、深刻なトラブルに直面することになる」

「あんたドクターって言ったね。医学博士ということか？」

「もちろんだ。ドクター・ソンダボーグ。そう言ったはずだ」

「麻薬投与されて暴れたり叫んだりする人間はいないよ、ドク。ただ昏睡しているだけさ。いい加減なことを言うのはよした方がいい。私が知りたいのは真実だ。この気違い病院に私を運び込んだのは誰なんだ？」

「しかし――」

「しかしもクソもないんだよ。痛い目にあわせてやろうか。あんたをマルムジー・ワインの樽で溺れさせることもできるんだぜ。溺れられるくらい大きなマルムジー・ワインの樽が私もほしいがな。シェークスピアの台詞だ。やつもまた酒に目のない男だった。我らが妙薬を少し楽しもうじゃないか」、私は手を伸ばして彼のグラスを取り、二人ぶんのお代わりを作った。「さあ、一杯やれよ、怪物博士」

「警察が君をここに連れてきた」

「どこの警察だ」

「ベイ・シティーの警察だよ、当然」、落ち着きのない黄色い指がグラスをねじっていた。「ここはベイ・シティーだからね」

「なるほど。その警官には名前はあるのか？」

「ガルブレイス巡査部長だったと思う。普通のパトロールカー勤務の警官じゃない。彼ともう一人の警官が金曜日の夜に、家の前をふらふらの状態になってうろついていた君を見つけた。彼らが君をうちに運んできたのは、たまたま距離的に近くだったからだ。君のことを麻薬を過剰摂取した中毒者だと思った。しかし私はおそらく間違っていたのだろう」

「なかなかよくできた話だ。それが出鱈目だと論証することはできない。しかしどうして私をここに留めておいたんだ？」

彼は落ち着きのない両手を横に広げた。「何度繰り返して言えばわかってもらえるのだろう。君はひどく具合が悪かったし、それは今でも同じだ。私にいったいどうしろと言うんだね？」

「つまり私は入院の料金を払わなくちゃならないということだ」

彼は肩をすくめた。「当然そうなる。二百ドルだ」

私は椅子を少し後ろに押しやった。「馬鹿に安いじゃないか。さあ、とってみろよ」

「ここを出て行ったら」と彼は鋭い声で言った。「すぐに逮捕されるぞ」

私はデスクに背をもたせかけ、彼の顔に息を吹きかけた。「ここから出て行くっていうだけじゃないぜ、先生。壁の金庫を開けてもらおう」

彼ははじかれたように立ち上がった。「何をたわけたことを」

「開けるつもりはないと」

「開けるいわれなんぞない」

「こちらには銃がある」

彼は微笑んだ。窮屈で辛辣な微笑みだった。

「やたら大きな金庫じゃないか」と私は言った。「それに新品だ。これは優秀な銃だよ。おとなしく開けた方がいいんじゃないかな」

彼の顔には変化は見られなかった。

「困ったことだ」と私は言った。「銃を手にしていれば、相手はなんでも言うとおりにするというのが相場だ。ところが実際にはそうはいかない」

彼は微笑んだ。その微笑みにはサディスティックな喜びがにじんでいた。私は後ろによろけた。身体が今にも崩れ落ちそうだ。

私は机に懸命にしがみついた。相手はその様子を見ていた。その唇が静かに開いた。

私は長いあいだ、相手の目をじっと見ながらそこに前屈みになっていた。それからにやりと笑った。微笑みが相手の顔から汚れた雑巾のように剝げ落ちた。その額には汗が浮かんだ。

「じゃあな」と私は言った。「私の手よりもっと薄汚い手に、あんたを残していくよ」

私は戸口まで後ずさりし、ドアを開けて外に出た。

玄関のドアには鍵がかかっていなかった。屋根のついたポーチがあり、庭には花が咲きこぼれていた。白い垣根があり、門があった。家は角地に建っていた。いくらか湿気のある涼しい夜だった。月は出ていない。

通りの角には「デスカンソ通り」という標識があった。そのブロックに並ぶ家々には明かりがついている。サイレンの音が聞こえないかと耳を澄ませた。何も聞こえない。もう一方の標識には「二十三番通り」とあった。私は二十五番通りまで進み、八百番で始まるブロックへと向かった。八一九番にはアン・リオーダンが住んでいる。そこまで行けば安全だ。

ずいぶん長く歩いてから、まだ拳銃を手に提げていることにようやく気がついた。サイレンの音はまだ聞こえない。

歩き続けた。外気は頭をすっきりさせてくれたが、ウィスキーの酔いは醒め始めていた。酔いは醒めていくときがきつい。通りにはもみの木が繁り、煉瓦作りの家が並んでいた。南カリフォルニアというよりはシアトルのキャピタル・ヒルみたいに見える。

八一九番地の家にはまだ明かりが灯っていた。イトスギの高い生け垣に押し込まれるように、ずいぶん小ぢんまりした白い屋根付きの車寄せがあった。家の正面にはバラの大きな茂みがある。私は玄関に向かう道を歩いた。ベルを鳴らす前に耳を澄ませた。まだサイレンの音はない。ベルがチャイムの音を立て、少しあとで電気仕掛けを通したがあがあという声が聞こえた。扉の鍵を外さずに話ができる新式の装置だ。

「なんのご用でしょう？」

「マーロウだ」

彼女は息を呑んだようだった。あるいは電気装置が切れるときにそういう音が聞こえるだけかもしれない。

ドアが大きく開き、淡いグリーンのスラックス・スーツ姿のミス・アン・リオーダンがそこに立って私を見ていた。大きく見開かれた目に恐怖の色が浮かんだ。まばゆいポーチの灯火に照らされたその顔が見る見る青ざめた。

「いったいどうしたの」と彼女はうめくように言った。「まるでハムレットの父親みたいじゃない！」

28

居間には黄褐色の模様が入った絨毯が敷かれ、白とバラ色の椅子のセットがあった。ずいぶん丈の高い真鍮と鉄の枠がついた、黒い大理石の暖炉があった。縦長の書棚が壁に埋め込まれ、閉じられたベネシアン・ブラインドには粗い布地のクリーム色のカーテンがかかっていた。

その部屋にある女性的なものといえば、全身が映る姿見くらいのものだ。その前の床には何も置かれていない。

私は半ば座るように半ば寝そべるように、両足を足置きの上に乗せて、深い椅子に身を沈ませていた。二杯のブラック・コーヒーを飲み、そのあと酒を飲んだ。二個の柔らかく茹でられた卵を食べ、一枚のトーストをちぎって卵につけて食べた。そのあとにまた、僅かにブランディーを加えたブラック・コーヒーを飲んだ。私はそれらをすべて、朝食用の《ブレクファスト・》部屋《ルーム》で腹に詰め込んだ。しかしそれがどんな部屋だったか、皆目思い出せない。遠い昔のことのように思える。

私はなんとか気力を取り戻した。ほとんど素面になっていたし、私の胃袋は、センターの国旗掲揚台に向けてかっとばすのはあきらめて、三塁側に地道にバントを転がしていた。アン・リオーダンは私の向かいに座っていた。前屈みになり、彼女の小綺麗な顎は、その小綺麗な手の上に載せられていた。彼女の目は、ふわふわと外にふくらんだ赤っぽい茶色の髪の下で、暗く影をかけられていた。髪には鉛筆が一本差されていた。彼女は心配しているようだった。自分の身に起こったいくつかのことを私は語った。しかし全てを語ったわけではない。とくにムース・マロイのことは口にしなかった。

「てっきり酔っぱらっているんだと思った」と彼女は言った。「酔っぱらわないことには私に会いに来られなかったんだろうと。あなたはあの金髪女とどこかでデートしていたんだと考えていた。私は——自分がいったい何を考えていたのか思い出せないわ」

「君は文筆の仕事でこの家を手に入れたわけじゃあるまいね」と私は部屋の中を見まわしながら言った。「もし君が、自分が何を考えているか考えることで給料をもらっていたとしても、ここまでは無理だろう」

「うちの父が警官時代に賄賂をとっていたわけでもない」と彼女は言った。「あいつらが警察署長の椅子に着かせた、あの薄汚い豚野郎とは違う」

「そういうつもりで言ったんじゃない」と私は言った。

彼女は言った。「私たちはデル・レイにいくつか地所を持っていた。詐欺同然に売りつけられた草も生えないような土地だった。でもそこからたまたま石油が出たのよ」

私は肯き、手に持った素敵なクリスタルのグラスの中にあったものを飲んだ。何かはわからないが、好ましい温かな味わいのあるものだった。

「ここは男が落ちつける家だね」と私は言った。「このままで違和感なく溶け込めそうだ」

「そういう場所を求める男ならね。そして落ちついてほしい相手であればね」と彼女は言った。

「執事がいないのが難点だが」と私は言った。

彼女は顔を赤くした。「でもあなたは——あなたときたらどこかに腰を据えるよりも、頭をこっぴどく殴られて、麻薬注射で腕を穴だらけにされて、顎をバスケットボールのバックボードがわりに使われている方がお好みのようね。この先いつまでそんな生活を続けるつもり？」

私は何も言わなかった。口をきくにはくたびれすぎていた。

「少なくとも」と彼女は言った。「あなたは吸い口の中を調べてみるだけの才覚を持ち合わせていた。アスター・ドライブで話したときには、なんにもわかっていないみたいだった」

「あんな名刺には何の意味もありゃしない」

彼女の目は私を睨みつけた。「あなたは誰かに指示された二人の悪徳警官に叩きのめされ、アル中短期治療の檻に二日放り込まれ、余計なことに首を突っ込むなとたっぷり釘を刺された。それでもなお何の意味もなかったなんて言えるわけ？　いろんなことがずいぶん明白になったし、このままいけばもっと多くの真相が暴けそうじゃない」

「最初に断っておくべきだったな」と私は言った。「荒っぽいのが流儀だ。仕方ない。それでいったい何が明白なんだね？」

「だって、そのエレガントな心霊師は実は上流階級を相手にするギャングなんでしょう。彼は獲物を物色し、相手を言いなりになるようにし、配下のやくざに指示を出して、宝石を奪わせる」

「君は本当にそう考えているのか？」

彼女はじっと私の顔を見た。私はグラスの中のものを飲み干し、弱々しい表情を顔に浮かべた。彼女はそれを無視した。

「もちろん私はそう考えている」と彼女は言った。「そしてあなただって同じことを考えている」

「それほど話は単純じゃないと思うがね」

彼女の微笑みは心地よく、同時にまたとげとげしかった。「ああ、ごめんなさいね。あなたが探偵さんだっていうことをちょっと忘れていたわ。話がそんなに単純であっては困るんでしょう。単純な事件なんてものは、きっと面子にかかわるのでしょうね」

「話はもっとややこしいんだよ」と私は言った。

「わかった。話を聞かせてちょうだい」

「説明はできない。ただそう思うだけだ。もう一杯酒をもらえるだろうか」

彼女は立ち上がった。「余計なお世話かもしれないけど、たまには水を飲むのもいいんじゃないかしら」、彼女はやってきて私のグラスを手に取った。「もう、これで最後よ」。彼女は部屋を出て行った。どこかで氷がからんと音を立てるのが聞こえた。私は目を閉じて、その小さな、そして重要ではない音に耳を澄ませた。ここに来るべきではなかったのだ。もし彼らが我々の繋がりを摑んでいたら（摑んでいるはずだというのが私の推測だった）、様子を見にここにやってくるかもしれない。そんなことになったら、話はとても面倒になる。

彼女はグラスを持ってやってきた。彼女の指が私の指に触れたとき、ひやりと冷たかった。グラスを持っていたせいだ。私はその指をしばらく握り、やがてそっと離した。陽光を顔に受けて目覚めた朝、魔法のかかった谷間に身を横たえつつ、夢を手放すときのように。

彼女は顔を赤らめ、自分の椅子に戻り、あれこれ苦労の末に身をそこに落ち着けた。彼女は煙草に火をつけ、私が酒を口にするのを眺めていた。

「アムサーはなかなか冷酷なやつだ」と私は言った。「しかしあの男が宝石強盗団の知恵袋のような役を引き受けるとはどうしても思えないんだ。あるいは私の考えは間違っているかもしれない。しかしもしやつが強盗団の中心人物で、私がその急所を握っているとわかっていたら、あの麻薬漬けの病院から私を生きて逃すような真似はしなかったはずだ。しかしなにかと後ろめたいものを抱えている男ではあるらしい。私が秘密の文字についてはったりをかけるまで、暴力をふるうのを控えていた」

彼女は奥行きのない目で私を見た。「本当に秘密の文字があったの？」

私は笑みを浮かべた。「あったとしても、私はそれを読まなかった」

「それは一人の人間を陥れる文書を隠すにしては、ずいぶんへんてこな方法だと思わない？　煙草の吸い口に隠すなんて。見つからない可能性の方が大きいでしょうに」

「ポイントはこういうことだと思う。マリオットは自分の身に何か良くないことが起こるんじゃないかと怯えていた。そして何かがあったときに、そのカードが見つかるように細工をした。警察は彼のポケットにあるものを徹底的に調査するだろうからね。それが納得のいかないところだ。もしアムサーがプロの悪党なら、そんな手がかりをあとに残すようなうかつな真似はしないさ」

「もしアムサーが彼を殺したとしたら、あるいは誰かに殺させたとしたら、ということね。しかしマリオットがアムサーについて知っていたことは、殺人事件とは直接の繫がりがなかったかもしれない」

私は椅子に背をもたせかけ、グラスの酒を飲み干した。そのことを熟考しているふりをした。私は肯いた。

「しかし宝石強盗の一件は殺人と関連している。そして我々はアムサーが宝石強盗と関連していると睨んでいる」

娘の目にいくぶん訳ありげな色が浮かんだ。「あなたはきっとくたくたになっているはずよ」と彼女は言った。「ベッドに入った方がいいんじゃない？」

「ここでかい？」

彼女は毛根まで赤くなった。顎がぐっと突き出された。「何がいけないの？　もう子供じゃないんだから。私がいつどこで、どんな風に何をしようが、誰の知ったことでもないはずよ」

私はグラスをわきにやり、立ち上がった。「私が分別を発揮しようという気になるのはきわめて稀なことだが、たった今がそうだ」と私は言った。「タクシーの乗り場まで車で送ってくれないか。もし君が疲れていなければだが」

「なんていう人かしら」と彼女は怒りを露わにして言った。「頭をあやうく叩き割られそうになって、わけのわからない麻薬を打ちまくられたのよ。あなたに必要なのは一晩ぐっすり眠って、朝すっきりと目を覚まし、新たな気持ちでまた調査に取りかかることじゃないの？」

「むしろ長く眠りすぎたような気がしていたんだがな」

「愚かしいことを言わないで。本来なら病院に入っているべきなのよ」

私は身震いをした。「いいかい、私は今夜は頭の働きがそれほど敏捷ではない。そしてここにこれ以上長居しない方がいいような気がするんだ。彼らの悪行に関して、私に立証できることは何ひとつない。しかしあちらはどうも私が目障りなようだ。私が何を申し立てたところで、警官を相手にしなくてはならない。そしてこの街の警官はずいぶん腐敗しているようだ」

「ここはまともな街よ」と彼女はほとんど息を切らせるように強い口調で言った。「たしかに一部では――」

「よろしい、ここは良い街だ。シカゴだって同じさ。マシンガンなんか一度も目にもせず、そこで長生きすることもできるだろう。なにしろまともな街だからね。ロサンジェルスなんかの方がむしろ腐敗の度合いは深いかもしれない。しかしどれだけ金を積んでも大都市のすべてを買い取ることはできない。買い取れるのは一部に過ぎない。しかしこの程度のサイズの都市なら丸ごと買収することができる。オリジナルの箱に入れて、きれいな詰め物までしてね。そこが大きな違いだ。だからこそ私は、ここから一刻も早く抜け出したいんだ」

彼女は立ち上がり、私に向かってぐっと顎を突き出した。「あなたは今すぐベッドに行くのよ。うちには予備の寝室があるし、さっさとそこのベッドに入って――」

「君の部屋のドアに鍵をかけると約束してくれ」

彼女は赤くなり、唇を噛んだ。「あなたって凄腕の探偵に見えることもある」と彼女は言った。「でもときどき救いようのない下品な人間にしか見えない」

「そのどちらかが、私をタクシー乗り場まで送ってくれる理由にはならないものだろうか?」

「ここにいなさい」と彼女はぴしゃりと言った。「あなたは具合が悪いし、足だってふらついている」

「誰かに代わりにものを考えてもらわなくちゃならないほど具合悪くはない」と私は意地悪く言った。

彼女は憤然として勢い良く部屋を出て行ったので、居間から二歩廊下に出たところで危うくひっくり返りそうになった。そしてあっという間に戻ってきた。スラックス・スーツの上にフランネルのコートを羽織っていた。帽子をかぶっていない赤毛の髪は、顔と同じように怒りに燃えていた。彼女はサイドドアを開け、それを勢いよく向こうに叩きつけた。それから足音も荒々しく外に出ていった。ガレージのドアが上がる音が遠くに聞こえた。車のドアが開き、それからばたんと閉まった。スターターがもそもそと音を立て、エンジンがかかった。ライトが灯り、その強い光が居間のフレンチ・ドア越しに見えた。私は椅子に置いてあった自分の帽子を手に取り、スタンドの明かりをいくつか消して回った。フレンチ・ドアにエール錠がかかっているのを確かめた。ドアを閉める前にもう一度ちらりと振り返った。なかなか快適な部屋だった。スリッパでも履いてのんびりくつろぎたいところだが。

ドアを閉めると、車がそばまでやってきた。その後ろを回って、私は車に乗り込んだ。彼女はうちまで送ってくれた。その身体は怒りに満ち、唇は一文字に閉じられていた。運転ときたらそれはすさまじいものだった。アパートメント・ハウスの前で私が降りると、彼女は冷え冷えとした声でおやすみなさいと言って、そのまま小さな車で通りの真ん中にぐいと飛び出していった。ポケットから鍵を取り出したときには、もうその姿は見えなくなっていた。

玄関のドアは十一時にはロックされる。私は鍵を開け、いつもながら黴くさいロビーを抜け、ステップを上がってエレベーターのところまで行き、部屋のある階まで上がった。荒涼とした明かりが廊下を照らしていた。配達専用ドアの前には牛乳瓶が何本か置かれている。背後には赤い防火扉がぼんやり浮かび上がって見えた。外気を入れる網戸がついているが、そこからは情けないほどの風しか入らず、料理の匂いが抜けきったためしがなかった。私が戻ってきたのは眠りこけた世界だった。眠りこけた猫同様、無害な世界だ。

部屋の鍵を開け、中に入って匂いをかいだ。戸口に立ち、ドアにもたれ、明かりをつける前に少し時間を置いた。いつもの匂いだ。埃と煙草の匂い。それは男たちの送る暮らしの匂いであり、男たちが生き続ける世界の匂いだ。

服を脱ぎ、ベッドに入った。悪夢を見て、汗をかいて目を覚ました。それでも朝が訪れたとき、私は回復し、もとどおり元気になっていた。

29

私はパジャマ姿でベッドの端に腰掛けていた。起きあがることを考えていたが、なかなかそこまでの決心はつかなかった。気分爽快とまではいかずとも、予想していたほどひどくもない。会社勤めをするのに比べたら数段ましな気分だ。頭は痛み、膨らんで感じられ、熱く火照《ほて》っていた。舌は渇き、砂利が乗っているみたいだった。喉はざらざらし、顎には天下無敵という勢いはなかった。しかしこれよりひどい朝を迎えたことはある。

霧が高く立ちこめた薄暗い朝だった。まだひやりとしているが、時間が経てば温かくなるだろう。私はベッドからやっと身を持ちあげ、腹のくぼみをさすった。昨夜の嘔吐で痛んでいるところだ。左足は大丈夫だ。もう痛みは感じられない。だからその足でベッドの角をちょっと蹴ってみないわけにはいかなかった。

おかげでドアに鋭いノックの音がしたとき、私はまだ呪詛の言葉を吐いていた。いかにも尊大なノックだった。ドアを五センチだけ開けて、そこからべたべたするラズベリーを投げつけ、ばたんとドアを閉めてやりたくなるような類のノックだ。

　私は五センチよりはいくらか広くドアを開けた。茶色のギャバジンのスーツを着たランドール警部補がそこに立っていた。軽いポークパイ型のフェルト帽をかぶっている。とても清潔で、小綺麗で、真面目くさっている。そしてその目にはたちの悪い色が浮かんでいた。

　ランドールは軽くドアを押し開け、私は戸口から下がった。彼は部屋に入るとドアを閉め、あたりを見回した。「この二日というもの、君をずっと探していた」、ランドールはそう言いながら、私を見てはいなかった。その目は部屋の様子を探っていた。

「具合が悪くってね」

　彼はきびきびした軽い足取りでそのへんを歩き回った。艶のある白髪はきれいに光っていた。帽子はわきに挟まれ、両手はポケットの中にあった。警官にしてはそれほど大きな身体ではない。片手をポケットから出し、帽子を雑誌の上に注意深く置いた。

「ここにいたんじゃないな」と彼は言った。

「病院だよ」

「どの病院だ？」

「ペット病院だ」

　彼は横面を張られたみたいにぐいと身体をねじった。皮膚の奥が鈍く色を帯びた。

「下らない冗談を言うには、時間がちと早すぎるんじゃないか？」

私はそれには答えず、煙草に火をつけた。煙を吸い込み、またベッドの端に腰を下ろした。素早く。

「まったく懲りるということを知らん男だな」と彼は言った。「檻の中に放り込むしかないかもしれん」

「私はずっと具合が悪かったし、まだ朝のコーヒーだって飲んでないんだ。そこまで鋭い機知を期待されても困る」

「この一件には首を突っ込むなと釘を刺したぜ」

「あんたは神さまじゃない。イエス・キリストでさえない」と私は言って、また煙草の煙を吸い込んだ。身体の内側で何かがちくちくしたが、それでも前よりは少しましになっていた。

「俺がどれくらい君を不快な目に遭わせられるか、それを知ったらきっと驚くぜ」

「おそらく」

「どうして今までそれを実行しなかったか、理由がわかるか?」

「ああ」

「どうしてだ?」と彼はテリアみたいに鋭く、いくらか前屈みになった。その目には無慈悲な冷酷さが浮かんでいた。いつかはそいつが顔を出すことになる。

「私を見つけられなかったからだ」

彼は身体を後ろに引き、床にかかとをつけたまま身を揺すった。顔はわずかに輝きを帯びていた。「違う答えが返ってくると思っていた」と彼は言った。「そしてもしそれを口にしたら、顎に一発食らわせるつもりでいた」

「二千万ドルの資産なんぞ怖くもないってわけか。しかしあんただって上から命令を受ける身だろう」

彼は口を薄く開けたまま、荒く呼吸をした。とてもゆっくりとポケットから煙草の箱を出し、包装紙を破った。指は微かに震えていた。唇に煙草をはさみ、マッチをとりにマガジン・テーブルまで行った。注意深く煙草に火をつけ、マッチを床にではなく灰皿に捨て、煙を吸い込んだ。

「このあいだ、電話でささやかな忠告を与えたはずだ」と彼は言った。「木曜日のことだ」

「金曜日」

「そうだ。金曜日だ。それは聞き入れられなかった。どうしてかは今では理解できる。しかしその時点では、君が証拠を隠していたことを俺は知らなかった。この事件に関して、君が取った方がよかろうと思える道を、俺はただ勧めただけだ」

「どんな証拠だ？」

彼は何も言わずにじっと私を見た。

ないぜ」

「コーヒーを飲まないか？」と私は尋ねた。「少しは人間らしい気持ちになれるかもしれ

「いらん」

「私は飲む」、私は立ち上がり、キッチネットに向かった。

「座れよ」とランドールはきつい声で言った。「話は始まったばかりだ」

私はかまわずキッチネットに向かった。水をやかんに入れ、火にかけた。蛇口の水を飲み、また一口飲んだ。私はグラスに三杯目の水を注ぎ、それを手に戻った。そして戸口に立ってランドールを見た。彼は動いていなかった。煙草の煙がまるでヴェールのように、くっきりとしたかたちを取ってそのそばに浮かんでいた。彼は床を見ていた。

「ミセス・グレイルに来てくれと言われた。行くのは当然だろう」と私は言った。

「そのことを言ってるんじゃない」

「ああ。しかし少し前にはそのことを気にしていた」

「君は呼ばれたわけじゃない」、彼は視線を上げた。その目にはまだ冷酷さがうかがえた。尖った頬骨には赤みが残っていた。「自分から押しかけていったんだ。そしてスキャンダルを持ち出した。恐喝みたいなものだ」

「おかしなことを言うね。記憶しているかぎりでは、仕事の話なんてひとつも出なかったぜ。私に言わせれば、彼女の話には語るに足る中身はなかった。雲をつかむようなかすか

すの話さ。それに言うまでもなく、彼女は同じ話をすでにあんたにしていたはずだ」

「ああ、したよ。そのサンタモニカ通りのビアホールは悪党どものたまり場になっている。しかしそんなものに意味はない。浚《さら》ってみたが、手がかりはなかった。その向かいのホテルだって同じく胡散臭いところだ。とはいえ目当ての連中はそんなところにはいない。小物のちんぴらばかりさ」

「私が自分から押しかけてきたと彼女が言ったのか？」

彼は視線をわずかに下に落とした。「いや」

私はにやりと笑った。「コーヒーはどうだ？」

「いらん」

私はキッチネットに戻り、コーヒーを作った。今回はランドールはあとをついてきた。そして戸口に立っていた。

「この宝石強盗団はハリウッドを中心に長く活動をしている。かれこれ十年ほどになる」と彼は言った。「しかし今回はやつらはやりすぎた。男を一人殺した。その理由は見当がつく」

「もし今回の件がギャングの仕業で、あんたがそれを解決したとしたら、私がこの街に越してきてから、初めて解決したギャングがらみの殺人事件ということになるな。少なくとも一ダースくらいは具体的な迷宮入り事件の例をあげることもできるよ」

「言ってくれるじゃないか、マーロウ」

「もし間違っていたら、訂正してくれてかまわないぜ」

「ああ、そうだよ」と彼はいらついた声で言った。「おおせのとおりさ。記録上は二つばかり事件が解決しているが、それはでっちあげだ。どっかのちんぴらが、黒幕のために罪をかぶらされたんだ」

「そのとおりだ。コーヒーは飲むか？」

「俺がもしコーヒーを飲んだら、君はもう少しまともな口を利いてくれるのか。人間対人間として、下らない冗談は抜きで」

「心がけてみよう。胸のうちを残らずぶちまけるという約束まではできかねるが」

「そこまでは求めちゃいない」と彼は苦々しそうに言った。

「素敵なスーツを着てるじゃないか」

彼の頬がまた赤みを帯びた。「二十七ドル五十セントで買ったスーツだ」と彼は吐き捨てるように言った。

「おやおや、警官にしちゃいやに傷つきやすいね」と私は言って、ガスの火の前に戻った。「良い香りだ。どうやってそいつを作るんだ？」

私はコーヒーを注いだ。「フレンチ・ドリップ。粉は粗挽き。紙フィルターは使わない」、私は砂糖を戸棚から取り出し、冷蔵庫からクリームを出した。台所の隅にある簡易テーブルをはさんで、我々は座った。

「具合が悪くて病院に入っていたというのも、何かの冗談かね？」

「いや、冗談ではない。ちょっとした面倒に巻き込まれたんだ。ベイ・シティーでね。連中に捕まってしまった。留置場に入れられたんじゃない。麻薬中毒とアル中の治療を専門とする私立施設に放り込まれた」

ランドールは遠くを見るような目をした。「ベイ・シティーだって？ どうやら君はきつい目に遭うのが好きらしいな、マーロウ」

「好んでやってるわけじゃない。たまたまそういう目に遭ってしまうということだ。しかし今回のはことのほかきつかった。二回頭をどやされた。二度目は警官にやられた。あるいは警官だと自称する、警官みたいに見えるやつにね。自分の拳銃で叩きのめされ、馬鹿力のインディアンに首を絞められた。意識のないまま麻薬病院に担ぎ込まれ、鍵のかかった部屋に閉じこめられ、しばらくはベッドに縛り付けられていたようだ。しかしそれを立証することはできない。身体中が見事にあざだらけで、左腕には注射針のあとが所狭しとついていることを別にすればね」

彼はテーブルの角を厳しい目で睨んでいた。「ベイ・シティーで」とそろりと言った。

「唄に出てくるような地名だな。汚れたバスタブの中で歌う唄だ」

「そんなところで何をしていた？」

「進んで出向いたわけじゃない。警官たちに連れていかれたんだ。そもそもはスティルウッド・ハイツまで人に会いに行った。そこはロサンジェルスだろう」

「相手はジュールズ・アムサーという人物だな」と彼は静かな声で言った。「どうしてあの煙草を隠したりしたんだ？」

私は自分のカップをのぞき込んだ。まったく女というのは。「あのマリオットという男が、二個も煙草ケースを持っていることが妙に思えた。ひとつにはマリファナ煙草が入っていた。ベイ・シティーあたりでロシア煙草に見せかけたものを作っているらしい。吸い口を空洞にして、ロマノフ王朝の紋章なんぞを刷り込んでね」

彼は空になったカップをこちらに押して寄越した。私はおかわりを注いでやった。彼の目は私の顔のしわの一本一本、粒子のひとつひとつを読みとっていた。拡大鏡を手にしたシャーロック・ホームズのように、あるいはポケット・レンズを持ったソーンダイク博士のように。

「君はそのことを話すべきだった」と彼は苦々しげに言った。彼はコーヒーをすすり、アパートメント・ハウスにナプキンがわりによく備え付けてある、房のついた布切れで口元を拭った。「でも実際に隠したのは君ではない。あの娘が打ち明けてくれたよ」

「ああ、なるほどね」と私は言った。「この国では、男たちの値打ちはどんどん下がっているようだ。女性がすべてやってのける」

「彼女は君に好意をもっている」とランドールは言った。映画に出てくるFBIの捜査官みたいに、いくらか悲しげに、しかしきわめて男らしく。「彼女の父親は誰よりもまっすぐな警官で、それで職を失った。あの子も間違ったことをする人間じゃない。君に好意をもっているんだよ」

「良い子だ。私の趣味ではないが」

「良い子は気に入らんのか？」、彼は新しい煙草に火をつけた。そして手を振って、その煙を顔の前から払った。

「私はもっと練れた、派手な女が好きだ。卵でいえば固茹で、たっぷりと罪が詰まったタイプが」

「そういう女には尻の毛までむしられるぜ」とランドールはどうでも良さそうに言った。

「承知の上さ。だからいつだってからっけつなんじゃないか。おいおい、あんたはいったい何を言いにきたんだ？」

彼はその日初めての微笑みを浮かべた。一日に微笑みは四回と決めているのだろう。

「もう少し実のある話をしてもらいたいな」と彼は言った。

「私なりの考えを口にすることはできる。たぶんそちらの方が、より多くを摑んでいるとは思うがね。マリオットという男は女専門のゆすり屋だった。ミセス・グレイルもそのようなことを口にしていた。しかし彼はそれには留まらなかった。宝石強盗団の手先をしていたんだ。上流階級に入り込むのが役目だ。獲物を物色し、強奪のお膳立てをする。女性たちにうまく取り入ってあちこちに連れ出し、彼女たちについての情報を得る。先週の木曜日に行われたこの強奪事件を見てみよう。実に胡散臭い事件だ。もしマリオットが車を運転していなかったら、もし彼がミセス・グレイルを〈トロカデロ〉に連れて行かなかったら、もし彼が帰宅するときに別の道筋を選んで、ビアホールの前を通らなかったとしたら、この事件は起こりようがなかった」

「運転手が運転することだってできた」とランドールは理屈を通して言った。「しかしそれでも結果は変わらなかっただろう。運転手は強盗に手向かって、顔に鉛玉をわざわざぶちこまれるような真似はしない。月給九十ドルの身ではな。しかしマリオット一人だけの手引きで、それほど多くの強奪事件を起こすことは不可能だ。そんなことをしたら、すぐに噂がたってしまう」

「このような手口でいちばん肝要な点は、噂にのぼらないということだ」と私は言った。

「それもあって、品物はかなり安い値段で買い戻される」

ランドールは後ろにもたれかかり、首を横に振った。「おいおい、君にしてはつまらんことを言ってくれるじゃないか。女ってのはなんだってしゃべっちまうもんだよ。マリオットはデートの相手としては剣呑だというような噂は、あっという間にひろがっただろうよ」

「実際に広がっていたかもしれない。だからこそ消されたという線もある」

ランドールは表情のない目で私を見た。彼のスプーンは空になったカップの中の空白をかき回していた。私は手を伸ばしかけたが、彼はポットに向かっていらないと手を振った。

「それでどうなる」と彼は言った。

「マリオットの役はもう終わった。これ以上使い道はない。そしてあんたがさっき言ったように、彼についての噂も広まり始めていた。しかしこの稼業では引退なんてものはあり得ないし、解雇されることもない。かくしてこのホールドアップがマリオットの仕事納めになった。そのために今回の一件がしつらえられたんだ。連中の提示した翡翠の引き取り価格が、実勢価格に比べて法外に安かったことを考えてくれ。そして彼自身がその取り引きにあたることになった。しかしマリオットはまた怯えてもいた。土壇場になって、一人きりで行かない方がいいのではないかと思い始めた。そしてまた、ちょっとしたトリックを思いついた。もし自分の身に何かがあったら、自分が身につけているものによって、ある人物が指し示されるようにな。この手の犯罪の頭脳役としてうってつけの、冷酷で頭の切れるやつだ。同時に彼はまた、金持ちの女たちについての内部情報を手に入れやすい立場にいる。普通ではない立場だ。ずいぶん子供じみたトリックだが、それなりに効果を発揮したことになる」

ランドールは首を振った。「ギャングなら死体を身ぐるみ剝いだはずだ。海まで運んで投げ込むかもしれない」

「いや、犯行をアマチュアっぽく見せたのさ。彼らとしてもそのビジネスを続けたかったからね。マリオットのあとがまはたぶん見つかっていたんだろう」

ランドールはそれでも頭を振り続けた。「その煙草が指し示していた人物は、そんなやばいことには手を出さないよ。やつの商売はそれ自体じゅうぶん繁盛している。俺は調査してみた。あんたはやつのことをどう思ったね？」

彼の目には表情がなかった。あまりにもなさ過ぎた。私は言った。「あの男は私の目にはずいぶん剣呑な人間に見えた。また金というのは、いくらあってもありすぎるってことはない。今やっている心霊商売は、所詮は一時的なものだ。ひとところで長くはもたない。今のところ評判になっているし、大勢の客が押し寄せているようだが、やがて飽きられて客足も途絶える。もしやつがただの心霊術師だとしたら、ということだがね。映画スターと同じさ。せいぜいもって五年、そのへんが限度だ。しかし客の女たちから引き出せる情報をうまくほかの目的に転用できたら、まとまった金を手にすることができる」

「アムサーのことはもっと徹底的に洗ってみる」、ランドールは表情を欠いた顔で言った。「しかし今のところ、マリオットの方により興味がある。もっと前まで遡ってみようじゃないか。遙か前まで。どうして君が彼を知るようになったか、というところまで」

「マリオットが私のところに電話をかけてきたんだ。電話帳から私の名を拾い上げた。少なくとも彼はそのように言っていた」

「彼は君の名刺を持っていた」

私は虚を突かれた。「そうだった。すっかり忘れていた」

「どうして彼があんたの名前をわざわざ拾い上げたのか、一度も変には思わなかったというのかね。ただ単に忘れっぽいという以外に？」

私はコーヒーカップ越しに彼を見つめた。私はだんだん彼に好意を抱き始めていた。彼のヴェストの下にあるのは、シャツだけではないようだった。

「それがここまであんたが足を運んだ本当の用件なのか」と私は言った。

彼は肯いた。「ここまでの話は、要するに前置きみたいなもんだ」、そして愛想良く私に向かって微笑み、返事を待った。

私はコーヒーのおかわりを注いだ。

ランドールは身体を横に傾け、テーブルのクリーム色の表面を眺めた。「少しほこりがたまっているな」と彼はどうでもよさそうに言った。それから身を起こして、私の目をまっすぐに見た。「俺はこの事件を少し違った方向から見直すべきなのかもしれん」と彼は言った。「たとえば、あんたのマリオットについての直感はたぶん正しいだろう。彼の借りていた貸金庫には二万三千ドルの現金が入っていた。こいつを探り当てるにはずいぶん手間がかかったがね。かなりの額の債券もあった。それから西五十四番プレイスの土地の担保信託証書もあった」

彼はスプーンを手に取り、それでソーサーの縁を軽く叩いた。そして微笑んだ。「どうだ、興味が出てきたかね?」と彼は穏やかに尋ねた。「番地は西五十四番プレイスの一六四四だよ」

「なるほど」と私はだみ声で言った。

「ああそうそう、マリオットの貸金庫にはちょっとした宝石も入っていたよ。かなりの逸品だ。しかし彼がそれを盗んだとは思えない。おそらくは誰かにもらったものだろう。これも君の説にかなっている。彼はそいつをうまく売ることができなかった。関連想念とでもいうべきものが意識にあったんだろう」

私は肯いた。「つまり彼にはそれがあたかも盗品のごとく感じられた」

「そういうことだ。それでだ、最初のうちその担保信託証書はまったく俺の関心を引かなかった。しかし意外な成り行きがあった。警察を出し抜くのは思っているほど簡単なことじゃないんだよ。俺たちは近郊で起こった殺人事件や不審死の報告をすべて受け取る。その日のうちにそれに目を通すことになっている。そういう規則だ。令状なしに家宅捜索をしてはならんとか、確たる理由もなく身体検査をしてはならんというのと同じことだ。しかし規則は破られるものだ。規則通りに行くわけがないんだ。今朝になるまで、俺はいくつかの報告書に目を通すことができずにいた。そこでやっと、セントラル・アヴェニューで黒人が殺されたことを知ったわけだ。先週の木曜日に事件は起こった。犯人はムース・マロイという手強い前科者だ。目撃証人もいた。おたくがその証人だとわかったときには、そりゃたまげたぜ」

彼は優しげに微笑んだ。今日これで三度目の微笑みだ。「面白い話だろう？」

「聞いているよ」

「これがわかったのがついさっき、今朝のことだ。そしてこの報告書を作成したのはいったい誰だろうと名前を見てみた。それでね、俺はナルティーを知っている。だからこの事件は解決するわけないなと思った。つまりナルティーってやつは――君はクレストラインに行ったことあるか？」

「あるよ」

「クレストラインの近くに古い有蓋貨車を並べた場所がある。それをキャビンに改造しているんだ。俺もそこにキャビンを持っている。貨車じゃないがね。信じないかもしれんが、貨車はトラックで運ばれてくるんだよ。そして車輪を取り外されて地面に置かれる。そういう貨車に乗せたら、ナルティーはきっと有能なブレーキ係になれるだろう」

「仲間をそんな風にけなしていいのかい？」と私は言った。

「俺はナルティーに電話をかけてみた。やつはなんだかわけのわからんことをもごもご口走っていた。何度か悪態もついた。でも最後には、ヴェルマとかいう、マロイがずっと昔につきあっていた娘について、何か君に心当たりがあるようだと教えてくれた。そして殺人があった酒場を以前所有していた男の未亡人に会いに行ったこともな。昔は白人専用の酒場で、マロイと娘は二人ともそこで働いていたんだ。そしてそのかみさんの家は、西五十四番プレイスの一六四四番地にある。なんとマリオットの担保信託証書に書かれていた住所だよ」

「それで？」

「そして俺は思ったんだ。こいつは朝からたいした巡り合わせじゃないかってな」とランドールは言った。「だからここまで足を運んだのさ。今までのところ、俺はとても穏健に話を進めてきたと思うがな」

「ところが調べてみると、その線はさっぱり見かけ倒しだった」と私は言った。「ミセス・フロリアンの話では、このヴェルマという娘はすでに死んでいる。私は彼女の写真を持っている」

私は居間に行って、スーツの上着に手を伸ばした。それに手が届く前から、私はなんだか妙に空虚な気分に襲われた。しかし写真は盗られてはいなかった。それを取り出し、キッチンに持っていって、ランドールの前に放り出した。ピエロのなりをした娘の写真だ。

彼はそれを仔細に眺めた。

「見覚えのない顔だ」と彼は言った。「もう一枚のは？」

「いや、こっちはミセス・グレイルの新聞用の顔写真だ。アン・リオーダンが手に入れた」

彼はそれを見て肯いた。「二千万ドル手に入るのなら、この女と結婚してやってもいいかもな」

「あんたに言わなくてはならないことがある」と私は言った。「昨日の夜、私はよほど頭がどうかしていたようだ。その場所をひとつ徹底的に、一人で捜索してやろうという、とんでもない考えを抱いた。ベイ・シティーの二十三番通りの、デスカンソ通りの近くにある病院のことだよ。ソンダボーグという、医師を自称する男によって運営されている。そいつは副業としてお尋ね者に隠れ家を提供しているらしい。昨夜そこでムース・マロイを見かけた。部屋のひとつにいた」

ランドールは椅子の中で身動きひとつせず、私を見ていた。「確かか？」

「あいつを見違えることはない。でかい男だ。それも尋常なでかさじゃない。あんなやつは二人といない」

彼はまっすぐ私を見たまま動かなかった。それからきわめてゆっくりとした動作でテーブルから身を引き、立ち上がった。

「フロリアンの未亡人に会いに行こう」

「マロイはどうするんだ？」

彼は椅子に座り直した。「話を残らず聞かせてくれ。しっかり洩れなく」

私は話をした。ランドールは私の顔から一瞬たりとも目をそらさず、じっと耳を傾けていた。瞬きすらしなかったようだ。口をうっすらと開けて呼吸をし、身体は微動だにしなかった。指はテーブルの縁をそっと叩いていた。私が話し終えると彼は言った。

「そのドクター・ソンダボーグと名乗る男はどんな顔をしていた？」

「麻薬中毒患者みたいに見えた。たぶん麻薬の売人でもあるだろう」、私はその男の外見をできる限り詳しくランドールに教えた。

彼は静かに隣の部屋に行って、電話の前に座った。番号をまわし、小さな声で長く話をしていた。彼が戻ってきたとき、私は新しいコーヒーを作り、卵を二個茹で終え、トーストを二枚焼いてバターを塗っているところだった。私は腰を下ろしてそれを食べた。

ランドールは向かいに座り、前屈みになって頬杖をついた。「州の麻薬捜査官にそこに出向いてもらうことにした。別件をでっちあげて探りを入れてみる。何かを摑むかもしれない。しかしマロイは捕まらないよ。昨夜君がそこを逃げ出した十分後には、やつは姿をくらましているさ。何を賭けてもいい」

「どうしてベイ・シティーの警官に行ってもらわないんだ？」、私は卵に塩をふりながら言った。

ランドールは何も言わなかった。目を上げると、彼の顔は紅潮し、いかにも居心地が悪そうだった。

「あんたみたいな感じやすい警官に会ったのは、生まれて初めてだよ」と私は言った。

「早く食べてしまえ。もう出かけるんだから」

「食事のあとでシャワーを浴び、髭を剃り、服を着替えるぜ」

「パジャマのままで出かけたらどうだ」と彼は苦々しげに言った。

「あの街はそこまで腐敗しているのか？」と私は言った。

「レアード・ブルーネットが街を牛耳っている。息のかかった男を市長にするために、選挙で三万ドル使ったという話だ」

「ベルヴェディア・クラブのオーナーをしている男だな」

「そして二隻の賭博船も所有している」

「でもクラブはこの郡《カウンティー》内にあるんだろう」と私は言った。

彼はきれいに手入れされた、艶のある爪を見下ろした。

「君のオフィスに寄って、二本の大麻煙草をもらっていく」と彼は言った。「まだそこにあればだが」、それから指をぱちんと鳴らした。「オフィスの鍵を貸してくれたら、君が髭を剃って着替えている間に、行ってそいつをとってきてもいいが」

「一緒に行く」と私は言った。「郵便が来ているかもしれない」

彼は肯き、少し後で腰を下ろし、新しい煙草に火をつけた。私は髭を剃り、服を着替え、ランドールの車に乗り込んだ。

郵便はいくつか来ていたが、読む価値のあるものはなかった。細切れにした煙草は机の抽斗に手つかずであった。オフィスが捜索された痕跡はなかった。

ランドールは二本のロシア煙草を手に取り、葉の匂いを嗅ぎ、ポケットに入れた。

「やつはカードの一枚をあんたから取り上げた」と彼は考えを巡らせるように言った。「でもその裏には何も書かれていなかった。だから残りのカードも大丈夫だと踏んだのだろう。アムサーはそれほど心配してはいないはずだ。君がはったりをかましたと思っただけだ。さあ出かけようぜ」

30

お節介ばあさんは玄関のドアから、二センチばかり鼻を外に突き出した。ひょっとしたらすみれの花が早咲きしたかもしれないというように、その鼻をくんくんさせ、通りを隅から隅まで渉うように見渡した。それから白髪頭で肯いた。ランドールと私は帽子をとっていた。その近隣の基準からすれば、それはおそらくヴァレンチノ顔負けの気障な真似であったはずだ。彼女は私の顔を覚えているらしかった。

「おはようございます、ミセス・モリスン」と私は言った。「少し中に入れて頂けませんか。こちらは警察本部のランドール警部補です」

「なんだね。今は取り込み中なんだよ。アイロンがけが山ほどあってさ」

「それほどお時間はとらせません」

彼女は一歩後ろに下がり、我々は彼女の身体をすり抜けるようにして、メイスン・シティーだかどこだかから運ばれてきたサイドボードが置かれている玄関に足を踏み入れた。それからレースのカーテンがかかっている居間へと進んだ。家の奥からアイロンの匂いが漂ってきた。彼女はそのあいだのドアを、まるでパイの皮でできたものみたいにそっと閉めた。

その朝、女は青と白のエプロンをつけていた。彼女の目はいつもどおり鋭く、顎には成長のあとはうかがえなかった。

彼女は私から三十センチくらい離れたところに足を据え、顔をぐいと前に突きだし、私の目をのぞき込んだ。

「あの女は受け取らなかったよ」

私は心得たという顔をした。ひとつ肯き、ランドールを見た。ランドールもこっくりと肯いた。彼は窓際に行き、ミセス・フロリアンの家を横手から眺めた。そしてポークパイ帽をわきにかかえ、ゆっくりと戻ってきた。まるで大学生の芝居に出てくるフランスの伯爵みたいに颯爽と。

「彼女は受け取らなかったんですね？」

「ああ、受け取らなかったとも。土曜日が一日《ついたち》だった。ちょうどエイプリル・フールだったよ。へ、へ、へ！」、彼女はそこで言葉を切って、エプロンで目を拭おうとした。それからエプロンがゴムでできていることに思い当たった。それでちょっと気分を損ねた。口は不服の色を浮かべた。

「郵便配達人が通りかかって、自分のところに寄らないで行ってしまったとき、あの女は走っていって呼び止めた。配達人は首を振ってそのまま行ってしまった。女はうちに戻った。ばたんと思い切りドアを閉めたもんだから、窓ガラスが割れるんじゃないかと思ったよ。まるで気が触れたみたいだったね」

「たまげたね」と私は言った。

お節介ばあさんはランドールに向かって鋭い声で言った。「バッジを見せてちょうだいな、お若いの。こちらの若いのはこのあいだ酒の匂いをぷんぷんさせていた。そんな人間はうかつに信用できないさ」

ランドールは金とエナメルのバッジをポケットから取り出し、彼女に見せた。

「確かに本物の警官みたいだ」と彼女は認めた。「それでさ、日曜日にはなんにも起こらなかったよ。あの女は酒を買いに外に出て行った。二本の四角い瓶を下げて戻ってきた」

「ジンだ」と私は言った。「お里が知れるというやつだな。まともな人間はジンは飲まない」

「まともな人間はそもそもお酒なんぞ飲まないよ」とお節介ばあさんは吐き捨てるように言った。

「それで」と私は言った。「月曜日になって、というのはつまり今日のことですが、郵便配達がまたやってきた。そして今回はただでは収まらなかった」

「あんたは利口ぶるのが好きなようだね、お若いの。相手が話すのを待つってことができないのかい？」

「申し訳ありません、ミセス・モリスン。なにしろ重要な用件ですので――」

「こっちにいるお若いのはしっかりと口をつぐんでいられるようだがね」

「彼は女房持ちでしてね」と私は言った。「日々訓練を積んでいます」

ばあさんの顔は紫色に染まった。それは私に心ならずも紫藍症を思い出させた。「さっさとここを出て行っておくれ。さもないと警察を呼ぶよ！」と彼女は叫んだ。

「警官なら一人ここにおりますよ、マダム」とランドールは言った。「あなたに危害が及ぶことはありません」

「そりゃそうだけど」と彼女は認めた。その顔から紫色の影は引き始めていた。「でもこの男には我慢ならないね」

「私がいるから大丈夫です、マダム。それでミセス・フロリアンは今日も書留郵便を受け取らなかった。そういうことなのですね？」

「そうだよ」、彼女の声は短く鋭く、目は落ち着きがなかった。そして早口でしゃべり始めた。いささか早すぎるくらいに。「ゆうべ、人がお隣りを訪ねて来ていた。姿は見なかった。あたしは知り合いと映画に行ってたもんでね。うちに帰るとちょうど、いや、送ってもらった車が行ってしまったあとにってことだけど、隣の家から一台の車が出て行った。明かりもつけずに、ずいぶんスピードを出していた。ナンバーは見えなかったよ」

彼女はこそこそした目で、私を鋭くちらりと見やった。どうしてそんなにこそこそしなくちゃならないのだろうと、私は首をひねった。窓のそばに行って、カーテンを持ちあげた。青灰色の制服を着た男がこちらに近づいていた。その制服を着た男は重そうな革の袋を肩にかけ、ひさしのついた帽子をかぶっていた。

私は笑みを浮かべ窓際を離れた。

「腕が鈍ったようだね」と私はぞんざいな口調でばあさんに向かって言った。「来年は三軍あたりでショートを守ることになりそうだ」

「そういう言い方はあるまい」とランドールは冷たい声で言った。

彼は窓の外に目をやり、顔をこわばらせた。そこに立ったまま、ミセス・モリスンを見やった。彼は何かを待ち受けていた。聞けば誰でもそれとわかる物音が聞こえるのを。やがてそれは耳に届いた。

「外を見てみろよ」

玄関のドアについた郵便受けに、郵便物が突っ込まれて落ちるときの音だ。あるいは業者の配るちらしの類かもしれない。しかしそうではなかった。玄関から通りまで引き返していく足音が聞こえた。ランドールはまた窓際に行った。郵便配達人はミセス・フロリアンの家には立ち寄らなかった。そのまま素通りして行ってしまった。重い革の郵便袋を担いだ青灰色の制服の背中は、揺らぐことなく安定していた。

ランドールは振り向いて、気味悪いくらい丁寧に尋ねた。「この地域では朝のうちに何度郵便の配達がおこなわれているのでしょうか、ミセス・モリスン?」

ばあさんは負けるまいとがんばった。「一度だけだよ」と彼女は吐き捨てるように言った。「午前中に一回、午後に一回」

彼女の目はあちこちを飛び回っていた。そのウサギのような顎は、危機を迎えて細かく震えていた。両手は青と白のエプロンを縁取るゴムのフリルをしっかり握っていた。

「朝の配達は今まわってきたところです」とランドールは夢を見ているみたいに言った。「書留は通常の配達人によって配達されるのですか?」

「あの女はいつも速達で受け取っていたよ」、ばあさんの声はしゃがれていた。

「そうですか。しかし土曜日に配達人が立ち寄らなかったときには、彼女は家から走り出てきて声をかけたのでしょう。あなたは速達のことは何も言わなかった」

彼の質問ぶりを横で見ているのは楽しかった。自分が質問されていなければ、ということだが。

老女の口は大きく開けられ、歯はきれいに輝いていた。一晩中グラスの中の溶液に漬けられていたのだろう。それから出し抜けに鳥が鳴くような鋭い声を上げ、頭からエプロンを脱ぎ捨て、部屋から走り出て行った。

ランドールは彼女が出ていったドアを見ていた。アーチの向こう側にあるドアだ。彼は微笑んだ。疲れのにじみ出た微笑みだった。

「手際がいい。これ見よがしなところもない」と私は言った。「次はあんたが憎まれ役をやるといい。高齢のご婦人にぞんざいな口を利くのは気が進まない。たとえ相手がろくでもない金棒引きのばあさんであってもね」

彼は微笑みをまだ浮かべていた。「毎度お馴染みの話だ」、彼は肩をすくめた。「警察の仕事なんてまったくろくなもんじゃない。連中は最初は事実を話す。話す事実があるうちはね。しかしそんなに都合良く次々に事実は出てこない。また出てきても、面白おかしい事実ばかりでもない。それでだんだん話に脚色を加えるようになる」

彼は振り向き、我々は玄関に向かった。家の奥の方からすすり泣きが微かに聞こえた。それはおそらく、ずっと前に死んだどこかの我慢強い男にとっては、白旗をあげざるを得ない最終的な兵器だったのだろう。しかし私にとっては、ただの年寄りの泣き声に過ぎなかった。そこには、心温まるものは何ひとつなかった。

我々は静かに家を出た。そっとドアを閉め、網戸がばたんと音を立てないように注意した。ランドールは帽子をかぶり、溜息をついた。それから肩をすくめ、手入れの良いクールな両手を身体の両脇に広げた。家の奥からは微かにではあるが、すすり泣きがまだ聞こえていた。

通りの二軒ぶん向こうに郵便配達夫の背中が見えた。

「愉快な仕事だよ」とランドールは聞こえるか聞こえないような声で言って、唇を曲げた。

我々は隣家に向かって歩いた。フロリアン夫人はまだ洗濯物を取り込んでいなかった。横手の庭の針金にかけられた洗濯物は、こわばって黄ばみ、相変わらず風に吹かれてばたばたと音を立てていた。我々はステップを上がって、玄関の呼び鈴を押した。返事はない。ノックをしてみた。やはり返事はない。

「この前は鍵がかかっていなかった」と私は言った。

彼は注意深く身体で隠すようにして、ドアノブを回した。今回は鍵がかかっていた。我々はステップを降り、お節介ばあさんの家に面していない側をまわり、裏口に行った。裏のポーチの網戸には掛けがねがかかっていた。ランドールはそれをノックした。何ごとも起こらなかった。彼は塗料がおおかたはげ落ちた木製のステップを二段降り、使われていない草ぼうぼうのドライブウェイを歩いて、木製のガレージを開けた。ドアは軋みを立てた。ガレージの中はがらくただらけだった。古いぼろぼろのトランクがあった。壊して薪にするほどの値打ちもない。錆びた庭仕事の道具、古い空き缶、そんなものがたっぷりと箱に詰めてある。両方のドアの脇の、壁の角にはまるまると太ったクロゴケグモがだらしのない、間に合わせの巣を張っていた。ランドールは棒を拾って、二匹の蜘蛛をどうでもよさそうに殺した。そしてまたガレージのドアを閉め、雑草の茂ったドライブウェイを歩いて、お節介ばあさんとは反対側の隣家の玄関に行き、ステップを上がった。呼び鈴を押しても、ノックをしても、返事はなかった。

彼はゆっくりと戻ってきて、肩越しに通りを見渡した。「隣のばあさんは今度は余計な真似はしないだろう。嘘をつきすぎたからな」

「いつだって裏口がいちばん簡単だ」と彼は言った。

彼は裏口のステップを二段上がり、ドアの隙間に器用にナイフを差し込んで、掛けがねを外した。それで我々は網戸のついたポーチに入ることができた。そこは空き缶だらけで、そのうちのいくつかにはハエがいっぱいたかっていた。

「まったく、なんていう生活をしているんだ」とランドールは言った。

裏口のドアは簡単だった。五セントの合い鍵で用が足りた。しかしボルト錠がついていた。

「気にくわないな」と私は言った。「どこかにずらかったんじゃないかな。こんなに用心深く戸締まりするのは変だ。なにしろだらしのない女なんだ」

「君の帽子の方が俺のより古そうだ」とランドールは言った。彼はドアについたガラスのパネルを見ていた。「ガラスを割るから帽子を貸してくれ。それとももっと小綺麗にやるかい？」

「蹴破ろう。このへんじゃ誰も気にしないさ」

「いいとも」

彼は後ろに下がり、鍵の部分をまっすぐに蹴飛ばした。何かが砕ける音が気息く聞こえ、ドアが五センチばかり開いた。我々はドアを持ち上げるようにして開け、リノリウムの床から折れた金属片を拾い上げ、水切り台の上に大事に置いた。その隣には九本ばかりジンの空瓶が並んでいた。

台所の閉まった窓でハエたちが羽音を立てていた。あたりには悪臭が立ちこめていた。ランドールは床の中央に立ち、注意深い視線をそこに注いでいた。

それから彼は手を触れることなく、つま先で下の方を押してスイング・ドアを開け、その隙間からそっと中に入った。居間は前に見たときと変わりはなかった。ただしラジオはついていない。

「上等なラジオだな」とランドールは言った。「高かったろう。もし金を払って買ったのであればだが。これを見てみろ」

彼は片膝をついて、カーペットを見渡した。それからラジオの脇に行って、だらんとしているコードを足でたぐり寄せた。抜かれたプラグが見えた。屈み込んで、ラジオの前面のつまみを調べた。

「なるほどね」と彼は言った。「すべすべして、かなり大きいつまみだ。頭の働くやつだ。電源コードならつかんでも指紋はつかないからな」

「プラグを入れてみてくれ。ラジオがつくかどうか確かめてみよう」

彼は回り込むようにしてプラグをコンセントに差し込んだ。すぐに明かりが灯った。我々は待った。しばらくぶうんというハム音が聞こえていたが、やがて出し抜けにスピーカーから、すさまじい轟音が流れ出した。ランドールはコードをひっつかんで思い切り引き抜いた。音はぴたりと止んだ。

身体をまっすぐに起こしたとき、彼の目は光に満ちていた。

我々は足早に寝室に向かった。ミセス・ジェシー・ピアース・フロリアンはベッドに斜めに横になっていた。コットンのハウスドレスはくしゃくしゃになり、頭はフットボードの片端に近いところにあった。ベッドのコーナー・ポストには黒い汚れのようなものがついていた。ハエが好むものだ。

死んでからかなり時間が経っていた。

ランドールは死体に触れなかった。女をひとしきりじっと見下ろしていた。それから狼のように歯をむき出しにして、私を見た。

「顔に脳味噌がかかっている」と彼は言った。「それがどうやら今回の事件のテーマ・ソングのようだ。ただし今回は素手だ。しかしまったく、なんていうすさまじい手なんだ。首についた傷を見てみろ。指あとと指あとのあいだの距離を見てみろ」

「あんたが見ればいい」と私は言って顔を背けた。「気の毒なナルティー。ただの黒人殺しでは収まらなくなった」

31

ピンクの頭部とピンクの斑点をつけた艶のある黒い虫が、ランドールのデスクのきれいに磨かれた表面をそろそろと這っていた。そして飛び立つための風を探すように、一対の触角をあちこちに波打たせていた。まるで持ちきれないほどの買い物袋をかかえたばあさんのように、歩むたびに少しよろけた。別のデスクに座った名前のわからない刑事が、旧式の遮音装置をつけた受話器に向かって話を続けていた。その声はまるで誰かがトンネルの中で囁いているみたいに聞こえた。彼は目を半ば閉じて話をしていた。傷のある大きな手がデスクの上に置かれ、人差し指と中指の関節のあいだに火のついた煙草がはさまれていた。

虫はランドールのデスクの端っこに達し、そのまま進んですとんと下に落っこちた。背中から床に落ち、数本のくたびれた細い足を弱々しく空中で振っていたが、そのうちに死んだふりをした。しかし誰もそんなものにはかまわなかった。だから虫は再び足を振り始め、今度はうまくひっくり返ることができた。それから部屋の隅に向けてもそもそと進んでいった。行き場のないただのどん詰まりなのに。

壁に付いた業務連絡のスピーカーは、サン・ペドロ通りの四十四番通りあたりで発生した拳銃強盗事件について告げていた。犯人は中年の男で、ダークグレーのスーツに、グレーの帽子をかぶっている。四十四番通りを東に向かって走り、二軒の家のあいだに姿を消したのを最後に目撃された。「接近には警戒を要する」と放送は告げていた。「容疑者は三二口径の回転式拳銃を所持。サウス・サン・ペドロ通り三九六六番地にあるギリシャ料理店の店主に拳銃を突きつけ、強奪を行った」

ぱちんという愛想のない音がして、放送が切れた。それからまた別の放送が始まった。盗難車のリストが、のんびりした単調な声で読み上げられた。すべてが二度ずつ反復された。

ドアが開いて、ランドールが入ってきた。タイプされたレターサイズの用紙を一束抱えていた。きびきびした足取りで部屋を横切り、デスクの向かいに腰を下ろした。そして何枚かの紙をこちらに押して寄越した。

「四枚のコピーに署名をしてくれ」と彼は言った。

私は四枚のコピーに署名をした。

ピンク色の虫は部屋の隅に達していた。そして触角を広げ、飛び立つのに適した場所を探っていた。しかしうまくいかないようだった。それは床の側板をつたって、部屋の別の隅っこに向かって進んでいった。私は煙草に火をつけた。遮音装置のついた電話で話をしていた刑事は急に立ち上がり、部屋から出て行った。

ランドールは椅子に座って身体を後ろにもたせかけていた。顔つきは変わらない。いつもどおりクールでとっかかりがなく、いつもどおり状況次第ですぐに嫌なやつになったり、感じのいいやつに変わることができる。

「いくつかのことを君に教えよう」と彼は言った。「突拍子もないことを思いついたり、ない頭を使ってこれ以上あちこちかき乱したりしないようにな。この一件について、もう余計な手出しをしないでおいてもらえるようにな」

私は黙って待った。

「あのごみために指紋のあとはなかった」と彼は言った。「どこのことかはわかるだろう。コードはラジオを消すために引っこ抜かれた。ラジオをつけたのはおそらく女だ。こいつはかなりはっきりしている。酔っぱらいはラジオを大きな音でかけるのが好きだからな。もし君が殺しをやるべく手袋をはめ、銃声やら物音やらを消すためにラジオをつけたのなら、切るときも同じようにすればいい。しかしそういう成り行きじゃなさそうだ。女の首は折られている。男が頭を叩き割ったときには、女はもう死んでいた。なのになんでわざわざ頭をぐしゃぐしゃにしなくちゃならない？」

「さあ、わからんね」

ランドールは眉をひそめた。「男はたぶん自分が女の首を折ったことを知らなかったんだろう。そして女に対して腹を立てていた」と彼は言った。「演繹的推論だ」。彼は面白くもなさそうに微笑んだ。

私は煙草の煙を吐き、それを顔の前から払った。

「さて、なんで男は女に対してそれほど頭に来ていたのか？　オレゴンでの銀行強盗の件で、やつがフロリアンの店で逮捕されたとき、その首には高額の賞金がかかっていた。賞金は代理人である弁護士に支払われた。弁護士はもうとっくに死んでいる。しかしどうやらフロリアン夫婦は賞金の一部を手にしたらしい。マロイはそのへんを疑っていたかもしれない。あるいは確信を持っていたかもしれない。それともやつは女から事実を聞き出そうとしたのかもしれない」

私は肯いた。肯くに足る発言だ。ランドールは続けた。

「やつは女の首をただ一度だけぎゅっと摑んだ。その指は狙いを外さなかった。もしやつを逮捕したら、指の幅で彼の仕業だと証明できるかもしれない。できないかもしれない。医者は犯行は昨夜行われたと言っている。夜の早いうちにな。まだ映画をやっている時刻だ。今のところ、マロイがあの家に昨夜いたという証言は得られていない。隣人は誰も目撃していない。しかしこいつはたしかにマロイのしわざのようだ」

「ああ」と私は言った。「きっとマロイだろう。しかしやつにはたぶん殺すつもりはなかったはずだ。ただ力が強すぎるんだ」

「だからって殺人の言い訳にはならないぜ」とランドールは陰鬱な顔で言った。

「ならないだろう。ただ私が言いたいのは、マロイって男は好んで人殺しをするようには見えなかったということだよ。追いつめられたら殺すかもしれない。しかし楽しみや金のために人を殺すことはない。とくに女は」

「それは重要なポイントなのか？」と彼は乾いた声で尋ねた。

「何が重要なポイントかは、教えるまでもなくあんたはよく承知しているはずだ。何が重要なポイントでないかもな。私にはわからん」

ランドールは私の顔を長いあいだ凝視していた。そのあいだに警察のアナウンサーが、サウス・サン・ペドロ通りのギリシャ・レストランの拳銃強盗についての新しい報告を読み上げた。容疑者は現在収監されている。犯人は十四歳のメキシコ人の少年で、持っていたのは水鉄砲であったことが判明した。目撃者の話の正確さにはいつもながら驚かされる。

アナウンスが終わるのを待って、ランドールは話を続けた。

「俺たちは今朝、友好的にやっていた。その関係をつなげておこうじゃないか。家に帰って横になって、ゆっくり休め。なんだかげっそりしているぜ。マリオット殺しのことも、マロイ探しのことも、とにかくこの一件は俺と警察にまかせろ」

「マリオット事件については、私は依頼料を受け取った」と私は言った。「そしてしくじってしまった。次にミセス・グレイルが私を雇った。私にどうしろって言うんだ。仕事を投げ出して隠居して、貯金で暮らせとでも言うのか？」

彼はまたじっと私を見た。「わかるよ。俺だって人間だ。君らは私立探偵の許可証をもらう。ただオフィスの壁に掛けとくだけじゃなく、その許可証を使っていろんなことをしてよろしいということになっている。しかしその一方で、現役の警部クラスの人間が不快感を抱けば、君をおしゃかにするのはわけないぜ」

「グレイル家が後ろ盾になっているとなれば、話は違ってくる」

ランドールはそれについて検討した。彼としては、その半分だって認めたくはなかった。だから眉をひそめ、デスクをとんとんと叩いていた。

「話をはっきりさせておこうや」、彼はひとしきりの沈黙のあとで言った。「どうしてもこの事件に首を突っ込むというのなら、君は面倒に巻き込まれることになるだろう。今回はうまくその面倒から抜け出せるかもしれない。俺にはなんとも言えない。しかしこの署内では、日に日に君に対する敵意が高まっていくはずだ。そうなると、今後このあたりで仕事をするのはずいぶんむずかしくなるぜ」

「その手のごたごたは探偵稼業にはつきものだよ。離婚専門の探偵でもやっていない限り」

「君らが殺人事件に首を突っ込むことはできない」

「そちらはそちらの言いたいことを言った。それを私は黙って拝聴していた。いいかい、巨大な警察機構がなし得ないことを、腕まくりして一人で片づけてしまおうとか、そんな大それたことは考えちゃいない。もし私の頭にささやかで個人的な考えがあるとしても、それは文字通りささやかで個人的なものだよ」

ランドールはデスク越しにのっそりと身を傾けた。彼の細い指は休みなくデスクをとんとんと叩き続けていた。それはミセス・ジェシー・フロリアンの家の玄関の壁に、風で打ちつけられていたポインセチアの花を私に思い出させた。彼のクリーム色の髪は光っていた。そのクールな目は、微動だにせず私を睨んでいた。

「よかろう」と彼は言った。「話せることは話してしまおう。アムサーは旅行に出ている。やつの女房は――秘書でもあるんだが――行く先を知らない。あるいは教えようとはしない。インディアンも消えた。連中に関して警察に訴えをだすつもりは、君にあるのか？」

「いや、訴えたところで何も立証できないよ」

彼は少しほっとしたようだった。「その女房は、君のことはまったく覚えがないそうだ。ベイ・シティーの二人の警官のことも――もし連中が本当にそうであればということだが――知らないと言っている。それについて俺たちには手出しができない。俺としては、この事件を今以上にややこしくしたくはないんだ。アムサーはマリオット殺しには関わっていない。あくまで勘だが、間違いはなかろう。カードの入った煙草は目くらましだ」

「ソンダボーグという医者は？」

彼は両手を広げた。「そっくり夜逃げしたよ。地方検事局の人間が内密にそこを訪れた。ベイ・シティーの警察とはコンタクトをとらずにな。家屋はしっかり戸締まりされて無人だった。連中は中に入ったよ、もちろん。屋内は痕跡を残さないように急いで片づけられていたが、指紋は残っていた。それもたっぷりとな。どんなものが残っていたか、それが判明するには一週間はかかるだろう。壁に埋め込まれた金庫についても作業中だ。きっと麻薬がたっぷり入っていたのだろう。そのほかにもいろいろとな。俺の予想ではソンダボーグには前科があるはずだ。地元じゃなく、どこか遠い場所でのものがな。堕胎だとか、銃創の無届け治療だとか、指紋の作り替えだとか、麻薬の違法使用だとか、その手のものだ。そいつがもし連邦法規に抵触するものであれば、俺たちはずいぶんやりやすくなる」

「医学博士だと名乗っていた」と私は言った。

ランドールは肩をすくめた。「かつてはそうだったかもしれない。これまでに挙げられたことは一度もないかもしれない。現在パームスプリングズで医者をやっている男がいるが、五年前にハリウッドで麻薬の密売人として起訴された。疑いの余地なく有罪だったが、当局と取り引きをして、証人保護ということでなんとかすり抜けた。ほかに何か気になることはあるか？」

「ブルーネットという男について何を知っている？　ここだけの話」

「ブルーネットはギャンブラーだ。大金を儲けている。それも濡れ手に粟という感じでね」

「わかったよ」と私は言った。そして立ち上がりかけた。「なかなかの情報だ。しかしマリオットを殺した宝石強盗団に近寄る手がかりにはまったくならないな」

「すべてを君に話すわけにはいかないんだよ、マーロウ」

「そんなことはなから期待しちゃいないさ」と私は言った。「ところでジェシー・フロリアンが私にひとつ教えてくれたことがある。二度目に会ったとき、彼女は以前マリオットの家で家政婦のようなことをしていたと言った。だから彼が自分に送金をしてくれているんだと。それを裏付けるようなことは何かあるかい?」

「ああ、マリオットの自宅の金庫に彼女からの礼状が入っていて、そこに同じことが書いてあった」、彼は今にも感情を爆発させそうに見えた。「さあ、お願いだからもうさっさと家に帰って、俺たちの邪魔をしないでくれ」

「そんな手紙を大事にとっておくなんて、ずいぶん奇特なことじゃないか」

彼は徐々に目を上げていって、それは私の頭のてっぺんまで達した。それから彼は瞼を下げ、瞳の半分が隠れた。そのようにして十秒ばかり私の顔をたっぷりと見ていた。そのあとで微笑んだ。微笑みの大盤振る舞いの日であったらしい。一週間分は使い切ったに違いない。

「それについちゃ俺は仮説を持っている」と彼は言った。「アホらしく響くだろうが、でもそれが人間の心の動きだ。マリオットはうしろめたい生き方をしてきたせいで、常にびくびくしていた。悪党は誰しもギャンブラーだ。そしてギャンブラーは誰しも縁起を担ぐ。多かれ少なかれな。ジェシー・フロリアンはマリオットにとっての幸運のお守りみたいなものだったのかもしれない。あの女の面倒をみている限り、悪いことは起こらないみたいな」

私は首を曲げてピンク色の頭の虫を探した。彼はすでに部屋の二つの角を試し、落胆した面持ちで三つ目に向かっていた。私はそこまで行ってハンカチを使ってその虫を拾い上げ、デスクの上に戻した。

「見ろよ」と私は言った。「この部屋は地上十八階にある。そしてこの小さな虫は友だちがほしくてわざわざここまで上がってきたんだ。友だちというのはこの私だよ。こいつは私の幸運のお守りだ」、私はハンカチの柔らかい部分でその虫を包み、ポケットに入れた。ランドールはわけがわからないという顔をしていた。彼の口はもそもそと動いたが、言葉は出てこなかった。

「マリオットはいったい誰の幸運のお守りだったんだろう」と私は言った。

「君のじゃない」、そう言う彼の声は苛烈だった。冷ややかで苛烈だ。

「たぶんあんたのでもない」、私の声はごく当たり前の声だった。部屋を出てドアを閉めた。

直行のエレベーターに乗って、スプリング通りに面した入り口に行き、市庁舎《シティーホール》のフロント・ポーチに出た。何段か階段を降りると、花壇がある。私はピンク色の虫を草の茂みの向こうにそっと放してやった。

あの虫がもう一度殺人課の部屋に行き着くまでに、いったいどれくらい時間がかかるのだろうと、うちに向かうタクシーの中で私は考えた。

私はアパートメントの裏手にあるガレージから自分の車を出し、ハリウッドで昼食を食べた。それからベイ・シティーに向けて車を走らせた。海岸沿いには、陽光溢れる、涼しくて美しい午後があった。三番街でアーゲロ大通りを外れ、市役所へと向かった。

32

これほど繁栄している街にしては、安っぽい見かけの建物だった。中西部の田舎町から運び込んできたみたいに見える。正面に茂った芝生が——そのほとんどは今ではギョウギシバだ——通りにこぼれないように築かれた擁壁の上に、浮浪者たちが長い列をつくって腰掛けていた。彼らを追い払うものもいなかった。三階建てのビルで、古い鐘撞き塔がてっぺんについている。まだ嚙み煙草が流行っていた時代には、市民消防団員を招集するためにその鐘が鳴らされたのだろう。

ひびの入った歩道を進み、正面階段を上ると、両開きのドアがあった。その奥には明らかに口利き屋とわかる一群の連中がたむろして、何かおいしいネタに巡り会えないものかと目を光らせていた。誰もがふくらんだ腹と、注意怠りない目を備え、上等の服を着て、私にお任せあれという態度を示していた。彼らは私が中に入るために十センチばかり隙間を開けてくれた。

中は暗く長い廊下になっていた。マッキンリー大統領が就任して以来（一八九七年）、一度もモップをかけられていないような廊下だ。木製の看板が警察の案内デスクの方向を示していた。制服を着た男が、疵だらけの木製のカウンターの端っこにセットされた、小型の電話交換器の背後でうたた寝をしていた。上着を脱いだ私服の男が、消火栓くらい大きな回転式拳銃をあばら骨に押し当てて夕刊を読んでいたが、片目を新聞から上げ、三メートルばかり離れた痰壺に音を立てて痰を吐き、あくびをし、署長室なら二階の奥にあると言った。

二階は一階よりはまだいくぶん明るくて清潔だった。とはいえ、明るくて清潔であったというわけではまったくない。廊下のほとんど突き当たり近くにある、海岸に面した側のドアに「ジョン・ワックス　警察署長　お入り下さい」と書いてあった。中には低い木製の手すりがあり、その奥では制服警官が二本の指と親指をひとつ使ってタイプを打っていた。彼は私の名刺を受け取り、あくびをひとつし、ちょっと待っててくれと言った。よっこらしょという感じで足取りも重く、「ジョン・ワックス　警察署長私室」と書かれたドアの中に入っていった。彼は戻ってきて、手すりについた扉を私のために開けた。

私は奥のオフィスのドアを開けて中に入り、ドアを閉めた。広くて涼しい部屋で、三方に窓があった。着色処理された木製のデスクが遙か奥の方に置かれていた。ムッソリーニの執務室と同じように。そこにたどり着くまでに人は青いカーペットの上を、延々と歩かなくてはならず、そのあいだにたっぷり品定めを受けることになる。

私はデスクまで歩いた。デスクの上には角度をつけた名札が置かれ、浮き彫りの字で「ジョン・ワックス　警察署長」と書かれていた。これならなんとか名前を覚えられそうだ。私はデスクの向こうに座った人物を見た。その髪には麦わらはついていなかった。

彼は正真正銘の重量級だった。ピンク色の髪は短く、てかてか光ったピンク色の地肌が透けて見える。目は小さく、貪欲で、蚤のように落ち着きがない。瞼はもったりと重そうだ。淡い黄褐色のフラノのスーツに、コーヒー色のシャツとネクタイ、ダイアモンドの指輪、ラペルにつけられたダイアモンドをちりばめた友愛会のピン、おきまりのスリー・ポイントにきりっと折られたハンカチーフが、上着の胸ポケットから顔をのぞかせていたが、おきまりの七センチよりはいくぶん余分に出ていた。

彼のむっくりとした手のひとつが私の名刺を持っていた。彼はそこに書かれている字を読み、その裏側を読んだ。そこには何も書かれていないので、ひっくり返してまた表を読んだ。そしてデスクの上に置き、青銅の猿のかたちをした文鎮を上に載せた。名刺をなくさないことを確認するかのように。

彼はピンク色のごつい手を私の方に差し出した。私もお返しに手を差し出し、彼は身振りで私に席を勧めた。

「お座りなさい、ミスタ・マーロウ。あなたは我々と多少似通った仕事に関わっておられる。それでご用向きは？」

「ささやかな面倒がありましてね、署長。それをあなたのお力で、さらりと片づけていただけないものかと思ったのです」

「面倒」と彼は穏やかな声で言った。「ささやかな面倒」

彼は椅子の中で身体をねじり、太い脚を組み、考え深げに窓のひとつをじっと凝視した。そのおかげで私はライル糸で織られた高級靴下と、穴飾りのついた英国風の短靴を目にすることができた。靴はポートワインに長く漬け込まれたような色合いだった。財布の中身は別にして、目に見えないところまで含めると、五百ドルばかりは身にまとっていそうだ。きっと金持ちの女と結婚したのだろう。

「面倒というのは」と彼はやはり穏やかな声で言った。「このような小さな街とはあまり関わりを持たんものですよ、ミスタ・マーロウ。我々の街は小さいが、とてもとても清潔《クリーン》なのです。西側の窓からは太平洋が見えます。これほど清潔なものはまたとない。違いますかな？」。彼は二隻の賭博船については言及しなかった。それは五キロの法定境界ラインの向こう側の、真鍮色をした波間に船体を浮かべている。

私もそれには触れなかった。「そのとおりです、署長」と私は言った。

彼は胸を五センチばかり遠くにぐいと反らせた。「北側の窓に目をやれば、そこにはアーゲロ通りの活発な賑わいと、美麗なるカリフォルニアの丘陵を見渡すことができます。

その手前には、小振りではありますが人の心を惹きつける良質な商業区域が展開しています。南側の窓からは——今こうして見ておるわけですが——美しいヨット・ハーバーを臨むことができます。小規模なヨット・ハーバーとしては世界でも有数のものです。東側には窓がありませんが、もしあれば、垂涎《すいぜん》の的となっている住宅地域がそこから見渡せるはずです。というわけで、面倒というのは我々のささやかなる街には、おおよそ縁のないものなのです」

「ところがいささかの面倒を、私が今ここに持ち込んできたようです、署長。少なくともその一部はということですが。おたくにはガルブレイスという名の私服勤務の巡査部長はいますか?」

「ああ、うん、たしかいたはずだ」と彼は言って、目をぎょろりとさせた。「彼が何か?」

「それから、こういう風体の男はおたくの署に勤務していますか」、私はもう一人の男の特徴を説明した。ほとんど口を利かなかった方の男だ。小柄で口ひげを生やし、ブラックジャックで私を殴った。「彼はどうやらガルブレイスと組んで仕事をしているようです。誰かが彼のことをミスタ・ブレインと呼んでいました。本名のようには聞こえなかったが」

「ところがこれが本当の名前でね」と署長は硬い声で言った。太った人間がそういう声を出すのはあまりないことだが。「その男はうちの刑事主任をしている。ブレイン警部だ」

「この二人にあなたのオフィスで会うことはできますか？」

彼はもう一度私の名刺を取り上げ、目を通した。そして下に置いた。柔らかく艶の良い手をひらひらと振った。

「それにはもう少し実のある理由を示してもらわなくてはね」、彼は口当たり良くそう言った。

「それができそうにないんですよ、署長。あなたはジュールズ・アムサーという名前の人物をご存じですか？　彼は心霊療法師を自称し、スティルウッド・ハイツの山の上に居を構えています」

「名前に覚えはない。そしてスティルウッド・ハイツはうちの管轄ではない」と署長は言った。目を見ると、彼がほかの何かについて考えていることがわかった。

「それがまことに解せないところでしてね」と私は言った。「私は依頼された事件との関わりがあるミスタ・アムサーを訪れました。ところがミスタ・アムサーは、私が脅迫しているととりました。おそらく彼のような商売をしている人間は、その手の考えを抱きやすいのでしょう。彼には屈強なインディアンの用心棒がついていて、私には歯が立たなかった。インディアンが私を押さえつけ、アムサーは私の顔を私の拳銃でさんざん殴った。そのあとで二人の警官が呼ばれました。ガルブレイスとブレインです。この話はあなたの興味を惹きますか？」

ワックス署長はデスクの上に置いた両手で、とても柔らかくその表面を叩いた。目はほとんど閉じられているように見えたが、実際には閉じられていなかった。もったりとした瞼のあいだから、瞳の冷ややかなきらめきがのぞいていたし、それはまっすぐに鋭く私に向けられていた。彼はまるで耳を澄ませているみたいに、そこにじっと静かに座っていた。やがて目を開け、微笑んだ。

「それからいったい何が起こったのだろう？」と彼は尋ねた。ストーク・クラブの用心棒を思わせる丁寧な口調で。

「彼らは私の身体を調べ、外に連れ出して自分たちの車に乗せました。それから中腹あたりで私を車から下ろし、出たところを頭に一発くらわせた」

彼は肯いた。まるで今私の話したことは、この世の中でもっとも当たり前の出来事なのだといわんばかりに。「そしてそれはスティルウッド・ハイツで起こったと」と彼はソフトな声で言った。

「そうです」

「私があなたのことをどう考えているかわかるかな？」、彼はわずかに机に向かって前屈みになった。しかし深くではない。腹がつっかえてそれほど前には屈めないのだ。

「嘘つきだと考えている」と私は言った。

「出口はあちらだ」と彼は言った。そして左の小指でドアを指した。

私は動かなかった。そのままじっと彼の顔を見ていた。彼が頭に血を上らせ、ブザーに手を伸ばしかけたところで、私は言った。「お互い、同じような過ちを犯すのはよしましょう。あなたはこう思っている。こいつはただの小物の私立探偵で、身の程知らずな苦情を持ち込んでいると。警察官に対して告発じみた真似をするなどけしからんことだ。仮にそれが真実であったとしても、立証できる見込みなんてまずないのだからと。そいつは間違いです。私は何も苦情を持ち込んでいるわけじゃない。間違いは起こるもんです。私としてはアムサーとの一件に決着をつけたいだけです。そのためにおたくのガルブレイスの助けを借りたい。ミスタ・ブレインの手を煩わせることはない。ガルブレイス一人で十分です。そして私は後ろ盾なしにここに来ているわけじゃない。私の背後には重要な人物がいます」

「どれくらい背後まで下がるのだろう？」と署長は自分の機知にくすくす笑いながら尋ねた。

「アスター・ドライブの八六二番地あたりまでは、どれくらいの距離があるのでしょうね？　そこにはルーイン・ロックリッジ・グレイル夫妻が住んでいます」

彼の顔つきは隅から隅までがらりと一変した。おかげで今ではまったく別人がその椅子に座っているみたいに見えた。「グレイル夫人がたまたま私の依頼主なのです」と私は言った。

「ドアをロックしてくれないか」と彼は言った。「君の方が私より若い。ボルトのノブを回してくれ。この件に関しては、ひとつ友好的に話を始めようじゃないか。君は正直そうな顔をしている、ミスタ・マーロウ」

私は席を立ち、ドアをロックした。青いカーペットを踏んでデスクまで戻るあいだに、署長は素敵な見かけの瓶と、グラスを二つ取りだした。カルダモンの種子を一握り下敷きの上に放り出し、両方のグラスを酒で満たした。

我々はそれを飲んだ。彼はカルダモンの種子をいくつか割り、我々はお互いの目を探り合いながら、くしゃくしゃとそれを嚙んだ。

「良い味だ」と彼は言った。それから両方のグラスをまた満たした。次は私がカルダモンの種子を割る番だった。彼は剝いた殻を、下敷きの上から払ってばらばらと床に落とした。それから笑みを浮かべて身体を後ろに反らせた。

「それじゃ話にかかろう」と彼は言った。「ミセス・グレイルの依頼を受けて君が調査している事件は、アムサーに関係しているのか？」

「繫がりがあります。しかし私が言っていることが本当かどうか、いちおう確かめた方がいいんじゃありませんかね」

「そいつがあったな」と彼は言って電話に手を伸ばした。それからヴェストから手帳を取りだし、電話番号を調べた。「選挙の後援者リストだ」と彼は言ってウィンクした。「できるだけ便宜を図るようにという、市長じきじきのきついお達しでね。ああ、ここにあった」、彼は手帳をしまって、番号を回した。

彼は執事を相手に、私が遭遇したのと同じ面倒に遭遇した。それで彼は耳まで赤くなった。あれこれあった末にようやく彼女が出てきた。耳はずっと赤いままだった。彼女は何か厳しいことを口にしたに違いない。「君に話があるそうだ」と彼は言って、広いデスク越しに私に受話器を押してよこした。

「こちらはフィル」と私は意味ありげに署長に向かってウィンクした。

クールな、そして挑発的な笑い声が聞こえた。「その薄汚い太っちょとそこで何をしているの？」

「酒を酌み交わしていましてね」

「その相手は彼でなくちゃいけないわけ？」

「今の時点では答えはイエスです。ビジネスです。ところで何か新しいことはありましたか？　意味するところはわかりますね」

「いいえ、わからないわ。ねえあなた、このあいだの夜、あなたは私に一時間ばかり待ちぼうけをくわせたのよ。それはわかっているの？　私のことを、そんな目にあって黙って引っ込んでいるような女だと、あなたは思ったわけ？」

「思わぬことが持ち上がったんです。今夜はいかがです?」

「ちょっと待ってね――ええと今夜は――だいたい今日は何曜日だっけ?」

「連絡し直した方が良さそうだ」と私は言った。「ひょっとしたら時間が空かないかもしれない。今日は金曜日です」

「嘘つき」、ソフトでハスキーな笑い声がまた聞こえた。「今日は月曜日よ。同じ時刻に同じ場所で。今度はすっぽかさないでちょうだいね」

「こちらから連絡しますよ」

「ちゃんと来るのよ」

「行けるかどうかわからない。連絡し直します」

「お忙しい身体なのね。なるほど。あなたに関わるだけ愚からしいわ」

「実を言えばそのとおりです」

「なんですって?」

「私は貧しい人間だが、自分のことは自分で好きなようにやっている。そして私のやり方は、あなたのお気に入るほどやわではない」

「何よそれは。もしあなたがそこにいなかったら――」

「私はこちらから連絡すると言ったのです」

彼女はため息をついた。「男ってみんな同じなんだから」

「女だってみんな同じですよ。最初の九人を別にすれば」

彼女は悪態をついて電話を切った。署長の目は驚きのあまり外に飛び出し、支柱でなんとか支えられているみたいに見えた。

彼は震える手でグラスにお代わりを注ぎ、ひとつを私の方に押して差し出した。

「お安くないな」と彼はずいぶん考え深げに言った。

「ご亭主は気にしない」と私は言った。「だからいちいち書き留める必要はない」

自分の酒を飲みながら、彼は傷ついたように見えた。とてもゆっくりと、とても思慮深くカルダモンの種子を割った。我々はお互いのブルーの瞳を見ながら酒を飲んだ。署長は惜しそうな顔つきで、酒瓶とグラスを目に見えないところに置いた。そして送話器のスイッチを入れた。

「ガルブレイスが署内にいたら、こっちに寄越してくれ。もし外に出ていたら、連絡をつけろ。話がある」

私は立ち上がってドアのロックを解除した。それからまた腰を下ろした。それほど長くは待たなかった。横手のドアにノックの音があった。署長が入れと言うと、ヘミングウェイが部屋に入ってきた。

彼はきっぱりとした足取りでデスクまでやってきた。そしてデスクの端っこで立ち止まり、謙虚ではあるがそれなりに強面《こわもて》の表情を浮かべてワックス署長を見た。

「こちらはフィリップ・マーロウさんだ」と署長は愛想の良い声で言った。「ロサンジェルスからお見えになった私立探偵だ」

ヘミングウェイは顔をわずかに曲げて私の顔を見た。もし私の顔に見覚えがあったとしても、そんな素振りは毛ほども見せなかった。彼は手を差し出し、私も手を差し出した。

彼はまた署長の顔を見た。

「マーロウさんはいささか奇妙な話を持ち込んでこられた」と署長は、アラス織りの壁掛けの背後にいる宰相リシュリューを思わせる、いかにも狡猾そうな声で言った。「スティルウッド・ハイツに居を構えるアムサーという人物についての話だ。どうやら占い師のような仕事をしているらしい。マーロウさんがその人物に会いに行ったところ、君とブレインがちょうどたまたまそこに居合わせて、何か意見の食い違いがあったらしい。細かい部分は忘れた」。彼はいかにも細かい部分は忘れた男のような表情を顔に浮かべて、窓の外を見た。

「何かの間違いです」と彼は言った。「この人に前にお目にかかったことはありませんから」

「いや、何はともあれ、間違いはあったのだよ」と署長は夢見るように言った。「大した間違いとは言えんが、それでも間違いは間違いだ。しかしマーロウさんは、そのことはべつだん気にはしておられない」

ヘミングウェイはもう一度私を見た。彼の顔はまだ石のように硬かった。

「更に言えば、その間違いについてとやかく言い立てるつもりもない」、署長はその夢見るような声を持続していた。「それよりは、そのスティルウッド・ハイツに住むアムサーなる人物を訪問することに、関心を抱いておられる。そこに同行してくれる人物を探しておられる。それで君が適役じゃないかと思った。この方が公正な扱いを受けられるよう後ろ盾となる付き添いとしてな。アムサー氏には非常に手強いインディアンのボディーガードがついており、そのような状況に単身対処することはむずかしいのではないかという、一抹の疑念があるのだ。このアムサーの住居をみつけることが君にはできるだろうか？」

「はい」とヘミングウェイは言った。「しかし署長、スティルウッド・ハイツは俺たちの管轄の外にあります。これは署長のお知り合いのための特別な配慮ということなのでしょうか？」

「そういうことになるかもしれん」と署長は左手の親指を見ながら言った。「言うまでもないことだが、法にかなわないことは控えた方がよかろうね」

「わかりました」とヘミングウェイは言った。「心得ています」、彼はひとつ咳をした。

「いつ行きます？」

署長は慈愛に満ちた目で私を見た。「今すぐでけっこうです」と私は言った。「もしガルブレイスさんのご都合さえよければ」

「私は言われたままに動きます」とヘミングウェイは言った。

署長は彼の顔の細部をとっくり眺め回した。相手に丁寧に櫛を入れ、ブラシをかけるような視線だった。「ブレイン警部は今日はどうしている？」と彼はカルダモンの種子をくちゃくちゃと嚙みながら質問した。

「おもわしくありません。虫垂炎の破裂で」とヘミングウェイは言った。「命が危ぶまれています」

署長は悲しげに首を振った。それから座っていた椅子の肘掛けを両手でつかんで、身体をよっこらしょと持ち上げ、床に立った。そしてピンク色の大きな手を机越しに差し出した。

「ガルブレイスがあとの面倒はみてくれるよ、マーロウ。心配には及ばん」

「いろいろとお世話になりました、署長」と私は言った。「なんとお礼を申し上げたらいいのか」

「なんのなんの。お安い御用だ。友人の友人に喜んでいただくのは、まさに私の欣快とするところだ」。彼はそう言って片目をつぶった。ヘミングウェイはそのウィンクをじっとうかがっていたが、それをどのように解釈すればいいのか今ひとつ決めかねていた。

我々は退出した。署長の愛想の良い、もそもそした声にあと押しされるようにして、我々はそのオフィスをあとにした。ドアが閉まった。ヘミングウェイは廊下を一通り見渡した。それから私を見た。

「あんたも食えない男だな、ベイビー」と彼は言った。「どうやら俺たちにはうかがい知れない裏があるみたいだ」

33

　車はひっそりした住宅街を静々と通り過ぎていった。アーチ状になったコショウボクが両側から枝を伸ばしてほとんど重なり合い、緑のトンネルを作り上げていた。上の方の枝と、細く薄い葉の隙間から太陽の光がちらちらとこぼれていた。通りの角の標識に「十八番通り」とあった。

　ヘミングウェイが運転し、私は隣に座っていた。彼はとてもゆっくりと車を進ませた。深く考え込む顔をしていた。

「どのあたりまでしゃべったんだ、あんた？」と彼はようやく腹を決めたように尋ねた。

「君とブレインがあそこに行って、私を連れ出し、車から放り出し、頭の後ろに一発くらわせた。それ以上のことは話してない」

「デスカンソ通り、二十三番通りのことは言ってない？」

「伏せておいた」

「なんでだ？」

「それを伏せておけば、君との協力関係がより円滑になるんじゃないかと思ってね」

「なかなか知恵が働くね。あんた本当にスティルウッド・ハイツに行きたいのか？　それともただの名目みたいなものかい？」

「ただの名目だ。私が求めているのは、なんで私をあのとんでもない病院に連れて行ったか、そして何のためにあそこに閉じこめたか、そいつを君の口から聞かせてもらうことだ」

ヘミングウェイは考えた。あまりにじっくり考え込んだので、頬の筋肉がその灰色がかった皮膚の下で小さな結び目を作ってしまったくらいだ。

「ブレインにも困ったもんだ」と彼は言った、「あのがりがりのちび野郎。あいつがあんたの頭をぶちのめすなんて考えもしなかった。車からあんたを放り出して家まで歩かせるつもりだってなかった。こいつは嘘じゃない。みんなお決まりのお芝居なんだ。俺たちはあの占い師のお友だちで、彼にややこしいことを言ってくる人間を適当に脅して、お引き取りを願うっていう寸法さ。あの男がどれくらいたくさんの人間からちょっかいを出されるか、それを知ったらきっとあんたもびっくりするぜ」

「驚かされる」と私は言った。

彼は首を曲げてこちらを見た。その灰色の瞳は氷の塊みたいに見えた。それから彼はほこりをかぶった車のフロント・グラスに再び視線を戻し、考えに耽った。

「年を食った警官はときどきブラックジャックを使いたくなるんだよ」と彼は言った。「誰かの頭をぶちのめさないと気が済まないんだ。まったく、肝を冷やしたぜ。あんたはセメントの袋みたいにどさっと倒れたからな。ブレインにはずいぶん文句を言った。それから俺たちはソンダボーグのところにあんたを運び込んだ。そこが場所的に近かったし、あいつはなかなかいいやつだし、あんたの面倒を見てくれると思ったんだ」

「私がそこに連れ込まれたことをアムサーは知っているのか？」

「いや、あいつは知らんよ。俺たちが思いついたことだから」

「ソンダボーグはいいやつだから、私の面倒を見てくれると思ったわけだ。そして口利き料もなし。こちらが苦情を申し立てても、ドクターがそのとおりですと認めるわけがない。もし私がそれを表沙汰にしようとしても、この小さな可愛らしい街で私の言い分が取り上げられるわけはない」

「あんたはこのことを表沙汰にするつもりなのか？」とヘミングウェイは考え深げに言った。

「そのつもりはない」と私は言った。「君だって、何があろうとそんなことは望まないはずだ。なぜなら君の首は危うくなっているからだ。署長の目を見たらそれくらいはわかるだろう。私は手ぶらであそこに乗り込んだわけじゃない。今回は脇を固めてきたんだ」

「わかったよ」とヘミングウェイは言った。そして窓から唾を吐いた。「俺としちゃそもそもことを荒立てるつもりはなかったんだ。いつもの筋書きどおり、適当に相手を脅して場をおさめる予定だった。それで？」

「ブレインは本当に具合が悪いのか？」

ヘミングウェイは肯いた。しかし辛い顔をするのはむずかしそうだった。「ほんとのことだよ。一昨日、腹にきつい差し込みがきたんだ。そして手術する前に虫垂が破裂しちまった。見込みはなくはないが、いささかむずかしそうだ」

「惜しい人を亡くすということになりそうだ」と私は言った。「あの手の人材はどこの警察にとっても得難い資産だからな」

ヘミングウェイはその言葉をひとしきり嚙みしめた。そして車の窓からぺっと外に吐いた。

「それで次の質問は？」と彼はため息混じりに尋ねた。

「どうして私をソンダボーグのところに連れて行ったかという説明は聞いた。しかしどうして彼が私を四十八時間以上もそこに留め、鍵のかかった部屋に放り込んで麻薬漬けにしたかということについては説明を聞いていない」

ヘミングウェイはブレーキをかけて道ばたにゆっくりと車を停めた。そしてその二本の大きな両手をハンドルの下の部分に並べて置いた。そして二本の親指をそっとこすり合わせた。

「なんでだかは俺にもわからんね」と彼はつかみ所のない声で答えた。

「私は自分が私立探偵だと証明する書類を身につけていた」と私は言った。「鍵と、いくらかの金と、二枚の写真も持っていた。もし彼が君たちのことをよく知らなかったとしたら、頭の傷はひょっとしたら出来合いの芝居で、施設の中を探るための細工だと思ったかもしれない。しかし彼は君らのことをよく知っていたようだし、そんな疑念を抱くことはなかったはずだ。話の筋が見えてこない」

「見えないままの方がいいよ、あんた。その方がずっと安全だ」

「そうかもしれないが」と私は言った。「それじゃこちらの納得がいかないんだ」

「あんたはロサンジェルスから来た。法律の後ろ盾みたいなものはあるのか？」

「何について？」

「ソンダボーグ云々の件だよ」

「そう言い切ることはできない」

「それじゃ返事にはなってないぜ」

「私はそれほどの重要人物でもない」と私は言った。「しかしロサンジェルスの司法当局はその気にさえなればいつでもここに乗り込める。少なくとも彼らの三分の二にはそれができる。シェリフの配下と、検事局の配下が乗り込んでくることになるだろう。検事局に友人がいる。私もかつてはそこで働いていた。名前はバーニー・オールズ、検事局特捜課の課長をしている」

「彼に連絡したのか？」

「いや、もう一カ月も会っていない」

「情報をそちらに回すつもりか？」

「今私が手がけている事件の邪魔にならなければ」

「私立探偵としての捜査か？」

「そのとおり」

「オーケー、それであんたは何を求めている？」

「ソンダボーグの本当の商売はなんだ？」

ヘミングウェイはハンドルから両手を離し、窓の外に唾を吐いた。「ここはなかなか素敵な通りだろう。素敵な家屋、素敵な庭、素敵な気候だ。あんたは悪徳警官についてのいろんな話を耳にしてきたはずだ。どうだい？」

「折に触れてな」と私は言った。

「それでだ、これくらいのランクの住宅街に、何人くらいの警官が住んでいると思うね？こういう綺麗な芝生、手入れの良い庭、そういうところに。おそらく四人か五人だろう。みんな風紀課の連中だ。おいしいところはあいつらが全部持っていくんだ。俺みたいな警官は街の貧しい地域のちっぽけな木造家屋に住むのがやっとだ。俺の住んでいるところを見てみたいか？」

「それが何かを証明するのかい？」

「なあ、いいか、あんた」と大男は真剣な口調で言った。「俺はたしかにあんたに急所を握られているが、それくらいはなんとでもなる。警官は金ほしさに不正に手を染めるんじゃないんだ。そういうこともあるだろうが、いつもいつもじゃない。金が絡むのはむしろ珍しいことかもしれん。警官はシステムの中で絡め取られるんだよ。上からやれと言われたことをやむなくやっているうちに、身動きがとれなくなる。でかくて見晴らしのいい立派なオフィスにどっしり腰を据えて、上等なスーツを着て、上等な酒の匂いをさせて、種をくしゃくしゃ嚙んでいればスミレみたいな息になると思い違いをしているあの男——あいつが全てを命令しているわけでもない。わかるかね？」

「市長はどんな男だ？」

「市長なんてどこだって同じようなもんだ。政治家だよ。あんた、市長が命令を下すと思っているのか？　頭がどうかしてるぜ。この国のどこが間違っていると思うね、ベイビー？」

「凍結資産が多すぎるという話を聞いたが」

「人が正直でありたいと思ってもなれないところさ」とヘミングウェイは言った。「それがこの国の抱えている問題なんだ。そんなことをしていたら身ぐるみはがされちまう。汚いことをしなくちゃ、飯を食っていけないのさ。多くの愚か者が、我々に必要なのはクリーンなシャツを着てブリーフケースをさげた九万人のFBI職員だと思っている。とんでもない考えだ。あいつらだって、均《なら》してみれば俺たちとそう変わりゃしない。俺が何を考えているか聞かせてやろうか。俺はこの小さな世界を初めからそっくり作り直せばいいと思っているんだ。それで『道徳再武装論《モラル・リアーマメント》』が出てきた。こいつはなかなか見所がある。MRAだよ。こいつは良い線をついているぞ（モラル・リアーマメントは一九三八年に発表されたキリスト教系の社会変革運動。当時注目を浴びていた）」

「もしベイ・シティーがその効果を試した見本だとしたら、私はアスピリンの方を選ぶね」

「気の利いたことばかり言ってると、そのうち落とし穴にはまるぜ」とヘミングウェイは穏やかな声で言った。「あんたはそんなことないと思うかも知れんが、危ないもんだ。気の利いたことにかまけていると、そのうちに洒落た目先にしか頭がいかなくなるのさ。俺はただの下っ端の警官だ。上から命令をただ受けるだけだ。女房と二人の子供がいる。お偉いさんの言うとおりに動くしかない。ブレインならあんたに何かを教えられることがあるかもしれない。しかし俺はなんにも知らんのだ」

「ブレインはほんとに虫垂炎なのか？　ひょっとして、いやがらせに自分の腹を自分で撃ったんじゃないのか？」

「そういう言い方はよせや」とヘミングウェイは文句を言って、ハンドルの上で両手をぱたぱたと上下に叩いた。「人のことをそうひどく言うもんじゃないぜ」

「相手がブレインでもか？」

「あいつだって人間なんだ。俺たちと同じだよ」とヘミングウェイは言った。「罪深い人間だが、それでも人間だ」

「ソンダボーグの商売はなんだ？」

「だからそのことを語ろうとしていたんじゃないか。あるいは俺は間違っているかもしれん。あんたは物わかりの良い人間のように見えたんだがな」

「やつの本業が何かを君は知らない」

ヘミングウェイはハンカチをとりだして顔の汗を拭いた。「なああんた、俺はこんなことを認めたくない」と彼は言った。「しかしあんたにどうしてもわかっておいてもらいたいことがある。それはもし俺なり、ブレインなりがソンダボーグがやばい稼業に手を染めていると知っていたら、俺たちはあんたをやつのところに置き去りにしたりはしなかっただろうということだ。あるいはもしそうだったら、あんたがあそこから自分の足で歩いて出てくることもなかっただろう。俺はまじでやばい稼業の話をしているんだぜ。水晶玉を使ってばあさんの占いをしているようなやわな野郎のことを言っているんじゃない」

「私を歩いて出ていかせるようなつもりは、向こうにはなかったと思うね」と私は言った。

「スコポラミンという薬品がある。自白剤だ。こいつを注射されると、人によっては自分でも知らないうちに秘密をしゃべってしまうんだ。もっとも誰にでも効く訳じゃない。催眠術と同じさ。しかし効くこともある。私はあそこで、何をどこまで知っているか調べを受けたと思っている。しかし彼のためにならない何かの事情を、私が知っているかもしれないとソンダボーグが考えたとしたら、そこには三つの可能性しかない。アムサーが彼にそう言ったか、私がジェシー・フロリアンに会いに行ったことをムース・マロイが彼に教えたか、あるいは私をそこに送り込んだのは警察の企みだとやつが考えたかだ」

ヘミングウェイは悲しげな目で私を見た。「何がなんだかさっぱりわからんよ」と彼は言った。「ムース・マロイっていったい誰だ？」

「二、三日前にセントラル・アヴェニューで人を殺した大男だ。テレタイプで手配書が回っているのを見たはずだ。読む気があればだが。今ではおそらく逮捕状が出ているだろう」

「それで？」

「それで、ソンダボーグがそいつをかくまっていた。やつはベッドに座って新聞を読んでいた。私がそこを抜け出した夜にな」

「どうやって抜け出したんだ？　鍵がかかっていただろう」

「監視人をベッドのスプリングで殴りつけた。私は運が良かったんだ」

「そのでかいやつはあんたの顔を見たのか？」

「いいや」

ヘミングウェイはアクセルをぐっと踏んで、道路脇に停めていた車を出した。実のある笑みが彼の顔に広がった。「回収に行こうぜ」と彼は言った。「それで話がわかってくる。事情がだんだん見えてきた。ソンダボーグはお尋ね者をかくまっている。もちろん金を持っているやつに限るがな。隠れ場所としてはうってつけだ。儲けにもなるしな」

彼は車のスピードを上げ、勢いよく角を曲がった。

「やれやれ、やつはマリファナを売っているだけだと思っていた」と彼は苦々しげに言った。「そして誰かしかるべき後ろ盾がついているんだろうなと。しかしそんなものちっぽけな裏稼業だ。入るのもはした金だ」

「ナンバー籤のことを知っているだろう。あれだってちっぽけな裏稼業だ。その一部だけを見ればな」

ヘミングウェイはぐっとハンドルを切って角を曲がり、その重い首を振った。「そのとおりだ。ピンボール・マシンだって、ビンゴ・ゲームだって、馬券屋だって同じことだ。ひとつひとつはちっぽけだが、ひとつにまとめて、誰かがそれを仕切ればでかい稼業になる」

「たとえば誰だ？」

彼は再び表情のない顔で私を見た。口が固く閉じられ、その奥で上下の歯がしっかりとかみ合わされているのをうかがうことができた。我々はデスカンソ通りに入り、そこを東に向かった。もう夕方に近かったが、通りはしんと静まりかえっていた。しかし二十三番通りに近づくにつれて、何がどうというのではないのだが、あたりの静謐は徐々に失われていった。二人の男が一本の椰子の木をじっと見ていた。どうやってそれを動かせばいいのかを研究しているみたいに。ドクター・ソンダボーグの家の前には一台の車が駐車していたが、中に人の姿は見えない。半ブロック先では一人の男が水道のメーターを検針していた。

昼の光の中ではその建物は朗らかそうに見えた。ティーローズ・ベゴニアが正面の窓の下に、いかにもくっきりとした青灰色のかたまりを作っていた。満開の白いアカシアの木の下には、ぼんやりとした色合いのパンジーが咲いていた。緋色のつるバラが扇形の棚の上で今まさに花開こうとしていた。ウィンター・スイートピーの花壇があり、青銅に近い緑色のハミングバードが思慮深げにそれを突っついていた。その家には、庭いじりが好きな裕福な老夫婦が住んでいるという雰囲気があった。そこを照らしている夕方近くの太陽には、押し殺されたような、どことなく物騒な静けさがあった。

ヘミングウェイはゆっくりとその家の前を通り過ぎた。口の端には硬くこわばった笑みがこびりつくように浮かんでいた。その鼻は何かをかぎ取っていた。彼は角を曲がった。バックミラーをじっとにらみ、車のスピードを上げた。

三ブロック進んでから、彼はまた道路脇に車を停めた。こちらを向いて、厳しい視線をまっすぐに向けた。

「ロサンジェルス警察の連中だ」と彼は言った。「椰子の木のそばに立っていた二人組の一人はドネリーっていうんだ。やつのことは知っている。あいつらは家を見張っている。あんたはたしか、署長にはこのことは話してないと言ったよな」

「そのとおりだ。話してない」

「署長はきっと喜ぶぜ」とヘミングウェイはうなり声を出した。「連中はここまで出張ってきて、手入れをして、それでいてこちらには一言の挨拶もない」

私は何も言わなかった。

「ムース・マロイはもう逮捕されたのかな?」

私は首を振った。「知る限りではまだ捕まっていない」

「あんた、いったいどのへんまで事情を知っているんだ」と彼はとても穏やかな声で質問した。

「それほど多くは知らない。アムサーとソンダボーグとのあいだに何かコネクションはあるのか?」

「俺の知る限りでは、ない」

「誰がこの街を仕切っているんだ?」

沈黙。

「聞いた話では、レアード・ブルーネットというギャンブラーが市長を選挙で勝たせるために三万ドル積んだ。そしてその男はベルヴェディア・クラブと海に浮かんだ二隻の賭博船を所有している。そういう話を耳にした」

「かもな」とヘミングウェイは澄ました声で言った。

「どこに行けばブルーネットに会えるんだろう？」

「なんで俺に訊くんだよ、ベイビー？」

「この街で隠れ場所をなくしたとしたら、あんたならどこに行く？」

「メキシコだ」

私は笑った。「ひとつでかい頼みごとがあるんだが」

「聞きたいものだね」

「ダウンタウンまで送ってくれないか」

彼は道路脇に停めていた車を出し、影の落ちた通りを抜けて海岸へと向かった。車は市庁舎に着き、警察の駐車場に停まった。私はそこで車を降りた。

「こっちに来ることがあったら声をかけてくれ」とヘミングウェイは言った。「俺はたぶん痰壺の掃除でもやらされているこったろう」

彼は大きな手を差し出した。「恨みっこなしにしようや」

「道徳再武装」と私は言って彼の手を握った。

彼は満面の笑みを浮かべた。私が歩き出そうとしたときに彼は声をかけた。注意深くあたりをぐるりと見回し、それから私の耳に口を寄せた。

「賭博船は市と州の法定境界線の外側に浮かんでいることになっている。パナマ船籍だ。もし俺だったらきっと——」、そこで彼は口をつぐんだ。そして彼の愁いを含んだ目は不安そうな色を浮かべた。

「そういうことだ」と私は言った。「実は私も同じようなことを考えていた。君に私と同じ考えを持ってもらうために、どうしてこれだけの手間をかけたのか、自分でもよくわからない。いずれにせよ、手の出しようもなかろう。一人きりではな」

彼は肯いた。それから微笑んだ。「道徳再武装だよ」と彼は言った。

34

波止場に面したホテルのベッドに仰向けになり、暗くなるのを待った。表に面した狭い部屋でベッドは硬く、マットレスはそれを覆っている木綿の毛布よりいくらか分厚いという程度だった。身体の下のスプリングがひとつ壊れていて、私の背中の左側に食い込んだ。でも私はそこに寝ころんで、そいつの好きにさせておいた。

赤いネオンサインの照り返しが天井をどぎつく染めていた。それが部屋全体を染める頃には、外は出て行くのに十分なくらい暗くなっているだろう。外では、スピードウェイと呼ばれている狭い横町を、車がクラクションを鳴らしながら抜けていった。部屋の窓の下の歩道からは、すり足のような足音が聞こえた。行き来する人々のもそもそした呟きが、風に運ばれてきた。錆びた網戸を抜けて、その風は入り込んできた。網戸にはむっとする揚げ油の匂いがしみついていた。ずっと遠くの方では、ずっと遠くからでも耳に届く類の声が叫んでいた。「腹が減ったかい。みなさん、腹が減ったかね。おいしいホットドッグだよ。腹は減ったかね」

あたりは暗くなっていった。私は考えを巡らせた。私の頭の動きは、まるで容赦なきサディスティックな目に睨まれているみたいに、勢いなくこそこそしていた。私は月のない空を見ている死んだ目を思った。その下の、口の脇には黒い血がついている。根性の悪い年老いた女たちが殴り殺され、汚いベッドの柱にもたれかかっているところを思った。何かに怯えているのだが、何に怯えているのか自分でもよくわかっていない、明るい金髪の男のことを思った。彼は何かが間違っていることに気づく程度には勘が働くのだが、何が間違っているのかを推察するには、あまりにも無思慮であるか、それとも浅薄なのだ。私は手に入れられたかもしれない美人の金持ち女たちのことを思った。気だてが良くて、ほっそりとして、好奇心の強い、一人暮らしの娘たちのことを思った。彼女たちを手に入れることだってできたかもしれない――違うやり方ではあるけれど。警官たちのことを思った。買収することのできるタフな警官たち。それでも彼らは根性まで腐っているわけではない。たとえばヘミングウェイのように。商工会議所の会員のような声で話をする、金まわりの良いでっぷりした警官たち。たとえばワックス署長のような。痩身で頭の切れる、腕利きの警官たち。たとえばランドールのような。彼らはどれだけ頭が切れて腕利きであっても、クリーンなやり方でクリーンな結果をあげる自由を与えられていない。ナルティーのようなふてくされた古狸たちのことを、私は思った。私はインディアンたちや、心霊術師たちや、麻薬を扱う医師たちのことを思った。

私はいろんなことを思った。外は暗くなっていった。赤いネオンサインの照り返しは今では天井の奥の方まで延びていった。私はベッドの上に起き上がり、足を床に下ろした。そして首の後ろを手のひらでさすった。

立ち上がり、部屋の隅にある洗面台まで行って、冷たい水で顔を洗った。少しすると気分はいくらかましになった。ほんのわずかではあるにしても。私には酒が必要だった。高額の保険が必要だった。休暇が必要だった。郊外の家が必要だった。しかし今のところ私が手にしているのは、上着と帽子と拳銃だけだ。だからそれらを身にまとい、部屋を出た。

エレベーターはなかった。廊下はむっとしていたし、階段の手すりはべたついていた。私は階段を降り、デスクに鍵を投げ、部屋を引き払うと言った。左の瞼にいぼのあるフロント係が肯くと、うらぶれた上着を着たメキシコ人のボーイが、カリフォルニア広しといえど、これほど汚れたゴムの木はあるまいと思えるゴムの木の裏から姿を見せ、鞄を運ぶべくこちらにやってきた。私は鞄なんて持っていなかった。それでも彼はいかにもメキシコ人らしく、がっかりした表情も見せず、私のためにドアを開け、怠りなく微笑んだ。

外に出ると、狭い通りはすっかり賑やかになっていた。太鼓腹の男たちが歩道に溢れていた。通りの向かい側にあるビンゴ・パーラーから大歓声が聞こえ、その隣の写真館からは二人の水兵が女の子たちと出てきた。おそらくはみんなでラクダに乗っている写真を撮ってきたところなのだろう。ホットドッグ売りの声が斧のように夕闇を切り裂いた。大きな青色のバスが警笛を響かせながら通りをやってきて、小さなサークルに入った。かつて路面電車が方向を変えるための回転盤になっていたところだ。私はそちらの方に歩いていった。

やがて海の匂いが微かに漂ってきた。さして強いものではない。それでもここがかつては美しく広がる海岸だったことを、人々に思い出させるのに十分な匂いだった。そこには波が打ち寄せ、細かい泡をつくり、風が吹いて、温められた脂肪や冷えた汗以外の香りを嗅ぐこともできたのだ。

小さな相乗り車が、広いコンクリートの歩道をごとごととやってきたので、私はそれに乗って終点まで行った。そこで降りてベンチに座った。あたりはひっそりとして冷ややかだった。海藻が大きな茶色の山を築き、それはほとんど私の足もとまで達していた。海に目をやると、賭博船の明かりがともっていた。相乗り車が次にやってきたとき、私はまたそれに乗って、出てきたホテルの近くまで戻った。もし私をつけている人間がいたとしたら、彼は動く必要もなかったわけだ。もっともそんな人間がいるとは思えなかった。このような小さくてクリーンな街では、犯罪だってろくに起こらないだろうし、警官たちが尾行の腕をそこまで磨く機会もあるまい。

黒い桟橋は先端まで派手に明るく輝いていたが、その向こうには暗い夜と海が広がっているだけだ。温められた脂の匂いは相変わらず漂っているものの、それにあわせて海の匂いを嗅ぐこともできた。ホットドッグ売りは単調な声で叫び続けていた。「腹が減ったかい。みなさん、腹が減ったかね。おいしいホットドッグだよ。腹は減ったかね」

白いバーベキュー・スタンドの中に、私は売り子の姿を見つけた。長いフォークでウィンナー・ソーセージを転がしていた。まだうすら寒い季節だというのに、彼の商売はけっこう繁盛しているようだった。ほかの客が立ち去るまで、しばらく待たなくてはならなかった。

「ずっと向こうに浮かんでいる船の名前はなんていうんだね?」と私はそちらを鼻で指して言った。

「モンテシート」と彼はまっすぐ私を見て言った。

「それなりの金を持っていれば、あそこで時を過ごすことができるのかな?」

「どんな時間のことだろう?」

私はとてもタフに、酷薄に笑った。

「ホットドッグだよ」と彼は歌うように言った。「おいしいホットドッグだよ、みなさん」、それから声を落とした。「女かい?」

「違う。気持ちの良い潮風の入る部屋、うまい食事、誰にも邪魔されない。休暇のようなものだよ」

彼はすっと身を引いた。「話がわからんね」、そして再び呼び込みを始めた。

　それからまた少し客がやって来た。どうしてこの男に関わらなくてはならないのか、自分でもよくわからなかった。ひとくせある顔をしていたからだろう。ショーツ姿の若いカップルがやってきてホットドッグを買い、どこかに歩き去った。男の腕は娘のブラジャーに回され、二人はお互いが手にしたホットドッグを齧りあっていた。

　彼は一メートルばかりこちらににじり寄って、私を見やった。「素知らぬ顔で、口笛で『ピカルディーのバラ』（一九一六年に作曲されたヒット曲・フランスの地名）でも吹いているべきなんだろうな」と彼は言った。そして少し間をおいた。「ちっとばかし金がかかるぜ」と彼は言った。

「どれくらい？」

「五十だ。それ以下じゃ無理だ。向こうであんたに用事があるのならともかく」

「ここは昔はいい街だった」と私は言った。「ほとぼりをさますのにいいところだった」

「古い話をされても困る」と彼は間延びした声で言った。「でもなんで俺に尋ねるんだ？」

「さあどうしてかな」と私は言った。そして一ドル札をカウンターの上に放った。「貯金箱にでも入れておくんだな」と私は言った。「それとも口笛で『ピカルディーのバラ』でも吹いていればどうだ」

　彼は札をつかみ、縦に二つに折った。それを横に二つに折り、もう一度折った。彼はそれをカウンターの上に置き、中指を親指の後ろにやってはじいた。畳まれた札は私の胸に軽く当たり、音もなく地面に落ちた。私は屈んでそれを拾い、素早く後ろを振り向いた。しかし刑事らしき人影は見当たらなかった。

私はカウンターに前屈みになり、そこにまた一ドル札を置いた。「人は私に金を投げつけたりしない」と私は言った。「金は手渡すものだ。そうしてもらえないか」

彼は札を手に取り、のばし、きれいに広げてエプロンで拭いた。それからキャッシュ・レジスターを開き、中に入れた。

「金は匂わないと言われている」と彼は言った。「本当にそうだろうか」

私は何も言わなかった。また何人かの客がやってきて、去っていった。夜は急速に冷えていった。

「俺ならロイヤル・クラウン号はパスするね」と男は言った。「あっちの船は小物相手だ。小遣い銭を巻き上げるだけさ。あんたは俺の目にはデカに見える。でもまああんたなりの心づもりがあるんだろう。泳ぎが上手いといいんだがな」

私は彼のもとを離れた。どうしてそもそもこの男のところに行ったのだろうと首をひねりながら。勘に頼っただけだ。勘に頼ってしっぺ返しをくらわされたのだ。そのうちに朝目が覚めたら、口の中が勘でいっぱいだったというようなことになるかもしれない。目を閉じて、盲めっぽうにメニューを指ささないことには、コーヒーひとつ注文できなくなる。何ごとも勘がいちばんというわけだ。

その辺を歩きまわって、あとをつけているような素振りを見せるものがいないことを確かめた。それから揚げた脂の匂いがしないレストランを探し回り、やっとひとつ見つけた。紫色のネオンサインのついた店で、葦《あし》のすだれの奥にはカクテル・バーもあった。髪を赤茶色に染めたやさ男が、小型のグランドピアノに屈み込んで、思い入れたっぷりに鍵盤を撫で回し、『星への階段《きざはし》』を歌っていた。声に不足があり、その階段は半分ほど段が失われていた。

そこには長居せず、急いでドライ・マティーニを飲み干し、すだれを抜けて食堂に戻った。

八十五セントの夕食は、捨てられた郵便袋みたいな味がした。給仕してくれたウェイターは二十五セントのために私を叩きのめし、七十五セントのためなら喉を裂くことも厭わぬ男だった。一ドル半に消費税をつければ、私をコンクリートの樽に詰めて、海に放り込みそうだ。

35

二十五セントの運賃にしては、乗っている時間は長かった。古いランチを塗装し直し、全長の四分の三にガラスをつけた水上タクシーだ。それは停泊しているヨットのあいだを抜け、防波堤の先に幅広く積み上げてある石を迂回した。大きな波が出し抜けにやってきて、ボートをコルクのようにひょいと持ち上げた。しかしまだ夜も早かったし、ボートはがらがらだったから、船酔いしてもそれほど面倒はなさそうだ。乗り合わせたのは三組のカップルと、ボートを運転する男だけだ。見るからにその筋の男で、左の尻だけでシートに腰掛けていた。右のヒップポケットに、黒い革のヒップ・ホルスターを突っ込んでいたからだ。ボートが岸を離れるや否や、三組のカップルは相方の顔に文字どおりかぶりつき始めた。

私は振り返ってベイ・シティーの明かりをじっと眺めた。そして夕食に食べたものをなんとかうまく落ちつかせようとつとめた。散らばっていた光の点がだんだんくっついて、やがては夜のショーウィンドウに飾られた、宝石をちりばめた腕輪になった。その目映さはやがて薄れ、波間に見え隠れするソフトなオレンジ色のほてりになった。ムラもなく、白い波頭も見えない、のったりした長いうねりのような波だった。身体を盛大に波に持ち上げられ、夕食のときにウィスキーを飲まなかったことを私はありがたく思った。タクシーはその上下するうねりを、滑らかに乗り越えていった。コブラの踊りを思わせる不吉な滑らかさだった。空気の中には冷ややかさが感じられた。船乗りの関節にしみこんで消えることのない、じっとりとした冷気だ。ロイヤル・クラウン号の輪郭を彩っているネオンの光束が左の方に消えていき、流離《さすら》う海の幽霊のごとき霧の中にぼんやりかすんだが、やがてまた現れ出て輝き、真新しいおはじきのように目映く光った。

我々はこの船とのあいだにたっぷりと距離を置いた。遠くから見るとなかなか素敵な船だった。微かな音楽の調べが海面を流れてきた。水面を流れてくる音楽は、魅力的でなかったためしがない。ロイヤル・クラウン号は四本の太綱によって、桟橋よろしくしっかりと海面に固定されているようだった。その乗り込み口は劇場の入り口並みに、派手な照明を施されていた。ほどなくすべては遠い彼方に消え、もう一艘の船が夜の闇の中からぬっと姿を見せた。より古く、より小さい船だった。見て心愉しくなるような代物ではない。改装された貨物船らしく、塗料は剝げてかさぶたになり、そこかしこに赤錆が浮かんでいた。甲板の上にかつてあった何やかやはすっかり取り払われ、切られた二本のマストは無線アンテナとして必要な高さしか残されていなかった。モンテシート号にも明かりは灯っていたし、じめじめした暗い海面越しに、音楽も漂ってきた。身体を重ねていたカップルは互いの首筋から歯を離し、その船を眺め、くすくす笑った。

水上タクシーはぐるりと大きなカーブを描き、乗客にほどよいスリルを与える程度に船体を傾けた。それから乗船用のデッキのまわりに取り付けられた、麻でできた緩衝物に船体を静かに寄せた。タクシーのエンジンはアイドリングに入り、霧の中でバックファイアを響かせた。サーチライトの光線が、船から五十メートルほど離れたところを、気怠く円を描いて回っていた。

水上タクシーを操縦していた男が、乗船用の台に船を繋ぐと、つり上がった目の若者がやってきて、娘たちが水上タクシーから乗り移るのに手を貸した。紺の上級船員服に目映いボタンをつけ、きらきらした目と、やくざっぽい口元をしていた。私が最後にタクシーを降りた。さりげなく抜かりのない目で私を検分する様子で、この男の素性はおおよそ見当がついた。私の肩の拳銃クリップを探し当てるときの、さりげなく抜け目のない手つきから更に多くがわかった。

「だめだ」と彼はソフトな声で言った。「おたくはお断り」

彼の声は滑らかでハスキーだった。強面《こわもて》のやくざものが、上品な装いの裏に牙を隠している。彼は水上タクシーの運転手を顎でしゃくった。運転手は短いロープを係柱に巻き付け、舵輪を少しだけ切ってから、乗船用の台に上った。そして私の背後にやってきた。

「船にはハジキは持ち込めないんだよ、あんた。まことに相済まんが」と船員服を着た男が喉を鳴らすような声で言った。

「預けてもいい。こいつは服装の一部みたいなものなんだ。実を言うと私はブルーネットに会いに来た。仕事の話で」

彼はいくらか興に入ったような顔をした。「聞き覚えのない名前だ」と言って微笑んだ。

「さあ、いいから行きな」

水上タクシーの運転手が私の右腕に手首をかけた。

「ブルーネットに会いたいんだ」と私は言った。しかし私の声は老女の声のように弱く、か細かった。

「何を言っても無駄だよ」と吊り目の若者が言った。「俺たちはベイ・シティーにはいない。カリフォルニアにさえいない。アメリカ合衆国にすらいないという意見も捨てがたくある」

「ボートに戻ろう」と運転手が私の背後でうなるように言った。「二十五セントは返す。さあ行こうぜ」

私はボートに戻った。船員服の男は愛想の良い無言の微笑みを浮かべて私を見ていた。それがもう微笑みではなくなるまで、私はじっと彼を見返していた。やがてそれは顔でもなくなり、乗船用灯火を背景にして立つ暗い人影でしかなくなってしまった。それを見つめているうちに腹が減ってきた。帰りは行きより長くかかったみたいに感じられた。私は運転手に話しかけなかったし、向こうも私に話しかけなかった。波止場で降りるときに、彼は二十五セントを返してくれた。

「あんた、これくらいで済んで幸運だったと思った方がいいぜ」と彼はうんざりしたような声で言った。

ボートが来るのを待っていた五、六人の客が、彼の言葉を耳にして、私をじろじろと眺めた。私は彼らのあいだを通り抜け、浮き桟橋の上にある小さな待合室のドアを抜け、陸地の端についている浅い階段の方に向かった。

見るからにタフそうな赤毛の大男が、もたれていた手すりから身を起こし、さりげなく私に身体をぶっつけてきた。汚れたスニーカーに、タールのシミの付いたズボン、船乗り用の青いジャージー服の残骸のようなものを身にまとい、顔の横には黒い線が一本走っていた。

私は歩を止めた。相手はあまりにも大きすぎた。身長は私より八センチほど高く、体重は十五キロは重そうだ。しかし私としては、もしたとえそのおかげで義手をつける境遇になったとしても、誰かの口元に一発食らわせずにおくものかという気分だった。

明かりは暗く、おおむね私の背後にあった。「どうしたんだね、あんた」と彼はのったりとした声で言った。「あのおっかない船に門前払いを食わされたのかい」

「シャツをつくろってこいよ」と私は言った。「腹が丸見えだぜ」

「もっとひどい目にあっていたかもしれない」と彼は言った。「そんなぴたりとしたスーツじゃ、ハジキをつけてるのは丸わかりだ」

「それがおたくに何の関係があるんだ？」

「おやおや、関係なんてあるものか。ただの好奇心だ。だからそうかりかりしなさんな」

「いいからそこをどいて通してくれ」

「いいとも。俺はただここで休んでいるだけだよ」

彼はのんびりした疲れ気味の微笑みを顔に浮かべた。彼の声は夢でも見ているみたいにソフトで、大男の声にしてはずいぶん繊細だった。意外なほどに。それは私にもう一人の、ソフトな声音の大男のことを思い出させた。私が何故か好意を抱いてしまった大男だ。

「あんた、やり方が間違っていたんだ」と彼は悲しそうに言った。「俺のことはレッドと呼んでくれ」

「そこをどけよ、レッド。どんな立派な人間だって間違いと無縁ではいられない。そいつが今も、私の背中を這い上がりつつあるのがわかる」

彼は用心深くあたりを見回した。そして浮き桟橋の端に私を追い込んでいった。あたりにいるのは、どうやら我々二人だけのようだった。

「あんたモンティーに乗り込みたいのか？　力になれるぜ。それなりの理由《わけ》があるのならな」

派手な服を着た楽しそうな人々が我々の横を通り過ぎて、水上タクシーに向かった。私は彼らが行ってしまうのを待った。

「理由には値段があるのか？」

「五十ドル。ボートの上で血を流したら十ドルの追加だ」

私は彼のわきをすり抜けて行こうとした。

「二十五でいいや」と彼はソフトな声で言った。「友だちを連れて帰るんなら、十五にする」

「友だちなんていないね」と私は言って、そのまま立ち去った。彼は私を止めようとはしなかった。

私はセメントの歩道に沿って右に曲がった。電気自動車がその通りを乳母車みたいにがたごと音を立て、妊婦だって驚きもしないようなちっぽけな警笛を鳴らしながら行き来していた。最初の桟橋の入り口のあたりに、派手な照明のビンゴ・パーラーがあった。すでに客でいっぱいになっている。私は中に入り、プレイする人たちの背後で、壁に寄りかかっていた。多くの立ち客がいて、席が空くのを待っていた。

電光掲示板にいくつかの番号が提示されるのを眺め、進行係がその番号を読み上げるのを聞きながら、誰が店のサクラなのかをつきとめようとしたが、できなかった。引きあげようとして振り向いた。

タールの匂いをさせた青ずくめの大男が、私の隣にのっそりと立っていた。「金を持ち合わせてないのか。それとも財布の紐を締めているのか？」、優しげな声が私の耳元で囁いた。

私はもう一度彼の顔を見た。本で読むことはあるが、実際にはまずお目にかかれない目をしていた。すみれ色の目だ。ほとんど紫に近い。若い娘に似合う瞳だ。それも美しい娘に。彼の肌はシルクのように柔らかかった。微かに赤らんではいたが、決して日焼けはしない。あまりにも繊細すぎるのだ。彼はヘミングウェイよりも大きく、若かった。それもかなり若い。ムース・マロイほど大きくはないが、そのぶんフットワークは軽そうだ。髪は金の輝きがちらりと混じった赤毛だった。しかし瞳を別にすれば、顔は素朴な農夫の顔だった。派手さはないが、顔立ちは整っている。

「仕事はなんだね？」と彼は尋ねた。「私立探偵か？」

「それがどうしたっていうんだ？」と私は噛みつくように言った。

「ただそうじゃないかと思っただけさ」と彼は言った。「二十五じゃ高すぎるかい？　必要経費で落ちないのか？」

「駄目だ」

彼はため息をついた。「いずれにせよ、無謀な試みだ」と彼は言った。「あんたはずたずたにされちまうよ」

「楽しそうだ。そちらは何を商売にしている？」

「あれこれとケチな仕事をしている。その前は警察の仕事をしていた。たたき出されたんだ」

「なぜそんなことを私に打ち明ける？」

彼は驚いたようだった。「だって本当のことだぜ」

「きっと本当のことを言い過ぎたんだろう」

彼は淡い笑みを浮かべた。

「ブルーネットという男を知っているか？」

淡い笑みはまだ彼の顔に残っていた。三つのビンゴが一列に並んだ。ここの店はなかなか段取りが早い。顔色の悪い窪んだ頰をした、鷲鼻の男がにやっと笑って席を離れ、我々のそばにやってきた。長身で、しわのよったスーツを着ている。壁にもたれ、こちらには目を向けなかった。レッドは彼の方にそっと身を屈めて言った。「なんか俺たちに用でもあるのか？」

鷲鼻の長身の男は笑みを浮かべ、すぐに立ち去った。レッドはにやりと笑い、もう一度壁によりかかり、建物を揺らせた。

「君をのしてしまえそうな男に一人、会ったことがある」

「もっとたくさんそういうでかいやつがいればよかったんだがな」と彼は重々しく言った。「がたいがでかいと何かと金のかかるものなんだ。世の中、大男向けに作られてないからな。食い物にも金がかかる、着るものにも金がかかる、足はベッドからはみ出てしまう。せちがらいもんだよ。ここは内密な話をするのに不向きだとあんたは思うかもしれない。でもこういうところがいちばん安全なんだ。サツの手先がやってきたら、俺にはすぐに見分けがつくし、ほかの連中はみんな数字に夢中になって、まわりに目がいかない。俺は消音エンジンつきのボートを持っているんだ。つまりそいつを手に入れられるってことだけどな。このずっと先に明かりのついてない桟橋がある。俺はモンティーの荷物搬入口のありかを知っているし、そいつを開けられる。ときどき船に荷物を運んでいるんだ。船倉にいる乗組員の数は多くない」

「サーチライトがあり、監視がいる」と私は言った。

「そっちはなんとかなる」

私は財布を取り出し、二十ドル札を一枚と五ドル札を一枚出して、腹に押しつけるようにして小さく折り畳んだ。紫色の瞳がびっくりしたように私をじっと見た。

「片道料金のつもりだったのか？」と私は尋ねた。

「十五ドルでいいって言ったぜ」

「相場が上がったのさ」

ールで汚れた手が札を呑み込んだ。男は無言で去っていった。そしてドアの外の火照った闇の中に消えていった。鷲鼻の男が私の左手に音もなく現れ、静かな声で言った。

「あの船員服の男には見覚えがある。おたくの知り合いかね？　前に会ったことがあると思うんだ」

私はもたれていた壁からまっすぐ立ち、何も言わずにその男から離れた。ドアの外に出て左に曲がり、電気シャンデリアの街灯から街灯へと移るように歩いていく、にょっきりと高い頭を、三十メートルばかり前方に見ながら歩いた。二分ばかりあとで、私は二つの見せ物小屋に挟まれた空間に折れた。鷲鼻の男が、地面に目をやりながらさりげない足取りで現れた。私は進み出て彼の横に立った。

「こんばんは」と私は言った。「二十五セントで体重を当てさせてくれ」。私は彼の方に身を傾けた。しわの寄った上着の下に銃があった。

彼は感情を込めない目で私を見た。「あんた、しょっぴいてもらいたいのか？　俺はこの一帯の治安維持にあたっている人間だ」

「いったい誰が今、その治安を乱しているんだね？」

「おたくの知り合いの顔にはどこかで覚えがあるんだよ」

「そりゃそうだろう。彼は警官だ」

「ほう、そうかい」と鷲鼻の男は辛抱強い声で言った。「じゃあ、そっちで見かけたんだろう。おやすみ」

彼は振り向いて、もと来た道を辿っていった。にょっきりと高い頭はもう見えなくなっていた。しかしそれはまあいい。あの大男のことなら心配はない。

私はそのままゆっくりと歩いていった。

36

やがて街灯の列が終わり、小さな相乗り車のエンジン音やら警笛やらも途絶え、熱せられた脂やポップコーンの匂いが消え、子供たちの金切り声や、のぞきショーの呼び込みの声も聞こえなくなった。そこにあるものといえば、潮の香りや、突然現れたまっすぐな岸辺や、泡立って崩れ、小石をざわざわと巻き上げている波だけだ。人の姿もほとんど見かけなくなった。私の背後で騒音は消えた。あざといきらびやかな光は、ぼやけたぎらつきのようなものに変わっていた。照明のついていない栈橋が海に向けて黒々と突き出しているのが、やがて目に入った。それが大男の話していた栈橋らしい。私はそこに足を踏み入れた。

栈橋の最初の杭の前に置かれていた箱から、レッドがのっそりと立ち上がった。そして上にいる私に向かって話しかけた。「ここだ」と彼は言った。「先に行くと、乗船用の階段があるから、そこにいてくれ。俺は船を手に入れて、エンジンを暖めなくちゃならない」

「港湾警察があとをつけてきた。ビンゴ・パーラーにいた男だよ。話をつけるのに手間どった」

「スリ班のオルソン、腕利きの警官だ。ただ時には誰かの財布をすって、それを別の誰かのポケットに入れたりもする。逮捕成績を上げるためにな。いささか腕が利きすぎると言うべきだろうか」

「ベイ・シティーではきっと上出来な部類なんだろうよ。さあ、もう行こうじゃないか。風が出てきたみたいだ。この霧が晴れてしまうと面倒なことになる。たいした霧じゃないが、あるとないとでは話が違ってくるだろう」

「霧は晴れないよ。サーチライトから身を隠せる程度には残る」とレッドは言った。「甲板には機関銃を持ったやつらがいる。栈橋の先端で待っててくれ。俺はあとで行くから」

彼は吸い込まれるように闇の中に消えた。私は魚のぬめりでつるつるする板で足を滑らせながら、暗い栈橋を歩いていった。栈橋の突き当たりに丈の低い汚い手すりがあった。カップルが隅の方にもたれかかっていた。二人はどこかに去っていった。男の方はぶつぶつ文句を言った。

十分のあいだ私は杭を打つ波の音を聞いていた。闇の中で夜の鳥の羽ばたきが聞こえた。ぼんやりとした灰色の翼の影が視野を横切り、消えていった。ずっと上の方で飛行機の鈍いうなりが聞こえた。遠くにモーターの轟音が響いた。それは派手な咆吼を上げた。その咆吼がしばらくのあいだ続いた。まるで半ダースのトラックが一斉にエンジンをかけているような音だ。しかし音は徐々に収まり、穏やかになっていった。それから音がぱったりとやんだ。

何分かが更に過ぎた。私は乗船用の階段に戻って、濡れた床を進む猫のようにそろそろとそのステップを降りていった。暗い影が夜の闇からするりと現れた。何かがどすんとぶつかる音が聞こえた。声が言った。「用意はできた。乗んな」

私はボートに乗り込み、風防の下の彼の隣に座った。ボートは滑らかに海に乗り出していった。今はもう排気音は聞こえなかったが、船体の両側からは怒ったようなぶくぶくという音が上がっていた。ベイ・シティーの灯火は再び、よそよそしい波間に見え隠れする遠い、仄かなきらめきになった。再び、ロイヤル・クラウン号のけばけばしい光が、片側を滑り去っていった。その船は、まるで回転するプラットフォームに立ったファッション・モデルみたいに、きれいにしなを作っていた。そして再び、愛すべきモンテシート号の乗船デッキが、漆黒の太平洋からぬっと姿を現した。サーチライトがゆっくりと舐めるように、その周囲を照らし出していた。まるで灯台の光線のように。

「怖いんだ」と私は言った。「怖くてしかたない」

レッドはエンジンを停め、ボートを波の上下にあわせて静かに滑らせた。下の水がどれだけ動いても、ボートは同じところにずっと留まっているみたいだった。彼はこちらを向いて、私の顔をまじまじと見た。

「死と絶望が怖いんだ」と私は言った。「暗い水と、溺死した人間の顔と、眼窩が空洞になった骸骨が怖い。死ぬことが怖い。無になることが怖い。そしてブルーネットという名の人間を見つけられないかもしれない」

彼はくすくす笑った。「いっとき真に受けちまったぜ。あんた、自分に活を入れてるだけなんだな。ブルーネットの居どころは決まっていない。どっちかの船に乗っているかもしれん。経営しているクラブにいるかもしれん。東部にいっているかもしれん。リノかもしれん。それともスリッパを履いて、自宅で寛いでいるかもしれん。ブルーネットに会うことだけが狙いか？」

「マロイという男を捜している。でかい乱暴者だ。銀行強盗で捕まって、オレゴン州立刑務所で八年のお勤めをして、出てきたばかりだ。ベイ・シティーの隠れ家に身を潜めていた」。私は彼にその話をした。話すつもりでいた以上のことを語った。たぶん彼の目のせいだろう。

話が終わるとレッドはひとしきり考え、それからゆっくりと口を開いた。彼の言葉には霧の切れ端のようなものがからみついていた。ちょうど口ひげについた水滴のように。あるいはそのせいで、実際以上に賢そうに聞こえたかもしれない。よくわからない。

「筋が通っている部分もある」と彼は言った。「通っていない部分もある。俺には考えの及ばない部分もあるし、見当がつく部分もある。もしそのソンダボーグという男が犯罪者のための隠れ家を提供し、マリファナ煙草を売り、ギャングをつかって身持ちの良くない金持ち女から宝石を奪う段取りをしていたとしたら、市庁舎の内部にコネを持っていたとしてもおかしくはない。しかしだからといって、ソンダボーグがやっていることを政治家の全員が承知しているわけじゃないし、配下の警官がみんな、彼に後ろ盾があることを知っているわけでもない。ブレインがそれを知っていて、そのヘミングウェイとあんたが呼ぶところの男が知らなかったということはあり得る。ブレインは悪い警官だ。もう一人の男はただタフなだけだ。良くも悪くもない。汚れてもいないが、かといって正直というのでもない。肝っ玉は据わっているようだが、頭の働きはお粗末だ。俺と同じさ。警官ってのはそれほど悪くない仕事だと思っている。心霊術の男はそのどちらでもない。やつは自分を護るための手だてを、いちばん手に入れやすいマーケットで買い求めた。つまりはベイ・シティーさ。そして必要に応じてそれを使った。こういう輩が何を企んでいるのかはさっぱりわからんし、従ってそいつがどれほどの道義心を持っているかとか、何を恐れているかとか、そんなこともわかりっこない。彼も人間で、たまに顧客と恋に落ちることもあるのかもしれん。金持ちの女なんて落とすのは簡単だからな。ソンダボーグのところにあんたが押し込まれたことについての俺の推察はこういうものだ。要するにだ、ソンダボーグがあんたの素性を知ったら縮み上がるだろうということを、ブレインは承知していた。

ブレインがソンダボーグに聞かせた話はおそらく、やつがあんたに聞かせた話と同じものだろう。つまり、あんたがふらふらとラリって通りをうろついていたからここに連れてきた、そういうことだ。肝っ玉のないソンダボーグにはあんたを解放することもできないし、かといって始末することもできないだろうと、ブレインにはわかっていた。しばらく間を置いてまたソンダボーグのところに足を運び、そのときに保護料金をつり上げようという魂胆だったんだろう。おそらくな。要するにやつらはあんたをうまいこと利用したのさ。ブレインはマロイのことを知っているかもしれん。それくらいのことはやりかねないやつだ」

私は彼の話を聞きながら、ゆっくりと回転するサーチライトを見ていた。右手のずっと遠くを、水上タクシーが行き来していた。

「あの連中の頭にあることはわかる」とレッドは言った。「警官の問題点は、頭が悪いとか、腐敗しているとか、乱暴だとか、そういうことじゃないんだ。警官であるというだけで、ちょっとした余得が手に入ると考えるところにある。しかしそれも昔話だ。今はもう事情が違う。もっと要領の良い連中がたくさんいて、おいしいところを取っていくからだ。というところで、ブルーネットの話になる。彼が街を動かしているわけじゃない。彼は煩わされたくないだけだ。彼は市長選挙に多額の金を出した。運営している水上タクシーについてうるさいことを言われないようにね。もし彼が特別な配慮を望めば、それは与えられるだろう。少し前に彼の友人の一人が、こいつは弁護士なんだが、酒酔い運転で逮捕されることがあった。酒酔い運転は重罪だ。ブルーネットはその罪状をもっと軽い違反に変更させた。逮捕記録簿を改竄させたんだ。こいつもまた重罪だ。すべてがそういう具合だ。やつの商売は賭博だが、昨今ではいろんな商売があちこちで絡み合っている。だからやつがマリファナを扱っているというのは考えられないことじゃない。あるいは配下のものに商売をやらせて、あがりをとっているということもあり得る。ソンダボーグを知っているかどうか、そこまではわからん。しかし宝石強盗はお門違いだ。連中がその仕事で手に入れたのが八千ドルだとしよう。ブルーネットがそんなはした金のために、荒っぽい仕事にかかわることはない」

「そうだな」と私は言った。「人も一人殺されている。それは言ったよな？」

「やつは殺しはやらない。手下にやらせることもない。そしてもしブルーネットがその件に噛んでいたとしたら、死体を残したりしない。男の服に何が縫い込まれているかわかったものじゃないからな。やつがそんな危ない橋を渡るわけがないさ。なあ、俺が二十五ドルのためにあんたにしていることを考えてみろ。ブルーネットが金を積めばどれほどのことができると思う」

「人だって殺させる？」

レッドは少し考えた。「かもしれん。おそらく人を殺したこともあるだろう。しかしやつの売りは腕力じゃない。あいつらは新しい種類のやくざなんだ。俺たちはやつらについて考えるとき、どうしても昔ながらの強盗やら、薬物中毒のちんぴらやらを思い浮かべる。でかい口をきく警察のコミッショナー連中はラジオに出演して、やくざなんてみんな臆病な連中で、女や子供ばかり殺し、制服の警官が現れたら泣いて慈悲を乞うみたいなことを、威勢良く言い立てている。そんな与太話を大衆に売り込むよりもっと大事なことがあるだろうにな。そりゃ世の中には臆病な警官もいるし、臆病な殺し屋もいるさ。しかしどっちも数としちゃ微々たるものだ。そしてそのいちばんトップに立つ、ブルーネットみたいなやつらのことを言えば、連中は人殺しをしてのしあがったわけじゃない。度胸と頭脳でそこまでたどり着いたんだ。しかし連中は組織としての志気みたいなものは持ち合わせていない。警官にはそいつがある。何よりもまず、連中はビジネスマンなんだ。やつらは金のために動く。普通のビジネスマンと同じことさ。ときには誰かの存在がどうしても邪魔になることもあるだろう。仕方ない、消えてもらおう。しかしそれを実行に移す前に、連中は何度もじっくり考える。やれやれ、いったい俺は何のためにあんたにこんな講義を垂れているんだろう？」

「ブルーネットのような男はマロイを匿ったりはしない」と私は言った。「とくにやつが人を二人殺したあとでは」

「そのとおりだ。金目当てだけでそんなことはしない。どうだ、引き返したくなったか？」

「とんでもない」

レッドは舵に載せていた手を動かした。ボートはスピードを上げた。「俺が連中に好意を持っているなんて思うなよ」と彼は言った。「あいつらは許せん」

37

回転するサーチライトは霧に包まれた青白い指だ。船から三十メートルも離れたところでは、波にろくすっぽ触れることもできない。実用よりむしろ視覚効果をねらったものなのだろう。夜のこの時刻にはとりわけそうだ。もしこの二隻の賭博船のあがりを強奪しようと企むものがいたとしても、その実行にはかなりの人数を必要とするだろう。襲撃の時刻は早朝の四時頃になるはずだ。その時刻には客の数も減って、せいぜい数人の負けっぷりの悪い連中だけになっている。従業員もぐったりしているはずだ。しかしそれでもなお、金を稼ぐ方法としてはあまり賢明とは言えない。一度それを試みたものがいる。

一台の水上タクシーがカーブを描きながら乗船デッキに着き、乗客を降ろし、陸に戻っていった。レッドはサーチライトの光線が届かないぎりぎりのところで、小型ボートをしばらくアイドリングさせていた。もしふとした気まぐれで、サーチライトの角度が少しでも上げられたら……しかしそんなことは起こらなかった。光は鈍い動きの波を輝かせながら、目の前を力なく通過していった。光が通り過ぎてしまうと、ボートはすかさず速度をあげてその一線を越え、二本の太くて汚らしい船尾係留綱のわきを通り過ぎ、船の軒下にするりと潜り込んだ。そしてまるでホテルの探偵がロビーから売春婦にお引き取り願おうとするときのように、船体についた油だらけの何段かの平板《ひらいた》にさりげなくにじりよった。

両開きの鉄扉が頭上に見えた。思い切り手を伸ばしても届きそうになかったし、もし仮に届いたとしても、重すぎてとても二人では開けられそうにない。小型ボートはモンテシート号の年を経た船べりに身をこすりつけていた。ゆるやかな波のうねりがひたひたとボートの船底を叩いていた。大きな人影が暗がりの中でぬっと立ち上がり、巻かれたロープが空中を上に向けてするすると伸びていった。ロープは何かに当たり、うまくひっかかり、端っこが水の中に音を立てて落ちた。レッドはそれをかぎ針のついた棒でたぐり寄せ、思い切り引っ張ってから、エンジン・カバーの金具にくくりつけた。濃い霧の中では、あらゆる動きが非現実的に見えた。湿った空気は灰になった愛に劣らず冷ややかだった。

レッドは私の方に屈み込んだ。彼の息が私の耳をくすぐった。「船体が思ったより持ち上がっている。大きなのがひと波きたら、スクリューが空中に出ちまうだろう。それでも俺たちはこの平板を上っていかなくちゃならない」

「待ちきれないね」と私は震えながら言った。

彼は私の両手を舵輪の上に載せ、そのまま適当な位置まで回し、スロットルをセットした。そしてボートをこのままの状態に保っているようにと指示した。平板の近くに鉄の梯子がボルトで取り付けられていた。それは船体のカーブに沿って湾曲していた。梯子段は、グリースでも塗られたみたいにつるつるして見える。

その梯子を上っていくことは、高層ビルについた出っ張りを越えるのと同じくらい心をそそった。レッドは、両手をズボンでごしごしとこすり、タールを少し手のひらにつけてから、梯子を摑んだ。そして音もなくぐいと身体を持ちあげた。うなり声ひとつあげなかった。スニーカーが金属の横棒にかかった。彼はより強い牽引力を得るために、ほとんど直角になるまで身体をぴんと張った。

サーチライトは今では我々のずっと外側を周回していた。光は水面を跳ね返って、私の顔をくっきりと照らし出したように思えた。しかし何ごとも起こらなかった。やがて頭上で、重い蝶番のぎいいいっという音が聞こえた。微かな、今にも消え入りそうな黄色い明かりが霧の中にこぼれ、それから消えた。荷物積み入れ口の半分の輪郭が見えた。扉は内側から施錠されていなかったらしい。不思議だ。どうしてだろう?

聞こえてきた囁き声は意味をなさなかった。それはただの音声だった。私は舵輪から手を離し、上りにかかった。それは私がこれまで辿った道のりの中で、最も困難をきわめる代物だった。息を切らせながら、ひどい匂いのする船倉にやっとの思いでたどり着いた。

そこは荷箱やら、樽やら、巻かれたロープやら、錆びた鎖の塊やらで足の踏み場もなかった。隅の方でネズミが鋭い声で鳴いた。黄色い明かりは、ずっと奥にある狭いドアからこぼれていた。

レッドは私の耳に唇を寄せた。「ここからまっすぐ行くと、ボイラー室の作業用通路《キャットウォーク》がある。予備動力として蒸気エンジンが備えられているんだ。この船にはディーゼル・エンジンがついてないからね。船倉には一人しかいないはずだ。船員たちはみんな甲板に出て接客に当たっている。胴元をやったり、監視人をやったり、ウェイターをやったり、二役をこなしているわけさ。いちおうかっこうだけは船乗りとして雇われるんだがね。ボイラー室に着いたら、そこから換気パイプを抜けていく道を教えよう。格子ははまっていない。パイプは船の甲板に通じていて、そこは客には立入り禁止になっている。しかしあんたはそこを自由に歩くことができる。つまり生きているあいだは、ということだがな」

「君の親戚が船に乗っているに違いない」

「世の中にはわけのわからんことがもっとたくさんあるさ。用事は手間取りそうなのか？」

「海に放り込まれたら耳に届くはずだ」と私は言って、財布を取り出した。「そうなると、余分の手間賃が必要だろう。受け取ってくれ。自分の死体だと思って丁重に扱ってくれよな」

「これ以上あんたから金をもらういわれはないぜ」

「帰りの船賃を払っているだけさ。たとえそれが必要ないとしてもな。泣き崩れて、君のシャツを濡らしたりする前に、黙って受け取ってくれ」

「俺になにか上の方で手伝えることはあるかな？」

「必要としているのは、銀の滑らかな舌なんだが、あいにく持ち合わせているのはトカゲの背中みたいな代物だ」

「金は引っ込めてくれ」とレッドは言った。「帰りのぶんの料金はもうもらっている。あんたはただびくついているんだと思う」。彼は私の手をとった。彼の手は強くて、硬くて、温かくて、僅かにべたべたしていた。「たしかにあんた、びくついてる」と彼は囁くように言った。

「腹を据えるしかない」と私は言った。「なんとしても」

レッドはわけありげな顔をしてあちらを向いたが、貧弱な明かりの下では、細かい表情までは読めなかった。私は彼のあとをついて、いろんな箱や樽のあいだを抜け、高くなったドアの鉄の敷居を越え、船底の匂いのする薄暗い通路を抜けていった。通路を出ると、格子状の鉄でできた床になっていた。オイルでつるつるしている。そこから下に降りる鉄の梯子は、手でしっかりとつかんでいるのが難しかった。オイル・バーナーのしゅうっという緩やかな鋭い音が今ではあたりに満ちて、ほかのすべての音を圧倒していた。むっつりとそびえ立つ鉄の塊のあいだを抜けて我々はその鋭い音に向けて進んだ。

角を曲がったところに、紫色のシャツを着たすすけたイタリア系の小男がいた。針金でくくり合わせた事務椅子に腰掛け、真っ黒な人差し指と、金属縁の眼鏡の助けを借りて、裸電球の下で夕刊を読んでいた。その眼鏡はおそらく彼の祖父がかつて使っていたものだろう。

レッドは彼の背後に音もなく寄った。そして優しく声をかけた。

「よう、ショーティー。子供たちは元気かね？」

イタリア人はかくんと音を立てて口を開け、紫色のシャツのはだけたところに手を突っ込んだ。レッドは男の顎の角を殴りつけ、あっさりのしてしまった。それから男を優しく床に寝かせ、紫色のシャツを細かく裂いた。

「こんなことされるのは、顎に一発食らうよりも、こいつにとってはこたえるはずだ」とレッドは物静かな声で言った。「でもやむを得ない。誰かが換気口の梯子を上っていったら、下の方ではずいぶん派手な音がするからな。でも上には何も聞こえん」

彼はイタリア人を手際よく縛りあげ、猿ぐつわをかませ、眼鏡を畳んで安全な場所に置いた。それから我々は換気口の方に進んだ。たしかに鉄格子ははまっていない。見上げるとそこにはただ暗がりがあった。

「じゃあな」と私は言った。

「あんた、手助けが必要なんじゃないのかね」

私は濡れた犬のようにぶるっと身震いをした。「ああ、海兵隊の一個中隊を必要としているよ。しかし結局のところ、自分一人でやるか、あるいはまったくやらないか、そのどちらかしかないんだ。行くよ」

「どれくらいいるつもりだい?」。声にはまだ憂慮がうかがえた。

「一時間はかかるまい」

彼は私をじっと見つめ、唇を噛んだ。それから肯いた。「男であるというのは時としてきついものだ」と彼は言った。「もし時間があったら、あのビンゴ・パーラーに寄ってくれや」

彼は穏やかな足取りで歩き去った。四歩進んでから、また戻ってきた。「あの荷物積み入れ口が開いていたことだが」と彼は言った。「何かの取り引き材料になるかもしれん。使えそうなら使っていいぜ」。そしてさっさと行ってしまった。

38

換気口から冷たい空気が勢いよく降りてきた。てっぺんまではずいぶん距離がありそうだった。一時間とも思える三分間の道行きの後に、私はラッパのようなかたちをした開口部から用心深く頭を突き出した。キャンバスの覆いをかぶせられた救命ボートが、灰色のおぼろな影のようにすぐ隣にあった。暗がりの中で低い声が聞こえた。サーチライトの光がゆっくりと円を描いていた。その光は更に高い場所から発せられていた。おそらく途中まで断ち切られたマストの上につけられた、手すり付きの台座に据えられているのだろう。機関銃を手にした若い者が、そこに控えているに違いない。軽量のブローニングだって持っているかもしれない。おっかない話だ。誰かさんが荷物積み入れ口を親切に開けたままにしておいてくれたところで、さして慰めにはならない。

遠くから流れてくる音楽は、安物のラジオの低音みたいにぼそぼそと聞こえた。頭上にはマストのてっぺんの明かりがあり、それよりも高いところにある霧の層を通して、いくつかの星が凍てつくように光っているのが見えた。

私は換気口から抜け出した。肩のクリップから三八口径を抜き、あばらに押しつけるようにして袖で隠した。こっそり三歩ばかり進み、耳を澄ませた。何も起こらない。ぶつぶつという話し声は止んだが、それは私のせいではなかった。その声がどこから来ているのか、今ではわかっていた。二隻の救命ボートの間だ。そして夜の霧の中で、何かしら神秘的な成り行きによって、光がほどよく集まってひとつに焦点を結び、機関銃の黒々とした硬い銃身をぎらりと輝かせた。機関銃は高い三脚の上に据えられ、手すりの上から周囲を睥睨《へいげい》していた。二人の男がそのわきに、煙草も吸わず、身動きもせず立っていた。彼らのもそもそした声が再び聞こえた。内容までは聞き取れない。静かな囁きに近い。

私はその呟きにいささか長く耳を澄ませすぎていたようだ。背後からくっきりとした新たな声が聞こえた。

「申し訳ありませんが、お客様は船の甲板に出られないことになっています」

動作が素早くなりすぎないように注意しながら、背後を振り向いた。そして相手の両手に目をやった。暗がりの中で定かには見えなかったが、何も持っていないようだ。

私は肯いて、わきに寄った。ボートの蔭になって見えないところに。その男は穏やかに私のあとについてきた。濡れた甲板の上で、彼の靴は音を立てなかった。

「迷い込んでしまったみたいだね」と私は言った。

「そのようです」、若々しい声だった。大理石から切り出したようないかつい声ではない。

「しかし甲板に出る昇降口の階段にはドアがあって、ばね錠がついています。しっかりした錠前です。以前は階段はオープンで、鎖が張られて、そこに真鍮の表示がかかっていただけだったんです。でもそれだけでは元気の余った人を阻むことができないとわかりましてね」

彼は時間をかけてしゃべった。礼儀正しくしようとしていたのか、あるいはこちらの様子をうかがうためか、そのどちらかだ。どちらかはわからない。私は言った。「誰かがドアを閉め忘れたんだろう」

その影になった頭が肯いた。私よりは身長が低いようだ。

「しかしこちらの事情もどうかご理解下さい。もし誰かがドアを閉め忘れたのだとしたら、ボスはひどく腹を立てるに違いありません。もし誰も閉め忘れなかったとしたら、あなたがどうやってここまで上がってこられたのか、その経緯を知らねばなりません。そのあたりを説明していただかなくては」

「かまわないよ。下に行って、ボスと直接話をしよう」

「ほかのみなさんと一緒に来られたのですか？」

「ああ、実に楽しい一行だよ」

「じゃあ、ずっと一緒にいらっしゃるべきだった」

「やってられないよ。ちょっと目を離したすきに、誰かが俺の彼女に酒をおごっているんだ」

彼はくすくす笑った。それから顎を見えるか見えない程度に上下させた。

私は身を低くして、横にさっと飛んだ。ひっそりとした大気の中にブラックジャックがしゅうっという音を立てた。誰かが長いため息をついたみたいだった。手近にあるブラックジャックはすべて、自動的に私に向かって振り下ろされるように設定されているのかもしれない。長身の男が毒づいた。

私は言った、「上等だ。もう一度試してみるかい」

そしてかちりという確かな音を立てて銃の安全装置を外した。

ときには月並みな台詞が馬鹿にできない力を発揮することもある。長身の男はそこにのっそり突っ立っていた。彼の手首のところでブラックジャックがゆらゆらと揺れているのが見えた。私の相手をしていた男は、とくに慌てるでもなく思案を巡らせていた。

「よく考えた方がいい」と彼は重々しい声で言った。「どっちみちこの船から逃げ出すことはできないんだぜ」

「考えても詮ないことは考えないようにしているのさ」

相変わらずぱっとしない台詞だ。

「何が望みなんだ？」と彼は静かに尋ねた。

「私は拳銃を持っている」と私は言った。「しかしできればこんな物騒なものを使いたくはない。ブルーネットに話があるんだ」

「彼は用事があってサンディエゴに行っている」

「じゃあ代理の人間と話がしたい」

「まったくとんでもないやつだな」とその人当たりのよい男は言った。「下に行こう。しかし中に入る前に、そのピストルをひっこめてもらえないかな」

「中に入れてくれたら、その時点でピストルはひっこめてもいい」

彼は軽やかに笑った。「持ち場に戻っていいぜ、スリム。あとのことはこっちでやるから」

彼が私の前であきらめたように身体の向きを変えると、長身の男はいつの間にか暗闇の中に消えていた。

「じゃあ、あとをついてこい」

我々は縦に前後になって甲板を進んだ。枠を真鍮で固めた滑りやすい階段を降りた。降りたところには分厚いドアがついていた。男はそれを開け、錠前をチェックした。彼は微笑み、肯き、私のためにドアを押さえてくれた。私は戸口を抜けてから、拳銃をポケットにしまった。

ドアは閉まって、かちりと音を立てた。彼は言った。

「これまでのところ、静かな夜だ」

我々の正面には派手な装飾をしたアーチがあり、その向こうには賭博場があった。それほど混み合ってはいない。どこにでもある普通の賭博場に見えた。突き当たりにはガラスでできた短いバーがあり、スツールがいくつか置かれていた。中央には下に降りる階段があり、その階段を抜けて音楽が上がってきた。その音は膨らんだり、か細くなったりしていた。ルーレットが回転する音が聞こえた。ディーラーが一人だけの客を相手にフェロー(賭けトランプの一種)をやっていた。部屋の中にいる客は多くて六十人というところだ。フェローのテーブルには、銀行でも始められそうなくらいたっぷりと金証券が積み上げられていた。プレイしているのは年配の白髪の男で、ディーラーに対して儀礼的に注意を払っていたが、とくにゲームにのめりこんでいるようには見えなかった。

ディナージャケットを着た二人の物静かな男がアーチをくぐり、何を見るともなく、ぶらぶらと歩いてやってきた。どうやらそれが目当ての相手であるらしかった。二人がゆっくりとこちらに近づいてくるのを、私についていた背の低いほっそりした男は待ち受けていた。二人はまだアーチの向こう側にいるときから、何かを探すように横のポケットに手を突っ込んでいた。もちろん煙草を探していたのだろう。

「これから先はちっと固い話になってくる」と背の低い男が言った。「異存はなかろうね?」

「おたくがブルーネットだな」と私は前置き抜きで切り出した。

彼は肩をすくめた。「そのとおり」

「タフには見えないな」と私は言った。

「見えちゃ困る」

ディナージャケットを着た二人の男は私の方に穏やかににじり寄った。

「こっちへ来い」とブルーネットが言った。「その方が話しやすい」

彼がドアを開け、私は奥の部屋に導かれた。

部屋は船室のようでもあり、船室でないようにも見えた。真鍮のランプが二つ、暗いデスクの上にさがって揺れていた。机は木ではなく、プラスチックでできているみたいだ。突き当たりにはざらりとした木材でできた寝棚が二つあった。下側のベッドには眠るための支度がしてあったが、上の方にはレコードのジャケットがいくつか積み重ねてあった。ラジオと蓄音機が一緒になった大きな装置が、部屋の隅に置かれていた。本物の革でできた赤い大型のソファがあり、赤いカーペットがあり、灰皿スタンドがあり、煙草とディキャンタといくつかのグラスを載せた小さなテーブルがあり、寝棚とは対角線をなす端っこには小さなバーもあった。

「座れよ」とブルーネットは言って、デスクの向こう側に回った。デスクの上には商用書類らしきものがたくさん置いてあった。計算機で計算された数字の羅列が目についた。彼は高い背もたれがついた重役用の椅子に座り、少し反り返った。そして私の方を見やった。

それからもう一度立ち上がって、オーバーコートとスカーフをとり、それをわきに放り出した。そしてまた腰を下ろした。ペンを手に取り、それで片方の耳たぶを軽くつついた。そして猫が浮かべそうな笑みを浮かべた。私は猫が嫌いではない。

彼は若くもなく、年老いてもいなかった。太ってもいなかったし、痩せてもいなかった。海洋の上か海洋のそばか、そのどちらかで多くの時間を過ごしてきたために、顔の血色はよく、健康そうだった。髪は栗色で、自然なウェーブがかかっていた。海がより多くのウェーブを与えたかもしれない。額は狭く、賢そうで、その瞳にはデリケートだが、人をひやりとさせるものがあった。黄色が混じった瞳だ。美しい手をしていた。過剰に神経質に扱われているというのではない。ただ手入れが行き届いているだけだ。ディナージャケットはミッドナイト・ブルーなのだろう。黒よりも更に黒々として見える。私の趣味からすれば、彼がつけている真珠の粒は大きすぎた。でもそれはただのやっかみかもしれない。

彼はたっぷり時間をかけて私を見ていた。それから口を開いた。「この男は銃を持っている」

身なりはよいが中身はタフな男たちの一人が、私の背骨の真ん中あたりに何かを突きつけた。どうやら釣り竿ではないようだ。手が私の銃を取り上げ、ほかに武器がないかどうかを調べた。

「どうします?」と声が尋ねた。

ブルーネットは首を振った。「今はそれでいい」

用心棒の一人が私の自動拳銃を机の上に置いて、向こうに滑らせた。ブルーネットはペンを置き、レターオープナーを取り上げ、それを使ってデスクマットの上で拳銃をゆっくりと回した。

「さてと」と彼は静かな声で言って、私の肩越しに目をやった。「今何をしたらいいか、いちいち説明しなくてはならんのか？」

側近の一人が足早に部屋を出て、ドアを閉めた。もう一人はぴくりとも動かなかった。そこにいるという気配もない。いくぶん間延びした沈黙があった。聞こえるものといえば、遠いうなりのような人々の話し声と、音楽の低音と、注意しないと聞き逃してしまいそうな気怠い振動音だけだ。

「飲むか？」

「ありがたい」

ゴリラのような男が小さなバーに行って、二人分の飲み物を作った。作るときに品良くグラスを隠そうともしなかった。彼はひとつをデスクのわきに置いた。ひとつを黒いガラスのテーブルの上に置いた。

「煙草はどうだ？」

「いただこう」

「エジプト煙草だがかまわないか？」

「けっこうだ」

我々は煙草に火をつけ、酒を飲んだ。どうやら上等のスコッチらしい。ゴリラは酒を飲まなかった。

「私の用事というのは――」

「申し訳ないが、もっと重要な案件がほかにある。そうじゃないか？」

猫を思わせるソフトな微笑みと、気怠く半ば閉じられた黄色がかった瞳。

ドアが開き、出て行った男が戻ってきた。彼が連れてきたのは、高級船員服をきて、やくざな口をした例の男だった。私を目にすると、彼の顔はとたんに牡蠣のように白くなった。

「こいつは通しちゃいませんよ」、彼は唇の片端を曲げてつり上げ、慌てて言った。

「この男は銃を所持していた」とブルーネットは言った。そして銃をレターオープナーで押しやった。「これだ。言うなればだな、彼は甲板でこの銃を、私の背中に突きつけたんだ」

「こいつはほんとに通しちゃいません、ボス」と船員服の男はすがるように言った。

ブルーネットは黄色い目を微かに上げ、私に微笑みかけた。「どう思う？」

「役に立たない男は邪魔なだけだろう」と私は言った。

「水上タクシーの運転手に聞いてもらえればわかることです」と船員服はうなるような声で言った。

「お前は五時半から今まで、いっときも持ち場を離れなかったか？」

「一分だって離れちゃいません」

「そいつは間違った答えだ。ひとつの帝国が一分のうちに瓦解することもある」

「いや、一秒だって離れちゃいませんぜ、ボス」

「目にかすみがかかっていたのかもな」と私は言って、笑った。

船員服はさっと足を前に滑らせた。ボクサーのステップだ。その拳が鞭のように私の方に伸びてきた。それはもう少しで私のこめかみを捉えるところだった。そのときどさっという音が聞こえ、男のこぶしは空中で溶けてしまったみたいに見えた。彼は横向きに崩れ、机の端をつかんでから、ごろりと仰向けに倒れた。たまには別の人間がのされるのを目にするのも悪くない。

ブルーネットはなおもにこやかに私を見ていた。

「君がいい加減なことを言ったんじゃなければいいんだが」とブルーネットは言った。「もうひとつ、昇降口についたドアの一件もある」

「たまたま開いていたんだ」

「もう少しましな説明はできないのかね？」

「大勢の人間のいる前では無理だ」

「それでは君とさしで話すことにしよう」とブルーネットは言った。彼はほかの人間には目もくれなかった。

ゴリラは船員服の両脇を持って、船室の奥まで運んでいった。相棒がそこにあるドアを開いた。彼らは部屋を出て、ドアを閉めた。

「これでよし」とブルーネットは言った。「で、君は誰で、いったい何を求めているんだ？」

「私は私立探偵で、ムース・マロイと話をしたい」

「私立探偵だという証明を見せてくれ」

私はそれを見せた。彼はデスク越しに投げて返した。彼の風と陽に晒された唇は微笑みを浮かべ続けていたが、その微笑みは今ではいくぶん芝居がかって見えた。

「ある殺人事件の調査にあたっている」と私は言った。「この前の木曜日の夜に、おたくの所有するベルヴェディア・クラブ近くの崖《ブラフ》の上で、マリオットという名前の男が殺された。この事件はたまたまもう一つの殺人と繋がっている。ある女がマロイという男に殺されたんだ。銀行強盗の前科がある元服役囚で、なにしろ腕っ節の強いやつだ」

彼は肯いた。「それが俺とどういう関係があるのか、そこまではまだ聞いちゃいない。まあ何か関係があるからこそ、ここまでやって来たんだろうがな。その前にどうやってこの船に乗り込めたか、聞かせてくれないか」

「言ったじゃないか」

「でたらめだ」と彼は穏やかな声で言った。「マーロウといったな。そいつはでたらめだよ、マーロウ。君にもそれはわかっているはずだ。乗船デッキにいたあの若いのは嘘をついてはいない。私は人を選んで働かせている」

「あんたはベイ・シティーの一部を所有している」と私は言った。「その一部がどれくらいの大きさなのか私は知らない。しかし望みのものはしっかり手に入れているのだろう。ソンダボーグという男がそこで隠れ家を経営している。大麻を密売し、ピストル強盗を組織し、お尋ね者をかくまっている。当然ながら、何かしらのコネクションなしにそんな商売はやっていけない。あんたもそこに一枚嚙んでいるはずだと私は睨んでいるんだ。マロイはそこに身を潜めていた。しかしどこかに姿を消してしまった。二メートル十センチはある大男だ。簡単に身を隠すことはできない。しかし賭博船にならかくまえる」

「単純な男だな」とブルーネットは優しい声で言った。「もし俺がその男を隠したいと思ったとしよう。しかしどうしてわざわざここに運び込むような危険を冒さなくちゃならない？」、彼は酒を一口飲んだ。「それに俺の商売はもっと違う方面だ。タクシー・サービスを無事に維持するだけでも一仕事なんだぞ。世の中には悪党が身を潜めることのできる場所がいくらでもある。もちろんそいつが金を持っていればの話だがな。もっとまともなことは思いつけないのか」

「思いつけるが、どれも納得はいかない」

「俺が君のためにしてあげられることは何もないよ。さあ、それでどうやってこの船に乗り込めたんだ?」

「教えるつもりはない」

「とすると、無理にでも口をきいてもらうことになるぞ、マーロウ」、真鍮の船舶用ランプの明かりを受けて、彼の歯がきらりと光った。「そういうことも、やろうと思えばやれる」

「もし教えたら、マロイに伝言をしてくれるか?」

「どんな伝言かね?」

私はデスクの上の財布に手を伸ばし、そこから名刺を一枚抜き出し、デスクの上に裏返して置いた。私は財布を押しやり、かわりに鉛筆を取った。そして名刺の裏に単語を五つ書いた。それをテーブルの向こうに差し出した。ブルーネットはそれを手に取り、私が書いたものを読んだ。「俺にはさっぱり意味がわからんね」と彼は言った。

「マロイにはわかる」

彼は身体を後ろにそらせ、じっと私を見た。「不思議な男だな。命がけでここまでやってきて、私に名刺を寄越し、どこかの誰かもわからんならずものにそれを渡せという。正気の沙汰じゃないぜ」

「もしあんたが本当に知らないのだとしたら、確かに筋は通らない」

「どうして拳銃を陸に残して、ごく当たり前に船に乗らなかったんだ？」

「最初はうっかりしていた。しかしもう一度出直したところで、あの高級船員の格好をしたタフガイは私を通しちゃくれないだろう。そこでたまたまある男に出会ったんだ。この船に乗り込む別の方法を知っている男とね」

新しい炎を得たかのように、彼の黄色い目が燃えた。微笑んだが、何も言わなかった。

「この男はやくざじゃない。しかし海の近辺を出入りして、耳を澄ませている。この船には荷物積み入れ口がある。扉は内側から鍵をかけられていない。そこから換気口のシャフトが伸びているが、鉄格子は取り払われている。男を一人ノックアウトすれば、甲板に上がることができる。乗組員を点呼してみた方がいいんじゃないかな、ブルーネット」

彼は静かに唇を動かした。ひとつの唇を他方に重ねた。そしてもう一度名刺を見下ろした。「マロイという名前の男はこの船には乗っていない」と彼は言った。「しかし荷物積み入れ口のことが本当だとしたら、そいつは耳寄りな情報だ」

「本当かどうか調べてみればいい」

彼はまだ視線を落としていた。「もしマロイに伝言する手だてがあるなら、伝言はしてやるよ。なんで俺がそんなことをしなくちゃならないのか、もうひとつ解せないが」

「荷物積み入れ口を調べてみるんだな」

彼はしばらくのあいだそこにじっと座っていた。それから前屈みになって、デスク越しに拳銃を押して寄越した。

「俺もずいぶん忙しい人間らしい」と彼はまるで独りごちるみたいに、感慨を込めて言った。「街を動かし、市長を選出し、警察を買収し、麻薬をさばき、やくざを匿い、ばあさんが首に巻いた真珠のネックレスを奪う。体がいくつあっても足りないじゃないか」、彼は短く笑った。「おかしいねえ」

私は手を伸ばして拳銃を取り、わきの下に戻した。

ブルーネットは立ち上がった。「俺は何も約束はしないぜ」と彼はじっと私を見ながら言った。「しかし君の言うことは信じよう」

「約束までは期待しちゃいない」

「それだけを聞くために、ずいぶん危ない橋を渡ったものだな」

「たしかに」

「さてと——」、彼はとりとめのない動作をして、それからデスク越しに手を差し出した。「やわな男と握手をしてくれ」と彼は柔らかな声で言った。

私は彼と握手をした。手は小さく、がっしりとして、少し熱かった。

「どうやってその荷物積み入れ口を見つけたか、そこまで教えるつもりはないんだな」

「教えることはできない。しかし私にそれを教えてくれた相手は、悪党じゃない」

「口を割らせることもできるんだ」と彼は言ったが、すぐに首を振った。「いや。俺は一度君を信じた。もう一度信じよう。そこにおとなしく座って、もう一杯やって行けよ」

彼はブザーを押した。後ろにあるドアが開き、なりの良いタフガイの一人が中に入ってきた。

「ここにいて、酒のお代わりが必要なら作ってさしあげろ。荒っぽいことはなしだ」

用心棒は腰を下ろし、私に穏やかに微笑みかけた。ブルーネットは急ぎ足でオフィスを出て行った。私は煙草を吸った。酒を飲み干した。用心棒がお代わりを作ってくれた。私はそれを飲み干し、新しい煙草に火をつけた。

ブルーネットが戻ってきて、部屋の隅に行って両手を洗った。それからまた机の向こうに座った。彼が顎をしゃくると、用心棒は何も言わずに部屋を出て行った。

黄色を帯びた目が私をじっと観察した。「君の勝ちだ、マーロウ。この船の乗組員リストにはなにしろ百六十四もの名前が連なっていてね。さてと――」、彼はそう言って肩をすくめた。「水上タクシーで帰ってくれ。誰も邪魔だてはしない。君のメッセージを伝える件だが、いくつかつてがある。当たってみよう。おやすみ。君にはたぶん礼を言うべきなのだろうな。身をもって実例を示してくれたことで」

「おやすみ」と私は言った。そして立ち上がり、部屋を出た。

乗船デッキには別の男がいた。前とは違うタクシーで陸まで送られた。私はビンゴ・パーラーに行って、人混みに紛れて壁にもたれかかっていた。

ほどなくレッドがやってきて、隣の壁にもたれた。

「なあ、簡単だったろう?」とレッドはソフトな声で言った。テーブルで番号を読み上げる男の太いクリアな声とは対照的だった。

「ありがとう。情報は評価された。真剣に案じていたよ」

レッドは左右をうかがってから、口を私の耳に更に寄せた。「目当ての男は見つかったか?」

「いや、しかしブルーネットが、彼にメッセージを伝える方法を探してくれそうだ」

レッドは首を曲げて、またテーブルの方を見た。彼はあくびをし、壁から離れて身体をまっすぐにした。鷲鼻の男がまた入ってきた。レッドは彼の前に進み出て「よう、オルソン」と言った。そして体をぶっつけるようにすれ違い、もう少しで相手を転倒させるところだった。

オルソンは苦い顔をしてその姿を見送っていた。帽子をまっすぐにし、床に憎々しげに唾を吐いた。

彼が行ってしまうと、私はそこを出て、車を停めた線路近くの駐車場に向かって歩いた。

車を運転してハリウッドに戻った。車を置いて、アパートメントまで歩いた。

靴を脱ぎ、ソックスだけで歩き回り、指に床の感触を感じさせた。まだときどきそこの感覚が麻痺する。

それから私は壁収納式のベッドの片側に腰掛けて、時間を計算してみた。しかし計算のしようがなかった。マロイが見つかるまで何時間もかかるかもしれない。何日もかかるかもしれない。その前に、警察に捕まるかもしれない。もし彼らに捕えられれば――それも生きて捕えられれば、ということだが。

39

ベイ・シティーにあるグレイルの家の電話番号を回したのは、十時近くだった。時間が遅すぎるから、たぶん電話には出ないだろうと思っていたのだが、それは間違いだった。メイドが出て、執事が出て、そういうふるいをさんざんくぐり抜けたあとで、ようやく女主人の声を耳にすることができた。夜のこの時間にしては彼女の声はすがすがしく、勢いがあった。

「電話をかけると約束した」と私は言った。「いささか遅くなってしまったけれど、やることがいっぱいあったものでね」

「またすっぽかすんじゃないわよね」、彼女の声が冷ややかになった。

「それはないはずだ。おたくの運転手はこの時間でも仕事をしているのかい？」

「うちの運転手は、私が言えばどんな時間でも仕事をするの」

「じゃあこっちに来て、私を拾ってくれないかな？　若き日の一張羅のスーツに身体を押し込んで待っているよ」

「それはどうも」と彼女は気怠そうに言った。「でも私がわざわざ出向くほどのことなのかしら？」。アムサーはどうやら彼女の発語能力に見事な寄与を果たしたらしい。もともと何か問題らしきものがあったとすればだが。

「エッチングをひとつ見せたいのだが」

「エッチングは一枚きりなの？」

「なにしろ一間のアパートメントだからね」

「世間にはそういうものがあるそうね」と彼女はまたとろんとした声を出した。それから口調を変えた。「あんまり気を持たせるような真似はしない方がいいわよ。でもまあ、あなたはなかなか素敵な身体をしている。それは認めなくっちゃね。住所をもう一度教えてちょうだいな」

私はアパートメントの住所を教えた。「玄関のドアはロックされている」と私は言った。「でも下に行って掛けがねを外しておくよ」

「そうしてちょうだい」と彼女は言った。「かなてこをさげて行きたくはないから」

彼女は電話を切った。実在しない人間と話をしたみたいな、不思議な感覚があとにいくらか残った。

ロビーに降りていってドアの掛けがねをはずした。それからシャワーを浴びてパジャマに着替え、ベッドに横になった。そのまま一週間だって眠れそうだった。しかし自分をベッドから引きはがすようにしてもう一度起きあがり、ドアの錠をかけた。それを忘れていたのだ。そしてかちかちに固まった深い雪だまりを乗り越えるようにキッチネットまで行き、スコッチのボトルとグラスを並べた。正真正銘ハイクラスな相手を口説くときのために大事にとっておいた逸品だ。

それからもう一度ベッドに横になった。「お祈りをしろ」と声に出して言った。「お祈りくらいしか頼るものはないんだから」

私は目を閉じた。部屋の四方の壁は、船の脈動をこもらせていた。静止した大気が霧に混じってしたたり落ち、海風に吹かれてさわさわと音を立てている。使われていない船倉の重くこもった空気を吸うこともできた。エンジン・オイルの匂いを嗅ぎ、紫色のシャツを着たイタリア人の姿を見ることができた。彼は裸電球の下で、祖父譲りの老眼鏡をかけて新聞を読んでいた。私は換気パイプをどこまでもよじ上っていった。ヒマラヤ山脈を登り、そして甲板に出た。まわりにはマシンガンを持った連中がうろついていた。私はそれなりに人間味のある、黄色っぽい瞳を持った小柄な男と話をした。やくざか、あるいはそれより更にたちの悪いことをやっている男だ。紫色の瞳を持った赤い髪の大男のことも考えた。私が今まで会った中ではおそらく、いちばん好感の持てる男だった。

私は考えるのをやめた。閉じられた瞼の向こうで光が動いた。私は空白の中に迷い込んでいた。私は実のない冒険から帰還した金箔付きの間抜けだった。私はダイナマイトの百ドルのパッケージだった。爆発しても、質屋が一ドルの腕時計を見るときみたいなしけた音しか立てないようなやつだ。私は市庁舎の壁をもそもそとよじのぼっていくピンク色の頭の虫だった。

私は眠っていた。

目を覚ましたくなんかなかったが、それでも私はそろそろと目を覚ました。目は天井に反射するライト・スタンドの明かりを眺めていた。何かが部屋の中をそっと動いていた。その動きはこっそりとして、密やかで、重みを持っていた。私はそれに耳を澄ませた。それからおもむろに頭を横に向け、ムース・マロイの姿を認めた。そこには影があり、彼は影の中を動いていた。前に会ったときと同じように、物音ひとつ立てることなく。彼が手にしている拳銃には油が引かれ、黒々としたビジネスライクな光沢があった。帽子はカールした黒髪の後方に押しやられ、その鼻はまるで猟犬の鼻のようにくんくんと動いていた。

私が目を開《ひら》くのを彼は見ていた。柔らかな足取りでベッドのそばに寄り、そこに立って私を見下ろした。

「伝言は受け取ったぜ」と彼は言った。「このまわりはよくよく調べた。あたりにおまわりはいないようだ。もし罠だったら、ここから死人が二人出る」

私がベッドの上で身をねじると、マロイは手早く枕の下を探った。彼の顔は相変わらず横幅があり、青白く、奥に引っ込んだ瞳には優しげな色がうかがえた。今夜はオーバーコートを着ていた。かなりぴったりしている。片方の肩の縫い目がはち切れていた。何をしたでもなく、ただ着ているだけでそうなったのだろう。店ではいちばん大きなサイズだったのかもしれない。しかしそれでもなおムース・マロイには足りないのだ。

「よく来てくれた」と私は言った。「警察はこれについちゃ何も知らない。私がただ君に会いたかったというだけだ」

「話を聞こう」と彼は言った。

彼は横に動いてテーブルのところに行き、拳銃を置き、オーバーコートを引きはがすようにして脱いだ。そしてうちにあるいちばん上等なイージー・チェアに腰を下ろした。椅子は苦しそうに軋んだが、それでもなんとか持ちこたえた。彼はゆっくりと身体を後ろに反らせ、右手が届くところに拳銃を置いた。ポケットから煙草の箱を取り出し、一本振り出し、指を使わずに口にくわえた。親指の爪でマッチの火をつけた。きりっとした匂いの煙がこちらに漂ってきた。

「あんた、体の具合が悪いのかね？」と彼は言った。

「ただ身を休めているだけだ。きつい一日だったんでね」

「ドアが開いていた。誰か待っていたのか？」

「女さ」

彼は何かを推し量るみたいに私をじっと見た。

「たぶん彼女は来ないだろう」と私は言った。「もし来たら、適当なことを言って、中には入れない」

「どんな女だ？」

「普通の女さ。来たら追い返すよ。私としては君と話がしたいんだ」

彼はとても淡く微笑んだ。口もとはぴくりとも動かない。ぎこちない手つきで煙草をふかせた。そんな小さなものを指で扱うのは骨が折れるとでもいわんばかりに。

「なんで俺がモンティーに乗っていると思ったんだ？」と彼は尋ねた。

「ベイ・シティーの警官から話を仕入れた。長い話で、そこにはあまりに多くの推測が含まれている」

「ベイ・シティーの警察が俺のあとを追っているってことか？」

「それが気になるか？」

彼はまた淡い微笑みを浮かべた。それから僅かに首を振った。

「君は女を一人殺した」と私は言った。「ジェシー・フロリアンだ。それは間違いだった」

彼はそのことを考えた。それから肯いた。「俺があんたならその話は持ち出さねえな」と静かな声で言った。

「しかしそいつがものごとを台無しにしてしまった」と私は言った。「私は君のことが怖くない。君は殺人者じゃない。君には彼女を殺すつもりはなかった。もう一人の相手についていえば――セントラル・アヴェニューの男だが――殺そうと思って殺せたかもしれない。しかし女の頭をベッド・ポストに何度も叩きつけて、脳味噌を飛び出させるというのは、君には意図してやれることじゃない」

「口には気をつけた方がいいぜ、ブラザー」と彼はソフトな声で言った。

「ここのところあれこれひどい目にあわされてきた」と私は言った。「ひとつ増えても減っても、どうってことはない。彼女を殺すつもりは君にはなかった。違うか？」

彼の目は落ち着かなくなった。耳を澄ませるように首を傾げた。

「自分にどれくらい力があるか、わかってもいい頃だ」と私は言った。

「もう遅すぎる」と彼は言った。

「君はあの女の口から何かを聞き出したかった」と私は言った。「だから女の首を摑んで揺すった。君が彼女の頭をベッド・ポストに思い切りぶっつけたときには、彼女はすでに死んでいたんだ」

彼はじっと私の顔を見た。

「君が彼女の口から何を聞き出したかったか、私は知っている」と私は言った。

「聞こうじゃないか」

「フロリアンの死体を発見したとき、警官が一人同行していた。隠しごとはできなかった」

「どこまでしゃべった？」

「かなりのところまで」と私は言った。「しかし今夜のことは誰にも言っていない」

彼はじっと私を見た。「オーケー。俺がモンティーに乗っていることがどうしてわかった？」、彼は前に私にそれを質問していた。自分の言ったことを忘れているみたいに見えた。

「知っていたわけじゃない。ただ逃亡するには海路がいちばん便利だ。君がベイ・シティーで受けていた扱いを見れば、賭博船のひとつにかくまわれるというのは、十分にあり得ることだ。そこからなら、簡単に高飛びすることもできる。確かな手助けさえあればな」

「レアード・ブルーネットはいいやつだ」と彼は中身のない声で言った。「そう聞いている。俺は口をきいたことすらないがね」

「彼はメッセージを君に伝えてくれた」

「そんなこと、やつにとっちゃ朝飯前だ。情報網を張り巡らしているからな。それで、名刺の裏に書いてあったことを、あんたはいつやってくれるんだね。あんたは嘘をついていないと、俺は勘で思った。さもなければ、のこのこんなところに出向いてくるものか。俺たちはこれからどこに行くんだ？」

彼は煙草を消して、私を見ていた。その影が壁の上におぼろげに浮かんでいた。巨人の影だ。その図体はあまりに大きくて、現実のものとは思えなかった。

「どうして俺がジェシー・フロリアンをぼこぼこにしたと思ったんだ？」と突然彼は尋ねた。

「首についていた指のあとがあまりにも離れすぎていた。君には彼女から聞き出したいことがあった。そして君は力が強いから、そのつもりがなくても人を殺してしまいかねない」

「警官は俺を犯人だと思っているのか？」

「それはわからん」

「それで、俺はあの女から何を聞き出そうとしていたんだね？」

「彼女はヴェルマの行き先を知っているかもしれないと君は考えた」

彼は何も言わずに肯いた。そしてそのまま私の顔を見ていた。

「しかしフロリアンは知らなかった」と私は言った。「ヴェルマはあの女より数段上手だ」

ドアに軽いノックの音があった。

マロイは心持ち前屈みになり、微笑み、拳銃を手に取った。その誰かはドアノブを試していた。マロイはそろりと立ち上がり、腰を屈めて前に身を乗り出し、耳を澄ませた。それからドアから目を離し、振り向いて私を見た。

私はベッドの上に起きあがり、床に足を下ろして立った。マロイは身動きもせず、黙って私を見ていた。私はドアの前に行った。

「誰?」と私はパネルに唇をつけて言った。

間違いなく彼女の声だった。「ドアを開けなさい、お馬鹿さん。ウィンザー公夫人よ」

「ちょっと待って」

私はマロイを振り返った。彼は眉をひそめていた。私は彼のところに行って、声を殺して言った。「出入り口はほかにないんだ。ベッドの奥にある化粧室に入っていてくれないか。うまく追いかえすから」

彼はしばし思案した。その表情は読みとりにくかった。今の彼には失って困るものはほとんど何もない。恐怖を感じない男なのだ。これほど広々とした図体の中にも、恐怖という感情の居場所はない。彼はようやくこっくりと肯き、帽子とコートを手に取り、音もなくベッドを回り込んで、化粧室に入った。ドアは閉まったが、ぴたりと閉められてはいなかった。

彼が何か残していかなかったか、ざっとあたりを見まわした。煙草の吸い殻が残っていたが、どこにでもある銘柄のものだった。それから戸口に行ってドアを開けた。マロイは部屋に入ったときに、鍵を掛けなおしていたのだ。

彼女はそこに淡い微笑みを浮かべて立っていた。襟の高い純白のキツネの外套《クローク》。以前話に聞いていたやつだ。両方の耳からエメラルドのペンダントが下がっていたが、それらは白いソフトな毛皮の中におおかた埋まっていた。彼女の指は、手にしているパーティー用の小さなバッグの上に軽く曲げられていた。

私の姿を見て、その顔から笑みが消えた。彼女は私を上から下までじろりと見渡した。まなざしは冷ややかなものになっていた。

「そう、こういうことだったのね」と彼女はうんざりしたような声で言った。「パジャマに化粧着。私に素敵なエッチングを見せる。私は馬鹿だったわ」

私は脇に寄ってドアを押さえた。「そいつは誤解だ。服を着替えかけたところに、警官が急にやってきた。さっき引き上げていったところなんだ」

「ランドール？」

私は肯いた。肯くだけでももちろん嘘になる。しかし比較的気が楽な嘘だ。彼女は少し迷ったが、私のそばを通って中に入った。香水を振った毛皮が、私の鼻先で小さな渦をまいた。

私はドアを閉めた。彼女はゆっくりとした歩調で部屋の奥まで行った。表情のない目で壁を眺めて、それから私の方に素早く向き直った。

「お互いに誤解のないようにしておきましょう」と彼女は言った。「私はそんなお手軽な女じゃないの。せせこましい寝室でのどたばたした情事なんてごめんよ。そういうのは昔話、もううんざりなの。ものごとには情緒ってものがなくちゃね」

「出ていく前に一杯やらないか」、私はまだ戸口にもたれかかっていた。彼女は部屋の奥の方にいた。

「出ていくって言ったかしら？」

「ここは気に入らない様子だったが」

「私は要点を明らかにしておきたかっただけ。そのためにはあまり面白くないことも口にしなくてはならない。私はね、そのへんのやらせ女とは違うの。男に身を任せることもあるかもしれない。でもそれほどお手軽にはいかない。ええ、一杯いただくわ」

私はキッチネットに行って二人分の酒をこしらえた。両手はまだ定かとは言えない。私はグラスを二つ持って運び、ひとつを彼女に差し出した。

化粧室からは物音ひとつ聞こえなかった。息づかいさえ聞こえない。

彼女はグラスを手に取ってそれを味わい、グラス越しに向こうの壁を見た。「パジャマ姿の男の人に迎えられるのって好きじゃないわ」と彼女は言った。「どうしてかはわからないけど、あなたのことが気に入ったのよ。とても気に入った。でも必要とあらばすんなり忘れちゃえる。これまでだって何度も、その手のことはうまくこなしてきたんだから」

私は肯いて酒を飲んだ。

「たいていの男は薄汚い獣よ」と彼女は言った。「そんなことを言い出せば、この世界だって薄汚い世界なんだけどね」

「そこでお金がものを言う」

「それはお金を持ちつけない人間が考えることよ。実際にはね、お金は新たな面倒を産み出すだけ」、彼女は意味ありげな微笑みを浮かべた。「そのうちに古い面倒がどれほどきついものだったか、思い出せなくなる」

彼女はバッグから金のシガレット・ケースを取り出し、私はそちらに寄ってマッチの火を差し出した。彼女は淡い煙の雲を吐き、半ば閉じた目でそれを眺めた。

「私のそばに腰掛けて」と彼女は出し抜けに言った。

「その前にちょっとした話をしないか」

「どんなことでしょう。ああ――私の翡翠の話かしら」

「殺人《ころし》についてだよ」

彼女の顔はまったく変化を見せなかった。彼女はもう一度煙を吐き出した。今回は前よりもゆっくりと、そして用心深く。「あまり楽しい話題とはいえない。今ここでそういう話をしなくちゃならないわけ？」

私は肩をすくめた。

「リン・マリオットはたしかに聖人君子というわけではなかった」と彼女は言った。「それでも人の死について語るのはあまり気持ちが良くない」

彼女は冷ややかな目で長い間私を見ていた。それから開いたバッグの中に手を入れ、ハンカチを取り出した。

「実を言うと、マリオットが宝石強盗団の手先だったとは、私は考えていないんだ」と私は言った。「警察の連中はいちおうそのように考えているふりをしているが、連中はふりをすることに長けている。また、彼が本格的にゆすりをやっていたとも思っていない。おかしなことにね。おかしくないか？」

「そうかしら」、その声は今では見事に冷え切っていた。

「まあ、それほどおかしくないかもしれない」と私は相手に話を合わせ、酒の残りを飲んだ。「ここまで出向いてくれて、とても感謝しているよ、ミセス・グレイル。しかしどうやら気まずいことになってきたようだな。実を言うと私には、マリオットがギャング団に殺されたとも思えないんだ。私の考えを言わせてもらえれば、あのキャニオンに行ったのは、翡翠のネックレスを買い戻すためでもない。そもそも翡翠は最初から盗まれてもいない。彼があのキャニオンに行ったのは、殺されるためだった。もちろん本人はそんなこと思いも寄らない。殺人の片棒をかつぐためにそこに行くつもりでいた。しかしマリオットはどう見ても殺人に向いた男じゃない」

女は僅かに前に身を屈め、その微笑は一刻み生気を失った。そして何がどう変化したというのでもないのだが、彼女は出し抜けに美しい女であることをやめてしまった。百年前なら危険な女、二十年前なら向こう見ずな女、しかし今ではただのハリウッドの安物女優、そんな女になった。

彼女は何も言わなかったが、その右手はバッグの口金を小刻みに叩いていた。「おそろしく不手際な殺し屋だった」と私は言った。「シェークスピアの『リチャード三世』に出てくる第二の刺客に似ている。男の中にはまだ良心の残滓がある。しかし金がほしい。そして結局は殺しきれずに終わってしまう。殺してしまうだけの決心がつかなかったからだ。そういう殺人者はなにより危険だ。排除されなくてはならない。ときにはブラックジャックによってね」

彼女は微笑んだ。「それで、彼が殺そうとした相手は誰なのかしら？」

「私だ」

「それは信じがたい話ね。いったい誰があなたをそこまで憎むのかしら。そしてあなたは私の翡翠がそもそも盗まれてもいないと言う。そう断言できる証拠を持っているの？」

「証拠があると言った覚えはない。ただ自分の考えを述べているに過ぎない」

「だったらどうして、そんなことをいちいち言い立てるのかしら。意味ないでしょうに」

「証拠というのは常に相対的なものだ」と私は言った。「バランスがどちらに傾くかで、かいかいないかもしれないが既成事実になる。要は、それがどれほどの説得力を持つかということだ。

いささか弱くはあるが、私を殺すための動機はひとつあった。以前セントラル・アヴェニューで歌っていた女歌手の足取りを私は追っていた。それと時を同じくして、刑務所での服役を終えたばかりのムース・マロイという男も彼女の行方を捜していた。あるいは私はマロイの捜索の手伝いをしているのかもしれない。歌手の行方が突きとめられる可能性は十分にあった。だからこそ、彼女は必死になってマリオットを説得したんだ。私を始末しなくてはならないし、それも一刻を争うのだと。マリオットもその必死さ故に話を信じたわけだ。しかしマリオットを殺すための動機は、私を殺すための動機よりしっかりしたものだった。なのにマリオットにはそれが見抜けなかった。うぬぼれのせいかもしれないし、愛のせいかもしれない。強欲のせいかもしれない。あるいはそれらが全部かさなったのかもしれない。私にはわからない。彼は怯えていたが、それは我が身を案じたせいじゃない。彼が怯えていたのは、自分が暴力沙汰に関わることについてであり、その結果罪に問われることについてだった。しかし一方で金も欲しかった。だから一か八かやってみようと腹を決めたんだ」

私はそこで話を中断した。彼女は肯いて言った。「なかなか興味深いお話ね。取り合ってくれる人がどこかにいればということだけど」

「ここにいるさ」と私は言った。

我々は正面からお互いの顔を見つめ合った。彼女はまた右手をバッグの中に入れていた。

その手が何を摑んでいるのか、おおよその見当はついた。しかしそれはまだ取り出されなかった。何ごとにも潮どきというものがある。

「つまらない探り合いはもうよそうじゃないか」と私は言った。「ここには我々二人しかいないんだ。誰も聞いてやしない。お互い、言いたいことを言えばいい。何を言おうが、それで言質をとられることもない。裏街道を歩いてきた女が大富豪と結婚する。首尾よく上流社会に潜り込もうというところで、一人のみすぼらしいばあさんが彼女の素性を知る。ラジオで彼女の歌う声を耳にして、この声には聞き覚えがあると思って、会いに行ったのかもしれない。このばあさんには口止めをする必要があった。しかし払う金はしれたものだ。女の摑んでいた秘密は大したものじゃなかったからな。ところがこの女に対する窓口の役目を引き受け、月々の支払いをし、彼女の住んでいる家の抵当権を持ち、下手な真似をすればすぐにでも彼女をどぶに放り込める立場にいる男は、あまりに多くを知りすぎていた。またこいつは、はした金ではすまない男だ。しかしそれだってべつに大した問題ではない。秘密を知る人間がほかにいないとすればだ。ところがある日、ムース・マロイというタフガイが刑務所を出てきて、昔の恋人の行方を捜し始めた。その大男は彼女を愛していたし、今でもまだ愛している。そのへんから話はおかしなことになってくる。悲劇的なまでにねじくれてくる。おまけにおおむね時を同じくして、一人の私立探偵が嗅ぎ回り始めた。そうなると、マリオットという鎖の弱い部分を放置しておけなくなる。彼は今では不安材料だ。こいつを押さえられたら、もうおしまいだ。なにしろなよなよしたやつだ。締め上げられたら、ひとたまりもない。一切合財ぶちまけてしまうだろう。そうなる前にこの男を始末しなくてはならない。ブラックジャックで。君の手で」

ミセス・グレイルはバッグから手を出した。手には拳銃が握られていた。彼女はそれを私につきつけ、微笑むだけでよかった。一方、私にできることは何ひとつなかった。

しかしそこに新たな展開が加わった。ムース・マロイがコルト四五口径を手に、化粧室から出てきたのだ。その拳銃は彼の毛深い大きな手の中では、相変わらず玩具のようにしか見えなかった。

マロイの目には私の姿はまったく映っていなかった。彼が見ているのはただ一人、ルーイン・ロックリッジ・グレイル夫人だった。彼は前屈みになり、女に向かって微笑みかけ、そして優しい声で言った。

「声でわかったよ」と彼は言った。「俺はその声を八年間、いっときも忘れなかった。俺としちゃ、以前の赤毛の髪もけっこう気に入っていたんだがな。ようベイビー、久しぶりじゃないか」

彼女はそちらに拳銃を向けた。

「私に近づくんじゃない。このうすのろが」と彼女は言った。

彼は凍りついたように立ち止まり、拳銃を持った手をだらんと下におろした。二人のあいだは五十センチほどの距離しかなかった。彼は荒い息をしていた。

「今まで考えもしなかったが」と彼は静かな声で言った。「今思い当たった。お前が俺をサツに売ったんだな。お前が。かわいいヴェルマが」

私はクッションを投げつけた。しかしそのときはもう遅すぎた。彼女はマロイの腹に弾丸を五発撃ち込んだ。指を手袋に入れるときほどの音しか聞こえなかった。

それから銃を私に向けて撃った。しかし弾丸は切れていた。彼女は床に落ちたマロイの拳銃に飛びついた。二つ目のクッションはうまく命中した。私はベッドを回り込んで、彼女が顔からクッションをはがす前に突き飛ばした。そしてコルトを拾い上げ、それを手にもう一度ベッドを回り込んだ。

マロイはまだ立っていた。しかし身体は揺らいでいた。口はだらんと垂れて、両手は身体をまさぐっていた。ゆっくりと膝をつき、ベッドの上に横向けに倒れた。顔はうつ伏せになっていた。彼の喘ぎの音が部屋を満たしていた。

女が動く前に私は受話器を手にしていた。彼女の目は半ば凍った水のように、よどんだ灰色になっていた。彼女は走って戸口に向かった。私はそれを阻まなかった。彼女はドアを大きく開け放したまま行ってしまった。私は電話をかけ終えると、そこに行ってドアを閉めた。ベッドに戻り、窒息しないように、マロイの頭を少し曲げてやった。まだ息はあったが、五発の弾丸を食らったとなれば、いくらムース・マロイでも長くはもつまい。

ランドールの自宅に電話をかけた。「マロイだ」と私は言った。「私のアパートメントにいる。五発撃ち込まれている。撃ったのはミセス・グレイルだ。救急病院に電話をした。彼女は逃亡したよ」

「うまく仕組んだな」、ランドールはそれしか言わなかった。そのまま素早く電話を切った。

私はベッドに戻った。マロイは今ではベッドの脇で両膝をついていた。片手でシーツをわしづかみにし、何とか起き上がろうとしていた。顔には玉のように汗が浮かんでいた。瞬きは緩慢になり、耳たぶは黒ずんでいた。

救急車が到着したときにも、マロイはまだそこに両膝をついて、立ち上がろうと努めていた。担架に乗せるのに四人が必要だった。

「命をとりとめる見込みはわずかだがある。もし二五口径であればね」、救急車についてきた医師は引き上げる時にそう言った。「内部のどこに当たっているかによる。しかし助かるチャンスはある」

「本人は助かることを望むまい」と私は言った。

そのとおりだった。彼はその夜に息を引き取った。

40

「あなたはディナー・パーティーを開けばよかったのよ」、アン・リオーダンはタン色の模様入り絨毯をはさんで、私の顔を見ながら言った。「きらきらと輝く銀器とクリスタル、ぱりっとした目映いばかりのリネン——ディナー・パーティーを開くようなところでまだリネンなんてものが使われていればだけど——燭台の明かり、とっておきの宝石を身につけた女性たち、ホワイト・タイ姿の男たち、布でくるんだワインのボトルを手に、慎み深くあたりを行き来する召使いたち、居心地悪そうに借り物のディナージャケットに身を包んだ、見るからに変装と知れる警官たち、うわべだけの微笑みを顔に浮かべ、手元が落ち着かない容疑者たち、そしてあなたが長いテーブルの上座に座って、ちょっとずつ小出しにしながら、すべての謎を解き明かしていくの。そのチャーミングな淡い微笑みと、ファイロ・ヴァンスのようなまがいものの英国風アクセントを織り交ぜてね」

「いいね」と私は言った。「なかなか愉しそうな話だ。何かちょっと手にとって口に運べるものがあるともっといいんだが」

彼女はキッチンに行ってからからと氷の音を立て、丈の高いグラスに入れた酒を二つ手にして戻ってきた。そして再び腰を下ろした。

「あなたのガールフレンドたちの払う酒代はきっとひっくり返るほどのものなんでしょうね」、彼女はそう言って酒を一口すすった。

「そのとき突然、執事が卒倒するんだ」と私は言った。「もっとも殺人犯は執事ではない。彼はただ舞台効果を盛り上げようとしただけだ」

私は酒を口にした。「今回の話にはそんな優雅な趣はないよ」と私は言った。「お洒落でもないし、才気に富んでいるわけでもない。ただ暗くて、血なまぐさいばかりだ」

「結局、彼女は捕まらなかった」

私は肯いた。「今のところはね。彼女は屋敷には帰っていない。どこかにちょっとした隠れ家を用意していたのだろう。そこで服を着替え、見かけを変えられるようなところをね。なんといっても彼女は常に危険と背中合わせの生活を送っていた。水夫の暮らしと同じだよ。うちにやってきたときは一人だった。運転手もついていなかった。小さな車を自分で運転してやってきたんだ。車は十ブロックばかり離れたところに置き去りにされていた」

「警察はきっと彼女を見つけ出すでしょうね。もし真剣に捜索する気があればだけど」

「それはうがちすぎだ。彼らは真剣にやるよ。地方検事のワイルドは公正な男だ。以前彼のもとで働いていたことがある。しかしグレイル夫人を逮捕したところで、なんともなりゃしないさ。二千万ドルの財産がついているし、あのとおりの美貌だし、リー・ファレルだかレネンケンプだか、やり手の弁護士がつくだろう。彼女がマリオットを殺害したと証明するのは至難の業だ。検察が持ち出せるのは、一見もっともらしい動機と、過去の人生くらいのものだ。もし彼女の過去を辿ることができればとすればだがね。彼女にはおそらく前科はあるまい。もしあったとしたら、話はもっと違う展開になっていたはずだ」

「マロイの件はどうなるの？　もしもっと前にあなたが彼の話をしてくれていたら、彼女がどういう素性の女か、私にもすぐに見抜けたはずなのに。だけどどうやってあなたにはそれがわかったの？　二つの写真には違う女性が映っていたのでしょう」

「そのとおりだ。フロリアンばあさんだって写真が取り替えられていたことを知らなかったんじゃないかな。ヴェルマの写真を見せられたときにちょっと驚いたような顔をしていたからな。ヴェルマ・ヴァレントっていう署名のある写真さ。あるいは彼女は知っていたのかもしれない。あとで私に売りつけようという魂胆で隠していたのかもしれない。それが無害であることはわかっていたからね。誰か別の娘の写真と、本物の写真とを、マリオットがすり替えておいたんだ」

「でもそれはあくまで推測に過ぎない。そうでしょう」

「それが真相に違いない。マリオットが電話で私を呼びつけて、宝石強盗に金を払って買い戻すというでたらめをまことしやかに話したのは、私がミセス・フロリアンに会いに行って、ヴェルマの消息を尋ねたからだ。そしてマリオットが殺されたのは、彼が鎖の弱い部分だったからだ。ミセス・フロリアンはヴェルマがルーイン・ロックリッジ・グレイルの奥方に収まっていることを知らなかったのだろう。もし知っていたら、あの程度のはした金で満足するはずがない。ヨーロッパに行って結婚したとグレイルは言っている。そして彼女は本名で婚姻届を出している。それがどこで、いつのことか、明らかにするつもりは彼にはない。彼女の本名を明らかにするつもりもあるまい。彼女が今どこに身を潜めているかもね。彼はおそらく妻の行方を知るまい。警察はそうは考えていないが」

「どうして彼は言わないのかしら」、アン・リオーダンは組み合わせた両手の指の甲に顎を載せ、影になった目でじっと私を見た。

「惚れ込んでいるからさ。だから彼女が誰の膝の上に座っていようが、気にもならないんだ」

「彼女があなたの膝を楽しめたらよかったんだけど」とアン・リオーダンは棘のある声で言った。

「彼女は私を弄んでいただけだ。また同時に私のことをいくらか恐れてもいた。彼女としてはできれば私を殺したくはなかった。警察に近い筋の人間を殺すと、面倒なことになるからね。しかしいずれは殺すつもりでいたはずだ。いずれはジェシー・フロリアンを殺そうと腹を決めていたのと同じように。そちらについては、マロイがうまい具合に手間を省いてくれたわけだが」

「ブロンドの美女に弄ばれるのは楽しかったはずよ」とアン・リオーダンは言った。「たとえ多少のリスクがあったとしてもね。だってリスクは常につきものでしょう」

私は返事を控えた。

「マロイ殺しについては、きっと彼女の罪を問うのは無理でしょうね。なにしろ相手は銃を手にしていたんだから」

「無理だね。そこで美貌がものをいう」

金色がまだらに混じった瞳が厳粛に私を点検していた。「彼女は最初からマロイを殺すつもりでいたのだと思う？」

「あの女はマロイを恐れていた」と私は言った。「八年前に彼女はその男を警察に売った。彼はそのことを知っていたようだ。でもマロイには女を傷つけるつもりはなかった。その女を愛してもいたから。ああ、彼女は必要とあれば誰だって進んで殺すつもりでいた。守らなくてはならないものがたくさんあったからね。しかしそんなことがいつまでもうまく続くわけはない。うちのアパートで、彼女は私に向けて銃の引き金を引いた。しかし弾丸は残っていなかった。あの崖の上でマリオットを殺したとき、私も殺しておくべきだったんだ。ついでにね」

「彼はあの女を愛していたのね」とアンは優しい声で言った。「私が言っているのはマロイのことだけど。六年前から一通の手紙も寄越さなくなったことも、刑務所に一度も面会にいかなかったことも、彼の気持ちを変えなかった。懸賞金ほしさに彼を警察に密告したとしても、マロイはそれを忘れることができた。ぱりっとした服を買い、出所するとまず最初に女の行方を捜し始めた。そして女は挨拶がわりに、五発の銃弾を彼の身体に撃ち込んだ。マロイ自身、二人の人間をすでに殺していた。しかしその大男は彼女を深く愛していた。やりきれない話ね」

私はグラスの酒を飲み干し、まだ飲み足りないという表情を顔に浮かべた。しかしアンはそれを無視した。そして言った。

「彼女は自分の過去をグレイルに打ち明けないわけにはいかなかった。そんなことはどうでもいいと彼は言った。二人は遠くに行って、違う名前を使って結婚した。グレイルは所有していた放送局を売却し、彼女の素性を知っていそうな人たち全員との契約を打ち切り、金で買えるすべてのものを彼女に与えた。そして彼女はご主人に――いったい何を与えたのかしら?」

「そいつはむずかしい問題だ」、私はグラスの底に残った氷をからからと鳴らした。「それでもおかわりはもらえなかった。「彼はどちらかといえば老境に近い年齢だ。美しくて人目を引く若い妻を持つことで、男として誇りを持つことができたのだろう。そしてなにより妻を愛していた。しかしこんな話をいつまで続けたところでらちは明かないよ。さして珍しい話じゃない。世間によくあることだ。彼女が何をしようが、誰と遊び回ろうが、どんな過去を持っていようが、そんなことは関係ないんだ。彼は妻を深く愛していた。それに尽きる」

「ムース・マロイと同じように」とアンは静かな声で言った。

「海沿いにドライブしないか」

「あなたはまだブルーネットの話をしていない。マリファナ煙草に入っていた名刺のことも、ドクター・ソンダボーグのことも、あなたを偉大な解決へと導くことになったあのささやかな手がかりのことも」

「私はミセス・フロリアンに名刺を渡した。彼女はその上に濡れたグラスを置いた。それらしい名刺がマリオットのポケットに入っていた。濡れたグラスのあとがついていた。マリオットはそういうだらしのないことをする人間ではない。それはまあ、ひとつの手がかりにはなったよ。そういうとっかかりがひとつできると、いろんなものごとの関連性が見つけやすくなる。マリオットがミセス・フロリアンの口を塞いでおくために、彼女の家の担保証券を押さえていたこととかね。アムサーについて言うなら、こいつは札付きの悪だった。彼はニューヨークのホテルで逮捕された。国際的な詐欺師だったらしい。スコットランド・ヤードには彼の指紋が登録されていた。パリ警視庁にもだ。なんで昨日や一昨日になって急にその辺の事情がばたばたと判明したのか、私にはわからない。警察というのは、その気になりさえすれば仕事が速い。ランドールはその事実を何日も伏せていたと私は睨んでいる。しかし私がそれを嗅ぎつけるかもしれないと心配になって公開したんだろう。しかしアムサーはどの殺人とも関わってはいない。ソンダボーグにしても同じだ。ソンダボーグの行方はまだわかっていない。この男にも前科はあるはずだと警察は考えている。しかし逮捕してみるまでは実際のところはわからない。ブルーネットについて言えば、警察にできることは何もない。ブルーネットのような男には手出しができないんだ。大陪審の前に引っ張り出したところで、やつはひと言も口をきくまい。憲法上の権利を盾に取ってね。自分が世間にどう思われようが気にもしない。しかしここベイ・シティーでは、なかなか好ましい展開が見られた。警察署長は解雇され、刑事の半数はパトロール警官に降格された。そしてレッド・ノールガアドという好漢が警察に復職することになった。私がモンテシート号に乗りこむ手助けをしてくれた男だ。市長が動いてそれだけの手を打った。自分の首を守るためには一時間ごとにズボンを履き替える男らしい」

「何かにつけその手の言いまわしをしなくちゃ気が済まないのね」

「シェークスピア的なタッチと言ってもらいたい。ドライブに行こうじゃないか。あと一杯ずつ飲んでからね」

「私のをお飲みなさい」とアン・リオーダンは言った。立ち上がり、手をつけていない自分のグラスを持ってやってきた。彼女はグラスを手にしたまま、私の前に立っていた。目は見開かれ、少しばかりぴくついていた。

「あなたって大したものよね」と彼女は言った。「どこまでも勇敢で、強情で、ほんの僅かな報酬のために身を粉にして働く。みんながよってたかってあなたの頭をぶちのめし、首を絞め、顎に一発食らわせ、身体を麻薬漬けにする。それでもあなたはボールを離すことなく前に前にと敵陣を攻め立て、最後には相手が根負けしてしまう。どうしてそんなことができるのかしら」

「遠慮するなよ」、私はしびれを切らせた。「言いたいことは言った方がいい」

アン・リオーダンはあきらめた。「私はキスされたいのよ。ひどい人ね」

41

ヴェルマが見つかるまでに三ヵ月以上を要した。彼女の行方を知らないし、逃亡を助けてもいないというグレイルの言葉を、警察当局は信用しなかった。だから全米の警官たちや、熱意溢れる新聞記者たちは、金の力によって彼女が潜伏できそうなところをしらみつぶしに調べた。しかし彼女は金の力を借りて身を隠していたわけではなかった。いざわかってみれば、彼女はむしろずいぶんありふれたやり方で追っ手の目を逃れていたのだ。

ある夜、ボルティモアの一人の刑事がナイトクラブに入った。彼はカメラ並みの視覚記憶を持っていた。ピンクのシマウマ並みに希少な能力である。そこで彼はバンドの演奏を聴いて、黒髪で黒い眉の美人歌手に目を留めた。彼女は感傷的なトーチソングを歌っていたが、歌詞の一言ひとことに思いを込めた歌唱だった。彼女の顔つきの何かが彼に、あれっと思わせた。どこかで見た覚えがある。

刑事は本署に戻って指名手配のファイルを引っ張り出し、手配書の束を片端から繰っていった。探していたものに巡り会ったとき、彼は長い時間それを見つめていた。それからストローハットをまっすぐにかぶりなおし、ナイトクラブに戻ってマネージャーをつかまえた。二人は舞台の裏手にある楽屋に向かった。マネージャーがドアのひとつをノックした。鍵はかかっていなかった。刑事はマネージャーを押しのけて中に入り、内側から鍵をかけた。

マリファナの匂いを彼は嗅いだはずだ。女はそこでマリファナを吸っていたから。しかしそんなものはどうでもいい。彼女は三面鏡の前に座り、髪の根本と眉を点検していた。眉は染められていない自前の色だった。刑事はつかつかと歩いていって、顔に微笑みを浮かべ、手配書を彼女に手渡した。

彼女は手配書にある自分の顔を、刑事が本署でそれを眺めていたのと同じくらい長い時間をかけて、じっと見ていたに違いない。そのあいだに考えなくてはならないことが数多くあったから。刑事は腰を下ろし、脚を組み、煙草に火をつけた。彼の目は人並み外れたものだったが、頭はいささか専門的に過ぎた。女というものをよく知らなかった。

最後に彼女は短く笑い、言った。「なかなか目端の利く刑事さんね。声で素性がばれるかもしれないとは思っていた。知り合いの一人は、ラジオで流れる歌声を耳にしただけで、それを私の声だと見抜いた。でもこのバンドで一カ月歌っているし、週に二回全国ネットの番組にも出ていたのに、誰にもわからなかった」

「前に声を聞いたことはなかったからね」と刑事は言った。その顔にはまだ微笑みが浮かんでいた。

彼女は言った。「この件であなたと取り引きすることはむずかしそうね。うまくやれば、ずいぶんおいしい目にあえると思うけど」

「お門違いだ」と刑事は言った。「悪いけどね」

「じゃあ行きましょう」と女は言って立ち上がった。バッグをつかみ、ハンガーにかかっていたコートを手に取った。刑事はいかにも紳士らしく、女のためにそのコートを着せかけてもらうために。刑事はいかにも紳士らしく、女のためにそのコートを広げた。女は後ろを向き、バッグから拳銃をさっと取り出し、掲げられたコート越しに刑事に三発ぶちこんだ。

人々がドアを蹴破って部屋に入ったとき、銃にはまだ二発の弾丸が残っていた。彼らが駆け寄るあいだに、彼女はその二発を撃った。二発目はたぶん筋肉の反射作用によるものだろう。床に倒れる前に彼らは女の身体を捕まえた。しかしその首はすでにがっくりとうなだれていた。

「刑事は翌日まで生きていた」とランドールは打ち明け話をするように言った。「息のあるあいだにしゃべれることはしゃべった。それで事情がわかったんだ。考えられないほどの不注意さだ。相手が何か具体的な取り引き条件を持ち出すのを、心待ちにしていたのかもしれない。そのせいで懐が甘くなったのかもな。もちろんそんなことは考えたくないがね、俺としては」

おそらくそのあたりだろう、と私は言った。

「きれいに心臓を撃ち抜いていたよ。二発とも」とランドールは言った。「証言台に立つ専門家は誰しも、そんなことはあり得ないと言うよ。自殺者が二発も自分に撃ち込むなんてな。しかしそういうことも起こり得るんだ。ところで良い話を教えてやろうか」

「どんなことだ？」

「彼女が刑事を撃ったのは愚かなことだった。俺たちには彼女を有罪にできなかっただろうからね。あれだけの美人で、金もある。そして高額の報酬をとる腕利きの弁護士たちは、彼女が過去の日々、いかに過酷な目にあわされてきたかという切々たる話をでっちあげるだろう。不幸な貧しい娘が安酒場から這い上がってきて、富豪の夫人に収まる。ところが過去を知る禿鷹どもが、寄ってたかって彼女を食い物にする。その手の話だ。レネンケンプならしけた年かさの場末女優みたいなのを一山集めて、法廷で涙ながらに告白させることだろう。私はこの人を何年にもわたって脅迫しておりました、みたいなことをな。そんな証言はまったく裏がとれない代物だ。しかし陪審員はそれでころっと参ってしまう。彼女はグレイルの助けは借りず、自力で逃亡していた。それは賢いやり方だ。しかしおとなしく逮捕されてこっちに戻されていたら、それは更に賢いやり方になっていたはずだ」

「ほほう、彼女がグレイルとは無関係にやっていたと、今では考えているわけだ」と私は言った。

彼は肯いた。私は言った。「そんなことをする何か特別な理由が彼女にあったと思うのか？」

彼は私の顔をじっと見た。「理由なんかわからん。ただそう思うだけだ」

「彼女は人殺しだった」と私は言った。「しかしそれはマロイだって同じことだ。そして彼はどのような意味でも卑劣な男ではなかった。おそらくボルティモアの刑事は記録が示すほど清廉な警官ではなかったのだろう。彼女はそこにチャンスを見たのかもしれない。逃げるためのチャンスじゃない。そのときにはもう彼女は逃げ回ることにうんざりしていた。ある男を救済するためのチャンスだ。その男は彼女に救済の手を差し伸べてくれたただ一人の男だった」

ランドールは口をあんぐり開けて私を見ていた。納得がいかない表情が目に浮かんでいた。

「そのために警官が一人殺されたわけか」と彼は言った。

「何も彼女が聖女だったって言ってるわけじゃない。良いところも少しはあった、と言うのだってかなり無理がある。そいつは確かだ。もし追いつめられなければ、自殺もしなかっただろう。それでも彼女としては、連れ戻されて裁判にかけられることだけは避けたかった。だからこそああして命を絶ったんだ。よく考えてくれ。そんな裁判があったら誰がいちばん傷つくだろう？　そんな裁判に最も耐えられそうにないのは誰だ？　勝つにせよ、負けるにせよ、引き分けに終わるにせよ、そんな見せ物のために大枚をはたくことになるのは誰だ？　賢明とは言えずとも、まぎれもない真摯な愛情を注いだ一人の老人だ」

ランドールははねつけるように言った。「お涙ちょうだいに過ぎるぜ」

「たしかに。話しているそばから自分でもそう思ったよ。たぶん全てはボタンのかけ間違いだったんだろう。失礼するよ。ところで私のピンク色の虫は無事にここに戻り着けただろうか？」

私が何の話をしているのか、相手にはわからなかった。

私はエレベーターで地上階まで降り、市庁舎の階段の上に出た。涼気の感じられる日で、空気は透明だった。遙か遠くまできれいに見渡すことができた。しかしさすがにヴェルマが向かったところまでは見えなかった。

訳者あとがき

この前に訳した『ロング・グッドバイ』のあとがきで、レイモンド・チャンドラーという作家については心ゆくまで語らせてもらったので、今回はいくぶんあっさりとした、通常のあとがきになる。

チャンドラーの残した七冊の長篇小説からベストスリーを選べと言われたら、多くの読者はおそらく『ロング・グッドバイ』と、『大いなる眠り』とこの『さよなら、愛しい人』を選ばれるのではないだろうか。僕の場合もやはり同じ選択になる。だから『ロング・グッドバイ』のあとで、本書を翻訳するという順番には、ほとんど迷いはなかった。なんといっても個人的に大好きな作品である。

最初に読んだのは高校生のときで、この話について僕の頭に残ったのは、やたら腕っ節の強い巨漢ムース（へら鹿）・マロイの姿と、マーロウが単身賭博船に乗り込んでいくシーンである。話の細かい筋は忘れてしまったが、その二つのイメージがずっと頭に焼き付いて残っていた。そういうくっきりとしたいくつかのイメージを残していけるというのは、やはり優れた小説の資格のひとつなのではあるまいかと思う。読んだときは感心しても、あるいはそれなりに感動すらしても、ある程度時間が経過したら結局なんにもイメージが残っていないという作品も、世の中には決して少なくない。

チャンドラーがそういう鮮やかなイメージを、それぞれの作品ごとに読者の脳裏に、あるいは手のひらに確実に残していけるというのは、やはりこの人の作家としての懐の深さと、圧倒的なまでの文章力のおかげだろう。この『さよなら、愛しい人』を翻訳していて、あらためてそのことを実感した。この人の書く文章には芯があり、ドライブがある。

もうひとつ、人物の描き方の鮮やかさも、この小説の魅力のひとつである。とくに脇役がいい。黒人専用ホテル〈ホテル・サンスーシ〉の興味深いマネージャー、謎の霊能力者アムサー、その用心棒の体臭の強いインディアン、セカンド・プランティング、ベイ・シティー（サンタモニカがモデルになっている）の悪徳警察署長ジョン・ワックス、なよなよしたジゴロのマリオット、不潔で自堕落なアル中女のジェシー・フロリアン、その近所に住むお節介焼きの痩せたばあさん、ふてくされてまったくやる気のない中年警官ナルティー……、ページを繰るごとに、そういう人々が次々にカラフルな姿を立ち上げてくる。人間ではないけれど、警察署の床をはい回っている変な虫もなかなか魅力的である。

そのような異色を放つバイプレイヤーたちのキャラクターに比べると、例によってグレイル夫人やアン・リオーダンといった、若くて美しい女性たちの描写は、どことなく平面的で、もうひとつ現実味を欠いているように見える。なんだかハリウッド・プログラム・ピクチャーの登場人物を見ているような印象だ。

しかしチャンドラー・ファンにとっては、そんなのはべつにどうでもいいことかもしれない。それにそんなところまでいちいちリアルに突き詰めていけば、フィリップ・マーロウという主人公のリアリティーまで厳しく追求されていくことになりかねないし、それは多くの読者が望むところではあるまい。いちいち面倒なことを言い出すときりがないし、それは読書の喜びを損なってしまうことになるだろう。僕としては『ロング・グッドバイ』のときと同じように、翻訳作業をたっぷりと楽しませていただいたし、読者のみなさんもこのフィリップ・マーロウの冒険譚を、それに劣らずたっぷりと楽しんでいただければと思う。

『さよなら、愛しい人』はチャンドラーが『大いなる眠り』に続いて出版した二冊目の、フィリップ・マーロウを主人公とする長篇小説である。一九四〇年に書き上げられ、その年にクノップフ社から刊行された。ヨーロッパでは既に大きな戦争が始まっていた。アメリカはまだそこには参戦していないものの、大きな暴力の気配はあたりに満ちていた。『さよなら、愛しい人』のハードカバーの初版発行部数は僅か二千九百部、当時の売上げはアメリカで一万一千部、英国で四千部という、今ではちょっと考えられないようなささやかな数だった。この当時の小説家の多くが長篇小説で印税を得るよりは、主に短篇を雑誌に売ることによって生計を立てていたとはいえ、これはあまりにも少ない売り上げだ。出版社はその手の本にしてはパブリシティーに金をかけたが、世間にはミステリの新刊書が溢れかえっていたし、その市場で一般の人々の注目を集めるのは簡単なことではない。批評家たちにはおおむね見過ごされ、新聞や雑誌に取り上げられることもほとんどなかったが、取り上げた数少ない批評家は手放しで「素晴らしい」と絶賛した。しかしそのような声も残念ながら、一般的な売れ行きにはとくに影響を及ぼさなかったようだ。

クノップフ社の社長アルフレッド・クノップフはチャンドラーの本を個人的に高く評価し、良いイメージを保つために、安価な（そしてあまり品の良くない）ペーパーバック版を出すことを好まなかった。そのせいもあって、売り上げ部数はチャンドラーにとって不本意なままに留まっていた。『大いなる眠り』もすでにハードカバー版が途絶え、読みたいと思えば図書館に行かなくてはならないような状態になっていた。しかしそれでも、チャンドラーの書く「マーロウもの」は口コミで地道に、確実に評判をあげつつあった。とはいえチャンドラーがブレークするにはまだ時間がかかる。彼が本当に広い人気と高い評価を得たのは、むしろその死後だ。

この『さよなら、愛しい人』はすでに雑誌に発表した三つの長めの短篇小説をもとにして書かれている。「トライ・ザ・ガール」（一九三七年一月）と「翡翠」（一九三七年十一月）と「犬が好きだった男」（一九三六年三月）である。当時、『さよなら、愛しい人』と同時進行で書かれていた『湖中の女』は、やはり同じように短篇小説「ベイシティ・ブルース」（一九三八年六月）と「レイディ・イン・ザ・レイク」（一九三九年一月）をもとにしている。当時のパルプ雑誌はほとんど使い捨てみたいなもので、著者が作品の使い回しをしてもとくに誰も気に留めない。チャンドラーはそのような短篇小説の中身を転用する作業を「カニバライジング（屍肉漁り）」と自嘲的に呼んだ。カニバライジングをすれば新たに物語をつくるための時間が節約できるから便利だろうとはたから見れば思うのだが、チャンドラーの場合には逆にその作業にずいぶん時間を食ったようだ。彼は書き下ろしの長篇小説執筆には特別な気合いを入れて臨んでいたし、そこにクオリティーを求めていた。そしてチャンドラーが自らに求めたクオリティーはかなり高い水準のものだった。だからもとあったもの——生活のためにさらさらと書き散らされたもの——をみっちりと書き直していると、白紙から書くよりも、かえって時間を食ってしまったわけだ。それから、もともと独立して書かれたいくつかの短篇小説を、ひとつのまとまった話としてうまく組み合わせ、縫合するのにそれなりに手間がかかった（そしてその努力にもかかわらず、結果的に見ると完全には整合できてはいない。あちこちに細かいほころびのようなものが見受けられる）。

おまけにこの作品を執筆中にもかかわらず、彼は愛国心に駆られ、一九三九年九月、すでに対独戦に参戦していたカナダ陸軍に志願している。しかし主に年齢のせいで志願は却下された。もしそのとき彼が陸軍にそのまま受け入れられていたら、あるいはこの『さよなら、愛しい人』は日の目を見ていなかったかもしれない。そう考えるとちょっと怖い気がする。それほど身体剛健とも言えそうにない五十一歳のミステリ作家を、兵士として受け入れることにあまり積極的ではなかったカナダ陸軍に対して、我々としては深く謝意を表したいところである。

『さよなら、愛しい人』はまことによく書けた小説である。文章家チャンドラーが気合いを入れて書いただけあって、そのクオリティーはさすがに高い。描写は生き生きとして、細かいところまで説得力がある。人物描写についてはすでに述べたが、風景描写も入念で気が利いて、ヴィジュアルでウィットに富んでおり、いくつかの描写は長く心に残る。たとえば読者は、マーロウが苦労の末にマリオット氏の山上の家にたどり着くまでの道筋の風景を、文章を読みながら頭の中に鮮やかに思い描くことができるはずだ。マリオット氏が居間に置いているクロプスティンの彫刻「尻の上の二つのイボ」（実はアスタ・ディアルの「暁の精神」）の姿もおそらくすっと目の前に浮かんでくるはずだ。とくに魅惑的な体験とは言い難いにせよ、がにまたのインディアン、セカンド・プランティング氏のきつい体臭も実際に嗅げそうだし、何度か登場するブラックジャックが空を切る不吉な音も耳に聞こえそうだ。賭博船モンテシート号の船倉の機械油の匂いも、読んでいるうちに身体に染み着いてしまいそうだ。英語で言えばtangible、つまり直接感知できそうなありありとした描写である。僕はなんといってもそういうチャンドラーの文体が好きだ。何度読んでも読み飽きない。

しかしいざ翻訳するとなると、チャンドラーの凝った描写文体は時としてまことに厄介な代物である。癖があるというか、論理的・整合的というよりはむしろ気分で書いていくところがあって（そういうところはフィッツジェラルドの文章に少し似ているかもしれない）、しばしば頭を抱え込まされる。すらすらと読んでいるぶんには「なんとなく気分的にわかる」のだが、細部をできるだけ正確に日本語に置き換えようとすると、場合によってはだんだん頭がこんがらがってきて、「ここまでややこしく書かなくてもいいだろうに」とついつい愚痴も言いたくなる。だいたいそんな筋には直接関係のない描写をいくら丁寧に訳しても、読者の大半は適当に読み飛ばしてしまわれるのだろうし（失礼）。しかし逆にいえば、そういう枝葉末節を「ああでもない、こうでもない」と時間をかけていじくりまわすのが、翻訳の醍醐味のひとつなのかもしれない。

『ロング・グッドバイ』が刊行されたのが一九五四年で、この『さよなら、愛しい人』が一九四〇年、そのあいだには十四年の歳月が流れている。『ロング・グッドバイ』をお読みになった読者はおそらく感じられると思うのだが、本書におけるフィリップ・マーロウはまだ若い。年齢は明らかにされてはいないし、設定としてはそれほどの年齢差はないはずだが（ご存じのようにシリーズものの私立探偵や警官はほとんど歳を取らない）、読んでいる印象では「ずいぶん違うな」と思う。マーロウはどちらでも同じようにシニカルな口をきいて、他人の気に障る冗談を好んで口にするが（おかげでしばしば痛い目にあわされる）、『ロング・グッドバイ』のマーロウが中年男の微妙に抑制された苦渋のようなものを漂わせているのに比べると、本書のマーロウの言動に感じられるのは、三十前後の男の、いくぶん軽みのあるシニシズムである。それぞれに持ち味があるわけだが、すでに中年を通り越した僕としては、『ロング・グッドバイ』のマーロウの方により自然な共感を覚えることになる。『さよなら、愛しい人』のマーロウの言動を訳していると、訳しながら「おいおい、君も若かったんだなあ」とつい苦笑してしまうところが何カ所かあった。しかしもちろん若き日々のマーロウの、持ち前の含羞がついやくざっぽい水路を辿ってしまう心持ちはじゅうぶんに理解できるし、もちろんそれなりに魅力的でもある（時としてそのような言動は、短気なアン・リオーダン嬢を激怒させることになるのだが）。一九五〇年代、若き日のロバート・ミッチャムの醸し出していたような「優しき酷薄さ」もそこにはうっすらと感じ取れる。ただしこの本を原作にした映画『さらば愛しき女よ』に主演したときのミッチャムはすでに六十歳に近く、いささか収まりが強すぎたように思う。

繰り返すようだが、訳者としてはこの翻訳作業を心から楽しむことができた。チャンドラーくらい訳していて楽しい作家はいない。ひとつひとつの家屋や、ひとつひとつの敷石が意味を持った街路を歩いていくようなもので、何度往復しても興趣が尽きることはない。朝に自前の長篇小説を執筆し、午後に本書を翻訳して疲れを癒す、という日々を何カ月か送った。この訳稿の中に、そのような喜びと感謝の気持ちをいくらかなりとも感じ取っていただけたとしたら、訳者にとってそれにまさる喜びはない。

この作品に続いてできることなら『リトル・シスター』を訳出したいと思っている。ベスト・スリーには入らないかもしれないが、個人的には捨てがたく愛好している小説だ。ご期待いただきたい――とまで厚かましいことは言えないけれど、チャンドラーを読むことの愉しさを、これから先もいくらかなりとも読者のみなさんと共有できれば嬉しい。チャンドラーの小説のある人生と、チャンドラーの小説のない人生とでは、確実にいろんなものごとが変わってくるはずだ。そう思いませんか？

テキストとしてヴィンテージのリザード版を使用した。

本書は、早川書房より二〇〇九年四月に単行本として刊行された作品を文庫化したものです。翻訳にあたっては米ランダムハウス、ヴィンテージ版を底本としています。

訳者略歴　1949年生まれ，早稲田大学第一文学部演劇科卒，小説家・英米文学翻訳家　著書『風の歌を聴け』『ノルウェイの森』『1Q84』他多数　訳書『大聖堂』カーヴァー，『キャッチャー・イン・ザ・ライ』サリンジャー，『ロング・グッドバイ』チャンドラー（早川書房刊）他多数

HM=Hayakawa Mystery
SF=Science Fiction
JA=Japanese Author
NV=Novel
NF=Nonfiction
FT=Fantasy

さよなら、愛《いと》しい人《ひと》

〈HM⑦-12〉

二〇一一年六月　十五日　発行
二〇二五年六月二十五日　十一刷

（定価はカバーに表示してあります）

著者　レイモンド・チャンドラー
訳者　村《むら》上《かみ》春《はる》樹《き》
発行者　早川浩
発行所　株式会社 早川書房
郵便番号　一〇一‐〇〇四六
東京都千代田区神田多町二ノ二
電話　〇三‐三二五二‐三一一一
振替　〇〇一六〇‐三‐四七七九九
https://www.hayakawa-online.co.jp

印刷・製本　株式会社 DNP 出版プロダクツ
Printed and bound in Japan
ISBN978-4-15-070462-9 C0197

本書は活字が大きく読みやすい〈トールサイズ〉です。